INSURREIÇÃO NA NEXUS

INSURREIÇÃO NA NEXUS

JASON M. HOUGH e K. C. ALEXANDER

TRADUÇÃO
Ryta Vinagre

Título original: *Mass Effect Andromeda: Nexus Uprising*

ISBN da edição impressa: 978.85.554.6072-2

Publicado originalmente pela Titan Books, uma divisão do Titan Publishing Group Ltd, 144 Southwark St, Londres, SE10UP, Reino Unido.

Primeira edição: Março 2017

Consultores editoriais: Chris Bain, Mac Walters, John Dombrow

Essa é uma obra de ficção. Nomes, personagens, lugares e acontecimentos são utilizados de forma ficcional. Qualquer semelhança com pessoas reais, vivas ou mortas, com estabelecimentos, empresas, eventos ou locais é meramente coincidência.

TM & © 2017 EA International (Studio and Publishing) Ltd. Todos os direitos reservados. Nenhuma parte desta obra pode ser reproduzida ou transmitida por qualquer forma e/ou quaisquer meios (eletrônico ou mecânico, incluindo fotocópia ou gravação) ou arquivada em qualquer sistema ou banco de dados sem autorização dos detentores dos direitos autorais.

Ediouro Publicações Ltda.
Rua Nova Jerusalém, 345 - Bonsucesso - CEP 21042-235
Rio de Janeiro - RJ - Brasil
Tel.: (21) 3882-8200
www.coquetel.com.br
sac@coquetel.com.br

EDITOR RESPONSÁVEL
Daniel Stycer

REVISÃO DE TRADUÇÃO
Maira Parula

REVISÃO TÉCNICA
Ricardo Pinheiro de Almeida

REVISÃO
Dalva Corrêa, Maria Flavia dos Reis, Marta Cataldo

DIAGRAMAÇÃO
Télio Navega

PRODUÇÃO GRÁFICA
Jorge Luiz Silva

Este livro foi composto em Minion Pro e impresso pela Edigráfica sobre papel Pólen 80g para a Ediouro em março de 2017

PRÓLOGO

Nem a pior ressaca da vida poderia tirar o sorriso do rosto de Sloane Kelly.

Ela estava de pé, as mãos entrelaçadas às costas, na postura esperada de uma diretora de segurança, em uma plataforma cerimonial construída dentro de um dos muitos ancoradouros da Nexus.

Até a véspera, o ancoradouro estivera cheio de naves, cada uma delas fervilhando de gente e equipamento, trabalhadores e equipe de bordo. Enquanto os preparativos de última hora eram feitos, Sloane conduzia uma última reunião de instrução com seus oficiais de segurança. Os objetivos eram: verificar os procedimentos para os quais todos haviam sido preparados, e assegurar que eles poderiam realizá-los mesmo dormindo.

Um teste desnecessário, Sloane sabia disso. Ela se esforçou muito para garantir que seu pessoal estivesse à altura dos padrões férreos da Iniciativa e eles não a decepcionaram. Assim que se conferiu o último item e que a estação espacial foi considerada pronta para o lançamento, as equipes estavam sólidas e coesas conforme Sloane havia sempre desejado.

Anos de planejamento. Horas, meses e anos de trabalho. Centenas de milhares de candidaturas e o efetivo humano necessário para fazer a seleção de pessoal. Sloane nunca vira nada assim e todo aquele foco e ímpeto foram dedicados a uma coisa apenas — a Nexus. Menor do que a Cidadela, porém mais avançada e otimizada do que qualquer um tenha imaginado ser possível. Mesmo semiconstruída, com os corredores e alas dobrados e fechados até segunda ordem, a estação reluzente chamava a atenção de todos. Depois que chegassem a Andrômeda, a construção recomeçaria, transformando todas as peças básicas da Nexus em prósperos distritos e docas funcionais.

Porém, antes de tudo isso, a Iniciativa Andrômeda precisava se colocar a caminho. Assim, lá estava ela, de pé naquela plataforma com um sorriso que ninguém conseguiria tirar — e uma dor de cabeça latejando por trás da testa. A dor causada pela ressaca era verdadeira. A estação, porém, não era uma espécie de sonho.

Era um tremendo milagre.

E Sloane era sua diretora de segurança. Parada ali, com uma única nave no ancoradouro. O enorme interior provocava um grande eco a que ela não estava acostumada, transformando sussurros em gritos e palavras em uma onda distorcida. Assim que todos se despedissem dela, a *Hyperion* partiria, levando a Pathfinder humana e sua tripulação.

Jien Garson, fundadora da Iniciativa Andrômeda, que inspirava assombro por mérito próprio, estava um degrau à frente de Sloane. Ela abraçou Alec Ryder como se fossem velhos amigos, tal qual havia feito com os outros Pathfinders pouco antes de suas naves partirem. Lado a lado com Ryder, Garson parecia risivelmente diminuta, o alto da cabeça mal alcançava o ombro do homem. Até Sloane era mais alta — embora isso não alterasse em nada a presença impressionante de Garson.

Os dois se separaram um pouco, ainda de braços dados, trocando os últimos votos de sorte.

Sloane não conseguia ouvi-los claramente com todo o eco, mas podia interpretar a expressão deles. Garson, toda esperança e empolgação. Ryder demonstrava menos, mas esse era seu jeito. Ela jamais levou a sério a aparente indiferença de Ryder.

Era estranho vê-los agora, numa atitude tão profissional e diplomática. Inteiramente pragmáticos, ao contrário da festa de despedida da noite anterior. Milhares de pioneiros, além do dobro de amigos e familiares, todos reunidos para o último aplauso antes que a missão começasse. A última noite de 2185 AD. Para aqueles que se uniram à Iniciativa Andrômeda, era a última noite que passariam na Via Láctea.

Quando a Nexus chegasse a seu destino, tudo isso — essas pessoas, seus familiares e todos os problemas desta galáxia — ficariam seiscentos anos no passado. Milhões de anos-luz para trás.

Quando pensava profundamente sobre isso, tudo lhe parecia uma grande loucura. Chocante e meio assustador até. Mas Sloane não sentia *medo*. Ela alterou o peso do corpo de um pé para outro, compôs-se e firmou a postura. Não era medo, mais parecia...

Ansiedade.

Uma nova galáxia. Um novo começo, para eles e para ela. E, como diretora de segurança, Sloane teria muito mais influência do que como a soldado que foi. Admitida tarde demais para resolver alguma coisa, debilitada demais por homens mais velhos e fardados lançando antigos ressentimentos por aí. E esse era só o lado humano da questão.

Desta vez, pensou ela, *as coisas serão diferentes*. As decisões terão de ser *melhores*.

Não há mais linhas de batalha entre as espécies. Nem antigas vendetas, pirataria gananciosa, nem Fronteiras Skyllianas. Desta vez, eles tinham uma oportunidade de fazer tudo direito, começando com uma estação repleta de pioneiros cuidadosamente selecionados e ávidos pelo mesmo sonho.

Sloane não estava só. Todos os pioneiros se inscreveram com a esperança de algo diferente. Algo melhor. Todos escondiam isso por trás de um verniz de orgulho, dedicação ao trabalho, ou simplesmente puro entusiasmo, porém Sloane sabia.

Bastou uma celebração de despedida para essa merda aparecer.

Todos queriam uma festa que jamais fosse esquecida. Eles conseguiram, pelo menos se considerarmos o preço cobrado por aqueles momentos de euforia, como acontecia em todas as grandes festas. Sloane resistiu ao impulso de esfregar as têmporas que latejavam. Não era muito profissional cuidar de uma ressaca no dia do lançamento.

Até parece que ela era a única.

Jien Garson aparentava coragem, mas se ela não escondesse uma forte dor de cabeça e uma azia, Sloane comeria seu distintivo. Ainda assim, era difícil interpretar a expressão da mulher. Por fim, ela soltou os braços de Ryder e assumiu seu lugar ao lado dele, sem a menor sombra de que sofria sua ressaca. Enquanto ela olhava a liderança reunida da Nexus, todos enfileirados ao lado de Sloane, as luzes do alto douravam as maçãs elevadas do seu rosto e sua pele morena nos tons da mais pura alegria. Nenhum sinal de dores de cabeça ou cansaço, nem mesmo em seu olhar franco.

Havia muito mais na mulher do que se via nos olhos. Mais do que Sloane de início creditara a ela. Que equívoco! Não importa o que o Conselho tenha dito, o que tenham dito os investidores particulares, a Iniciativa Andrômeda era a missão *dela* mais do que de qualquer outro. Garson havia proposto a ideia e insistiu nela, superando montanhas de resistência e burocracia com sua força de vontade. Até conseguira convencer Alec Ryder a se juntar aos Pathfinders humanos — e não era uma proeza menor, em vista das obsessões amplamente conhecidas dele com seu próprio leque de projetos misteriosos. Segundo diziam, Ryder tinha sido muito importante antes de perder a mulher, que o deixou criando os dois filhos e com todos os demônios que ele carregava.

Sloane entreouvira membros do comitê fazendo apostas sobre se ele iria ou não se inscrever. Sua designação N7 carregava muito peso, mas sua experiência também. Algumas reuniões com Ryder comprovaram que ele não era um homem a ser levado levianamente. Dado que agora Ryder se colocava ao lado de Garson — com certa ansiedade até —, Sloane deduziu que algumas pessoas iniciavam a viagem um pouco menos ricas do que quando tudo isso começou. Mas ela também ouvira falar que os filhos dele aderiram ao programa. Isso deve ter sido o bastante para estimular o homem a esse papel. Ou talvez tenham sido os filhos. Quem poderia dizer?

Com ou sem filhos, ela desconfiava de que Ryder não seria um companheiro de trabalho tão fácil como talvez esperassem os comitês. Ela não precisava de poderes paranormais para entender que ele estava impaciente. Toda essa cerimônia provavelmente o irritava. "Vamos acabar logo com isso", ele sempre dizia. "Assim o trabalho de verdade pode começar."

Sempre mais trabalho de verdade.

— Bom — disse ele, esfregando as mãos —, está na hora de ir. Assim o trabalho de verdade pode começar.

O sorriso irônico de Sloane provocou um olhar fixo e indagativo — ela nem mesmo sabia se ele havia registrado sua presença como algo além de outro corpo, para ser franca — e um gesto afirmativo de cabeça. Ela retribuiu o gesto.

Ele assentiu da mesma maneira para o resto da equipe, como se houvesse recordado da polidez e quisesse retribuí-la.

— Boa sorte para todos nós.

O sorriso de Garson era pleno e desembaraçado.

— Vejo vocês do outro lado.

Para surpresa de Sloane, a impaciência de Ryder deu lugar a um riso curto.

O que quer que ele tenha achado engraçado, não demorou muito. Mais alguns minutos de despedidas e, então, acabou. Ryder embarcou no último transportador, que rapidamente partiu, sem mais fanfarras. Ele tinha seu próprio trabalho na Iniciativa e a *Hyperion* partiria logo depois da Nexus.

O plano era o mais simples que puderam elaborar: a Nexus chegaria primeiro a Andrômeda e completaria suas últimas etapas de construção, desdobrando-se como um origami surpresa a partir de sua forma compacta para viagem. Os Pathfinders chegariam logo depois, aportando suas arcas na estação central. Depois que tudo estivesse em funcionamento, ela serviria como eixo central de logística e de governo na colonização da nova galáxia — a Cidadela, por assim dizer, de Andrômeda.

Só que melhor.

Garson não gostava quando as pessoas chamavam a Nexus daquela forma. Sloane entendia o motivo. A Cidadela trazia muita bagagem para muita gente, humanos e de outras espécies. Entre a política, os esforços do Conselho de enganar uns aos outros — ou, coletivamente, os krogan — e toda aquela bobagem sobre os humanos serem "novos demais para a responsabilidade"...

Sloane meneou a cabeça, como se pudesse se livrar da irritação. A lista era longa e o número de mortos atribuídos às pendências era ainda maior.

A Nexus seria tudo aquilo em que fracassou a Cidadela.

Ela observou quando as portas do hangar se fechavam com estrondo atrás do transportador de Ryder, e um tremor de empolgação correu por seu corpo, deixando arrepios.

Enfim. O último portal externo da Nexus, pelo menos por algum tempo, por muito tempo... Sloane não conseguia desviar os olhos. Todos estavam posicionados, observavam enquanto o feixe estreito de luz dos propulsores do transportador afinava cada vez mais. Até que as portas foram lacradas com um tinido definitivo e pungente.

Sloane piscou. Olhou em volta furtivamente, sem disposição para ser aquela que romperia o silêncio que ficou.

Garson não teve esse escrúpulo.

— Agora vamos descansar — declarou ela, alegremente enérgica e deliberadamente indiferente. Como se soubesse o que Sloane sentia. O que todos eles sentiam. — Estou sinceramente ansiando por esta parte.

— Está?

— E por que não? — Ela se espreguiçou. — Vamos dormir um pouco, depois chegamos lá. Não sei quanto a você — ela acrescentou rindo —, mas acho que merecemos um cochilo.

Vários da equipe riram educadamente. Os outros assentiram, felizes e sagazes. Eles verdadeiramente iriam. Verdadeiramente conseguiriam. "A Nexus", vibrou um locutor pelo sistema de comunicação, "está preparada para a última inspeção. Todo pessoal deve se dirigir a seus tanques de estase designados."

Garson levantou um dedo, apontando o vazio, e o eco repercutia. A maior parte vinha da onda repentina de tagarelice, dos risos exultantes e de expirações nervosas.

— Ouviu isso? — Seus olhos castanhos escuros faiscaram. — Vamos chegar aonde precisamos estar!

Sloane respirou fundo e firme.

"Repetindo", veio a voz, "todos devem estar em suas câmaras de estase designadas. O lançamento começará em breve."

— A um novo mundo — disse Sloane em voz baixa. Consigo mesma, no entanto, Garson deu-lhe um olhar de banda cheio de ironia.

— A uma galáxia melhor — corrigiu a mulher.

Sim. Tudo bem. Sloane gostava dessa também.

* * *

Sloane andou com o grupo da liderança central ao concluírem uma última revista cerimonial da nave. Tudo estava como deveria e ela sentiu um orgulho enorme desta combinação de todo o trabalho árduo que eles já fizeram.

Ela sabia disso ao entrar, mas sempre que andava pela nave, pensava novamente na questão. A Nexus era uma tremenda maravilha. Em parte arca, em parte estação espacial, a construção só perdia para a Cidadela em escopo e ambição. Entretanto, ao contrário de sua progenitora espiritual, este lugar foi construído por *eles*. Para eles.

Para um novo futuro.

Humanos, salarians, asaris, turians. As únicas espécies de fora do Conselho a bordo da Nexus era a dos krogan, e o clã Nakmor foi recrutado sob contrato para trabalhar por isso. Mesmo assim, iguais ou não, todos se reuniram, motivados pela visão de Jien Garson. E eles conseguiram. A Nexus estava quase preparada para partir.

Sloane ficou para trás e a liderança seguia para os tanques designados de crioestase. De todos ali, Sloane tinha uma relação apenas passageira com duas pessoas: a própria Garson e a Matriarca Nuara, que servia como uma grande conselheira da equipe. Independentemente do que fizeram os asaris, Sloane valorizava ter a longeva matriarca a bordo.

Se eles quisessem ter sucesso, precisavam da sabedoria da asari. E, observou Sloane, rindo por dentro de sua biótica. Só uma fração dos passageiros e do pessoal da Nexus tinha a capacidade, e grande parte dela vinha dos próprios asaris. A presença de Nuara também fazia com que muitos ali se sentissem melhor. Restos de um especismo que a viagem da Nexus pretendia apagar.

Agora todos estavam juntos. Nuara e Garson deram-se as mãos, demonstrando a amizade entre elas, e se separaram com uma despedida animadora.

Sloane as observava atentamente, consciente dos procedimentos de lançamento. Seus tanques tinham de se lacrar corretamente, sem nenhuma anormalidade na leitura dos sinais. Elas e os outros líderes de primeira linha seriam os primeiros a despertar em Andrômeda. A hierarquia foi estabelecida e começava com a equipe de primeira linha — entre eles, um médico preparado e treinado. Em seguida vinha a primeira equipe médica, logo depois Sloane. Depois o esforço de colonização começaria para valer.

Um cochilo curto, hein? Sloane meneou a cabeça, perplexa com a brevidade do conceito. Seiscentos anos eram um pouco mais do que um cochilo, mas eles não sentiriam.

Ela esperou enquanto os outros, em seus tanques trocaram despedidas e palavras de estímulo. Ela supervisionaria o lacre desta câmara antes de voltar à dela, onde parte de sua equipe já dormia a sono solto.

Logo Sloane se viu sozinha com Garson. Como se a mulher sentisse esta necessidade, ela esperou e observou com Sloane até que cada tanque estivesse lacrado e todas as cores corretas piscassem, indicando uma estase bem-sucedida.

Sloane não sabia bem o que dizer.

Garson não tinha esse problema.

— Gostou de meu discurso de ontem à noite? — perguntou ela animadamente.

— Hmmm... — Quando o sorriso da mulher ficou irônico, Sloane sorriu com timidez. — Não ouvi. Não era... — Ela se interrompeu, tentando montar uma desculpa que fosse sincera, mas que não fizesse de si uma completa idiota. — *Não era minha praia*, provavelmente não daria certo.

— Está tudo bem, diretora Kelly. — Garson tocou o nariz dela com um indicador astuto, os olhos escuros francamente risonhos para Sloane. — Foi uma noite muito agitada.

— Agitada — repetiu Sloane. E se Garson acreditava nisso, Sloane era uma quarian pelada. — Sim, exatamente. Muita preparação. Instruções, essas coisas.

— Bom. — Garson entrou em seu próprio tanque, que a aguardava, e falou num tom de voz irônico. — Se quiser ouvir, tem uma gravação no núcleo. Para o caso de as pessoas precisarem de alguma inspiração de última hora.

Sloane deu de ombros, mas sabia que ouviria.

— Todo mundo *disse* que gostou — admitiu ela. — Acho que devo procurar saber o que deixou minha equipe tão delirante.

— Ótimo! Faça isso. — Outro sorriso, mais uma característica afirmação de poder. Claro, brilhante, sem nenhum sinal de fraqueza. Nem sinal dela. Até agora Garson não era famosa pela ingenuidade.

Sloane respeitava isso.

Garson se deitou, ajeitando as dobras do uniforme, como se estivesse pouco à vontade. Sloane não sabia como tudo isso funcionava, mas imaginou que uma calcinha metida no rego durante séculos estaria entre o pior dos problemas.

Ela pode ter fugido da maioria das reuniões científicas, mas vira os planos meticulosamente anotados de Garson, reescritos com inteligência para que até os leigos entre as turmas da Nexus pudessem entender. Os dados há muito foram conferidos. Havia planetas habitáveis, espaços acolhedores, muito a explorar, colonizar, desenvolver.

Eles eram pioneiros, os primeiros a viajar a outra galáxia e, por quaisquer deuses entre eles, eles conseguiram.

Cada um deles acreditava nisso. Sloane também.

Um uniforme de estase enrugado não estava em sua lista de prioridades. Mas olha, qualquer coisa que flutuasse no cargueiro pré-lançamento de Garson era bom para Sloane.

Garson cruzou os braços, chamando novamente a atenção de Sloane para a mulher aninhada no interior de acabamento confortável.

— O outro lado — disse ela em voz baixa, como se falasse sozinha e não com Sloane. — Andrômeda. — Em seguida, encontrando os olhos de Sloane, ela perguntou: — O que espera encontrar lá, diretora?

Ela pestanejou.

— Hmmm... não tenho pensado muito nisso. — Uma rematada mentira e Sloane, ao ver o olhar decepcionado de Garson, acrescentou com ironia: — Que tal uma cura para a ressaca comum?

Isso provocou outra gargalhada sonora e autêntica.

— Assim esperamos — disse Garson, ainda rindo, e fez o gesto de cabeça para Sloane. *Aquele* gesto. Aquele que dizia que a hora da conversa havia acabado.

Sloane supervisionou o fechamento do tanque. Sorriu para a líder da Iniciativa através da pequena vigia, deu dois tapinhas no tanque por um hábito antigo e esperou que todos os indicadores exibissem o sucesso e a estabilidade criogênicos.

— O outro lado — repetiu Sloane — e o advento do verdadeiro trabalho *dela*.

Esfregando as têmporas para tentar se livrar dos efeitos prolongados da noite anterior, ela começou sua própria inspeção final. Por algum motivo conhecido apenas por quem elaborou o procedimento, a diretora Kelly teria a estranha honra de ser a última a despertar.

Cabia a Sloane declarar a estação segura para voo. *Um gesto cerimonial*, lembrou a si mesma, mas aquela parte pequena e empolgada de seu cérebro também a lembrou de que era dela o poder de parar tudo isso. Se alguma coisa desse errado, ela poderia colocar tudo em confinamento.

Isso representava alguma coisa, não?

— Mas não *pode* dar nada errado — disse ela em voz alta ao andar pelos corredores longos e tomados de eco. O lugar foi construído pelos intelectos mais brilhantes de toda a galáxia. Tudo, até o último fio, era o produto final de incontáveis horas de genialidade. Se alguma coisa desse errado agora, teria de ser um ato de algum deus irritado.

Sloane não acreditava em deuses. Nem em se esquivar dos procedimentos. Nem quando as apostas eram tão elevadas. A última caminhada foi aquela dos poucos itens na lista de verificação de partida a que ela ainda não dera atenção.

Na verdade, ela estivera ansiando por isso desde que o plano foi feito. Algumas horas de um abençoado silêncio e solidão para percorrer os corredores da estação — da estação *dela*. O lugar que ela havia jurado proteger e conduzir a sua grandiosa missão. O lugar ao qual ela dera sua vida na Via Láctea.

É certo que ela não deixava muita coisa para trás. Não na verdade. Nenhuma família, nem responsabilidades além daquelas que conquistara na Aliança. Havia pioneiros que abriram mão de muito mais do que isso. Quando se pensava bem, Sloane na realidade só deixava bagagem para trás.

Uma galáxia de bagagem. Antigas cicatrizes. Inimigos feitos por antigas linhas de batalha e ressentimentos subsequentes rebatidos diplomaticamente por mesas políticas. Oficiais idiotas muito mais preocupados com o brilho de suas medalhas ganhas à custa de soldados mortos...

A raiva antiga e conhecida inchava no fundo da mente de Sloane. Ela cerrou os dentes e balançou de novo a cabeça, o que serviu principalmente para reanimar sua ressaca.

Já bastava. Ela conseguira o melhor emprego de toda a galáxia — logo seria de duas galáxias. Tinha a oportunidade de desempenhá-lo direito, e *agora*. Mas mesmo isso era precipitação de sua parte. Primeiro, a viagem. Depois, a hora de mudar. O que parecia muito melhor para ela do que os pobres imbecis que ficaram embolados na burocracia da Via Láctea.

Sloane repassou sua lista de verificação com uma atenção inabalável aos detalhes. Não importava que levasse seis horas ou seis dias, ela teria certeza de que cada porta estivesse fechada e trancada, cada engradado de suprimento adequadamente acondicionado e nenhum "elemento malandro" e nocivo estivesse escondido nos dutos de ventilação.

Isso significava andar muito. O que significava a hora perfeita para puxar o discurso de Garson para sua omnitool. O discurso, assim como a própria mulher, não tinha preâmbulo nenhum.

"Amanhã faremos o maior sacrifício que já fizemos — ou faremos — na vida", começou Garson. Palavras ousadas ditas com uma enorme confiança. "Ao mesmo tempo, também começamos a maior aventura de nossa vida."

Sloane concordava com isso. A atração pelo desconhecido não era sua droga preferida, mas ela apreciava a empolgação.

"Muitos deram palpites. Fofocas, cobertura da mídia, até ameaças, disseram mais do que o suficiente." Ela abriu as mãos, como se pudesse segurar o peso de todas as milhares de horas de comitês a que compareceu. "Alguns alegam que esse plano não passa de uma tentativa de fugir da galáxia que ajudamos a formar, levando nossos brinquedos *muito* caros..." Suas sobrancelhas se ergueram.

Sloane riu.

"...e vamos brincar em outro lugar. Outros menosprezam nossa missão, considerando-a a apólice de seguro mais cara conhecida de qualquer espécie senciente."

Sloane ficaria feliz de dar um murro neste *eles* metafórico. Em vez disso, tinha de se conformar em resmungar um epíteto conciso e continuar em seu caminho. Pelo menos não havia ninguém para ouvi-la falar com a omnitool.

"A mensagem que deixei na *Hyperion* é semelhante a esta que agora dou a vocês. Vocês estão prestes a embarcar em uma jornada diferente de qualquer coisa já tentada na história. E não se deixem enganar..."

A Garson holográfica fez uma pausa, olhou por um bom tempo a câmera. O passo de Sloane falhou, ela sentiu um arrepio correr pela coluna, subindo a seu couro cabeludo. Nesta pausa deliberada, parecia que Jien Garson olhava diretamente para ela.

Focalizava nela. Que *realmente* a via.

Ela e os milhares de pioneiros semelhantes.

"Esta *é* uma viagem só de ida. O que todos esses políticos, negativistas e ameaçadores não entendem é que estamos aqui, juntos, porque acreditamos em algo em que eles não acreditam. Depositamos nossos esforços e nossa fé em algo que essas pessoas nem conseguem imaginar, nem mesmo podem começar a entender. Em outras palavras, *eles*", disse Garson categoricamente, "estão errados."

Sloane concordou com a cabeça. Firmemente. *Pode apostar que sim*.

"As circunstâncias que levaram à criação desta estação magnífica são vastas e variadas, é bem verdade. Todos nós conhecemos parte dos motivos." Garson abriu um leve sorriso. Tranquilizador ou tristonho, Sloane não sabia dizer. "Nenhum de nós pode conhecer todos eles, nem mesmo eu. Entretanto, esses motivos fazem parte da equação. Vocês e eu", disse ela, gesticulando para Sloane — para o público —, "somos a outra parte."

Sloane viu-se mais uma vez concordando com a cabeça. Gritando em silêncio um *Isso!* Ela era a outra parte. A parte grande. Sloane tinha planos. Ideias. E Garson já deixara claro que gostava disso. Um novo estilo para uma nova esperança, não é?

"Cada um de nós tem seus próprios motivos para ser voluntário nesta viagem", continuou ela, "esses também são inúmeros. Alguns têm um senso de dever. Alguns de fato temem o que o futuro reserva para a Via Láctea. Fugimos de nosso passado, procuramos um futuro. Desejamos recomeçar. Ansiamos pelas maravilhas inexploradas que, sem dúvida, darão uma nova forma ao que conhecemos." Garson sorriu encorajadora, calorosa. "Tudo é igualmente válido, segundo acredito — mas não é o que importa aqui. O que *importa* ao partimos, o que quero ter certeza de que todos vocês saibam ao se prepararem para atravessar este oceano de tempo e espaço, é isto..." Ela prendeu a respiração por um momento.

Sloane não pôde deixar de admirar a habilidade da mulher, em particular se comparada com a dela própria. Os discursos de Sloane tendiam a ser curtos e objetivos. Coisas como *resolvam isso e acabem com eles*. Coisas que podem ser ditas rapidamente na linha de frente.

Mas a câmera adorava Jien Garson. Sua força de vontade, sua *confiança*, eram irradiadas por cada poro. "Nenhum desses motivos", disse simplesmente Garson, direta e sem a menor sombra de humildade, "ainda importa. *Não para nós*. O que importa agora, para vocês e para mim, é o que faremos quando chegarmos. Quem nos tornaremos e como nos comportaremos em Andrômeda."

Sloane olhava fixamente a imagem. Sim. *Isso!* Garson entendeu. Mais até do que ela esperava, a líder da Iniciativa *entendeu*.

"Viajamos em uma das mais incríveis maravilhas já criadas por nossa espécie", lembrou-lhes a fundadora, "construída em um espírito de cooperação que não tem precedentes em nossa história galáctica. Levamos conosco, coletivamente, séculos de cultura, milênios de governo, crenças, línguas e arte, um conhecimento incrível e uma ciência inacreditável. Coisas que foram conquistadas a duras penas, o resultado de um trabalho interminável, de sofrimento imensurável e, mais importante, os esforços de incontáveis bilhões de seres sencientes ao longo de milênios e por dezenas de mundos.

"Carregamos todas essas coisas como as ferramentas afiadas de um artista à nossa grande tela vazia. A Andrômeda." As mãos de Garson se uniram. "Vamos", disse ela com intensidade, "pintar nossa obra-prima."

Sloane se recostou na parede, abalada com o poder das palavras daquela mulher. Eram só *palavras*, entretanto Sloane sabia, sem a menor sombra de dúvida, que se Garson mandasse que ela fosse para o inferno, Sloane iria. Num átimo. Porque essa era a força de Garson, pensou ela.

As pessoas. Conhecê-las. O que as motiva.

Que esperanças elas têm.

Garson se permitiu um momento e mais uma vez fixou os olhos astutos e profundos à frente. "Assim, digo a vocês agora o que o Pathfinder Alec Ryder me disse há pouco." Seu sorriso, pensou Sloane, podia iluminar Illium. Outra habilidade de oratória que Sloane nunca se incomodou em ter. Por que deveria, quando gente como Garson tinha perfeito controle dela?

"Verei vocês todos do outro lado." Uma pausa e a luz apanhou o formato elevado de suas maçãs do rosto e o sorriso que se alargava. "Quando puder começar o trabalho de verdade."

A gravação acabou. O silêncio veio em sua esteira, tenso como uma névoa e imóvel como gelo. Estava frio nas paredes e assim ficaria por outros seiscentos anos. Mas Sloane? Ela não sentia o frio.

Ela era soldado há muito tempo — por toda a sua vida, na verdade. Havia testemunhado discursos feitos para comemorar vitórias, outros entoados para condenar atrocidades. A guerra fazia parte de sua trajetória há tanto tempo, a vida de uma soldado era só o que ela conhecia, que ela esquecera o que um discurso sobre a esperança podia fazer com o cérebro. Um belo recomeço, hein?

Sloane meneou a cabeça, rindo alto. Seu riso rolou atrás dela em milhares de ecos pelo corredor despojado.

— Andrômeda — disse ela em voz alta, experimentando a palavra. *Andrômeda*, sussurraram os ecos para ela.

O outro lado.

Ela ficou parada ali, recostada em uma de um milhão de anteparas, sem nem mesmo saber exatamente onde estava e aproveitou este momento para *sentir* a nave. Ouviu-a respirar e ouviu sua mecânica. O zumbido dos sistemas ativados e preparados, o constante sussurro seco do ar circulado. Que alguém cessaria em breve — não havia necessidade de desperdiçar energia quando ninguém precisava de ar.

Em seguida, Sloane ia dormir. Por centenas de anos. Por aquela eternidade de vazio frio, a Nexus alcançaria seu destino guiada por uma programação meticulosa.

Sloane se afastou da antepara e continuou a ronda. Passou pela fazenda hidropônica, as oficinas de máquinas e os arquivos, os lugares estéreis que se tornariam as grandes praças depois que a estação se desdobrasse. Por ali ficariam os escritórios culturais e sua própria sede da segurança — a melhor, pensou ela com uma determinação intensa, que já existiu.

Ela cuidou para que tudo estivesse onde deveria e, como se revelou, assim estava. Era perfeito.

A Nexus era perfeita.

Sloane concluiu sua lista e a estação ligou seus motores e deu a partida. Simples assim. Com muita suavidade, ela mal sentiu alguma coisa. Ela sorriu, satisfeita com a facilidade de tudo, e voltou ao depósito da tripulação para guardar sua omnitool, acondicionar seu traje e se preparar para a própria criogenação. Logo ela estava de volta à câmara de criostase 441. O espaço pequeno era um entre outros incontáveis na Nexus, todos idênticos. Oito tanques, uma cama cirúrgica para certificação pós-revivificação, terminais e pouco mais do que isso.

Pronto. O último passo.

Sloane baixou-se em seu tanque de estase e se viu ajeitando o uniforme. Assim como fizera Garson. Com um bufo repentino, ela desistiu e fechou a escotilha.

"Procedimentos de criostase registrados", disse uma voz mecanizada. "Descanse bem, pioneira."

Hora do cochilo, não? Sorrindo, Sloane fechou os olhos.

Minutos depois, ela e todos a bordo dormiam.

CAPÍTULO 1

Para o degelo da estase, não poderia haver pressa. Um processo suave. Calor aplicado gradualmente a células que ficaram dormentes por séculos, neurônios cuidadosamente levados a se reativar.

Fluidos sintéticos misturados com quantidades exatas do sangue do adormecido, uma proporção se alterando pela menor das frações por vários dias até que, por fim, o corpo atravessava um limiar, tornando-se inteiro novamente. Sinais vitais verificados e, em seguida, só então, a mistura final de drogas seria injetada sob a supervisão de um especialista.

Ou algo parecido. Sloane Kelly não se lembrava bem dos detalhes. Quanto tempo, quando o processo deveria começar — essas eram coisas que ficaram para os técnicos que construíram os tanques de estase. Eles sabiam muito bem.

Pelo menos deveriam saber.

Quaisquer que tenham sido as instruções, Sloane teve a certeza de que ser lançada abruptamente da estase profunda para seis níveis de inferno não era como isso deveria funcionar.

Alarmes.

Luzes.

Tudo virado. Um barulho de ensurdecer, um guincho agressivo que parecia metal se rasgando atacou os ouvidos, espremeu fisicamente todo seu corpo.

Ela abriu os olhos.

Fios rompidos lançavam faíscas sobre a vigia do tanque, obrigando suas pálpebras a se fecharem novamente enquanto o cérebro girando disparava imagens secundárias por eles. Tudo se chocava numa cacofonia desconjuntada de luzes, trovões, movimento e *adrenalina*. O pequeno tanque girava em volta dela, o ímpeto deslocado de um lado nauseante a outro enquanto ela achatava as mãos no painel, com os cotovelos para fora por reflexo, e batia em metal sólido.

A dor ricocheteou pelo braço e ajudou seu cérebro enevoado a voltar ao alinhamento num solavanco. *Sair.* Ela precisava *sair.* Seu tanque estava caindo. Talvez se soltando das amarras, rolando pela câmara. Tinha de ser isso. O ar queimava o seu nariz e os seus pulmões, a mistura errada e quente demais. Fedia a substâncias químicas e suor antigo.

Ela bateu um pé dormente na frente do tanque de estase.

— *À prova de falhas* — gritou ela para o espaço apertado, como se a palavra pudesse voltar rastejando no tempo e lembrar os engenheiros deste caixão de metal idiota para incluir um fecho de ejeção.

Como se respondesse a uma deixa, soou um tom mecanizado e calmo, em descompasso com o mundo em que ela despertara. O painel que a lacrava dentro do transporte protetor se destrancou com um silvo de ar quase tão alto quanto as sirenes que guinchavam pela fresta aberta. Ela sentiu a respiração ser sugada dos pulmões, substituída pela ferroada fria e o sabor rançoso do ambiente externo.

E então um novo cheiro. *Cinzas.*

A visão dupla lentamente congelou na verdade apavorante: *fumaça*, havia fumaça entrando de fora. O fogo bruxuleava em algum lugar à sua esquerda.

Merda! Não é só comigo. O que significa...

Ser arrancada da estase significava que o resto de seu corpo precisava de tempo para se lembrar de como funcionar. Seu cérebro não conseguia processar tudo. Cada célula gritava para lutar, reagir aos alarmes estrepitosos da Nexus sob fogo, mas a onda de adrenalina em seus braços e pernas só fez com que ela se contorcesse violentamente quando a sensibilidade lhes voltava.

Sloane ofegou, socou a vigia. Luzes vermelhas piscaram.

A Nexus está sendo atacada. Nenhuma outra explicação fazia sentido. A ideia por fim se meteu em sua mente sobrecarregada. Serviu para lhe dar foco.

Esse era o único motivo para ela ter despertado dessa forma de um sono de séculos que a Nexus fora programada a proporcionar. Ou talvez só fizesse alguns anos. Ora essa, podia ser apenas horas. Ainda não havia meios de saber.

Como chefe da segurança de milhares de pioneiros, a diretora de segurança da porcaria da própria Nexus, ela precisava se recompor e *descobrir*.

Seu corpo recebera o recado. Ele só não reagia muito bem ao comando. Sloane caiu para fora do tanque de estase antes que estivesse inteiramente aberto, os braços e as pernas eram uma massa contorcida de agulhadas hipersensíveis. Os pulmões se expandiram, absorvendo um ar temperado de faíscas e fumaça.

Queimou por todo o caminho.

Sloane tossiu. Os olhos ardiam, já lacrimejando das cinzas e do odor acre de substâncias queimadas, mas ela não tinha tempo a perder engasgando nisso. Colocou-se de pé, trôpega, obrigando o corpo pesado a se mexer.

Podia parecer claustrofóbico no pequeno tanque, mas estava mil vezes pior ali fora. Metade do espaço continuava oculto nas sombras, mal iluminado pelas luzes de emergência que piscavam e vacilavam. *As luzes de emergência não deviam fazer isso.*

Fogo e fumaça rolavam em meio aos destroços espatifados.

Sloane se mexeu, entre cambaleando e caindo na câmara de estase a seu lado. O interior estava miraculosamente claro, o que deixava muito espaço para um punho turian endurecido esmurrá-lo em um pânico idêntico. Kandros, um de seus melhores oficiais.

— Aguente! — gritou Sloane com a voz gutural pela fumaça. Ela bateu duas vezes no painel da vigia e cessaram os murros furiosos de dentro. Uma voz abafada que mal conseguia atravessar a barreira, mas ela pegou o suficiente para entender o essencial.

Rápido.

Provavelmente com mais blasfêmias.

Esses tanques deveriam ser abertos por um temporizador, e não manualmente. Pelo menos não por ela. Sloane não tinha ideia de como operar essa tecnologia, mas ali não havia muitas alternativas. O terminal mais próximo ficava em algum lugar depois da chuva de faíscas e, com base nas ruínas iluminadas por trás, ela não acreditava que seria de grande ajuda.

Ela também não estava com sua omnitool. Havia guardado, obedecendo aos procedimentos. Os pertences pessoais só seriam devolvidos a seus donos quando a revivificação fosse certificada e eles fossem informados pelos supervisores.

— Droga — sibilou entredentes. Ela se colocou plenamente ereta, procurando alguma coisa, *qualquer coisa* que abrisse esse caixão gigante.

As chamas pintavam a câmara de infernais laranja, preto e dourado. Através da fumaça causticante, silhuetas lutavam — pessoal apanhando dentro dos tanques, tentando freneticamente sair. Alguns tanques já estavam rachados, mas Sloane não sabia dizer se seus ocupantes tinham sobrevivido.

Cada segundo importava.

O que significava dane-se a delicadeza.

Sloane correu a uma pilha de barras de metal curvas e pedaços quebrados de coisas que não reconheceu. Fuligem e um resíduo oleoso cobriam a maior parte, mas uma parcela tinha se soltado pela mera força do corte. Alguma coisa grande bateu ali.

Com a transpiração escorrendo em filetes pelo rosto, ela pegou uma viga pesada e a arrastou ao tanque vital.

— Aguente — disse ela de novo com a voz rouca, batendo a extremidade quebrada e recortada na fresta que se abria. Em algum lugar atrás dela, alguém gritou. Rude. Brutal. Ela se retraiu, mesmo ao jogar seu peso contra o pé de cabra improvisado.

O metal rangeu.

Fissuras finas se espalharam como geada pela vigia, mas ela não cedeu.

— Mas que droga, *anda logo!* — rosnou Sloane, fechando as mãos no metal irregular e batendo com toda a força que tinha.

De dentro do tanque, mãos com três dedos e pontas em garras se abriam contra o vidro fosco. Outro grito ininteligível, mas Sloane teve uma ideia. *Incrível*, refletiu ela em um cantinho horrivelmente irônico de sua mente, *o que uma emergência pode fazer pelas barreiras de linguagem.*

— Agora! — gritou para si mesma. Jogou tudo que tinha na barra assim que o turian forçou seu peso no tampo.

Quando o lacre rachou, foi repentinamente deixando Sloane de joelhos em meio ao entulho e forçando a tampa a rachar pela metade. A extremidade quebrada girou para o caos e Kandros foi jogado para fora do tanque, caindo ao lado dela em um tumulto de membros estreitos. Ele ofegou, abalado, mas pelo menos não parecia estar pior do que ela.

Não era uma melhoria, ela podia apostar.

— Não há tempo para comemorar — disse-lhe ela, numa voz que mal passava de um grasnado. Sloane segurou a beira do tanque quebrado e gesticulou com a barra. — Salve quem você puder. — Era uma ordem, categórica e simples. A ternura não era do estilo dela. A equipe de segurança sabia disso, estava acostumada.

A fumaça girava enquanto Kandros conseguia dizer "Sim, senhora", e se colocava de pé, cambaleando. Como Sloane, só o que restava a ele era o uniforme da Nexus. Protetor e confortável para um sono de séculos, mas não muito eficiente contra ameaças sérias.

Por acordo tácito, eles tomaram lados opostos.

Cada passo enchia Sloane de uma preocupação cada vez maior. Eles foram atacados? Invadidos? Eles conseguiram sair da galáxia?

O Cerberus os atacou? Piratas?

E se foi assim, o que aconteceu com sua escolta da Via Láctea?

Apesar dessa ideia desesperada, ela precisava, por ora, deixá-la de lado.

Ela levou seu abridor de latas improvisado a cada tanque que via, trabalhando neles com uma intensidade furiosa. O metal rangia, acompanhado pelo ofegar de surpresa, de esforço, os palavrões e as perguntas que ela não tinha tempo para responder.

— Tire-os primeiro — disse ela a Talini, um de seus oficiais mais experientes. O asari afastou-se cambaleando, balançando-se loucamente em pés ainda dormentes.

Salve quem você puder.

Tornou-se um mantra silencioso, uma coisa que Sloane dizia a si mesma a cada rosto que saía das ruínas crepitantes. Depois da pequena câmara, outra maior continha civis e outra equipe qualquer. Se era ou não seguro, ela não sabia. Tudo estava um caos. Pelo caminho, faíscas caíam no asari enquanto ela ajudava um humano manco a se afastar do pior, seguido por dois funcionários. Um segurava o braço torcido em um ângulo estranho.

Sloane não conseguia acompanhar tudo isso. Confiando em sua equipe, ela se concentrou nos tanques que conseguia alcançar. Quatorze tanques de estase cederam a seus esforços no mesmo número de minutos.

Apenas oito ocupantes se arrastaram para fora.

Ela deixou a tampa fechada sobre os restos mutilados de Cillian, agente de sua própria unidade. O que quer que tenha apanhado a Nexus desse jeito, lançou uma onda de energia imensa nos sistemas. Havia fiação estourada e fumaça, conversores de energia queimados por todo lado. Muitos tanques de estase tinham torrado as pobres almas que continham.

A fúria comprimiu um tique pulsante no maxilar de Sloane. As mãos sujas de fuligem criavam bolhas do metal abrasador; nada disso nem chegava perto do horror e da cólera que cresciam dentro dela. Ela subiu no caixão repugnante de Cillian para alcançar quem mais pudesse, sufocando a injustiça — a tragédia de merda de tudo isso.

Não restavam muitos. Kandros passou por ela com um humano arriado e escorado em seu ombro. Um salarian de expressão severa que ela não reconheceu conduzia dois adolescentes apavorados para longe do caos.

Um grupo de civis assustados se reuniu longe das vagas de fumaça, cobrindo a boca, o nariz e os orifícios de respiração com o que pudessem. Mãos, braços. Tiras de seus uniformes.

Chega! Ela alterou o foco, os olhos percorrendo as paredes arruinadas e obscurecidas pela fumaça, procurando pela chave de que precisava. A chave manual de supressão do fogo. Ela a viu, viu a explosão ocasional de faíscas escorrendo como água de trás do painel, porém, abaixo dele, em um gabinete que ela se esquecera de que tinham colocado ali, um extintor de incêndio reluzia atrás do vidro manchado.

Sloane correu até ali e chutou o vidro com força, acabando por se lembrar, do jeito mais difícil, de que sua habitual bota de proteção não fazia parte do uniforme de crioestase. Os dedos do pé explodiram de dor enquanto a cobertura espatifada se rompeu em uma mixórdia barulhenta no chão.

Dedos do pé quebrados? *Pelo menos um. Que ótimo! Simplesmente ótimo!* Sloane ignorou a dor, pegou o extintor de incêndio e partiu para o trabalho.

Um jato curto em cada chama. A mistura comprimida se agitou para fora, sobre as chamas e centelhas, e o espaço escurecia cada vez mais, mas estava tudo bem. Ela podia conviver com isso. À sua volta, as pessoas tossiam, choravam. Alguém gritou. Outro caiu de quatro, vomitando.

Entretanto, a cada jato do extintor, Sloane ouvia menos sofrimento. Os barulhos tornaram-se aqueles de pessoas preocupadas que podiam ajudar quem levou a pior. Cada leve alteração no tom dava a ela uma determinação ainda maior.

De algum modo, em meio ao caos rangente de metal deformado e fogo crepitando, todos eles se reuniram aproximadamente no mesmo lugar. Sloane jogou de lado o extintor gasto.

— Todos devem ficar juntos — ordenou ela. Ela forçou as portas com defeito a se abrirem, jogando o ombro contra o painel rangente até que ele deslizou o bastante para deixar passar a todos. Quando o último sobrevivente vacilante passou, ela deixou que a porta batesse às suas costas.

O suor colava o cabelo e o uniforme à sua pele, a fuligem fazia os olhos arderem. Com o corpo doendo, ela arriou no chão. Uma vistoria rápida confirmou seus ferimentos — dedo do pé latejando e quebrado, queimaduras menores, hematomas e arranhões —, mas nada que a impedisse de avançar. Que bom! Ela se obrigou a andar e avaliou a antecâmara. Estava mais silenciosa, como se o inferno do outro lado da porta tivesse sido apenas um pesadelo.

Para além da porta seguinte, ficava a saída. E provavelmente mais perigo.

Ao olhar os rostos apavorados e sujos de carvão ao seu redor, ela percebeu que menos da metade tinha escapado. Tantos tanques...

Mas não havia nada que eles pudessem fazer a respeito disso. Nada que Sloane pudesse fazer, a não ser levar os sobreviventes ao lugar seguro e trancar essa merda.

Eles teriam de guardar os lamentos para depois.

Kandros passou a manga rasgada do uniforme embaixo do queixo, apoiando-se em seu arrombador improvisado de tanque vital. A barra de metal já vira dias melhores. Assim como o turian.

— E então... — disse ele, elevando a voz acima dos alarmes estridentes. — O que aconteceu?

O grupo se entreolhou, depois para Sloane.

Ela queria ter as respostas.

— Não sei — disse ela, mas de nada adiantaria, então ela apontou a saída com o polegar. — Vamos descobrir.

— É. — O turian colocou a barra no ombro. — Imaginei que você diria isso.

CAPÍTULO 2

O corredor do lado de fora estava pior.

Havia um feixe de fios cortados que pendia de um painel retorcido no teto, as pontas cuspindo faíscas branco-azuladas que deixavam marcas pretas no chão. A fumaça fluía pelo teto, tornando-se mais espessa, pressionando para baixo. Até onde Sloane conseguia ver, os danos cobriam toda a extensão do corredor.

— Ventilação desligada — observou Sloane. Ela deu de ombros para a declaração prosaica e praticamente seca. — A supressão de fogo também. Minha hipótese é de que as comunicações foram danificadas.

— Perfeito — observou Kandros.

Eles se olharam. Ela podia ver sua própria avaliação refletida nos olhos do oficial. Os danos se estendiam bem além de sua câmara de dormir, o que significava uma entre duas coisas: ou foi um acidente muito grave ou um ataque. Talvez até de dentro.

O mero pânico que *isso* podia causar...

— Vou lhes dizer o que vamos fazer — falou Sloane num tom mais alto para que todos pudessem ouvi-la. — Kandros, leve essas pessoas com você. Para um lugar seguro.

— Onde, por exemplo?

Sloane pensou no assunto, depois baixou o tom de voz.

— Assuntos Coloniais. Não nos escritórios, mas no hangar, onde guardam os transportadores. Pelo menos vocês estarão preparados para dar o fora, se for necessário e, caso contrário, os sistemas de suporte vital naquelas naves podem ser mais estáveis.

— Boa pedida. Onde você estará?

Sloane olhou à sua direita, na direção da Operações.

— Tentarei entender o que aconteceu. Não sei o que houve aqui, mas foi grave. Fique em segurança, você me ouviu? — Ela olhou as mãos dele, onde deveria haver uma pistola. Mas ela própria não tinha nada melhor a oferecer. Ambos recorreram a canos tortos e amassados e vigas de metal. *Que ótimo!*

Ele estreitou os olhos, consciente do que ela pensava, e assentiu brevemente.

Ela apreciava isso nele. O tempo que passou com os turians, sua amizade com um em particular, dera-lhe muito discernimento sobre os tiques desse povo. Kandros valorizava esse discernimento e Sloane valorizava a confiança dele.

Isso compunha uma equipe forte.

— Irei para a Operações — acrescentou ela. — Procurar e ficar perto de um comunicador. Entrarei em contato com você de algum jeito depois que souber o que está acontecendo.

— Senhora.

Um dos bons. Ela sabia melhor do que a maioria o quanto era inestimável esse tipo de dedicação. Sloane colocou a mão na carapaça estreita dele e partiu.

Manteve-se junto da parede, ignorando as portas por onde passava. Cada uma delas continuava fechada e, por enquanto, estava tudo bem. Impediria a disseminação de qualquer incêndio. Porém, ela verificou os painéis de status ao lado de cada uma. Todos diziam a mesma coisa. Brilhava uma única palavra em vermelho: *desativado*.

Isso a incomodou mais do que qualquer outra coisa. A Nexus, sendo a maravilha da engenharia que era, fora projetada por mais comitês do que Sloane pensava ser possível. E, caramba, eles adoram a *redundância*! Cada um desses painéis deveria ter três, até quatro links com a matriz de sistemas da estação. Ficar desativado servia apenas para confirmar seu medo crescente — aconteceu aqui algo muito ruim ou muito direcionado.

Ela precisava de informações, e rápido.

Sloane andou a passos largos pelo corredor até o cruzamento seguinte. Uma porta reforçada de emergência tentara lacrar o espaço, sendo bloqueada no meio do caminho, os eixos cuspindo faíscas. Um olhar rápido confirmou o bloqueio: um cadáver, apanhado entre as portas enquanto se abriam e se fechavam, pegavam a carne brutalizada, abriam-se novamente. Fechavam-se. Repetição.

O corpo não podia ser reconhecido de tão queimado, jazendo sob uma pilha de destroços — pedaços de maquinaria e cabeamento que tinham caído do teto. O cheiro deu ânsias de vômito em Sloane. Adocicado e repulsivo ao mesmo tempo, carne estragada e ossos calcinados.

Mas ela já havia feito isso na vida. Engolindo a bile, ela se ajoelhou e examinou o uniforme, rolando o corpo um pouco para ver. O fogo, ou talvez alguma reação química, deixou ilegível a identificação. Um salarian, pelo formato da cabeça. Que jeito horrível de morrer. Sloane baixou delicadamente o corpo. Passou por cima dele o melhor que pôde e se espremeu pela abertura.

Precisava deixar o pobre coitado ali. A porta seria lacrada sem ele, prendendo-a deste lado — e sabe-se lá o que estaria com ela.

O calor atingiu seu rosto e a obrigou a se retrair. À frente, um incêndio aberto explodia de um cano que tinha perfurado as placas da parede e foi aceso por um cabo em faíscas. O ar fedia a gases que seus pulmões não queriam respirar.

Mas fogo significava oxigênio e isso queria dizer que este corredor esteve pressurizado. Não ficaria assim por muito tempo, um voo frio entre galáxias. Desse modo, ou eles não conseguiram sair da Via Láctea, ou chegaram a Andrômeda.

Havia um leve conforto em se encontrar em uma dessas duas opções. Pelo menos eles não estavam presos no vasto vazio entre os dois.

Uma figura passava pela névoa de fumaça cada vez mais densa. Sloane, desarmada, automaticamente assumiu uma posição de luta. Mas isso não adiantaria grande coisa contra invasores armados...

O uniforme evidenciava que ele era alguém da estação. O homem cambaleou para a frente, balançando o braço de um lado a outro diante do rosto voltado para baixo, tentando em vão afastar os vapores sufocantes.

Porém um uniforme, embora esfarrapado, agora não significava nada.

— Pare aí mesmo — gritou Sloane. — Nome e patente, *já*!

Ele parou, erguendo as mãos num instante de rendição. A pele mais clara das palmas vertia um fluido inflamado, queimaduras elevadas entrecruzavam-se nas duas mãos. Ela se solidarizou com ele. Mas então, qualquer coisa poderia ter causado esses ferimentos — a abertura de criotanques quentes, ou uma pequena sabotagem que não deu certo. Ela precisava saber qual das duas coisas.

Esse era o trabalho dela. O homem tremia visivelmente.

— O que houve? Fomos atacados?

— É o que estou tentando descobrir — respondeu ela sem rodeios. — Agora, quem é você?

— Chen. Eu sou... sou apenas um reparador júnior — acrescentou ele, tossindo intensamente logo depois.

Sloane não reconheceu o nome.

— Que departamento? Médico? Por favor, diga que é médico.

— Saneamento.

— Perfeito. É perfeito, porra. — Ela balançou a cabeça. — Olha, não é seguro aqui fora. Volte a seu tanque de estase.

— N-Não! — O retraimento dele era tão físico quanto visceral. — Não posso! — Tremores visíveis tomaram a compleição magra do homem. — É pavoroso. Todo mundo morreu. Acho. Eu só fugi. Tinha fogo e... os tanques estavam... eles...

Pois é. Ela entende. Ela estendeu a mão, segurou o ombro dele e ignorou a dor em estalos que isso provocava na própria mão.

— Escute — disse ela, firmando o homem. — Sou a diretora de segurança Sloane Kelly.

— Segurança? — Os olhos dele, lacrimejando na fumaça, estreitaram-se com esforço. — Então fomos atacados. Só pode ser!

Porque a alternativa era muito pior.

Sloane fez uma careta. Sentiu gosto de cinzas. Sua garganta doía. Parecia que ela não comia nem bebia nada há séculos, o que bem poderia ser a verdade. Mas ele não se encontrava num estado muito melhor e, em vista de sua aparência, não era um sabotador. A não ser que tenha estourado o banheiro da Operações só por diversão.

Ela teve vontade de suspirar. Não o fez.

— Não sei o que está havendo, entendeu? Estou tentando descobrir. Mostre-me onde fica seu tanque de estase...

— Não vou voltar lá. Não posso. — Ele gesticulou para o caminho que havia tomado. — Se quiser ir lá olhar, fique à vontade, mas você não vai... — Um soluço deixou sua voz embargada. Ele baixou a cabeça, passando as costas da mão no rosto. — A coisa toda foi lacrada. Eu quase não consegui sair. Não sei... ainda não posso... — O ombro abaixo da mão dela se sacudiu violentamente.

Sloane o avaliou. Saneamento, hein? Seu instinto lhe dizia que ele se meteu em algo mais feio do que um ralo entupido.

— Tudo bem. Tudo bem. Escute, você precisa ir para o hangar CA, entendeu?

— Não posso ficar com você? — suplicava assustado.

Ela mal reprimiu um sorriso severo. Ele não ia gostar disso.

— Claro, Chen. Vou verificar sua sala de estase.

Ele mudou de posição com tal rapidez que ela se viu segurando o ar.

— Na verdade, o hangar parece muito bom — disse ele rapidamente.

— Você disse que está liberado?

Tomara que sim.

— Cuidado com os fios soltos — disse ela em vez disso. — Agora vá andando. Outros estão reunidos lá, você ficará a salvo.

— Obrigado. Muito obrigado. — Uma pausa. Ele vacilou para o lado dela, depois voltou por onde ela veio. Em seguida, com um sorriso louco e indefeso, acrescentou: — Tenha cuidado. Senhora diretora. — Um último gesto hesitante e Chen partiu. Vagamente na direção certa.

Sloane o observou indo embora. Ele ia conseguir. Provavelmente. Os danos pareciam piores para o lado dela, e não dele.

— Ter cuidado não ajuda a fazer o que tem de ser feito — resmungou ela.

* * *

O zelador não havia exagerado.

Ela encontrou a porta primeiro, do outro lado do corredor onde deveria estar fixada, jogada de lado. A sala em si parecia uma zona de guerra. Tanques de estase jaziam amontoados como lixo e muitos estavam abertos. Sloane já vira muitas mortes na vida, mas isso não impediu a sua mão de cobrir a boca com essa visão.

Corpos se espalhavam para todo lado. Dezenas deles. Muitos estavam queimados, outros simplesmente tinham sido erguidos do sono e se amontoavam junto das paredes e dos móveis. Um deles estava esparramado embaixo de um tanque virado, só a mão e o pé visíveis por baixo.

Tudo estava imóvel, silencioso, a não ser pelo silvo e o estalo de equipamento quebrado e os fios soltando faíscas.

— Tem alguém aqui? — chamou Sloane. Não porque tivesse alguma esperança de encontrar alguém, mas porque jamais se perdoaria se não perguntasse. Mas não houve resposta nenhuma. Nem mesmo uma tosse desesperada.

Corpos espalhados, baixas de algum erro grande e idiota ou do orgulho de alguém... sim, essas eram imagens que ela pensara ter deixado para trás.

Sloane se virou, reprimindo uma crescente sensação de pavor no peito. Ao lado da câmara de tanques, havia uma recepção. Sua lembrança da planta da Nexus aos poucos lhe voltava. As câmaras de crioestase estavam espalhadas por toda a imensa nave e grupos delas eram conectados a salas especiais onde os tripulantes recém-despertos podiam relaxar e se aclimatar enquanto esperavam que seus superiores aparecessem e lhes dessem as boas-vindas à fantástica Andrômeda.

Enquanto isso, alguém da equipe médica avaliaria a saúde deles, psiquiatras se certificariam de que eles não perderam o juízo enquanto dormira. Um representante da equipe de Sloane estaria disponível para o caso de eles *terem* enlouquecido e, por conseguinte, perdido seu espírito de cooperação.

De qualquer modo, era assim que deveria ser.

Todos eles foram informados das hipóteses de desastre, entretanto ninguém havia imaginado um total colapso de... *tudo*.

A sala teria sido bonita, se não fosse pela viga grande de suporte que caíra em cheio no meio dela, esmagando camas e mesas com seu peso. Sloane podia imaginar este lugar lotado de pessoas conversando animadamente, tudo zumbindo com as ambições ventiladas por Garson. Era uma pequena misericórdia, imaginou Sloane, que esta calamidade tenha acontecido quando os salões, corredores, praças e parques ainda estavam vazios.

Um gemido longo e estremecido teve eco por toda a nave. Sloane franziu o cenho.

— Isso não pode ser bom.

Na parede do outro lado da sala, um painel retangular chamou sua atenção. Um terminal, exposto por uma chapa aberta. A tela estava ligada, exibindo o logotipo da Iniciativa.

Sloane pulou uma cama virada e costurou por entre uma confusão de mesas e cadeiras tombadas. A meio caminho, um estalo alto disparou o instinto de sobrevivência que ela vira em tantas batalhas que perdera a conta. Ela se abaixou, procurando proteção.

Uma chuva de faíscas caiu do teto. A sala ficou às escuras, exceto por luzes de emergência pela base das paredes e aquela única tela acesa atrás do painel aberto na parede oposta.

Havia um corpo abaixo da tela. Uma asari, esparramada e sem vida sob o peso de uma luminária que se soltou na calamidade.

Como nada mais explodiu, Sloane saiu de seu nicho inseguro e examinou o corpo. A asari não se mexeu com a aproximação dela. Ela não respirou. Nada.

Sloane Kelly alterou o foco para a tela, dizendo a si mesma que estava na hora de conseguir um relatório da situação. Só que agora o logotipo havia se apagado, substituído por aquela maldita palavra vermelha de novo: *desativado*. Sloane teve vontade de gritar de frustração.

Em vez disso, examinou o corpo, já sabendo o que encontraria. A mulher tinha se transformado em *o corpo* na mente de Sloane.

O caos, outro campo de batalha.

Fogo. Cinzas. Destruição.

Tudo isso lhe chegou quando ela tocou aquele pescoço imóvel. Esta mulher tinha sacrificado tudo para chegar ali. Todos eles sacrificaram. E pelo quê?

Perda. Decepção. Morte.

Sloane cerrou o queixo. Esta estranha era uma amiga pelo simples motivo de que as duas partilhavam o mesmo objetivo, abriram mão das mesmas coisas.

Quais teriam sido os últimos pensamentos da asari? Medo, supôs Sloane. Raiva, talvez.

Missão fracassada.

O outro lado não parecia ser tudo aquilo que eles esperavam.

Uma única tosse úmida rompeu o silêncio. O foco de Sloane voltou rapidamente à asari quando seu corpo se arqueou e um filete de sangue fresco traçou riscos por seu queixo. Certo arremedo de vida voltava a seus olhos violeta claros.

— M-mayday...

Sloane passou um braço pelos ombros da asari, evitando que ela se debatesse.

— Você vai ficar bem. Talvez estejamos sendo atacados, assim poupe sua energia e...

— Não vou... — ofegou a mulher, uma espuma cor-de-rosa saindo por seus lábios — morrer... tão c-cedo. — Seus olhos desbotados rolaram para o terminal desativado. — Inicial... — Sloane a manteve o mais imóvel possível enquanto os pulmões da asari se enchiam e trituravam suas palavras em uma tosse entrecortada. Cerrando os dentes, a alienígena segurou a camisa de Sloane no punho ensanguentado e conseguiu falar: — Ataque não. — Cada palavra borbulhava. — Danos são abran... gentes...

Sloane se sentou com força no chão. Tentou ao máximo manter a mulher parada. Mas não era fácil. Sua mente lutava para entender a situação.

— Então, batemos em alguma coisa.

— Não. — Dentes ensanguentados se arreganhavam enquanto a asari lutava com outro acesso de tosse. — Uniforme demais... por demais... *agh*...

— Calma — interrompeu Sloane, cobrindo a mão dela e apertando com força. — Não desista. Preciso de suas informações. Sabotagem?

Em algum lugar nas profundezas da dor e da luta da asari, o humor encontrou um jeito de sair em um riso borbulhante e corajoso.

— Você... não... — sangue e flocos de espuma espirraram em um padrão irregular. Seus olhos se fecharam, uma lágrima escorrendo pela face ferida. Ainda assim, ela sorria. Sloane franziu a testa. — Física — conseguiu falar a mulher. — Sensores. D-dados...

Sloane pensou no que faria agora. Precisava de respostas. E de liderança.

— Minha prioridade agora é a segurança de Jien Garson. O Conselho.

— Câmara 00 — disse a asari. Mais pareceu um sussurro sufocado.

Já chega. Soldados sem um médico presente não saem vivos com sintomas como os dela e Sloane não era assim. Sua testa se franziu.

— Seu nome?

O punho no uniforme se afrouxou.

Ninguém foi esquecido.

— Seu nome — exigiu ela, curvando-se sobre a asari. O uniforme dizia apenas T'vaan.

Era só o que Sloane conseguiria. O gorgolejo do último suspiro da asari terminou em nada — silêncio, quietude. A mão caiu e não voltou a se contorcer. Sloane baixou a cabeça por um momento, só o que suportava fazer enquanto a estação estremecia a sua volta. Delicadamente, ela baixou T'vaan — não, *o corpo* no chão, seu punho rígido contra a superfície, ela voltou a se colocar de pé.

Foi um erro pensar que todos ali eram amigos. Havia milhares de tripulantes naqueles tanques de estase e alguns, talvez um grande número, ficariam felizes em deixar o passado para trás. A própria Garson havia dito isso: uma passagem só de ida.

Todos foram ingênuos em pressupor que isso aconteceria sem perdas.

— Câmara de estase 00 — repetiu Sloane, retirando forças das palavras. — Obrigada.

Seus ferimentos crepitavam e latejavam, ardiam e — no caso do dedo quebrado do pé — gritavam-lhe enquanto ela corria pela câmara tomada de destroços. Mas isso não era nada perto da ideia que a motivava: onde estava o Conselho?

Pensando bem, eles — *Garson* — devem ter passado por isso vivos.

Por favor, recitou Sloane em silêncio, cada sílaba no ritmo de seus passos doloridos. *Por favor*.

* * *

Os corredores se misturavam num borrão. Um túnel escurecido e danificado depois de outro. Cada câmara de estase por onde ela passava ainda estava lacrada; o estado dos habitantes, desconhecido. Ela não teve alternativa senão deixá-los desse jeito. Salvar uma sala de tripulantes da Nexus importava pouco se toda a nave corria perigo e quanto mais ela via, mais passava a acreditar nisso.

Em um corredor estreito, uma alteração na luz fez com que ela parasse. A energia retornava? Não, percebeu. Na pressa, Sloane não havia reparado na janela do chão ao teto a seu lado.

Só então a visão para além dela foi verdadeiramente registrada.

Por um momento ela ficou parada ali, sem fala. Partes da cena salpicavam sua mente tonta, aglutinando-se espasmodicamente em um turbilhão de luz, escuridão e pontos de cor. A janela de observação dava para uma praça, uma das maiores instalações com espaço de sobra para as seções se dobrarem para a viagem. O lugar onde as pessoas deveriam andar e discutir os detalhes importantes da colonização de uma nova galáxia.

Era uma ruína.

A janela proporcionava uma vista desimpedida de toda a extensão de um dos grandes braços da Nexus. Vários quilômetros de habitat meticulosamente projetados e construídos. Fábricas, fazendas hidropônicas, hospitais — tudo de que eles precisariam. Tudo que os sustentaria.

Só o que ela conseguia ver era fogo, sentia o cheiro de gás escapando, as paredes cobertas de linhas irregulares, as vigas expostas. Destruição numa escala maciça e para além de tudo isso, um mar desconhecido de estrelas imóveis.

Não era a Via Láctea. Sloane saberia. Passar muito tempo olhando por janelas de naves conferia uma estranha familiaridade. Palaven, Thessia, o diabo, ela teria ficado feliz em olhar a paisagem estelar de Ômega.

Aquilo era desorientador, com sua rede cintilante de estrelas azuis, vermelhas e brancas e a teia contínua de fios sinistros e coloridos de gás e poeira estelar. Não havia dúvida de que eles não estavam em casa.

Mas seria este seu *novo* lar?

Era impossível saber.

Agora Sloane Kelly corria. Os pés batiam em disparada apesar dos gritos renovados de agonia de seu dedo quebrado, a névoa da ressaca da estase empurrada a um canto distante de seu ser. Ela sabia que pagaria por isso depois — se *houvesse* um depois.

Ela esperava desesperadamente haver um depois. Em que ela e o Conselho pudessem conversar, talvez bebendo alguma coisa. Bebendo muito.

Corredores passavam voando num borrão, até que por fim ela chegou à porta que procurava, com a simples placa "00".

Estava escancarada.

Sloane parou pouco antes da soleira, recuperando o fôlego. Um instante, apenas para fortalecer sua determinação, depois deu um passo para dentro.

A câmara de estase era parecida com qualquer outra. Um clone perfeito daquela que a própria Sloane havia lutado para defender e da qual saiu. A única diferença era o escopo dos danos. A tragédia de corpos.

Não havia nem uma coisa, nem outra.

Cada tanque ali estava aberto. Nenhum sinal de morte, danos, fogo ou defeitos físicos.

Uma olhada rápida e ela determinou que a sala estava vazia. Num completo silêncio. Pelo menos não havia cadáver nenhum. A essa altura, ela consideraria qualquer vitória que pudesse, por menor que fosse. Mas o alívio esperava teimosamente. Ela precisava encontrar Garson, ouvir suas ordens. Levar boas notícias aos sobreviventes.

Pelo menos isso seria o normal.

Ela girou nos calcanhares, a mente já passando ao plano de apoio, quando uma tosse fraca rompeu o silêncio.

Sloane parou, passando os olhos mais uma vez pela sala.

— Olá?

Nada.

E então outra tosse e um fraco "Oi? Tem alguém aí?"

— Estou aqui — confirmou ela, dando passos acelerados para dentro da sala e examinando os tanques escurecidos. — Onde você está?

— Aqui. — A mão erguida, visível pouco além de uma mesa de metal. Sloane deslizou por cima da mesa e se deixou cair sobre um dos joelhos ao lado da mulher deitada no chão. O sangue de um ferimento na testa escorria para o nariz e a face e seus olhos não focalizavam exatamente na mesma direção.

— Está muito ruim? — perguntou Sloane, os olhos disparando do ferimento para o nome impresso à esquerda no traje ensanguentado, na altura do peito. *Addison*. Foster Addison, outra tripulante de nível sênior, como Sloane. Assuntos Coloniais, se não lhe falhava a memória.

Addison levantou a mão e, hesitante, sondou o corte. O sangue já havia começado a secar pelas bordas, embora uma linha nova tenha se formado no meio quando ela o tocou.

A mulher fez uma careta.

— Vou conseguir. Meio tonta.

Meio? *Ah, tá.*

Sloane se desviou para o painel de primeiros socorros, felizmente intacto nesta câmara estranhamente intocada, e encontrou um kit com pacotes de medigel seguros em seu interior. Voltando ao lado de Addison, ela rompeu o lacre e passou o gel frio na testa de Addison.

— Isto deve ajudar.

Addison fez uma careta, os olhos se fecharam com força mais uma vez.

— Nada de atendimento ao leito, pelo que vejo.

— Nada de leito — dizia Sloane enquanto se sentava e retirava a própria bota. — Nem médicos, nem pontos. — Ela passou a gosma no dedo inchado e latejante do pé, depois apertou o gel em volta dele como com um amortecedor a mais.

— Ai!

Sloane ignorou a mulher, esperou vários segundos para que o efeito analgésico batesse. Ainda doeu recolocar a bota, mas não foi nem de perto tão ruim como antes.

— Tudo bem, acabaram-se as amabilidades. — Quando ergueu os olhos, Addison havia conseguido se colocar de pé, embora escorada em um tanque.

Ela examinou a sala, depois franziu o cenho, trêmula, para Sloane.

— Você deveria estar aqui?

Esta, concluiu Sloane, deve ser a voz da concussão. Era frívolo demais para ser outra coisa. Ela ignorou isso também.

— Onde estão os outros? Garson? — Sloane olhou em volta uma segunda vez para ter certeza. Cada tanque de estase na sala permanecia vazio, contrariando suas magras esperanças.

Addison fechou os olhos com força. Quando os abriu, seu olhar parecia um pouco menos baço. O gel na testa já ficava fosco, selando o ferimento.

— Estávamos todos na Operações. Para... — ela balançou a cabeça uma fração, como se precisasse soltar o pensamento. — Para a chegada.

A chegada. Despertamos para a *chegada*.

A notícia parecia irreal no caos que a cercava.

— Então... — Sloane a encarou. — Nós conseguimos?

A mulher ferida assentiu, abriu os olhos.

— Conseguimos.

— Mas então o que aconteceu? Ataque?

Addison ficou imóvel. Depois, como se de repente somasse dois e dois, fixou o olhar preocupado em Sloane.

— Quem é você? Você não me é estranha.

Dois e dois, pensou Sloane irritada, claramente somavam cinco.

— Diretora de segurança Sloane Kelly — disse ela com paciência. — Nós nos conhecemos.

— Ah. Segurança. Então, é claro que você teria esta conclusão apressada. — Ela tossiu, fechou os olhos mais uma vez. Dois dedos pressionavam a carne inchada da ferida. Provavelmente o gel já fazia efeito, entorpecendo a área. O dedo do pé de Sloane tinha se acomodado a um gemido. Assim como suas mãos. — Não vamos supor ataque — continuou a mulher. — Não viemos para cá entrar em guerra com quem encontrarmos aqui.

— Tá, tá bom, paz e amizade, conheço o discurso. Isso não quer dizer que os habitantes tenham ouvido. — Porém, T'vaan não tinha concordado. Ela morreu acreditando que não houve ataque, morreu nos braços de Sloane falando em algum problema no sensor. Sloane franziu a testa. — E então, o que *aconteceu*?

Desta vez, a voz de Addison falhou.

— Não sei. Mas — ela continuou mais vigorosamente — precisamos verificar.

Sloane se questionou se devia deixá-la para trás, mas decidiu pelo contrário. Se a Operações se saiu tão mal como a criostase, ela precisaria de toda a ajuda que conseguisse. Ela estendeu a mão à mulher, para apoiá-la.

— Consegue andar?

Addison assentiu, trêmula, e ignorou a mão estendida de Sloane, dando o primeiro passo instável para longe de sua escora.

Ela não caiu, e assim Sloane não ofereceu mais ajuda. O que ela fez, porém, foi ter o cuidado de acompanhar o passo da diretora a uma distância constante. Só por precaução.

Elas andaram num silêncio relativo por algum tempo. Quando Sloane olhava as costas retas da mulher, ocorreu-lhe uma ideia.

— Por que você não estava na Operações?

Addison lançou um olhar rápido a ela.

— Eu tinha acabado de sair para procurar Jien.

— Procurar Jien? — Por mero reflexo ela segurou o braço da mulher. — Ela está viva?

— Da última vez que vi — respondeu ela, mas franziu a testa para a mão de Sloane, com ironia. — Antes do lançamento oficial dos protocolos de chegada, a equipe científica queria definir as últimas leituras. Jien tinha acabado de sair e assim, quando estávamos prontos, fui buscá-la.

— Sem comunicações?

Ela balançou a cabeça.

— Não vi necessidade disso.

Sloane apontou com o polegar o caminho que elas tomaram.

— Você achou que ela estaria lá?

Desta vez, sua companheira diretora virou a cara, desvencilhando o braço da mão de Sloane.

— Ah, não. Parei ali por um segundo.

— Por quê?

— Eu precisava usar o... toalete.

Sloane franziu a testa.

— Como é, eles não fizeram instalações perto da Operações?

A mulher olhava diretamente em frente, embora Sloane visse um tique em seu maxilar subitamente rígido.

— Não seja grosseira com isso, diretora — disse ela com firmeza.

— Desculpe-me, *diretora*, minhas perguntas a incomodam?

Addison lançou outro olhar, desta vez frio.

— A não ser que levem a uma revelação ou a uma acusação envolvendo funções biológicas malignas, quem sabe o foco no que é importante?

Está certo. Sloane se lembrou exatamente por que não se deu ao trabalho de fazer um esforço com a diretora colonial. Não larga a pose.

Sloane abriu um sorriso forçado.

— Claro. — Seu olhar, em vez disso, voltou-se para os corredores por onde elas andavam. Estavam muito mais em ordem. Bom, muito menos destruídos do que aqueles que elas deixaram. — E então, encontrou Garson?

Addison balançou a cabeça, embora de má vontade.

— Eu estava voltando para ver se ela havia retornado quando toda a nave balançou. Parecia ter atingido uma turbulência em um voo atmosférico, só que muito pior. O chão escapou de mim e acho que bati a cabeça quando subi... ou talvez desci. Sinceramente, não me lembro.

A asari tinha dito algo a respeito de física. Sloane já esteve em panes espaciais parecidas. Quem sabe não foi o que ela quis dizer?

Ela também arquivou isto para depois. No momento, tinha peças demais de quebra-cabeças e nenhuma imagem final.

— Quando estava na Operações, viu alguma coisa que possa explicar isso?

— Quer dizer o quê, soldados alienígenas descendo de rapel pelas janelas?

— É de se pensar que você teria visto isso — respondeu Sloane com clareza. — Se estivesse em seu posto.

Isto deixou os ombros de Addison rígidos.

— Não houve nada parecido. Nem uma nave, nem frota de ataque, nada em que você pudesse disparar, diretora de segurança Kelly. Lamento decepcioná-la.

Sloane virou-se para ela irritada.

— Estamos com muitos problemas, caso não tenha percebido. Gostaria de ter respostas diretas, dadas imediatamente, e menos crítica a respeito de meu papel nesta nave. — Seu tom, embora gélido, fez com que os olhos de Addison se arregalassem. — Assim, o que eu quis dizer com qualquer coisa — concluiu ela rispidamente — é *qualquer coisa*. Dados de sensores. Lixo inesperado em nosso caminho. *Monstros espaciais* gigantes. Qualquer coisa.

Foster Addison não a mandou à merda. A mulher aguentou firme, mas Sloane via que a censura encontrou o alvo.

Ótimo!

Quase ótimo. Ela ergueu o queixo manchado de sangue.

— Não precisa ser sarcástica, diretora. — Esmurrá-la, raciocinou Sloane, não ajudaria em nada. E seria uma reação completamente exagerada.

Para sorte dela.

Addison prosseguiu.

— Estávamos no lugar certo. A vizinhança estelar combinava com nossos gráficos de navegação. Havia... preocupação, talvez, entre os conselheiros científicos a respeito de algumas leituras. Eles imaginaram que seiscentos anos talvez desgastassem um pouco o equipamento. Queriam algum tempo para desvendar a matriz e analisar os dados. Foi quando eu saí para...

— Dar uma mijada.

— Encontrar Jien — corrigiu ela gelada.

— Sem as leituras?

Addison jogou as mãos para o alto.

— Francamente, ninguém precisa de sensores externos para usar as instalações internas. Agora, que tal se fizermos menos interrogatórios de eventos perfeitamente naturais, *por gentileza*, e tentarmos chegar a algumas respostas *reais*? — Ela gesticulou para Sloane passar primeiro pela porta, para além dela.

Ótimo! Melhor do que especular com uma assistente social com concussão.

Expressando em silêncio todas as coisas que *queria* dizer, Sloane tinha dado apenas alguns passos para a antessala quando a Nexus começou a tremer.

CAPÍTULO 3

— Mas o que é isto?

Sloane não tinha uma resposta. A nave tremia e se sacudia em volta delas, agitando-se como que esticada para várias direções. Elas oscilaram, chocando-se uma na outra antes de conseguirem se equilibrar. O guincho espantoso de metal se rasgando ecoou pelos corredores. Addison se abaixou, jogando um braço sobre a cabeça.

Sloane apenas se manteve abaixada, preparando-se para rolar, quando o movimento cessou. Mais uma vez, o metal se torceu e gemeu, rolando oco pela câmara que, não fosse por isso, teria um silêncio fantasmagórico. Quando tudo parou, elas se olharam em um silêncio desolado.

Por um bom tempo, nada se mexeu.

Nem elas.

Nem a nave.

Sloane soltou a respiração que não percebera que prendia.

— Sem seguimento — disse ela. — Isso é bom... ou, pelo menos, não é ruim.

— Outra explosão?

— Duvido.

— Como pode ter certeza?

Sloane escorou a mão em uma coluna torta e examinou a antepara acima delas, de certo modo esperando que, de repente, ela rachasse e caísse. Que jeito de morrer.

— Porque não é o que parece — disse ela categoricamente. — Seja o que for, está afetando toda a nave, como... como um terremoto.

— Um terremoto no espaço?

— Quem está sendo sarcástica agora? — replicou Sloane.

— Pensei em me entender com você no seu nível — resmungou Addison, com mais do que uma leve superioridade na zombaria ríspida. Isso lhe angariou um olhar feio.

— Só o que estou dizendo — falou Sloane, recorrendo a suas reservas minguantes de paciência — é que nenhum de meus ossos "sob ataque" está se contorcendo. E isso bate com o que uma técnica postulou quando vim para cá. — Para grande consternação de Sloane. De certo modo, era mais fácil lidar com um ataque. Proteger a estação, matar os invasores.

— Quem?

— T'vaan, acho. Asari.

Addison arregalou os olhos.

— Ela está bem? — A esperança nesta frase, o fato de ter terminado numa interrogação, foi o bastante para provocar uma dor na consciência de Sloane.

Sem dizer nada, ela meneou a cabeça.

Abatida, Addison pareceu murchar, retraindo-se um pouco mais de Sloane.

— Ela era da equipe científica.

É. Sloane imaginou. Ela assentiu, a atenção mais uma vez concentrada na câmara vazia. O teto aguentou.

— Bom, ela repetiu o que você disse. Algo estranho nos sensores. Então, como chegar a Operações a partir daqui? Vamos pensar nisso.

— Passando pelo Intercâmbio Cultural e seguindo o braço do raio. — Depois, em um tom sério: — A não ser que o caminho esteja bloqueado.

— Então, vamos andando — disse Sloane —, antes que desmorone mais alguma coisa.

Nisso, as duas podiam concordar. Mesmo assim, ela diminuiu o ritmo. O dedo do pé doía fortemente e ela não gostava do jeito como o ferimento de Addison já começara a se arroxear por baixo do medigel. Sem dúvida uma concussão. Ela ficou atenta à mulher, tentando entendê-la. Deixando a ponte? E para encontrar Garson, ainda por cima. Nessa ela falhou, mas talvez fosse só uma coincidência. Talvez ela estivesse saindo para procurar justo quando Garson voltava à ponte.

Se ela tivesse ficado, será que agora Addison teria as respostas para essa confusão?

Talvez.

Se o que ela disse era verdade, Sloane não queria estar na pele dela quando esse relatório caísse na mesa de alguém. Deixar a estação quando a merda batia no ventilador? Parecia ruim. Até para uma diretora.

Não, não era só a mesa de alguém. De Jien Garson. Addison era diretamente subordinada a ela, assim como Sloane. Mesmo conhecendo os ideais da Iniciativa, eles encontrariam um jeito de ter uma análise do comitê sobre o equívoco de Addison.

Apesar de sua aversão pessoal à burocracia e de suas próprias altercações ocasionais com conselhos disciplinares, Sloane tinha fé na liderança da Nexus. Garson faria o que era certo, por mais que ela e sua equipe satisfizessem o comitê.

Supondo-se, intrometeu-se a vozinha desconfiada da natureza investigativa de Sloane, que a mulher estivesse falando a verdade.

Um fato que, por enquanto, ela deixou quieto. Considerando tudo, ela, a essa altura, suspeitaria de sabotagem potencial de todos. Primeiro as provas, depois as conjecturas.

Um estrondo repentino a arrancou de seus devaneios, fazendo Sloane dar um salto para trás, com a pulsação acelerada. Nunca sentiu tanta falta de suas armas. À frente, um painel deslizou do lado errado e derramou as entranhas por todo o corredor. Tubos sibilaram e se contorceram, soltando uma rajada de vapor quente.

Tanta destruição por tão pouco. Depois da massa agitada de tubos, mais faíscas iluminavam o escuro. A devastação que lampejava na sombra parecia muito bizarra se comparada com a parte limpa do corredor em que elas estavam agora.

Pelo menos *ela* não gritou.

Sloane fez Addison esperar, deixando a outra diretora esforçando-se para controlar a respiração. Sloane farejou cautelosamente o ar. Pelo menos, nenhum vapor nocivo. *Obrigada por nada.* Também não havia nenhum fogo. Só a nave quebrada. Fios rompidos.

Planos destruídos.

— Merda — sussurrou Addison. — Espero que não seja nada importante.

— Mais um cano estourado — observou Sloane —, de milhares deles. Vamos manter o foco. — Ela enxugou da testa o suor provocado pelo vapor e pela adrenalina. Mais tarde, talvez, quando o pior disso ficasse para trás, ela poderia se preocupar com um único tubo quebrado. Ou milhares deles.

Passando com cautela por cima dos tentáculos que se contorciam, ela estremeceu quando alguns saltaram e faiscaram. Gotas de fluido resfriador subiam em arco na parede.

— Não está quente demais — disse ela por cima do ombro. — Mas fique afastada dos ativos.

Addison torceu o nariz e a seguia. Ela estava começando a parecer meio descontrolada, apesar de sua pose.

— Parece que alguma coisa rolou e simplesmente... — Ela agitou a mão suja. — Arrancou pedaços aqui e ali.

— Mantenha o foco — repetiu Sloane apressadamente. — Uma hora isso vai se resolver.

— Perdoe-me se não partilho de seu otimismo, mas uma hora isso não vai dar certo. Já temos muito que fazer a fim de começar nossa missão. Mas isto... — Caiu um silêncio, interrompido apenas pelo silvo e o balanço dos cabos que elas deixavam para trás.

Uma pontada de culpa cutucou a consciência de Sloane.

— Garson terá um plano — disse ela sem olhar para trás. — Afinal, estamos em Andrômeda. Do outro lado. Nós conseguimos.

Talvez isso tenha surpreendido sua companheira relutante. Talvez ela só precisasse ouvir isso.

— É. — Uma concordância lenta. Mas pelo menos estava ali.

Por algum tempo, nenhuma das duas disse nada. Mesmo quando Sloane teve de contornar mais alguns corpos, Addison continuou em silêncio. Mas parecia entorpecida. Era coisa demais para apreender.

— Me diga se precisar descansar — tentou Sloane.

— Estamos a duas seções de distância — disse Addison. Ela pressionava a base da mão na testa. — Jien pretendia fazer uma reunião informativa antes... — Mais uma vez passou por elas uma onda de vibração, embora branda se comparada com a anterior. Ela estremeceu, manteve sua postura e esperou que acabasse. Quando a onda morreu, ela abriu um leve sorriso severo. — Antes de tudo isso.

Sloane cerrou o maxilar e prosseguiu a um ritmo acelerado demais para ser estritamente seguro, mas, nesse passo, elas pelo menos teriam respostas mais rapidamente. A roda-viva da esperança para o medo e o nervosismo acabaria com ela antes de qualquer outra coisa.

Sloane tinha esperança de encontrarem as respostas que queriam.

Droga! Aquela palavra de novo. *Esperança.*

Era o que motivava todos. Cada uma das pessoas ainda em estase, cada homem, mulher e criança que se registraram na Iniciativa Andrômeda — cada espécie, de humana a turian, salarian e asari. Ora essa, até os krogan entraram, procurando uma saída da desolação de seu mundo natal, tudo pela *esperança*.

Agora, prestes a irromper em chamas a cada passo mais próximo da Operações, a cada painel destruído e tubos e fios pendurados por que passavam. Os destroços espalhados pelo corredor tinham descascado os painéis que estavam seguros e reluzentes quando Sloane passou por eles na primeira vez.

Agora, só o que ela conseguia enxergar e o único cheiro que sentia era de carvão. Ruína.

Temos de pintar nossa obra-prima.

Se alguém podia recolocar as coisas nos trilhos, era Garson.

— Ah, não... — A voz de Addison. Sem fôlego do esforço — ou da concussão — e se reduziu a um sussurro. Ela ficou petrificada a meio passo, com a mão na boca.

Sloane arrancou os pensamentos dos fios efêmeros do futuro, automaticamente estendendo o braço para firmar a mulher. Mas não era necessário. Addison estava de pé muito bem sozinha, mas tinha os olhos esbugalhados, de choque, pavor ou coisa pior.

— A porta...

Duas palavras mínimas e, de algum modo, Sloane simplesmente *entendeu*.

A esperança não daria certo.

A porta reforçada que Addison olhava pendia entreaberta de sua ancoragem, o que devia ser impossível, em vista de sua mecânica. Como se algo a tivesse atravessado, empurrando o painel de metal para fora em uma inflorescência irregular.

Por hábito, Sloane procurou a arma — uma arma de fogo que ela não tinha. *Droga!* Os velhos hábitos não eram de nenhuma utilidade quando todo o resto tinha ido para o inferno.

Endireitando os ombros, Sloane se aproximou da porta — do que restava dela, aliás. Addison seguia bem de perto e, à medida que a escuridão dava lugar a uma luz sinistra, as duas puxaram o ar numa respiração entrecortada.

A respiração de Sloane saiu em um "puta merda..." baixo.

Desta vez, Addison vacilou.

O instinto de Sloane foi de se jogar para trás, prender a respiração, cada lasca de sua pele exposta se eriçando de um medo profundo. Parte da vasta parede frontal da Operações, e o casco para além dela, foi cortada, a certa altura substituída pelos sistemas automáticos de emergência por uma antepara inflável e transparente. À primeira vista, parecia que não havia parede nenhuma, mas o pior era o que estava depois dali. Do lado de fora.

Contra o borrifo frio das estrelas, filetes contorcidos de preto e cinza se abriam, enroscavam-se e conduziam fios pontilhados de luz laranja e amarela. Uma antinebulosa bizarra que se desenrolava como uma fita puída estendida ao longe, como vias sinápticas se espalhando em filetes sinistros e viscerais.

— O que é isso? — sussurrou Addison.

Sloane teve de obrigar seu cérebro a girar, a descongelar os membros. Elas não iam flutuar para o espaço. Não iam se asfixiar.

Ainda melhor, talvez, era o fato de que os protocolos de emergência da Nexus tinham funcionado. A barreira havia salvado a Operações.

Ou... tentou salvar.

— Eu... não sei — foi só o que Sloane conseguiu dizer. Ela jamais vira algo parecido. Mais além da antepara, os filetes efêmeros de *sei lá o que* pareciam flutuar no vazio do espaço como algo separado dela. Estava ali, mas não estava *nela*. Como se... sua mente se debatia, procurando pelo conceito correto.

— Como cabelo embaraçado em uma piscina — disse ela em voz alta.

— Que nojo! — resmungou Addison.

Sloane concordava. Mesmo assim, ela acompanhou visualmente um filete comprido, cativada, um pouco, pelos pontos de laranja e amarelo que piscavam dentro dele.

Até que ele terminava, perdido na tela vazia do espaço.

Ou escondia-se na súbita rotação de um naco de metal, vagando para o campo de visão.

Sloane arregalou os olhos.

— Isto é...?

— Parte da Nexus — confirmou Addison sem fôlego. Ela levou a mão à boca. — Mas como?

A pergunta de uma vida inteira.

Se ela pretendia falar mais, as palavras morreram em um som abrupto de aflição.

— Ah. Ah, *não*. — Addison deu um passo para a frente, com braços e pernas rígidos. — Não, não... — Ela não olhava mais a mesma visão inacreditável. O foco de Sloane tinha deixado as fitas escuras e nebulosas, o naco marcado e o metal frio, e agora estava na sala.

Corpos.

Meia dúzia, pelo menos, pouco além da porta. Outros em meio às mesas imóveis e viradas que se espalhavam pelo espaço além dali.

A liderança principal da Nexus.

— Ah, caralho — sussurrou Sloane. Ela correu os olhos por perto, na esperança desesperada de que nenhum deles fosse Jien Garson. Mas estavam longe demais para ser reconhecidos. Maltratados demais para que ela descobrisse prontamente.

O mais próximo tinha uma franja de asari. Nuara. Da última vez que Sloane a vira, ela havia abraçado Garson, na despedida. Deitada em seu tanque como se na realidade só estivesse tirando um cochilo e todos estariam felizes, livres e prontos para trabalhar ao acordar.

Nem chegava perto.

Ela estava amarfanhada contra a borda cortada do casco externo, deste lado da antepara de emergência, mas não bastou. A julgar pela posição, pelo fato de que não havia cadáveres flutuando pouco depois do lacre, Sloane deduziu o que aconteceu.

A Matriarca protegera a sala o melhor que pôde até que a antepara de emergência pudesse se posicionar. Isto não isolaria o ar e, no fim, não deu certo. Mas ela tentou segurar, manter a equipe do lado certo da antepara.

Os danos ensanguentados indicaram a Sloane que um casco rasgado não foi o pior problema na ponte.

Incêndios. Caos. Esforços de emergência. Nada os havia salvado.

— Merda — sussurrou Sloane.

Addison respirou fundo, visivelmente *obrigando-se* a entrar em ação.

— Não há nada que possamos fazer por eles. — Ela se afastou da visão e foi dar uma busca na sala, passando cautelosamente por cima dos destroços. De mãos estendidas. Pessoas, *companheiros*, calcinados e destruídos.

Sloane entendeu, a contragosto, que ela teve a ideia certa. Se houvesse sobreviventes, estariam mais para dentro.

Ela voltou a atenção à parte da imensa sala que não fora destruída, seu coração já se deprimindo. A câmara espaçosa, talvez a maior de todas dentro da estação, mal podia ser reconhecida.

Uma tela gigantesca suspensa do teto tinha se dividido ao meio, caindo em uma série de consoles de controle que formavam um anel na parte frontal da câmara. Os consoles, quebrados e apagados, eram irreparáveis, mas era nas cadeiras que estava o foco de Sloane. Elas foram esmagadas. Completamente achatadas. Os restos se espalhavam pelo chão. Tinha desabado uma escada grandiosa e sinuosa que levava a um deque de observação acima deles. Ou talvez tenha sido esmagada por algo em queda. Não havia como saber. Tudo aquilo fora misturado, sacudido e atirado muitas vezes.

Era demais para processar. Sloane andou, sem pensar, ao amontoado mais próximo de destroços. Uma parte da grade do deque acima, retorcida e atravessada num banco. Ela levantou a massa quebrada e a jogou de lado, depois se colocou de quatro e olhou embaixo do banco. Olhos mortos a fitaram. Um moreno, a boca aberta em um grito silencioso. Marnell Phelps, técnico sênior da ponte, recordou-se Sloane. Um bom homem. O sangue seco traçava uma linha do canto da boca a uma pequena poça no chão. Seus olhos estavam vidrados e imóveis.

— Jien? — chamou Addison. Ela partiu pela sala, repetindo o chamado, a cada vez revelando um pouco mais do medo na voz. — Jien!

Sloane jogou de lado uma cadeira esmagada. Empurrou uma mesa, endireitando-a, ignorando a dor que um monitor quebrado caindo nos dedos de seu pé incólume causou. Pelo menos a dor, observou ela ao soltar uns palavrões, não era nem de longe tão ruim quanto a da fratura.

— Que ótimo, merda — ela sibilou no final de sua diatribe, tomando nota para procurar mais medigel.

Mas quando olhou por cima da mesa, jazia outro corpo atrás, abafando todo o resto.

— Achei alguém — falou ela. — Humano. — Irreconhecível à primeira vista. O corpo foi brutalmente esmagado. Sloane verificou o nome no peito, no que restava do uniforme. Manchado de sangue, porém legível. — Parker — acrescentou ela, levantando a cabeça.

Addison tinha cessado seus esforços. Agora seus olhos se fecharam.

— Miles Parker, diretor assistente de hidroponia.

Com cuidado, Sloane deitou de lado a pesada mesa que havia esmagado o pobre homem. Pensar em seu destino terrível revirou suas entranhas, mas foi a menção da hidroponia que a atingiu como um malho. Se a câmara de sementes sofreu uma brecha...

Foco. Sloane não podia se permitir essas preocupações. Não agora.

A busca prosseguiu. Um corpo depois de outro, cada um deles um golpe no moral de Sloane, mas nenhum era de Garson. Parecia ter se passado uma hora até que não restava mais nada a procurar.

— Ela não está aqui — disse Addison. Sua voz parecia firme, mas uma olhada em seu rosto provava o contrário. — E agora?

Boa pergunta. Ninguém fora preparado para *isto.*

CAPÍTULO 4

— Grupo de busca — disse Sloane. — Precisamos encontrar Garson e qualquer outro sobrevivente.

Addison balançou a cabeça, mas com relutância.

— Protocolo de sucessão. Temos de pressupor o pior. Se ela morreu... — Ela se interrompeu, os olhos caindo no lacre temporário mais ou menos na metade da frente da sala.

— Ela pode simplesmente ter saído para fazer xixi — disse Sloane.

— Você saiu.

Addison não mordeu a isca. Não desta vez. Mas isso aparentemente fez com que ela se endireitasse. Ela olhou nos olhos de Sloane.

— Ela está desaparecida. Existem procedimentos claros...

— Foda-se! — vociferou Sloane —, não vamos... — Ela se conteve. Controlou a raiva. — Olha, eu valorizo... Não quero ofender, mas precisamos...

Um rangido áspero fez com que as palavras de Sloane morressem na boca. O barulho se repetiu e a primeira coisa que passou por sua cabeça foi que o campo que segurava o ar começava a ruir. Ela deu um passo para trás, Addison a imitou duas vezes.

O barulho voltou, desta vez mais alto. Não da barreira, percebeu ela com alívio, mas da porta do outro lado.

A mão de Sloane foi ao quadril, tateando em busca daquela pistola que ainda não estava ali. Ela xingou, agachou-se um pouco e assumiu uma posição ofensiva, pronta para correr ou lutar, dependendo de quem ou o que passasse pela porta.

Duas mãos com dedos curtos, grossos e flexionados em volta da porta, agora entreaberta, e empurrando-a pelo resto do caminho. Uma figura mergulhou por ali, reptiliana, com uma cabeça larga, ombros volumosos e olhos bem separados.

Krogan. Uma krogan, com um vinco tão fundo na testa que era possível se esconder ali. Um vinco que Sloane conhecia bem.

Ela se levantou, avançou um passo e não conseguiu esconder o meio sorriso de alívio.

— Kesh. Caramba, é bom ver você! — E ela foi sincera. A visão da superintendente deu a Sloane a segunda fagulha de esperança desde que ela despertara. Nakmor Kesh conhecia as entranhas da Nexus melhor do que qualquer outro a bordo, tendo supervisionado sua construção. Se Jien Garson era a líder da Nexus, Kesh era a intendente.

A krogan avançou, sua cabeça lançada de um lado a outro.

— Diretora Kelly, eu diria que o sentimento é recíproco. — Ela gesticulou para todos os danos e os mortos —, depois de tudo isso, é bom ver alguém que ainda respira. Onde está Jien Garson?

— A pergunta do momento — admitiu Sloane.

— Uma entre muitas — disse Addison, aproximando-se. — Jien está desaparecida.

Sloane recapitulou à engenheira krogan tudo que tinha acontecido. Enquanto ela falava, vários outros tripulantes de níveis inferiores entravam na Operações, na esteira da krogan. Aturdidos e cuidando de ferimentos, eles pareciam mortos-vivos. Mas estavam saudáveis, todos eles, e pioneiros da Iniciativa. Sloane podia ver o brilho em seus olhos, apesar de tudo. Aquele espírito de querer ajudar. O fogo imorredouro da sobrevivência.

— Precisamos organizar um grupo de busca — acrescentou ela para os recém-chegados.

— Mais importante — começou Addison, mas Kesh já estava concordando com a cabeça.

— Neste momento, precisamos salvar quem pudermos — disse a krogan, interrompendo a outra mulher. Não com grosseria, notou Sloane. Na verdade, não. Apenas firmeza. Mas essa era Kesh. Racional, para sua espécie, e dedicada.

Addison entendeu.

— Cuidarei disso — acrescentou ela, balançando a cabeça. — Ver o que podemos fazer. Talvez vocês duas consigam deduzir o que aconteceu. — Ela se afastou sem esperar por uma resposta.

Sloane a viu organizar os extraviados em duplas.

— Ela é bastante sociável, não?

— Quando pode — disse Kesh, virando-se. — Posso perguntar o que Addison achou mais importante do que uma busca?

— Protocolo de sucessão.

— Ah. — Kesh voltou a olhar, aquele vinco abrindo rugas ainda mais fundas. As duplas de busca partiram para os cantos escuros da sala, vasculhando os destroços com temor. Tantas mortes, Sloane os entendia muito bem.

— Ei, Addison?

A mulher olhou.

A carranca de Sloane, torta e severa, telegrafou mais do que apenas as palavras.

— Faça uma lista de quem... — Ela se interrompeu, depois conseguiu dizer com cuidado: — Dos nomes aqui.

Addison concordou com a cabeça, igualmente severa, e se virou para a tarefa medonha.

Sloane se aproximou mais da krogan.

— Temos um monte de problemas por aqui, não é? — perguntou Sloane, num volume suficiente para ser ouvida apenas por Kesh.

Ela olhou nos olhos de Sloane com uma franqueza que só uma krogan podia demonstrar.

— Bem-vinda a Andrômeda — disse ela num tom baixo e áspero.

— O outro lado, certamente. — Kesh esfregou as mãos como se tivesse acabado de diagnosticar um vazamento de fluido resfriador. — Eu preferia saber dos fatos. Algum terminal desses funciona?

— Não que eu tenha visto — admitiu Sloane, de súbito se sentindo inútil. Uma oficial de segurança no meio de um pesadelo de engenharia.

— Que bom! — Ela rolou seus ombros largos. — Vamos ver se conseguimos consertar um.

Ela passou a andar pela sala, um estranho eco dos movimentos do grupo de busca de Addison, ignorando as baixas biológicas enquanto investigava e sondava aquelas mecânicas. Sloane a ajudou por um momento, mas na verdade só estava atrapalhando a krogan. Depois de um tempo, ela deixou Kesh nesta tarefa e se juntou a Addison perto do local onde a comandante da Nexus normalmente estaria sentada, supervisionando a vasta estação com uma xícara de chá na mão.

A cadeira da grande comandante estava virada, empurrada vários metros para trás de sua plataforma, os cantos do tecido arrancados pelo fogo.

— Algum sinal de Garson? — perguntou Sloane, embora pudesse ver a resposta escrita na cara de Addison. — Algum sobrevivente?

A mulher meneou a cabeça, entorpecida demais até para falar. Ela fungou com força, passou as costas da mão pelo olho e piscou. Lágrimas ou poeira, e Sloane poderia apostar que a mulher alegaria ser essa última. Ela não perguntou.

Addison estendeu um datapad para Sloane ver. Nomes tinham sido inseridos apressadamente em sua tela bruxuleante.

— São todos que despertaram para a cerimônia de chegada.

Sloane ficou boquiaberta. Foi preciso força de vontade para fechá-la. Ela engoliu em seco. Só dois nomes não estavam cruzados: o de Addison e de Jien Garson.

— Eu me sinto tão inútil — disse Addison num tom distante. Ela não olhava mais para Sloane. Nem para os corpos. Sloane não tinha certeza, mas a mulher tinha aquele olhar a mil anos-luz, de alguém prestes a entrar de cabeça em um colapso emocional.

Sloane fechou a mão em seu ombro, ganhando uma respiração entrecortada e a atenção repentinamente de volta.

— Não se preocupe. Há muito que fazer. Precisamos descobrir onde guardar os corpos. Me ajude...

— Eu quis dizer *aqui* — interrompeu Addison enfática. Ela riu um riso seco e irônico. — Em Andrômeda. Diretora de Assuntos Coloniais. Que piada. Teremos sorte se conseguirmos colonizar a sala ao lado.

— Ei — disse Sloane, de cenho franzido. — Já chega!

— Que foi, vai me dizer que vai ficar tudo bem? Que isto é só um contratempo? Olhe em volta. Não há como se recuperar disto. Acabou. Sem Jien, sem nossos líderes...

— Este — gritou Kesh do outro lado da sala. Ela estava ajoelhada diante de um terminal com uma tela arrastada e mais alguns sinais de queimado, porém, tirando isso, o dispositivo parecia intacto. — Acho. — Outra pausa. Ela estreitou os olhos. — Talvez.

Ora, a essa altura Sloane aceitaria feliz um *talvez*. Ela deu um tapinha no mesmo ombro de Addison, como faria com qualquer um de seu pessoal.

— Vamos discutir isso mais tarde, mas eu não ia soltar alguma besteira motivadora, está bem? Eu ia dizer que você ainda pode ajudar.

— Como?

— Como vocês planejavam colonizar os mundos a nossa volta?

— Isso é tarefa das arcas. Mas temos transportadores. Mas...

— Naves, exatamente, e se precisarmos evacuar a Nexus... — Ela parou quando a compreensão apareceu nos olhos de Addison. Ela conhecia essas naves, suas capacidades, suas aptidões, melhor do que qualquer um.

— Venha, vamos ver o que Kesh descobriu.

A mulher concordou com a cabeça, seguindo-a pela sala. Pelo menos agora parecia mais controlada.

Com uma série de grunhidos e rosnados impacientes de frustração, a krogan fazia uma cirurgia nas entranhas do único computador que não estava totalmente destruído. Apesar de toda sua bravata, Sloane ficou de lado e apenas observou. O torpor espalhava-se como gelo por seu íntimo, sobrepujado pela extensão do desastre.

Todavia, se só o que ela pudesse fazer fosse manter os outros ocupados, já seria alguma coisa, não é verdade?

Houve um estalo, uma chuva de faíscas. Kesh praguejou.

Outro defeito. Outra coisa para consertar.

— Ajudaria se eu desse um soco nisso? — perguntou Sloane com amargura.

Kesh olhou para ela, uma encarada que fez com que até Addison se retraísse. Depois, sem dizer nada, a krogan cerrou a grande mão num punho e o meteu no terminal com força.

A tela ganhou vida. As informações começaram a aparecer na superfície.

— Caramba, deu certo — disse Sloane em dúvida.

A krogan sorriu e bateu em seu ombro.

— Veremos o que podemos descobrir! — Todos se reuniram em volta quando Nakmor Kesh manipulava as telas, deixando de lado alertas óbvios, com impaciência.

— Hmmm...

— O que foi? — perguntou Addison.

— Ele não me deixa entrar.

— Sabe usar isso?

Kesh soltou um grunhido grave e irritado. Não se desviou da tela.

— Os protocolos de emergência estão em pleno vigor. — Agora a krogan virou a enorme cabeça, voltando o rosto para Addison e Sloane. — Isto depende do reconhecimento e da liberação de Garson, o que não aconteceu.

— Ela está desaparecida — disse Addison na defensiva.

— O sistema não sabe disso.

— Aonde quer chegar, Kesh? — perguntou Sloane.

A krogan apontou para o monitor. Quando falou, era como se citasse o manual de procedimentos e Sloane imaginou que era exatamente o caso.

— Na eventualidade de uma emergência em toda a estação, se a comandante não reconhecer este estado dentro de certo período de tempo, é iniciado um confinamento até que o indivíduo apropriado, identificado por protocolos de sucessão pré-programados, possa ser convocado para ocupar seu lugar.

— Tudo bem — disse Sloane. — Então, é Addison, não é? Deixe que ela faça isso.

— Possivelmente. — Kesh examinou o painel. — Mas o procedimento é muito específico. Precisamos correr a lista, eliminar aqueles... incapazes... de substituir até que Garson seja localizada.

Addison entregou a ela seu datapad, com certa relutância, pensou Sloane. Elas esperavam enquanto Kesh manipulava a interface, encontrando seis nomes sucessivamente na lista da cadeia de comando. Bem antes do nome de Addison aparecer, porém, o protocolo gerou uma lista que não estava no datapad, nem fazia parte do grupo da cerimônia de chegada.

Addison estreitou os olhos para o monitor.

— Espere aí. — Ela apontou para o texto. — Mas *quem é* esse Jarun Tann?

* * *

— Jarun Tann — disse o salarian. — Vice-diretor de gestão de receita.

— Perfeito — resmungou Sloane, meneando a cabeça. — Que perfeição da porra.

A câmara que abrigava o tanque de estase dele tinha visto apenas danos mínimos no "evento", como Addison passara a chamar o desastre. Tann, junto com todos os outros ali, continuara dormindo e agora foi despertado apenas porque Kesh apelou a procedimentos manuais em seu repertório de milagres tecnológicos. O único, por acaso, que acordou. Pelo menos ainda estava vivo e respondia por si mesmo.

O salarian se sentou reto, quase animado, provavelmente supondo que esta era a revivificação esperada de um longo sono e que ele podia começar a trabalhar contando dinheiro ou o que quer que seu trabalho o obrigasse a fazer.

Ao ouvir o tom de voz de Sloane, a expressão dele mudou. Ele a examinou, depois Addison, em seguida Nakmor Kesh. O olhar da krogan sobre ele fez com que o salarian se encolhesse involuntariamente.

— O que está havendo aqui? Vocês não são da equipe de revivificação.

— Eu sou Sloane Kelly, diretora de segurança.

— Estamos sendo atacados?

Ela negou com a cabeça.

— Houve um terrível acidente. A estação passa por problemas. Por isso nós acordamos... — Ela mal conseguiu falar sem soltar uma terrível gargalhada perplexa. *Respire fundo, respire fundo.* Ela se controlou. — Por isso acordamos você.

— Um acidente? Relacionado com a receita? — Os olhos dele vagaram para o lado de Kesh e voltaram rapidamente a Sloane. O nerd fiscal se encolheu em seu tanque de estase. — Se isso for alguma brincadeira...

— Não é brincadeira nenhuma — disse Sloane. — Bem que eu queria que fosse, pode acreditar.

— Não entendo.

Addison soltou um longo suspiro.

— No momento, você é o tripulante de patente mais elevada que está presente e em boas condições.

Caiu um silêncio entre eles. Tann a encarava.

O sorriso de Addison era frágil.

— Segundo o protocolo do comando de emergência, a Nexus é sua.

Isso ele entendeu.

— *Como é?!*

As palavras ainda nem haviam terminado de ecoar quando Kesh disse lentamente:

— Isto é, até que localizemos Jien Garson.

Uma situação espinhosa que ficou delicada. Jarun Tann era um desconhecido, um recém-chegado à liderança reunida e, como diretor interino, eles não sabiam nada a respeito dele. Ter um salarian e uma krogan assim tão próximos...

Não passou despercebido a Sloane o denso tom de ameaça na voz da krogan.

Nem a ele, observou Sloane, e os olhos já grandes de Tann ficaram ainda maiores.

CAPÍTULO 5

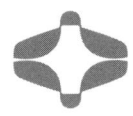

Kesh acompanhou os outros de volta a Operações, depois esperava em silêncio enquanto Jarun Tann examinava o monitor que o indicava como o comandante temporário da Nexus.

Sloane se colocou ao lado dele, de braços cruzados. Addison ficou amuada a uma curta distância. Não, amuada não passava a ideia exata. A humana fervilhava. Claramente esperava, embora certamente sem esperanças, ser a próxima na linha de comando nesta situação. Em vez disso, por motivos que nenhum deles conseguia compreender, este funcionário de finanças de nível médio era o mais elevado na lista.

O salarian ficou parado ali, coçando indolentemente a nuca, lendo sem parar seu nome na tela, como se isso pudesse lhe dar alguma explicação oculta.

Kesh continuava à porta, os braços jogados de lado. A ascensão dele a irritava. Profundamente. Afinal, a espécie salarian desenvolvera o genófago que esterilizara os clãs krogan. Mesmo agora, séculos depois, foi a espécie salarian que governou os krogan em luta. Cada um que restava parecia inclinado a levantar essa questão.

Ao olhar os krogan de cima, do alto de seus narizes grossos e curtos.

Kesh tinha esperanças de se afastar de tudo isso. Trabalhar com um pessoal cooperativo, espécies mais inclinadas a respeitar o que a krogan trazia a esta mesa nova.

E talvez em parte a mágoa que ela sentia fosse falta de reconhecimento que tingia de traição sua indignação. Mas ela se conhecia bem o bastante para reconhecer, no fundo, que era uma engenheira. A situação da estação não melhoraria com uma espera maior da parte dele e Kesh já fazia uma lista mental dos consertos necessários.

O que quer que esperasse o salarian, Kesh conhecia o próprio trabalho.

Como se tomasse consciência disso e dos outros, Tann, sem nenhuma cerimônia, enfim reconheceu o monitor. Declarou seu nome e o título lamentavelmente nada impressionante para liberar a segurança. A tela se apagou, em seguida outras informações correram por sua superfície. Kesh não conseguiu se conter, atravessando a sala e se colocando atrás dos outros três.

Protocolo de emergência de FCE (fim da crioestase), dizia a tela, acima do nome de Tann.

Outros dois nomes foram exibidos, junto com seus status e, mais importante, seu propósito: *diretoras Foster Addison e Sloane Kelly, conselheiras do comandante temporário.*

Kesh não estava na lista. Nem qualquer um dos cerca de duas dúzias que se sabiam estar conscientes.

Isso não deveria surpreendê-la. Não deveria afetá-la. Todos esses dados confirmavam as suspeitas de Kesh. Ela não fora despertada por uma necessidade repentina e absoluta de liderança. Ela não estava entre aqueles designados para tal responsabilidade.

Uma krogan não foi feita para isso. Nem mesmo ali, onde todos elogiavam as palavras *novo começo* como se já soubessem o que isto significava.

Eles não sabiam. Não como Kesh e seu clã.

Nakmor Kesh, uma das maiores colaboradoras da própria estação que agora se desintegrava em volta deles e que conhecia a Nexus melhor do que a maioria, foi despertada para arrumar a bagunça. Ela olhou fixamente a nuca do salarian e tentou imaginar por que alguém o colocaria no comando. Descontando suas próprias contribuições, Kesh imaginou que, na pior das hipóteses, a diretora Sloane Kelly deveria estar liderando neste cenário.

Mas Kesh conhecia o motivo. Política. Política do Conselho, política antikrogan, burocracia. Chamem como quiserem, tinha de ser esta a origem.

Um novo começo nascido de hábitos antigos e destrutivos.

A verdade calou fundo. Era esperança dela — na realidade, foi a base de sua decisão de participar desta missão, antes de tudo — que eles estivessem partindo, *verdadeiramente* deixando a Via Láctea para trás. Todos os preconceitos, todas as contas antigas. Ou uma oportunidade, em outras palavras, de a raça krogan recomeçar como igual aos povos que a cercavam. Não só porque disseram isso, mas porque eles mostraram àquelas mesmas pessoas exatamente *por que* elas eram competentes, industriosas e tão determinadas quanto eles.

Na celebração de partida, ela admitira isso a Nakmor Morda. A guerreira veterana dera uma gargalhada e fizera troça da insensatez daquele idealismo. A lembrança constrangia Kesh... e a deixava furiosa. Kesh tinha o direito à esperança de uma vida melhor. Uma integração mais forte.

Ela não era a jovem ingênua de ninguém. Porém, Morda era uma entidade completamente diferente. Mais dura, brutal quando necessário, e não era líder do clã à toa.

Kesh ia gostar do dia em que a líder despertaria para esta suposta nova galáxia.

— Espere — disse Sloane, gesticulando para a tela. — Todos em minha câmara foram despertados, assim como na câmara vizinha. Como você sabe que *eu* fazia parte deste... protocolo ou o que for?

Kesh grunhiu algo com impaciência.

— Os registros não mentem — disse ela sem rodeios. Sem ser solicitada, ela avançou um passo — tirando o salarian do caminho simplesmente ao se aproximar — e puxou a tela agora liberada naquele terminal de acesso. — Os outros tanques foram genuinamente danificados, mas não o de vocês. Estão vendo aqui? Este grupo, e estes três. Danos nos tanques. Caso contrário, eles ainda estariam dormindo, ou coisa pior. Mas, no de vocês, o protocolo é este.

— Mas eu me lembro que estava danificado.

— *Depois* que os protocolos foram iniciados. — O indicador grosso de Kesh bateu na linha.

Sloane abriu a boca, pareceu pensar melhor e não disse nada.

— Parece — disse Tann às duas humanas paradas de cada lado dele — que nós três passaremos muito tempo juntos.

— Até que Garson seja encontrada — acrescentou Kesh incisivamente.

Era como se ela nem mesmo estivesse na sala. Parte dela, aquela nada diplomática — a parte krogan, saturada por vidas inteiras de conflito —, queria meter o punho em cheio na cara feia e achatada do salarian.

A diretora de segurança a poupou desse esforço.

Sloane meneou a cabeça, com as feições severas.

— Sei. Não vai acontecer.

— O quê?

— Conselheiras uma ova. Até que esta situação esteja sob controle, quem vai decidir sou eu. — Ela atropelou as palavras sussurradas de Addison e o ataque de mudez de Tann. — Isto é uma emergência, possivelmente letal, e até que consigamos sair desta confusão, a última coisa que quero é discutir custos com o diretor de receita, com todo respeito.

Kesh reprimiu um veio cruel de humor.

O salarian a olhou nos olhos, a boca endurecendo, depois focalizou em cheio na diretora de segurança.

— Entendo sua preocupação, mas o protocolo da missão...

— O protocolo que se foda! Olhe a nossa volta, Tann. Teremos sorte se sobrevivermos à próxima hora. E sabe do que mais? Foda-se a missão também! — Os olhos de Addison lampejaram de surpresa e raiva. — Vou me preocupar com a missão quando último o incêndio tiver sido extinto.

O salarian se retraiu, mas ficou petrificado quando Kesh se levantou pesadamente.

— A diretora de segurança Kelly tem razão. — Palavras simples. Um tom simples. Ela não era de apaziguar.

A mulher franziu o cenho.

— Me chame de Sloane, está bem? Os títulos me dão dor de cabeça.

Kesh podia respeitar isso.

— Sloane — corrigiu-se ela —, está bem.

Os olhos de Tann se estreitaram.

— Sua opinião está registrada.

Ela podia muito bem ter sugerido que eles repintassem a Nexus de rosa gás Tuchanka, a julgar por toda a consideração que ele deu.

Kesh precisou de mais energia do que tinha para afastar a irritação da voz.

— Fato. Não opinião. — Ela gesticulou para a tela. — O suporte vital está falhando. Tudo, do núcleo de energia à ventilação, está sobrecarregado além de suas especificações enquanto a nave tenta compensar todos esses danos.

Todos a olhavam. Graus variados de indagações e perplexidade. Ou, no caso do salarian, uma franca impaciência. Não havia tempo para isso.

Ela rosnou, elevando a voz.

— *A Nexus está morrendo.*

Às vezes só a grosseria funcionava.

Os três recuperaram um tipo diferente de atenção. Uma atenção que processava esta nova informação com um fogo, na opinião de Kesh, que não era suficiente.

Tann olhou para Addison. Addison olhou para Sloane. Sloane se limitou a estreitar os olhos, fitando a única tela que funcionava, perdida em pensamentos. Kesh quase podia ver as engrenagens girando ali dentro.

O salarian espanou a poeira da manga.

— Muito bem, então. Sugiro...

Sloane o interrompeu com a mão erguida. Olhou para Kesh.

— Quem é encarregado do suporte vital? E ele está vivo?

Kesh já sabia o nome. O turian era diretamente subordinado a ela. Ela cutucou a tela e passou o dedo por ela.

— Calix Corvannis. Competente, embora meio... sabe como é, turian.

— Ela notou os lábios de Sloane se mexerem, só um pouco. A humana a compreendia. Acrescentar a arrogância despreocupada de um turian a este grupo seria uma nova e fascinante aflição para o lado de Jarun Tann, para não falar da dedicação singular da espécie à meritocracia. Um movimento tolo e todos eles aprenderiam isso.

Em variados graus, dependendo do dito turian.

Calix era um bom oficial, mas tinha o hábito de se resguardar. Kesh aprendera a respeitar o espaço dele e ele respeitava as ordens dela. Só o tempo diria como isso se sustentaria neste novo ambiente.

— Ele ainda se encontra em estase — observou ela. — Status... em risco, porém nominalmente. Como todos os outros.

— Acorde-o.

Tann franziu o cenho.

— O quê?

— A equipe dele também — acrescentou Sloane, ignorando Tann.

— Espere aí um minuto — disse Tann, elevando a voz. Ele estendeu as mãos, embora ela não soubesse se era para ter a atenção de Sloane ou obrigar Kesh a obedecer à ordem. — Neste estágio, isso não parece sensato.

Sloane virou-se para ele.

— Está me dizendo que não é *sensato* consertar nossos sistemas de suporte vital? Sério?

Dê o crédito a quem merece, pensou Kesh de má vontade. O salarian manteve-se firme.

— Estou perguntando se é sensato acrescentar a este problema mais corpos que consumirão oxigênio e produzirão dejetos — respondeu ele rigidamente. — O suporte vital pode estar falhando, mas já luta para nos proporcionar uma atmosfera respirável, não é verdade, Nakmor Kesh?

Kesh olhou o monitor.

— O ar se tornará tóxico, primeiro para os humanos, em cerca de... 43 minutos.

— Aí está — declarou Tann, como quem entrega uma vitória. — Está vendo? Acorde esse Calix Corvannis e não sei mais quem, e isso pode provocar uma pane no próprio sistema que você quer que eles consertem.

Sloane Kelly fechou os olhos e apertou as têmporas com os dedos.

— E qual é a alternativa? — perguntou ela. — Que nós deixemos o suporte vital falhar *lentamente* porque tentar consertar pode fazer com que ele entre em pane mais rápido?

Tann sorriu.

— Eu ainda não sugeri nada, porque você me interrompeu.

Os lábios de Sloane se contraíam em um verdadeiro rosnado.

— Vocês dois relaxem, por favor — disse Foster Addison, metendo-se entre ambos. — Diga o que pensa, Tann. Mas seja rápido.

O salarian se recompôs, endireitando as mangas.

— Acordem *apenas* este camarada Calix e deixem que ele decida se a situação exige ajuda adicional. Presumo que ele seja um especialista. Talvez possa recrutar a ajuda de algum de nós que já está acordado, em vez de aumentar a população fora da estase.

A ruiva não hesitou.

— Concordo. — Ela olhou para Kesh, como se isso estivesse decidido.

Sloane deixou que seu olhar furioso ficasse em Tann por mais alguns segundos, depois se virou também para Kesh.

— Desperte Calix, então. Você e eu o encontraremos no tanque dele, o informaremos sobre a situação e ajudaremos se for necessário. — Ela infundiu mais bile na palavra "ajuda" do que Kesh teria pensado possível partindo de uma humana, mas foi um gesto insignificante. Até Kesh podia ver que o argumento do salarian era válido.

Ela assentiu para Sloane e andou até a saída, passando por cima de equipamento quebrado e corpos sem vida. Sloane a seguiu, sem dizer mais nada.

— O que faremos enquanto vocês estiverem fora? — disse Addison atrás delas.

— Encontrem Garson antes que eu enlouqueça — resmungou a diretora de segurança.

Kesh não disse nada.

Mais alto e por cima do ombro, Sloane falou:

— Procurem evitar que os reatores cheguem ao ponto crítico. Se conseguirem reativar a comunicação, as coisas ficarão muito mais fáceis. Concorda, vice-diretor de gestão de receita Tann?

— Parece prudente...

— Ótimo!

Kesh saiu da sala à frente de Sloane Kelly e pegou os corredores fraturados da moribunda Nexus, feliz por ninguém poder ver o humor negro que ela sentia contrair seus músculos faciais. Todo krogan gostava de uma boa briga, fosse contra os elementos ou algum ser vivo. O que viesse pela frente não seria tedioso.

Ela acelerou a uma corrida, Sloane mancando um pouco, mas ainda em seu flanco. Elas travavam uma guerra contra aquele inimigo antigo e tenaz. O relógio.

O relógio, observou Kesh, estava vencendo.

* * *

— Tem certeza de aonde vai? — perguntou Sloane.

Kesh rolou por baixo de uma viga de apoio caída em diagonal por um corredor. Levantou-se, pulou uma cama e acelerou. Parte do caminho das duas estava às escuras e uma pequena lâmpada de emergência em seu uniforme proporcionava uma iluminação apenas suficiente.

A confusão não a abalou. Encontrar uma cama ali fora? Ora, para isso era preciso uma física inacreditável.

— Eu praticamente construí este lugar — disse Kesh entre um passo e outro. — Conheço a Nexus "como a palma da minha mão", como vocês humanos costumam dizer. — Ela pensou nisso por um momento. — Entretanto, jamais conheci um humano que realmente conhecesse a palma de sua mão.

Sloane soltou um resmungo, esquivando-se dos mesmos obstáculos. O que era impressionante, ela só estava alguns metros atrás. Em determinado cruzamento, Kesh parou numa derrapada e disparou para a esquerda.

— Fica bem por aqui.

— Espere! — chamou Sloane atrás dela.

Kesh se virou a tempo de ver a humana bater em um pequeno teclado na parede, um dos poucos que ainda funcionavam. Um painel atrás dele tinha as marcas da segurança.

O painel deslizou e se abriu, revelando um pequeno esconderijo de suprimentos de emergência. Sloane alcançou uma série de kits médicos e escolheu uma pistola Kessler imaculada. Verificou a carga e ativou a arma.

— Acredita que vamos precisar disso?

— Uma precaução. — Sloane deu de ombros. — Conforto.

— Não pode atirar no espaço, Sloane.

— Não pretendo fazer isso — respondeu Sloane com um meio sorriso. Ela estava notavelmente menos tensa longe dos outros. Mais focada. — Porém, alguns civis saíram da estase quando eu saí. Eles entraram em pânico e foi difícil controlá-los. Não temos tempo para essas merdas agora. Se esse Calix despertar e enlouquecer, estaremos todos mortos.

— Entendido. Ainda assim, pode me fazer um favor?

— Não prometo nada.

Kesh abriu as mãos.

— Calix é a única pessoa a bordo que realmente conhece os sistemas de suporte vital por dentro e por fora.

— Você não?

Ela não mordeu a isca.

— Conheço, mas tenho ocupadas minhas mãos excepcionalmente habilidosas. Assim, se precisar atirar nele — continuou ela num tom brando —, aponte para a perna.

Sloane riu, um som cheio que disse a Kesh tudo que ela precisava saber sobre o senso de humor da humana. Muito parecido com o de uma krogan ou de uma turian.

— Fechado. — Ela riu. — Mas não pretendo atirar em ninguém. Pode chamar isto de coletor de atenção. — Ela colocou alguns pentes de munição no bolso junto com um kit de primeiros socorros, depois pendurou no ombro um respirador de circuito fechado para emergência. Kesh também pegou um e elas partiram mais uma vez.

No corredor seguinte, piscou uma série de luzes vermelhas de emergência embutidas entre o chão e a parede, e depois as luzes se acenderam, fracas. No alto, um alarme inútil começou a tocar, sendo silenciado segundos depois.

Kesh apoiou a mão em uma parede. O mais leve tremor ondulou sob a pele grossa de sua palma.

— Ela está voltando da beira do abismo.

Isso foi recebido por um bufo irônico de Sloane Kelly, e nada mais. Sloane correu, assumindo a dianteira.

— À esquerda aqui — insistiu Kesh no cruzamento seguinte. — Câmara D-14, à direita.

Este corredor dava a impressão de ter sofrido o grosso dos danos à estação. Uma ilusão, pois Kesh sabia que outras seções tinham levado a pior, mas ela ainda precisava atravessar uma destruição semelhante a esta. O chão tinha vergado para cima, feixes de conduítes e canos projetando-se pelas placas de metal entortadas. Como um osso quebrado perfurando a frágil pele humana.

Um fluido laranja e fumegante escorria dos canos quebrados, derramando-se na seção elevada como erupção vulcânica. Uma série de lâmpadas apagadas, penduradas pelos cabos que deviam conectá-las ao teto.

— Mas que zona! — resmungou Sloane. — Tem certeza de que o terminal disse que Calix estava em estase?

— Dez minutos atrás, sim.

Elas escalaram a pequena montanha de placas do piso, passando por cima do rio laranja de cheiro desagradável.

Por milagre, a porta da D-14 estava incólume. Com a energia de emergência, Sloane digitou o código no painel torto ao lado e deu um passo para trás quando a porta se abriu rapidamente.

Uma câmara silenciosa e imaculada aguardava por elas, lançada num vermelho fraco por luzes pelo perímetro do chão. Como caixões em uma tumba antiga, oito tanques de estase voltados para uma cama de exames central, sobre uma plataforma giratória. Geada ainda colada à vigia de cada tanque.

Os olhos de Kesh correram rapidamente por todos eles, encontrando uma luz verde em cada um. Enfim. Algo dava certo. Ela passou esbarrando por Sloane, curvou-se sobre o tanque de Calix. Uma verificação rápida no terminal de controle trouxe um alívio ainda maior.

— Integridade confirmada. Ele está bem.

— Até que enfim — disse Sloane, espelhando seus próprios pensamentos.

— Acorde-o. Mas não do jeito gentil, não há tempo para isso.

Enquanto Kesh entrava com os comandos, Sloane foi ao terminal ao lado da mesa de exame, tentando ativá-lo. A julgar por seu palavrão, ele não respondeu.

— Tente o comunicador — sugeriu Kesh. Sloane passou ao pequeno dispositivo instalado ao lado da porta. Apertou um botão. Bateu nele. Com a visão periférica, Kesh a observou formar um punho e esmurrar — mais parecia um tapinha, na verdade. Bom, esse não era o dom de uma humana.

— Inoperante — anunciou Sloane.

— Bem, é melhor preparar sua arma, o degelo está quase completo. Os sinais vitais são bons.

As duas ficaram ombro a ombro, de frente para o tanque de estase. Passou-se um minuto inteiro sem nenhum sinal de que havia alguma alteração, a não ser pela geada na vigia se condensando em gotas mínimas.

E então a mão bateu no vidro, borrando a água. Kesh curvou-se e usou a ativação manual para abrir o tanque. Ouviu-se um silvo de ar estagnado e de cheiro ruim em volta do lacre das duas seções. Kesh levantou a tampa, girando para cima e para fora do caminho.

O turian continuou imóvel, de olhos fechados, o traje de estase úmido grudado em seu corpo em forma de pássaro. Após alguns segundos e de olhos ainda fechados, ele falou.

— Por que tanto silêncio?

Os turians tinham um jeito de falar, uma espécie de efeito *flanging* que dava a impressão de duas vozes tonais numa só garganta. Kesh achava o resultado agradável de ouvir, embora soubesse que suas contrapartes humanas pensassem o contrário.

Maltratado por seu despertar nada gentil, os habituais tons lentos de Corvannis pareciam mais grossos. Menos confiantes.

Kesh olhou para Sloane. A diretora de segurança examinava a engenheira. O que quer que ela visse, parecia tranquilizá-la.

— Temos problemas. Precisamos de sua ajuda.

Isso despertou a atenção do turian.

— Não diga. Que tipo de problema? — Calix piscou várias vezes, seus olhos um pouco menos baços a cada vez. Por fim, ele levantou um pouco a cabeça, estremeceu e voltou a se deitar, a crista óssea pressionando os travesseiros moldáveis. De algum modo, ele conseguiu desencavar algum humor. — Em vista do método de despertar, das boas-vindas calorosas e armadas — Sloane baixou um pouco a pistola, mas só um pouco — e da ausência de pessoal médico, vou deduzir que é da variedade crítica.

— Tem razão — disse Sloane. — Explicaremos no caminho. Você precisa se levantar.

Calix gemeu. Conseguiu soltar os braços e esfregou os olhos com os punhos. Quando estendeu o braço para fora, Kesh passou a mão por seu braço magro e fino e o ajudou a sair da contenção das almofadas. Ele precisou da ajuda dela para se levantar.

— Nakmor Kesh. — Ele conseguiu dizer, depois que suas articulações desemperraram. — É um prazer ver você.

— Igualmente — respondeu ela. — Principalmente vivo.

— Por isso ela trouxe uma arma? — perguntou ele, apontando para Sloane com a cabeça.

— Uma precaução — intrometeu-se Sloane. — Para o caso de você não mostrar um estado de espírito cooperativo.

— Esperava por isso?

— Conheci alguns turians — respondeu ela, mas baixou inteiramente a arma. Kesh não deixou de notar. A espécie era conhecida por muitas coisas, mas uma delas não era seguir alguém às cegas. Calix nunca brigou pelas coisas que sua espécie procurava — glória, renome, posição.

O que ele exigia, e que Kesh acabou por proporcionar, era confiança. Ele conhecia seu trabalho e seus subordinados.

Agora, ele abriu dois dedos, manuseou o braço de apoio de Kesh e assentiu para Sloane.

— Assim eu soube — disse ele simplesmente, recebendo um olhar furioso. — Talvez então você possa me dar um minuto para controlar meu estado de espírito...

— Negativo. O suporte vital entrará em colapso em 32 minutos. Você precisa consertar já.

Kesh sentiu o braço dele enrijecer sob sua mão, mesmo enquanto ele reprimia um bocejo.

— Nenhuma outra seção viável?

— O suporte vital de *toda* a Nexus.

Foi o bastante. Calix enfim parecia se concentrar. Fixou o olhar indagativo na mulher.

— Deve estar brincando.

— Venha ver com seus próprios olhos — disse Kesh, balançando a cabeça. — Se for assim, é a pior piada da galáxia.

— Muito bem. — Ele não conseguia desviar os olhos de Sloane.

Conhecendo os turians — conhecendo a ele —, Calix tentava entender qual era a perspectiva dela.

Se é que havia alguma.

Kesh imputou a despreocupação dele a uma mente ainda tentando sair de seis séculos de sono. Ela colocou o braço dele em seu próprio ombro e o ajudou a atravessar a sala, passando pela mesa de exame, onde — em um despertar normal da estase — um indivíduo receberia várias horas de tratamento contra a atrofia muscular, junto com centenas de exames e injeções rejuvenescedoras.

No corredor, de frente para a devastação, Calix arquejou com um misto de dor e assombro.

— Parece que um casamento krogan passou por aqui.

Kesh bufou.

— Não fazemos casamentos.

— Posso entender por quê — rebateu ele, claramente recuperando as faculdades mentais.

Sloane não achou tanta graça.

— Isto não é hora para piada — vociferou ela.

Calix ergueu a mão livre num gesto de conciliação.

Sloane fechou a carranca, virou-se e saltou por uma parte entortada do piso.

— Para onde vamos?

— Operações.

Calix meneou a cabeça, levando Kesh a parar em vez de prosseguir.

— Uma perda de tempo. Se o resto da Nexus foi afetado como isto aqui, você precisa me levar à Oficina. Além disso, fica mais perto.

Sloane olhou para Kesh, por cima da cabeça dele.

Quando ela assentiu, a diretora de segurança não desperdiçou seu fôlego argumentando.

— Muito bem, mostre o caminho.

— Vamos fazer o seguinte — respondeu Calix com certa careta de ironia. — Você vai na frente, eu vou me arrastando no braço de Kesh e podemos todos fingir que agora estou um pouco melhor do que um saco de vorcha mortos.

Parecia que ele não conseguia se conter, observou Kesh pensativamente. Sloane abriu um sorriso, embora rígido, e respondeu simplesmente, "Fechado".

Talvez não houvesse tempo para piada. Mas ela não podia ignorar o fato de que, apesar de tudo, a humana parecia muito mais à vontade na companhia de krogan e turians do que de sua própria espécie.

Ou, aliás, de salarians.

O que parecia evidente a Kesh.

Juntos, eles andaram com a maior rapidez possível. Calix lhe dizia onde virar e não se abalou quando eles tiveram de voltar sobre os próprios passos devido a um obstáculo — isto é, um corredor aberto para o vácuo do espaço. Um pedaço inteiro, de três metros de diâmetro, fora rasgado do casco, temporariamente lacrado, como aconteceu na Operações.

Kesh tentava manter uma contagem de todas as coisas que precisariam de conserto. Quando chegou a *casco rasgado, corredor inferior*, simplesmente desistiu.

Tudo precisaria ser consertado. Até as coisas aparentemente incólumes exigiriam testes e certificação. Meses de trabalho. Talvez anos e sem as equipes de trabalho suplementares, os depósitos e hangares cheios de peças sobressalentes.

— Vocês não me contaram o que realmente aconteceu aqui — disse Calix, rompendo o silêncio. — Fomos atacados?

— Os sensores ainda estão desativados, junto com praticamente todo o resto, mas parece que batemos em alguma coisa.

— Uma nave? Ou algo natural?

— O júri ainda está deliberando — respondeu rispidamente Sloane. — Quanto mais cedo conseguirmos colocar isto em funcionamento, mais cedo poderemos entender o que aconteceu.

Kesh não poderia dar uma resposta melhor.

O turian não era de desperdiçar tempo com palavras vazias. Calou-se mais uma vez, satisfeito em se concentrar no aquecimento de seus membros muito dormentes. Kesh se viu carregando um peso e um equilíbrio cada vez menores dele, enquanto Calix aos poucos recuperava o controle. E então, quando ela teve confiança suficiente de que ele pelo menos podia andar sozinho, ele deu um pigarro.

— Aqui — disse Calix, assentindo para uma porta. A placa na parede dizia MONITORAMENTO CENTRAL DE SUPORTE VITAL.

O painel não funcionava, assim Kesh se aproximou e separou as duas portas, permitindo a passagem de Calix. Sloane ia segui-lo, mas parou ao ver a mão erguida de Calix. Ele não olhava Sloane, mas a sala.

Como todo o resto, por dentro era uma completa desordem.

— Quanto tempo temos? — perguntou Calix.

— Vinte e dois minutos — disse Sloane instantaneamente.

— Preciso despertar o resto de minha equipe.

Sloane enrijeceu.

— Não há tempo suficiente...

— Preciso deles já — disse ele. — Ou você tem milhares desses respiradores à mão?

Sloane lançou um olhar a Kesh, que se limitou a dar de ombros. A hesitação da diretora de segurança durou apenas um segundo a mais e então Calix partiu pelo caminho que eles haviam tomado.

— Fiquem aqui — disse ele por cima do ombro, depois desapareceu por um canto.

A humana olhou fixamente suas costas por um momento.

— Ele é sempre assim?

O riso resfolegado de Kesh teve eco na câmara arruinada.

— Calix Corvannis é como muitos de sua espécie — disse ela. — Só que não é nem pela glória, nem por posição que ele assume o controle em momentos como este.

— Não se liga na meritocracia, então?

Ela deu de ombros.

— Não conheço a história dele, diretora Sloane. Não inteiramente. Nunca vi a necessidade de perguntar. O que posso lhe dizer é que ele é um engenheiro extremamente talentoso, difícil de ser enfurecido e protetor dos seus. Um conceito — acrescentou ela — que inclui o que estiver sob a supervisão dele. Sistemas ou pessoal.

Sloane ergueu uma sobrancelha.

— E você deixa que ele tome decisões, desse jeito?

Mais uma vez, Kesh ergueu os ombros largos.

— Ao contrário da maioria, não sinto a necessidade de criticar meu pessoal. Quando Calix opera em seus próprios termos, ele o faz por bons motivos. É para ter sucesso — ela concluiu enfaticamente.

— Você confia nele.

— O bastante para deixar que ele implementasse todo o sistema de crioestase.

Sloane soltou um assovio baixo e sussurrado.

— Ele vai precisar de ajuda para recolher a equipe dele?

Isto Kesh não sabia.

— Você já passou com os turians mais do que a sua parcela justa de tempo — disse ela. — O que você acha?

Não importa o que ela pensava, Sloane não ia contar a Kesh, isso era muito claro. Na Via Láctea, os boatos a colocaram numa proximidade *muito* grande com outro turian. Kaetus, se não lhe falhava a memória — e em geral não falhava. Sem surpreender a ninguém, Kaetus embarcou na *Natanus*, a arca turian destinada a atracar com a Nexus muito em breve.

Se foi a amizade que o fez seguir Sloane a Andrômeda ou, como sugeria a fofoca, algo mais, não era preocupação de Kesh. Nem a existência do dito turian. O que importava para ela era que Sloane estava bastante familiarizada com o estilo turian para se dispor a deixar que o engenheiro dela fizesse o que achasse melhor.

Algo que, por enquanto, ela parecia permitir.

Kesh aceitava o que conseguia. Calix e ela conquistaram a confiança necessária para operar desimpedidos neste sistema em colapso. O fato de que Sloane preferia a espécie deles só ajudaria.

— Agora — disse Kesh animadamente, batendo palmas com força. — Podemos muito bem nos ocupar.

— Acho que sim. — A mulher suspirou. Espreguiçou-se com vontade, rolou os ombros e curvou-se ao trabalho.

Com a ajuda de Sloane, o equipamento caído foi endireitado e destroços retirados de uma série de telas de controle.

Em tempo recorde, Calix Corvannis voltava com um grupo de sete engenheiros de patente inferior e olhos baços. Inferior, Kesh sabia, só porque eles se recusaram a ultrapassar seu supervisor nas promoções. Eles foram diretamente ao trabalho, como se não precisassem de instruções. Mas Calix não ficou em silêncio. Gritava uma ou outra ordem, usando termos e abreviaturas que Kesh não compreendia.

Ele conhecia muito bem essas pessoas. Trabalhavam juntos há muito tempo. Na verdade, todos foram voluntários para a Nexus como um grupo, recordou-se Kesh. Algo acontecera no posto anterior de Calix, uma disputa de trabalho durante a qual — as observações anexadas ao relatório que ela recebera tinham explicado — ele contrariou ordens pelo bem-estar de sua equipe.

Ela não sabia dos detalhes porque ele era humilde demais para falar no assunto.

Qualquer que fosse o caso, depois disso eles ficaram leais "em excesso", nas palavras dele.

— Eles disseram que iriam comigo a qualquer lugar — havia dito Calix com secura. — Assim, pensei em testá-los a esse respeito com Andrômeda. Por acaso eles falavam sério.

Ela perguntara se ele estava satisfeito com isso.

— Não obrigo ninguém a nada que não queira fazer — dissera-lhe, assentindo para sua equipe que trabalhava. — Eles podem ir, se quiserem. Mas eles viram as especificações da Iniciativa, ouviram os discursos, assim como eu. Estão aqui porque querem, Kesh. Eles vão se esforçar no trabalho.

Ela nunca teve nenhum motivo para duvidar.

E graças aos astros por isso. Agora eles precisavam de cada um deles afiado e preparado.

A uma ordem concisa e aos gritos do turian, dois de sua equipe apressaram-se juntos para consertar uma válvula emperrada, um deque abaixo e três além.

Kesh ficou para trás, resistindo ao impulso de olhar o relógio. Mas não havia nenhuma necessidade disso. Sloane achou adequado cantar o tempo restante a cada minuto que passava. Quinze. Logo seriam apenas dez. Depois cinco. Os engenheiros trabalhavam furiosamente, mas com a calma em geral reservada a um treinamento.

— Dois minutos — disse Sloane, com menos fervor do que antes. Sua voz parecia ofegante, o tom enfraquecido. O ar agora tinha gosto de substâncias queimadas. O cheiro era ainda pior, e isso para uma krogan. Kesh só podia imaginar o que estavam experimentando os humanos. Na realidade, depois de pronunciar essas palavras, a diretora de segurança colocou a máscara do respirador no rosto e se sentou.

Kesh não perguntou se ela estava bem. Não estava, evidentemente. Agora só o tempo poderia dizer.

E tempo era exatamente o que pedia Calix.

— Isto deve servir. Confirma?

Sloane e Kesh esperaram a equipe de engenharia verificar a cirurgia que acabara de realizar.

— Níveis de oxigênio se estabilizando — disse um deles.

— Filtragem em 11%. — Outro, um asari, falou. — Agora 10... 9. Não, espere. Oscilando entre 9 e 10%. — A tensão se esvaiu da sala. Eles trocaram sorrisos.

— Sucesso? — perguntou Sloane, a voz abafada pela máscara que cobria todo o rosto.

Calix soltou um suspiro, estendendo os braços compridos, espreguiçando-se.

— Digamos apenas que conseguimos mais 24 horas. Talvez mais.

Sloane soltou algo que pode ter sido uma de suas frases profanas que pretendiam sugerir gratidão. Kesh não conseguiu ouvi-la. Sloane estendeu a mão para a máscara, parando quando Calix gesticulou para ela.

— É melhor ficar com essa máscara útil. O ar aqui ainda é tóxico e ficará assim por algum tempo.

Visivelmente sem fôlego, Sloane deixou a mão cair e disse em voz alta:

— Não podemos consertar todo este dano à Nexus se não conseguirmos respirar.

— Senhor? — disse a engenheira asari.

Calix virou-se para ela.

— Pode falar, Irida.

— Se devolvermos partes desnecessárias da Nexus ao estado de vácuo e usarmos a membrana de triagem...

— ... Podemos criar um bolsão de atmosfera adaptado. Bem pensado, engenheira. — A asari, Irida, sorriu com o elogio.

Sloane esfregou as têmporas novamente.

— Pode explicar?

— Trazer o ar bom para cá, transferir o ruim para outro lugar e deixar a maior parte da Nexus sem nenhum.

— Parece um jogo sujo — disse Sloane. Calix reconheceu a referência arcaica.

— É por causa disto. — O turian levantou a mão para protelar a objeção seguinte de Sloane. — Isso nos deixa com uma seção, talvez duas, contendo um ar perfeitamente seguro. Com alguma reorientação engenhosa, podemos transferir este ar sempre que for necessário.

Kesh puxou Sloane de lado. Curvou-se e baixou o tom de voz.

— Ainda não sabemos onde está Jien Garson. Se ela estiver andando por aí...

— Ela não pode ter ido assim tão longe.

— É um risco.

— Não temos muitas alternativas aqui, Kesh. — E depois, mais alto, para Calix. — Faça isso.

Kesh examinou a humana.

— Você não quer informar Tann disso primeiro?

— Tann pode ir... — Ela se interrompeu. O que era uma melhoria, observou Kesh. A pequena vitória tinha acalmado um pouco a humana. — Ele vai entender. Além disso, é melhor pedir desculpas depois, não acha?

CAPÍTULO 6

Jarun Tann estava sentado de pernas cruzadas no chão do escritório de Jien Garson — tecnicamente, agora o escritório dele, pelo menos por enquanto. Ele segurava um copo de hidromel asari com as duas mãos, a garganta ainda formigando do primeiro gole, um calor agradável se espalhando pela barriga.

Ele via, pela impressionante janela do chão ao teto, um dos longos braços de habitat na Nexus estendendo-se por vários quilômetros diante dele. Ao fazer isso, praticamente conseguia se convencer de que tudo ficaria bem. Depois ele sorriu, com ironia e irritação por sua mente flertar com esse jeito muito humano de raciocinar.

A capacidade dos humanos de filtrar e distorcer a realidade sempre escapou à compreensão de Tann, entretanto, quanto mais tempo passava perto deles, mais parecia acontecer-lhe o mesmo. Ou ameaçava acontecer. Ele teria de analisar isso quando as coisas se acalmassem.

Se as coisas se acalmarem, ele se corrigiu, e não *quando*. "Quando" implicava a certeza do sucesso, uma simples questão de tempo. Quando Garson fosse encontrada, e não se. Ele tinha suas dúvidas, nascidas de consenso realista, mas ainda não as verbalizara. Sloane Kelly e Foster Addison que falassem dos *quandos*. Uma ferramenta útil para animar a tripulação. A própria Garson também havia dito isso. "*Quando* chegarmos a Andrômeda..." Ele não presumia nada.

Se era realista. *Se* permitia a possibilidade de fracasso e, portanto, a capacidade de planejar para ele.

Se chegarmos a Andrômeda.

Se conseguimos consertar o suporte vital a tempo.

Se Garson estiver...

— O suporte vital foi estabilizado — disse Addison. Ele ergueu os olhos para ela. Não tinha notado que ela havia voltado à sala. Addison pegou o hidromel das mãos de Jarun e se permitiu um gole bem generoso.

— Eles conseguiram — acrescentou ela, bebendo outro gole.

Humanos.

— Ora, é uma notícia maravilhosa — disse Tann em alto e bom som.

Addison foi à janela e parou ali. Ele observou o rosto dela refletido no vidro, transparente por cima de uma massa de estrelas. E depois disso, aquela meada preta que nenhum deles conseguiu identificar. O medo que perseguia a todos permanecia, mas diminuíra muito. A determinação tomou o lugar da dúvida, o sucesso uma barreira contra quaisquer preocupações particulares que ela tivesse.

Ele desejou ter sabido que isto aconteceria, desejou ter tido qualquer motivo para pesquisar o comitê de liderança da Iniciativa. Começar alguma coisa ignorante o incomodava imensamente.

Addison tomou outro gole, assentindo como se reafirmasse algo para si mesma.

— Nossa, isso é bom. Onde encontrou?

Ele apontou para um painel aberto numa lateral da mesa de Garson. Tinha se aberto sozinho durante a calamidade, revelando um sortimento impressionante de bebidas. Algumas tinham virado, mas nenhuma delas —maravilha das maravilhas — se quebrou.

Addison sorriu ao ver.

— Jien vai ficar irritada ao encontrar seu suprimento saqueado.

— Nas circunstâncias — respondeu ele calmamente —, creio que ela vai me perdoar.

Addison terminou o conteúdo do copo. Como que possuída de energia demais, voltou à mesa grande, contornando-a. Parecia posicionada para se sentar na grande cadeira atrás da enorme laje de mármore, uma tática que o assombrava, mas em vez disso simplesmente colocou o copo vazio ali e se virou para Tann.

— Acha que conseguiremos salvar a missão?

Tann sorriu para ela.

— É apenas uma questão de *se* — disse ele, satisfeito com o jogo de palavras.

Addison franziu a testa. Abriu a boca para fazer uma pergunta, mas evidentemente pensou melhor.

— Algum progresso nas comunicações?

— A tela atrás de você — respondeu ele, gesticulando. — Comecei uma rotina para determinar que conexões, transmissores e receptores ainda estão disponíveis, com instruções para criar uma nova malha com base nos resultados. Naturalmente, otimizada para cobertura.

Uma, hmmm... fiação menos crítica está sendo adaptada segundo a necessidade.

— Você fez tudo isso? — A surpresa dela o irritou. — Pensei que você fosse da receita.

Ela que pense assim. Servia muito bem aos propósitos dele, por enquanto.

— Bom — disse ele, afetando modéstia —, a rotina já existia. Eu sabia disso porque aprovei seu orçamento e também me lembro com perfeita clareza do momento em que ela entrou no balancete.

Addison o olhava.

Será que ele a perdera? Tann reprimiu um suspiro.

— Selecionei o programa — disse ele com paciência —, depois apertei o botão grande que diz "INICIAR". — Ele flexionou os dedos compridos, como uma espécie de campeão do aperto de botões.

Ao que parecia, Addison ainda não estava com humor para brincadeiras. Mesmo assim, isso provocou um tique de ironia de um canto de sua boca.

— Estrela dourada para você — disse ela em voz baixa.

— O quê?

— E por "fiação menos crítica" — disse ela, mais alto —, você se referia a...?

Tann agora estava de frente para ela.

— Sabia que a Assistência Médica... e quero dizer toda a seção... foi configurada com um sistema de som premium?

— Som?

Ele virou a cabeça de lado.

— Acalma os pacientes.

Ela ergueu as sobrancelhas.

— Que legal.

— Sim. — Uma pausa. — De última geração, incrivelmente bem projetado. Os intelectos mais refinados se uniram para incorporar a arte do som a sua ciência. Jamais uma estação exigiu algo semelhante. — Os olhos dela se arregalavam. Seu ceticismo também aumentava. Tann se permitiu um breve sorriso. — Bom, *era* de última geração. Infelizmente, agora eles terão de encontrar a tranquilidade em outro lugar.

Quando riu, Addison o fez abertamente. Sem acanhamento algum.

— Que legal! — disse ela de novo, mas com secura.

Ele deu de ombros.

— Achei melhor termos comunicações funcionando na área.

O bom humor dela desapareceu enquanto ele a examinava, até parecer que ela o havia substituído por outra coisa na cabeça. Algo que ele não entendia, até ela falar, baixo.

— Fazemos o maior sacrifício que qualquer um de nós já fez na vida, ou mesmo fará.

A citação o deixou mais sério. Depois de um momento de silêncio, ele baixou o próprio copo na mesa e propôs, com certa hesitação:

— Talvez ela não tivesse em mente um bom sistema de som, mas...

Mas o quê? Mas pelo menos eles conseguiram se divertir um pouco com isso.

E conseguiram comunicações semifuncionais.

Addison pareceu entender, embora gesticulasse para ele como se espantasse o momento.

O terminal soltou um sinal sonoro.

Salvo do esforço doloroso de uma conversa, Tann se levantou e foi até ali. A diretora se juntou a ele.

— Vejamos o que conseguimos.

A visão não era bonita. Tann mordeu o lábio inferior enquanto analisava a confusão de linhas e bolhas. Imensas seções da Nexus não tinham cobertura de comunicações, e até as áreas que possuíam mal podiam ser consideradas. Havia corredores em que numa extremidade havia conexão, enquanto na outra, a apenas 10 metros de distância, não havia nada. Laboratórios onde as margens do ambiente estavam bem, mas, se alguém ficasse de pé no meio, acabaria por se ver totalmente isolado. No geral, as áreas escuras avançavam por aquelas iluminadas.

— Hmmm... — Addison não parecia impressionada.

— Acredito que a frase que procuramos é "melhor do que nada" — sugeriu Tann.

— Resume muito bem a situação.

— Voto para começarmos esta mudança de configuração. — Ele a olhou de banda. — Todos a favor? — Isso angariou um breve sorriso.

— Não precisa de meu voto, diretor interino.

Tann meneou a cabeça em negativa.

— Acredito em alcançar o sucesso juntos. — Ele fez uma pausa e repetiu: — Todos a favor?

Ela deu de ombros.

— Sim.

Mas qualquer vitória que ela sentisse com aquele momento foi rápida e evidentemente tragada pela culpa. A voz de Addison baixou novamente a um sussurro.

— Nem acredito que isto aconteceu. Suponha... suponha que Jien esteja... o que é que nós vamos fazer?

— Sobreviver.

Uma resposta franca para uma pergunta óbvia.

Foi a vez dela de olhá-lo feio. Ela investigou os olhos dele.

— Mas não é o bastante, é, Tann? A missão...

— Eu *quis dizer* a missão. A missão deve sobreviver. Acima de todo o resto.

— Se os Pathfinders chegarem e descobrirem que não existe Nexus...

Desajeitado, ele colocou a mão no ombro dela.

— Uma coisa de cada vez. Nós dois concordamos, a missão é a preocupação mais importante. Ótimo. Mas, para sua realização, temos...

— Ele se virou para a enorme janela e sua vista da nave quebrada — ...muito trabalho a fazer. Decisões difíceis a tomar. Provavelmente teremos de absorver mais mortes e dor. Corpos a alijar antes que a doença...

Foster Addison soltou uma gargalhada involuntária.

— Que foi? — perguntou-lhe ele.

— Nada. É só que... talvez você deva deixar os discursos motivacionais para mim.

— Outra questão — concedeu Tann — em que certamente podemos concordar.

Ela olhou os destroços por um breve momento. Tann trabalhou intensamente nas várias aberturas de conversa por seus filtros antes de concluir simplesmente que não tinha nada. A lógica não combinava com ela, não inteiramente. Ele não sabia como agir com solidariedade.

Em vez disso, ele esperou até que ela se livrasse das sombras de seus pensamentos e se virasse. As feições de Addison, ele ficou aliviado ao notar, tinham se acomodado em linhas mais duras. A determinação estava de volta. O que era preferível. Isso ele podia canalizar.

— Podemos tentar as comunicações agora? — Ela levantou o braço, mostrando o pulso. Ele não entendeu, até ela acrescentar: — Talvez Jien possa ser localizada por sua omni.

Uma ótima ideia. A equipe inicial, como estava claro pela omnitool no braço da própria Addison, teria se equipado primeiro.

Ele passou a mão fina no painel de comunicações.

— Com prazer.

Com tranquilidade, ele programou o computador para iniciar a nova matriz de conexão — um processo que só levou alguns segundos. A maioria estava verde, porém alguns imediatamente reverteram do preto ao vermelho ou, pior, continuaram escuros. Fios para substituir, antenas a reconectar. Por ora, ele ignorou isso. Correndo os dedos compridos pela tela, ele puxou o mapa e pressionou, beliscou e o empurrou de um lado a outro.

— Hmmm... — Um som bastante comum ouvido por ali, refletiu ele com ironia.

Addison espiou a massa digital.

— Onde está todo mundo?

— Exatamente minha preocupação. A localização biométrica está desativada, ao que parece. Talvez o banco de dados esteja corrompido. Outra coisa a consertar... mas não importa — disse ele abruptamente. — Veremos se alguém pode nos ouvir. — Ele digitou e escolheu a opção transmitir. — Aqui fala Jarun Tann. Se consegue me ouvir, por favor, encontre o painel de comunicações mais próximo e responda. Se o mais próximo não funcionar, bom, espero que esteja familiarizado com o processo de eliminação.

Ele pôde ouvir a própria voz vindo da sala da operações, vizinha, tendo eco também pelos vários corredores próximos. *Um bom sinal.* Ele ficou satisfeito.

O silêncio se estendeu. Tann esperou. Ao lado dele, Addison se remexia nos pés.

E então, justo quando Tann pensava se deveria tentar novamente, o comunicador se acendeu.

— Aqui fala Sloane Kelly. — A voz conhecida trovejou pelos alto-falantes da sala. — Bom trabalho, vocês dois.

— E você também — respondeu Tann. — Não posso deixar de observar que não sufocamos no vácuo do espaço.

Addison ergueu para ele uma sobrancelha incrédula.

Bom, tanto faz. Eles entenderam o que ele quis dizer.

— Calix e sua equipe merecem todo o crédito — respondeu a

diretora de segurança. Estranhamente humilde, pensou ele, não é? — Eles já começaram a trabalhar na reversão dos danos, mas vai levar algum tempo.

E sua equipe, hein? Isso o preocupou apenas ligeiramente — tanto pelos respiradores a mais como pelo pequeno ato de rebeldia que viu ali. Ainda assim, a capacidade de respirar o agradava bastante, por enquanto. Tann achou melhor não questionar isso.

Em voz alta.

No íntimo, ele se perguntava se eles chegaram a tentar consertar o problema envolvendo apenas Calix. Sloane parecia a oficial de segurança consumada — o que significava, segundo a experiência de Tann, que sua reação padrão a qualquer problema seria o poder de fogo imediato e dominador. No sentido figurado.

Algo a ficar atento. Ele arquivou essa observação, consciente tarde demais de que muito provavelmente ele deveria dizer algo obrigatório neste momento.

Addison entendeu.

— Por favor, agradeça a eles por seus esforços.

— Farei isso. Garson apareceu?

— Infelizmente, não — respondeu Tann. — E a biolocalização não está funcionando.

— É claro que não. Quase nada está. — Sloane se interrompeu. — Droga! Bom, estou mandando grupos de busca sempre que alguém tem um minuto de folga. Começamos transferindo os corpos a um necrotério temporário em um dos laboratórios.

— Entendido. Volte à Operações. — Em nanossegundos, ele percebeu o quanto isso parecia uma ordem. Cedo demais, em vista dos patentes receios de Sloane a respeito de seu status de liderança temporária. — Quando for conveniente para você — acrescentou ele. — Temos muito a discutir.

— Vai demorar um pouco. — A voz de Sloane se eriçou no comunicador. — O suporte vital era só o primeiro de nossos problemas. Ainda não está fora de perigo.

— Addison e eu entendemos, mas...

— Desligando.

O link foi encerrado.

Bom, ele tentou. Tann não suspirou. Não audivelmente, pelo menos.

* * *

Sloane retirou o dedo da tela.

— Calix tem as coisas sob controle aqui — disse Kesh. Ela estava um pouco atrás enquanto Sloane falava com Tann. — Vou verificar os demais krogan, ver se os tanques de estase sofreram algum dano.

Sloane suspirou. Ela entendia o desejo. Queria fazer o mesmo por sua equipe, mais do que qualquer coisa.

— A energia ainda é instável. Os sensores estão com problemas. Os escudos também. Sei lá quantos rads estamos absorvendo só de ficarmos paradas aqui.

Nakmor Kesh inclinou a cabeça, concordando.

— É bem verdade. E, como no suporte vital, são todas coisas que exigirão equipes treinadas para seu conserto. Isso significa krogan, em vários casos. Preciso ter certeza de que eles estão a salvo.

— Talvez exista outro jeito — disse ela, ainda pensando na ideia. — Espere um segundo.

Kesh esperou enquanto Sloane se identificava ao painel de comunicações. O sistema a reconheceu, mas não resultou no que ela esperava. O sistema que lhe permitiria localizar a tripulação, independentemente de onde estivessem na Nexus, estava apagado. Ainda assim, ela conseguia se comunicar. Apenas transmissões abertas, mas já era um começo.

— Sloane Kelly para Kandros. Por favor, responda. — Como não veio nenhuma resposta, ela repetiu.

Desta vez, a resposta chegou alguns segundos depois.

— Kandros falando, junto com Talini e outros seis sobreviventes. — Além da boa notícia óbvia, seu relatório da situação não solicitado dizia a Sloane que havia uma plateia e ela devia guardar suas palavras. Ele não saberia que as comunicações não estavam fechadas. Ainda não.

Ela diria a ele depois.

— Relatório.

— Estamos procurando naves, mas você não vai gostar do resultado.

Ela estremeceu.

— Diga.

— Os exploradores estão destruídos. Pelo menos, a maioria deles. Alguma coisa atravessou as docas como um debulhador pela areia. As naves dos Pathfinders levaram a pior.

— Merda!— Sloane esfregou a testa. No fundo de seus pensamentos, uma parte da estação flutuava livre pela memória da Operações. Kesh soltou um ruído baixo e pensativo. — Você disse "a maioria"?

— É. Não há sinal das outras. — Uma pausa. — Só uma porcaria de buraco grande.

Que ótimo!

Kandros prosseguiu.

— Mas nem tudo é tão melancólico. Estamos abrigados dentro de um dos transportadores no hangar dois. Situação apertada, porém estável.

Kesh grunhiu sua aprovação.

— Raciocínio inteligente. Autocontido, com provisões, suporte vital, até uma enfermaria. Muito inteligente.

Sloane assentiu, concordando, mas arquivou as informações para uso posterior. Ainda não tinha chegado ao ponto de ordenar que todos se retirassem a terreno seguro.

— Deixe Talini encarregada daí — disse ela a Kandros. — Tenho uma tarefa para você.

— Pode falar.

Sloane sorriu, animada pela atitude dele.

— Vá às câmaras de estase... — Ela olhou para Kesh com uma sobrancelha erguida.

A krogan soltou uma série de designadores, seguramente onde foi colocado o grosso da população krogan. Sloane as repetiu, para o caso de ele não ter entendido todas.

— Pegou?

— Copiei — respondeu ele. — Qual é a missão?

— Quero um relatório de status. Quantos conseguiram, quantos... bom, você entendeu a ideia.

— Entendido. Mais alguma coisa?

— Fique bem.

Ela praticamente pôde ouvir o sorriso afetado e reprimido dele.

— Sempre. Kandros desligando.

Sloane baixou a mão da tela.

— Pronto, agora sei a situação da outra metade de minha equipe e logo você terá as informações que procura. Todo mundo ganha.

— Obrigada, Sloane Kelly. — Uma coisa grave, dada a seriedade de sua voz.

Sloane desprezou a gratidão da krogan.

— Cada um de nós consegue algo de que precisa. Não precisa agradecer.

Kesh a olhou.

— Mas você precisa de outra coisa. — Não era uma pergunta. Observadora, pensou Sloane. Muito.

E correta.

— Preciso — confirmou ela.

— E é?

— Nada de mais. — Ela simplesmente não podia deixar de puxar a corrente da krogan. Só um pouco. — Apenas um núcleo de energia no primeiro estágio de fusão. Notei o alerta quando saí da Operações, decidi que era melhor não colocar todos em pânico tão cedo.

Kesh grunhiu e, se krogan tivessem pelos, Sloane não tinha dúvida de que eles estariam eriçados.

— E você esperou até *agora* para me contar?

Sloane não deu desculpas. Embora fosse sombriamente cômico, na hora suas alternativas não eram ótimas. Eram melhores agora, graças à equipe de Calix.

— Agora que eu sei que não vamos sufocar? É.

A krogan ficou parada ali, imóvel como uma muralha, encarando Sloane.

Instigar um krogan, compreendeu Sloane, era o objeto de uma violenta aposta e com razão.

— Espero que este seja o momento em que você me diz como vamos consertar isso — sugeriu ela.

Kesh meneou a cabeça.

— Não se pode consertar um núcleo na fase um da fusão — ela soltou. — Você se livra dele e vai para muito longe.

Sloane abriu a boca. Pausa. Lançou o futuro ao destino e disse, impotente:

— Mas os motores não estão...

— Uma coisa de cada vez! — rugiu Kesh, jogando as mãos para o alto, frustrada.

* * *

Sloane trabalhou lado a lado com Kesh por 26 horas.

Com o suor, o sangue e o poder de blasfêmias multiculturais, o núcleo com defeito foi descartado manualmente e, em um momento de gênio inspirado por parte de Addison, empurrado para uma distância segura por um drone de carga semifuncional. Agora todo o pessoal desperto teve de se amontoar o mais fundo possível nas entranhas da estação espacial mutilada a fim de vencer a explosão resultante, mas deu certo.

Por três vezes durante o dia já insano, ela entrou em contato com Tann, ou com Addison, ou com ambos, cada um deles requisitando que ela fosse para a Operações a fim de terem uma reunião. Uma merda de *reunião* enquanto a Nexus se incendiava em volta deles.

Não era provável.

Uma emergência corrigida só levava a outra e todo o suporte vital ainda permanecia empacado em 10%. Sem capacidade para despertar ajuda adicional. Sloane e Kesh corriam de uma seção a outra, até Sloane desabar, exausta, em um sofá meio queimado no saguão de uma embaixada que agora parecia tão comicamente desnecessária que ela deu uma gargalhada antes de cair num sono inquieto.

A quarta comunicação explodiu justo quando o sono tinha envolvido plenamente Sloane Kelly. Ela havia se enroscado, com um braço servindo de travesseiro, quando o toque irritante a arrancou de volta à consciência. Sloane se colocou de pé num átimo, pronta para dizer àquele salarian onde enfiar a "discussão" dele.

Antes que pudesse fazer isso, as palavras dele a deixaram petrificada.

— Você é requisitada na hidropônica — disse Tann. — Receio ter outra má notícia.

— É Garson? Você a encontrou?

— Antes fosse — disse ele, com um tom severo na voz. — É outra coisa. Lamento, diretora. Mas você precisa ver isto.

CAPÍTULO 7

— Kesh e eu chegaremos aí assim que pudermos.

Jarun Tann olhou sua companheira. As feições de Addison não traíam nada.

— Não há necessidade de afastar Nakmor Kesh de suas tarefas — disse Tann. — Este não é um, hmmm..., problema técnico.

Como era esperado, a diretora de segurança não entendia bem uma sutileza.

— Levarei isso em consideração. — Como sempre acontecia quando se tratava de Sloane Kelly, o link foi encerrado abruptamente.

Tann ficou em silêncio por um momento, alterando o peso do corpo de um pé para outro. Depois, pensativamente:

— Eu devia ter sido mais enfático.

— Vai ficar tudo bem — disse Addison. Ela se sentou em um banco, de joelhos unidos, as mãos entrelaçadas no colo. O banco em si estava torto, os rebites que o mantinham no lugar foram arrancados no desastre. Atravessava a área comum e a área de solo esponjoso e sintético para a qual deveria estar de frente. Um trecho fino de grama verde e brilhante deveria estar crescendo ali quando Tann despertou, se tudo tivesse saído como planejado.

— Se Kesh estiver com ela, vamos conseguir. Isso até pode ser bom. O conhecimento dela desta estação é...

— Inigualável — concluiu Tann, demonstrando uma acidez que crescia atrás de um sorriso determinado. — Sim, eu sei. Mas o protocolo era claro. Você e a diretora Kelly devem aconselhar...

— O protocolo. — Addison suspirou as palavras. — *Francamente*. Dê uma olhada neste lugar, Tann. O protocolo deve ser a última de nossas preocupações.

Talvez. Em parte. Ele começou a andar de um lado a outro. O entulho era empurrado por seus pés, fazendo barulho pelo chão. A seção de hidropônica, como todo o resto, parecia um antigo local abandonado, uma sombra da maravilha idealizada e de engenharia perfeita que deveria ser. Mais silencioso, talvez, porém não menos destruído.

O que tornava este momento muito importante.

Não. Nisso, ele tinha razão.

— Eu discordo — disse ele. — Pessoas muito inteligentes passaram muito tempo trabalhando em cada situação que podemos enfrentar, planejando para cada contingência. Estamos cometendo um erro enorme se jogarmos tudo isso para o alto e começarmos a depender de decisões repentinas tomadas por quem por acaso estiver por perto.

Ele alcançou a parede e se virou.

— Isto não é jeito de governar — acrescentou ele, antes de passar a outro circuito de sua rota.

Addison continuou em silêncio.

Tanto que ele parou no meio do circuito, diante dela.

— Certamente você concorda, não?

— Eu acho...

A frase se interrompeu, deixando Tann murmurando. Não era bem o fervor que ele estivera esperando, mas pelo menos ela estava ouvindo. Ele continuou a andar. Cada passo trazia uma nova linha de raciocínio, outra possibilidade a considerar. Entretanto, tudo remontava à mesma coisa.

Jien Garson, um intelecto verdadeiramente brilhante, tinha supervisionado o protocolo codificado nos sistemas da Nexus que levaram a seu despertar. A presença dele ali, seu papel, devia-se essencialmente à ordem direta dela, e ele pretendia respeitar isso cumprindo o papel ao máximo de sua capacidade. A diretora Addison podia sentir amargura por não ter sido escolhida para o papel, mas isso não era culpa de Tann. Não era responsabilidade dele. Apenas Jien Garson poderia explicar o raciocínio ali. *Se* ela aparecesse.

Outra volta, mais caminhada, mais raciocínio.

Jien Garson nunca teria imaginado que uma calamidade dessa escala recairia sobre sua missão. Na verdade, o protocolo da liderança poderia da mesma forma se resumir a dois zeladores humanos e um higienista dentário krogan — tranquilamente o pior trabalho do universo conhecido — como sua nova liderança, se por acaso eles fossem os três tripulantes sobreviventes de mais alta posição. Mais poder a eles, tinha de ser isso!

Vira-se, anda.

Pensa.

A pior hipótese não tinha acontecido, é claro. O protocolo percorreu a lista e encontrou Tann, sete círculos inteiros abaixo da administradora Garson na escala de liderança. Addison e Sloane o aconselhariam, como ele as teria aconselhado. Ele não pediu por isso. Não deu nenhum golpe. Jarun Tann estava ali para fazer um trabalho, o que fosse exigido dele e, se era assim, ele cumpriria seu dever. A missão importava acima de tudo.

Vira-se. Anda.

Para.

Botas diante dele. Há quanto tempo estavam ali? Ele levantou a cabeça, encontrou os olhos cansados e baços de Sloane Kelly.

— Que seja rápido — disse ela, sem nem mesmo uma tentativa cortês de um preâmbulo. — Estou ocupada.

— E olá para você. — De súbito, ele percebeu que passara à frente da porta e bloqueava o caminho dela. — Entre, entre. — Ele gesticulou com o braço para o interior da hidropônica e acompanhou a diretora de segurança para dentro.

Ela cumprimentou Foster Addison, depois se sentou em um dos bancos, parecendo prestes a entrar em colapso. Com as duas mulheres ocupando os únicos dois bancos, Tann ficou de pé por ali. Não tinha onde se apoiar, então entrelaçou as mãos às costas e esperou.

Addison não falou nada, obrigando Sloane a romper o silêncio.

— Mas que merda de emergência é essa? — Ela exigiu saber. — Não há nada pegando fogo aqui. Nenhum cadáver. Então... *o que é?*

— Não há fogo — concordou Tann. — Nem cadáveres, é verdade. Nota a ausência de mais alguma coisa, diretora Kelly?

— Não tenho energia para enigmas, diretor *interino* Tann. Desembucha.

O impacto da revelação, raciocinou ele, serviria bem para eliminar o desprezo que ela dava ao título.

— Muito bem. — Ele apontou para a seção mais próxima. — Não tem plantação — explicou ele, enunciando cada sílaba.

Sloane apenas ficou sentada ali, parecendo exausta. Quem sabe ele estava sendo obtuso demais?

E então, dando de ombros, ela falou.

— Tudo bem. E daí? Acabamos de chegar aqui. As plantas levam tempo para crescer.

— Deveria haver brotos — propôs Addison. Está estragando a grande revelação dele, naturalmente. Esses humanos. Nenhum respeito pela sutileza. — Várias semanas antes de nossa chegada, as primeiras sementes deveriam ter sido colocadas por sistemas automáticos, e assim uma plantação já teria sido iniciada enquanto a tripulação era revivificada.

Tann foi até um dos lavradores automáticos, retirando um saco que ele colocara ali trinta minutos antes. Ele o levou a Sloane e pôs a seus pés. Dentro dele havia os restos de algumas centenas de plantas pequenas, murchas e queimadas.

— Irradiadas — disse ele. — Cada uma delas.

A diretora de segurança examinou as plantas. Ela abriu as mãos.

— Então, começaremos outro lote. Está bem? Quando necessário. Temos suprimentos. Não sou botânica, mas...

— Exatamente — interrompeu Tann, aproveitando a oportunidade. — Não é botânica. Nem eu, nem a diretora Addison. É de um botânico, uma equipe inteira deles, que precisamos.

— Tann — disse Sloane, de cenho franzido —, já falamos sobre isso. Você até argumentou contra o conceito. Com tudo que está acontecendo, a última coisa de que precisamos é de mais gente andando por aqui. Mal conseguimos colocar as coisas em funcionamento do jeito que está. Mais esforço para os sistemas é uma ideia ruim.

— Os dados adicionais — disse ele categoricamente — implicam que as decisões devem ser revistas. Nesse caso, discordo de sua avaliação. — Ele ergueu as mãos, na defensiva, prevenindo sua resposta, sem dúvida, cheia de blasfêmia. — Por favor, deixe-me explicar.

Talvez tenha sido o *por favor*. Sloane murchou um pouco. Olhou para Foster Addison, provavelmente procurando apoio. A outra mulher simplesmente esperou em silêncio.

— Tudo bem. — Ela suspirou. — Qual é o raciocínio?

Tann virou a cabeça de lado.

— Nossa situação ainda é crítica — disse ele —, mas a ameaça imediata acabou.

— Não tem como saber disso — disse ela precipitadamente. E já bastava. — Ora essa, nem mesmo sabemos o que é essa ameaça e é perigoso implicar que você sabe.

— Só o que quis dizer — falou Tann numa ênfase lenta — é que os incêndios foram apagados. As rachaduras no casco estão lacradas. Concordo que ainda pode haver abalos secundários, ou novos ataques, como quiser chamá-los, mas, da mesma forma, pode não acontecer. Será que podemos pelo menos concordar nisso?

Addison assentiu uma única vez.

Sloane deu de ombros.

— Pronto. Progresso. Dado esse pressuposto, creio que é hora de voltarmos nossa atenção à missão.

— Você deve estar de sacanagem comigo. — Sloane olhava fixamente o rosto dele, que Tann esperava projetar uma confiança calma. — Puta merda, você *não está*. Está mesmo falando sério. Poupe essa merda para Garson, não precisa ser...

Tann levantou as mãos mais uma vez.

— *Por favor*, diretora, deixe-me terminar. Tenho esperança, como todos nós, de que nossa guia visionária será encontrada viva e em boa saúde, muito em breve. Lembro a você que não pedi por isso.

Sloane meneou a cabeça. Ela não acreditava na sinceridade ou nas motivações dele, isso era claro, mas lhe faltava um jeito de combater. Ou talvez ela não conseguisse decidir que palavrão usar agora. Ele a pressionou antes que ela se decidisse.

— Precisamos ajustar nossas metas imediatas. Mudar nosso foco. Da sobrevivência para a recuperação. Acredito que nosso objetivo último, apoiar a missão dos Pathfinders, ainda é possível. Na realidade, não só é possível, como é *fundamental*. Não podemos admitir que eles cheguem aqui e encontrem a Nexus... — Ele correu a mão pela seção de hidropônica destruída — deste jeito.

— E você tem um plano para realizar isso?

Ele tinha, mas pretendia escondê-lo sob o disfarce da inclusão.

— Todos nós temos, conscientemente ou não. Vamos discutir as opções e decidir.

— Decidir — disse Sloane com um riso sarcástico. — Então era por isso que você queria Kesh longe daqui.

— Não é tão simples assim — respondeu ele.

— Não fique tão ofendido — ela bufou. — É exatamente assim.

— Tudo bem, sim — respondeu ele, exasperado com a desconfiança da mulher. E com as observações. — É exatamente assim, mas não pelos motivos que você imagina.

Agora Sloane riu de verdade, alto e com energia.

— Agora estamos em Andrômeda, Tann. Não se lembra das palavras de Garson? Deixem toda essa merda na porta!

— Não me lembro de ela ter dito nada tão vulgar.

— Estou parafraseando. Mas foi o que ela quis dizer. Nossos antigos ressentimentos, nossos preconceitos idiotas e injustificados, não são válidos aqui.

— Como eu disse, não é esse o motivo de minha preocupação. Eu simplesmente sinto que o protocolo...

Sloane agitou as mãos numa aquiescência exagerada.

— Tá, sei. O protocolo que tão primorosamente fez de você o chefe. — Ela soltou um suspiro que minou qualquer humor com a mera frustração. — Vamos terminar por aqui. Tenho uma estação oscilando à beira do precipício e você tem uma proposta em mente. Posso ver tudo nessa sua cara aerodinâmica.

Tann virou a cabeça de lado.

— Hidrodinâmica. Não somos uma espécie adaptada à...

— *Tanto faz.*

Ele se perguntou se um dia conseguiria ter Sloane Kelly a seu lado. Até agora, não parecia possível. No fim, é claro, isso não importava. Ele tinha o poder de tomar decisões. Desde que tivesse um ouvido solidário em Foster Addison, essas decisões podiam ser ratificadas. Talvez não por unanimidade, mas, ainda assim, por uma maioria e era só disso que eles verdadeiramente precisavam.

— Muito bem. Sugiro que despertemos uma parte mais significativa da população — explicou ele. — Especialistas em todos os vários sistemas. O suporte vital já está sendo cuidado. — Não havia acusação nenhuma ali. — Hidropônica, energia, assistência médica, comunicações, saneamento, sensores, astronavegação e uma dezena de outras áreas, porém, estão desativadas ou, na melhor das hipóteses, em estado crítico, e assim continuarão se não acordarmos as pessoas necessárias para corrigir os problemas.

A humana problemática já negava com a cabeça.

— Não podemos fazer isso — disse Sloane. — Não há ar suficiente. Nem comida. Nem água. Você disse que queria passar da sobrevivência para a recuperação, mas sua equipe de recuperação tornará a sobrevivência impossível.

Era um eco do argumento que ele fizera. Ele era astuto o bastante para reconhecer — e também sabia como lidar com isso. Era aí que entrava Addison.

E, bem na deixa, ela falou.

— Os suprimentos podem ser aumentados.

— E como? — perguntou Sloane.

— De planetas próximos. — Ela ergueu as sobrancelhas. — Meu pessoal foi preparado para isso. Eu entreouvi sua discussão com seu oficial — acrescentou ela. — Foi o quê, umas vinte horas atrás?

— Vinte e seis — respondeu Tann, mas decidiu arredondar quando Sloane lançou a ele um olhar incrédulo. — E alguns minutos.

Vinte e sete minutos, para ser exato. Mas ele não imaginava que elas apreciariam a memória fotográfica de um salarian.

— Sei que é uma desgraça que não tenhamos as naves de reconhecimento Pathfinder — continuou Addison —, mas estive pensando. *Podemos* mandar transportadores, para reconhecer os mundos mais próximos. Eles podem retornar com ar e a água, e até alimentos. Podemos encontrar ajuda. A probabilidade é baixa, vou admitir, mas é diferente de zero.

— Merda, Addison, também não podemos fazer isso! — Sloane fez uma carranca, entrelaçando as mãos embaixo do queixo — uma postura, observou Tann, que permitia que ela colocasse seu peso fatigado nos cotovelos, escorados nos joelhos. Ela olhou feio para os dois. — Dizer não a vocês dois me coloca na posição de vilã por aqui, mas, tudo bem. Serei a vilã. Vocês ouviram Kandros. Estamos sem naves. Se acontecer outro evento, se o suporte vital der uma guinada para pior, vamos precisar daqueles transportadores para evacuar a Nexus.

— Quais são as probabilidades? — indagou Addison com a testa franzida.

— A evacuação ainda é uma possibilidade muito real — respondeu Sloane. — Em particular porque ainda não sabemos o que causou a brecha. Se precisamos falar de alguma coisa, é de como vamos conseguir que milhares de tanques de estase deixem esta estação rapidamente e para onde os mandaremos, se pudermos.

— Temos conhecimento de planetas habitáveis...

— Não temos — interrompeu Sloane severamente — o efetivo para combater espécies nativas hostis.

A expressão de Addison se toldou.

— *Não* estamos aqui para lutar, Sloane. Negociações podem ser...

— Sei, sei, eu me lembro do discurso — retorquiu ela. — Mas se não tivermos uma cópia para entregar a qualquer forma de vida que exista nesta galáxia, não estou disposta a bancar o comitê de boas-vindas pacífico.

Addison cerrou o maxilar. Os ombros enrijeceram.

Tann julgou adequado interceder antes que isso culminasse em algo muito mais... barulhento. Certamente ele não pensara na questão da evacuação, mas não era um obstáculo intransponível.

— Você levantou uma preocupação válida — começou ele, parando incisivamente quando Sloane resmungou algo que ele pensou parecer, "Caramba, obrigada".

Se o sarcasmo pudesse ser uma arma, a mulher seria uma assassina sem nenhuma concepção de danos colaterais. Enquanto isso, a confirmação dele de uma preocupação legítima parecia ter fragilizado a confiança que Foster Addison tinha nele. Pelo menos o bastante para ela agora o olhar duro, em vez de para sua adversária temporária. Ele conteve um suspiro.

Mentalmente, ele acrescentou pelo menos um psicólogo à lista daqueles que precisavam sair da estase. Talvez uma equipe inteira, de diversas espécies, para ajudar a tripulação a lidar com o choque. *Sim, uma boa ideia.*

Tann entrelaçou as mãos às costas.

— Se não existe espaço para uma solução conciliatória, então estamos em um impasse. — Ele recomeçou a andar. — O dilema é que não temos pessoal para fazer os reparos na Nexus em nenhum intervalo de tempo razoável. Nossa tripulação básica atual pode no máximo manter a estação claudicando, mas creio que todos podemos concordar que uma hipótese dessas não representa um futuro muito luminoso para nós ou nossa missão, não é verdade?

Addison concordou enfaticamente com a cabeça.

A contragosto, Sloane fez o mesmo.

Tann prosseguiu, ainda andando.

— Além disso, também não podemos mandar nossos transportadores, porque eles são necessários aqui, na eventualidade de pane no sistema de toda a estação... uma possibilidade muito real, como a diretora Kelly...

— Sloane.

— ... Sloane — ele se corrigiu — observou. — Mais cabeças concordando. Dessa vez, porém, foi Addison que hesitou e Sloane afirmou fortemente.

Todos eles sabiam em que pé estavam. Ótimo!

— Assim — disse ele com firmeza —, minha proposta original é ainda melhor. Despertamos a tripulação necessária para fazer os reparos, instruímos que trabalhem com rapidez e eficiência dentro de severas preocupações com os recursos. As naves de Addison continuarão preparadas para evacuar todo o pessoal, desperto ou não, a qualquer momento.

Sloane Kelly, para surpresa de Tann, não tinha mais uma carranca. Algo fez com que sua boca se esticasse em um sorriso largo.

Ele não sabia o que fazer com isso.

— O que foi? — perguntou Tann com cautela. — Fiz uma piada sem querer?

— Não — respondeu Sloane. — É só que a tripulação de que precisamos para fazer todos esses consertos é composta principalmente da força de trabalho braçal. — Seu sorriso ficou maior. A mordida, Tann percebeu tarde demais, veio junto com o sorriso. — O pessoal de Kesh. — Uma pausa. — Sabe quem. *Krogan*.

Tann parou de andar.

— Precisamos fazer uma lista — continuou ela, animada demais para o ambiente — de todos os trabalhadores krogan de que vamos precisar.

— Eu... — Tann engoliu em seco, sua mente pintando quadros de uma Nexus cheia de krogan. Ele estremeceu com a ideia. Agora era tarde demais. Só o que ele podia fazer era tentar controlar isso. — Tenho algumas ideias de quem vamos precisar. Talvez fosse sensato algum pessoal adicional da segurança...

O sorriso de Sloane só ficou maior. Claramente a humana difícil se alegrava com o desconforto dele.

— Há algumas pessoas de que vou precisar também — disse Addison. — Meu assistente, William Spender, para começar, além de alguns membros da equipe colonial para examinar os transportadores remanescentes. Pelo que sabemos, eles também foram danificados nessa calamidade.

— Como eu disse, façam uma lista. Vou examinar, por questões de segurança. — Sloane olhou cada um deles alternadamente, certificando-se de que estavam prestando atenção. — O que vai acontecer, aliás, se despertarmos um monte de gente e descobrirmos que não podemos sustentá-los?

— Eles voltam a seus tanques de estase — disse simplesmente Tann. A resposta óbvia, entretanto Sloane demonstrava dúvida. Dessa vez, porém, ela não pressionou. Em vez disso, levantou-se e passou por ele, a caminho da porta. Passando, deu um tapa nas costas dele.

Com força.

Tann oscilou, estremecendo num misto de irritação e surpresa.

— Estamos todos de acordo — disse ela rapidamente. — Vou informar Kesh. Reunião encerrada. — Assim como em sua chegada, ela tomou a questão como sua alçada. O ombro dele ainda doía quando as portas se fecharam depois da passagem de Sloane.

Mesmo assim, Tann sentiu um sorriso entrar furtivamente em seu rosto e era surpreendentemente bom. Ele realizou algo ali. Não era grande coisa, é certo, mas já era um começo.

E, com um começo, era mais provável que um *se* viesse a ser um *quando*.

* * *

No corredor, Sloane foi para o painel de comunicações mais próximo e socou a identidade de seu primeiro oficial. Felizmente eles conseguiam trancar o sistema de comunicações enquanto ela se matava de trabalhar com Kesh. Ela não queria que isso berrasse por cada alto-falante. Nem jogado em sua cara quando o salarian quisesse algo mais tarde.

— Kandros falando — veio a resposta um minuto depois.

— É Sloane — disse ela. — Você pode falar?

Um farfalhar, depois o estalo de uma porta se fechando.

— Posso. Vai em frente.

Ela refletiu cuidadosamente sobre suas palavras e verificou duas vezes se Tann e Addison haviam se juntado a ela no corredor. Satisfeita, colocou-se no melhor ponto de observação possível e falou em voz baixa.

— Reúna uma equipe de agentes, liderados por Talini. Pessoal de confiança.

— Quantos?

— O suficiente para proteger as salas de suprimentos que estão acessíveis. — Os suprimentos foram todos escondidos pela Nexus, mas a maior parte da estação continuava fria e sem ar, inacessível devido aos danos. Sloane não via a necessidade de colocar soldados na frente daquelas portas. Pelo menos, ainda não.

— Temos um problema? — perguntou Kandros.

— Negativo — disse ela —, mas a semana só está começando, se está me entendendo.

— É. Sei. Entendi.

— Ótimo! Desligo. — Sloane encerrou o link e partiu em busca de Nakmor Kesh.

Seu caminho costurava por um corredor tomado de entulho, um depois do outro. Ela passou por uma série de apartamentos que davam para um dos braços grandes. Todas as portas, menos robustas do que aquelas das salas de crioestase, tinham sido arrancadas e agora jaziam em uma fila estranhamente arrumada do outro lado do corredor, como se uma turma de construção as tivesse colocado ali, preparando-se para a instalação.

Sem mais nem menos, ela parou em uma sala e entrou. Um dos layouts menores, mal passava de uma cama, mesa e cadeira. Sem pertences pessoais; esses ficariam bem armazenados até que o membro designado a este quarto fosse buscá-los.

Se ele ainda estivesse vivo.

Ora essa, Sloane não via as acomodações *dela* desde antes do lançamento. Tudo brilhando e novo. Quem poderia saber que esta seção da estação tinha sobrevivido?

A ideia deixou uma pontada de tristeza em seu peito. Lá se foi seu próprio escritório, não é? E muito menos a cama.

Sloane suspirou, dando as costas para o quarto solitário, e partiu. Chegou ao final do corredor, virou e prosseguiu, passando pelo Escritório de Transporte fechado, depois pela Imigração.

A probabilidade de que qualquer um dos dois fosse tripulado e usado parecia tão remota que ela se perguntou se poderiam fazer um uso melhor deles convertendo-os em abrigos.

Um ruído baixo, atrás. Sloane sacou a arma, girou o corpo, apontou.

— Sou eu, sou eu — disse Jarun Tann apressadamente, de mãos erguidas.

Sloane estreitou os olhos.

— Está me seguindo?

— É claro — respondeu ele. Depois pensou melhor no que pretendia dizer. — Quero dizer, não nesse sentido.

— Que outro sentido existe?

Ele saiu das sombras.

— No sentido constrangedor de duas pessoas que terminaram uma conversa, mas também precisam percorrer a mesma direção.

Ela o olhou, mas jamais entenderia as expressões dos salarians. Uma coisa era um rosto turian, mas não havia tanto... *não sei*, pensou ela, desligada. Não havia tantas linhas, tantas *feições* distintas nas faces anfíbias da espécie salarian. Era bem fácil reconhecer os chifres, os olhos ovais e grandes, é claro. Mas era só o que eles tinham.

Qualquer que fosse o motivo, ela não sabia se acreditava nele.

Tann tomou o silêncio dela como incompreensão.

— Eu estava voltando para a Operações e pensei em deixar que você fosse à minha frente para evitar qualquer... o supramencionado constrangimento. E então você saiu de um apartamento alguns metros à minha frente. Seria estranho ficar parado ali e esperar, então eu...

— Está tudo bem, Tann. Eu entendi.

— Então, quem sabe não queira baixar a arma?

Sloane baixou, esforçando-se ao máximo para esconder um sorriso. Ela o matava de medo, percebia, e descobriu que não se importava muito com isso. Um pouco de medo podia ser saudável.

— Então, Operações, né? O que está na sua agenda agora? E venha logo para cá, eu não mordo.

O salarian fazia o máximo para aparentar despreocupação enquanto atravessava o resto do espaço e ficava ao lado dela. Eles andaram em silêncio por um tempo.

Não por falta do que falar, percebia Sloane enquanto o salarian soltava um de seus ruídos pensativos. Ele era um pensador, esse nerd fiscal. Do tipo que pesava cada palavra.

O que não o tornava mais digno de confiança, afinal de contas.

— É muito difícil priorizar — disse ele por fim — com tantos problemas que enfrentamos.

— É. Isso eu não vou discutir.

Ele assentiu.

— Sinto que, depois de nossa reunião, finalmente tive um minuto livre. Pensei em verificar uma coisa que esteve me incomodando.

— Só uma coisa?

O salarian parou, lançando um olhar pensativo e cautelosamente irônico a Sloane. Pelo menos, ela achou que era isso.

— Não — disse ele, e essa cautela deu lugar a um sorriso amarelo. — Não, mas vamos nos concentrar nesta coisa específica.

— Que coisa?

— Especificamente, a *coisa* — disse ele, dando destaque à palavra como se estivesse satisfeito com a trama secundária que levou a ela — que podemos encontrar. Seja lá o que for, é estranha a nós, ou os sensores teriam notado e alertado alguém.

— A matriz de sensores foi danificada — observou ela.

— Foi? — Ele apertou as mãos finas, metendo-as nas mangas do traje. — Ou os técnicos acreditam que foi, com base na incapacidade de analisar os dados?

Ela ergueu as sobrancelhas.

— Tá legal, e daí? Isso não muda nada.

— Não — concordou ele. — Mas minha preocupação é que não seja um evento singular.

— Ah. — Ela também pensava nisso, especialmente sempre que tentava dormir. Com tantos problemas conhecidos, parecia inútil preocupar-se com aqueles desconhecidos. Mas agora que ele levantou o assunto, ela o examinou melhor. — Quando localizamos a Operações — disse ela pensativamente —, houve um abalo violento. Toda a nave estremeceu e parecia que o casco tinha sido arrancado em algum lugar.

— Estrutura enfraquecida entrando em colapso, talvez? — Ele virou a cabeça de lado. — Ou outro encontro da estação com o que esbarrou nela?

— Se foi uma colisão — observou ela —, não vi nave nenhuma... — Suas palavras morreram. Assim como seu passo, petrificado no meio do corredor.

A testa de Tann se mexeu no que ela julgou ser a curiosidade.

— Você viu alguma coisa?

— Talvez. — Ela franziu o cenho, beliscando a ponte do nariz entre o polegar e o indicador. — Tudo aconteceu numa onda enorme de adrenalina.

— Ah. — Tann tocou cautelosamente o braço dela, no que passou por um gesto solidário. — Entendi. A evolução humana se baseia no avanço de presa a predador, mas na verdade nunca evoluiu sistemas redundantes para processar com eficácia...

— Tann.

Ele parou. Deu um pigarro.

— A adrenalina — disse ele, de um jeito mais sucinto — pode confundir o raciocínio lógico.

Isso ela engoliria. Sloane recomeçou a andar, mais uma vez flanqueada pelo salarian.

— Minha lembrança mais nítida é daquela nebulosa lá fora. Ou quem sabe uma onda de energia? Vi que parava perto da parte da estação que... sei lá, que foi arrancada. — Ela estava conjecturando e sabia disso. Levantou as mãos. — Não sou astrofísica, então, você decida o que quiser. Mas não consigo me livrar da ideia de que há algo lá. Algo que ainda não vimos. — *Ou deixamos passar.*

Tann a olhou.

— Sem os sensores, é impossível descobrir. Porém, pensei que talvez, se examinássemos dados reunidos *antes* do impacto com essa... você acredita que a nebulosa incomum pode ser a chave?

— Foi a única coisa que eu vi — disse ela, dando de ombros mais uma vez. — E, em vista de sua proximidade, eu ficaria *verdadeiramente* nervosa se a ignorasse, só para colidir com ela depois.

— Uma avaliação justa. Essa teoria será assinalada entre as primeiras a ser investigadas — disse Tann, com tão pouca discussão que Sloane se viu olhando-o de lado enquanto eles andavam. — Na verdade, prefiro apreciar a ideia de aprender alguma coisa nova a respeito de nossa nova galáxia.

— Você?

— Bom, naturalmente — respondeu ele, recompondo-se. — Quem mais está disponível para decifrar os registros? Podem existir muitas informações enterradas até nos registros parciais.

— Acho que o diabo está nos detalhes.

Para surpresa dela, ele soltou uma risadinha.

— Um de meus ditados humanos preferidos. Sim, exatamente. Mesmo que nossos sistemas não tenham reconhecido o ataque iminente como uma ameaça, ainda pode haver um registro dele.

— E você conseguirá deduzir isso? — perguntou ela. Parecia o mínimo que ela podia tentar com sinceridade. Afinal, técnico de dados de sensores parecia menos invasivo do que *diretor interino*. — Achei que a receita era sua área de especialidade.

Com isso, os ombros magros dele se endireitaram. Era difícil saber, mas ela pensou que o peito fino do salarian talvez tenha estufado um pouco.

— Minha especialidade é a matemática — declarou ele. — Registros de sensores não são tão diferentes dos números de base de custo.

— Se você diz... — Eles andaram um pouco mais, passando por uma das imensas áreas de uso comum. Deveria estar cheia de pioneiros animados segurando taças de champanhe. Em vez disso, parecia um aterro sanitário para móveis indesejados. Um desafio, como todo o resto. — Ainda assim — refletiu ela. — O que vai acontecer se, sabe como é... se a coisa estiver mesmo em nosso caminho? Não podemos nos deslocar, não podemos atirar em um alvo invisível.

— Daí meu comentário sobre as prioridades — disse ele. — Primeiro consertamos a hidropônica, para termos o que comer nas próximas semanas ou até meses, ou até conseguirmos que os motores de manobra voltem a ficar ativos para evitar outra colisão? Além disso, existe a possibilidade de que isso esteja espalhado. Talvez precisemos alertar os Pathfinders.

De todas as coisas que pesavam na mente de Sloane, perturbando seu sono, os Pathfinders tinham sido firmemente postos de lado. Pelo menos até agora.

Se eles, ainda em estase, atracarem nesta confusão...

Ela passou o dedo na ponte do nariz.

— Tann, você está me dando dor de cabeça.

— Creio ser uma diferença entre nós — disse Tann. — Perdoe minha ousadia, mas você prefere problemas bem definidos. Qualquer coisa que seja premente no momento tem toda sua atenção e quando isso é corrigido, você passa ao que está esperando logo atrás.

— E você é um cara do tipo quadro maior, é o que quer dizer?

— Outra expressão adorável.

Ela parou. Eles estavam à porta da Operações e, ao que parecia, ele não havia percebido.

— Onde quer chegar com tudo isso, Tann?

— Só estou conversando — disse ele já de olhos arregalados.

— Sei.

Ele suspirou.

— Tudo bem, suas habilidades de investigação aguçadas viram através de meu plano sinistro.

Foi a vez de Sloane rir. Mesmo para ele, essa era uma interpretação falsa. Ela gesticulou para que ele continuasse.

— O que estou tentando dizer, diret... Sloane, é que se eu, por exemplo, *descobrir* que vamos precisar de capacidade de manobra imediatamente, e sugiro isso tanto a você quanto a Addison, peço que tenha em mente minha metodologia. Em outras palavras, se eu pedir motores, é porque a matemática diz que precisamos deles com mais urgência do que as sementes.

— Mas isso é mais do que apenas matemática. — Sloane franziu o cenho para o corredor vazio. — Existe gente ferida. Outros morreram. Está dizendo que se você me procurar alegando que devemos consertar motores em vez de, sei lá, o suporte vital, eu devo aceitar a droga da matemática sem questionar você?

— Estou pedindo um pouco de confiança. Se os dados disserem que consertar o suporte vital agora pode salvar dez vidas, mas consertar os motores mataria os dez, porém salvaria milhares depois, devemos então consertar os motores.

— Que droga! Que frieza. Até para um salarian, isso é frio.

— Assim como o universo, em média. Entretanto — continuou ele, como se pedisse algum extra —, posso lhe garantir que enquanto eu estiver ocupado aplicando valores matemáticos à urgência de qualquer situação, outras partes de meu vasto intelecto estarão experimentando outras opções. — Ele abriu a ela o que Sloane imaginou que ele pensava ser um sorriso simpático.

Talvez todos os salarians tendessem a parecer dissimulados. Talvez fosse só ele.

Sloane meneou a cabeça, sua boa vontade diminuía. Isso a deixou tão fria quanto o cálculo dele.

— Então você está dizendo que devemos confiar em você duas vezes mais — disse ela lentamente. Sua incredulidade aumentava a cada palavra. — Uma porque sua matemática é infalível, a outra porque você pensará em opções melhores? — Ela soltou uma gargalhada curta. — Tem razão, Tann. Existe uma diferença entre nós. Então, vou lhe dar outro dado para analisar. — Ela jogou o dedo na direção dele, errando por pouco seu peito ossudo. — Diretor interino ou não, se sua matemática disser para fazer X por algum possível benefício futuro e meu instinto disser para salvar a vida de alguém neste exato momento de merda, meu instinto vence, sempre. Está claro?

Ele a examinou por um momento, mais uma vez colocando as mãos por dentro das mangas. Em seguida, assentindo ligeiramente, respondeu em voz baixa.

— Perfeitamente.

A porta para a Operações se abriu num silvo e Nakmor Kesh saiu pesadamente de lá. Despreparado para a companhia repentina, Tann quase saltou para longe do caminho dela.

Sloane nem se deu ao trabalho de esconder que bufava. Pelo menos até que os olhos da krogan encontraram os dela.

— Ah, merda! O que é agora?

A cabeça grande de Kesh girou para se fixar em Tann, que tentava com esforço recuperar a dignidade. Ao peso do silêncio dela, porém, ele parou de remexer em seus trajes e franziu o cenho.

— O que houve?

A voz da krogan saiu baixa.

— Jien Garson. — Antes que qualquer um dos dois fizesse perguntas, ela balançou a cabeça. — Eles a encontraram.

* * *

O necrotério provisório foi montado em um dos laboratórios de biologia, a vários conveses de distância. Kesh andava na frente, com Sloane a seu lado e um Tann muito silencioso atrás delas.

— Agora os mortos já somam quase cem — dizia Kesh. — Com a biometria desativada e os corpos... bom, você viu muitos. Sabe como estão.

— Eles não sabiam que a haviam encontrado — disse Sloane de qualquer modo. Uma explicação vazia, feia, mas fazia sentido.

— Exatamente.

Kesh entrou na sala refrigerada e foi diretamente a uma mesa onde dois técnicos de suporte vital estavam parados. Na mesa, estava uma visão que Sloane teve muitas vezes em sua carreira: um cadáver. Um saco de cadáver. Ela nunca havia pensado, nem uma vez, que Garson um dia estaria dentro de um deles.

— Onde ela foi encontrada? — perguntou Sloane a Kesh.

— Em um dos apartamentos perto da Operações — foi a resposta, mas não da krogan. O técnico respondera. Um homem magro, de olhos cansados. — Estávamos correndo quarto por quarto, retirando os corpos.

O outro da dupla acrescentou:

— Os ferimentos são consistentes com todo o resto. Danos ambientais. Queimaduras significativas. Não é... uma visão bonita.

A porta se abriu e Foster Addison entrou às pressas na sala. Um olhar para o rosto de Sloane e a centelha de esperança que restava se apagou de seus olhos.

Sloane esperou que a mulher se unisse a ela junto à mesa e puxou o saco para trás. No início, Sloane não conseguiu nenhuma prova de identidade. Grande parte do rosto se escondia sob a pele calcinada. O cheiro era horrível, carne queimada e inchada apodrecendo ali por horas incontáveis em contato com o ar, mas Sloane se obrigou a ficar firme. *Não vomite.*

Um silêncio sombrio caiu entre as pessoas reunidas.

Mil pensamentos disparavam pela cabeça de Sloane. Eram demais para serem ordenados. Para dar forma. Ela cobriu o corpo.

Addison agarrou-se à beira da mesa com os dedos de nós brancos.

— Teremos de organizar um funeral — disse ela com a voz entrecortada.

— Negativo — respondeu Sloane, cortando a ideia antes que se desenvolvesse em algo maior do que eles pudessem lidar. Ríspida demais, mas não havia nada a fazer a respeito disso.

— Concordo com a diretora de segurança — disse Tann.

— Eu não perguntei — vociferou Sloane, mas controlou sua fúria. Não era dirigida exatamente a ele, fosse calculista ou não. Além disso, seu papel como diretor interino acabara de ficar um pouco mais firme. Não haveria mais como evitá-lo na esperança de que Garson aparecesse e salvasse o dia. — Addison, sem querer ofender, um funeral é a menor de nossas preocupações. Não temos tempo, nem pessoal suficiente.

— Nem — retumbou Kesh — as instalações.

— Devemos mantê-la aqui — continuou Sloane, agradecida pelo apoio da krogan — junto com todos os outros, até que...

— Até que possamos fazer isso direito — intrometeu-se Tann, surpreendentemente firme. — Ela merece isso.

— Todos eles merecem — corrigiu Sloane. Não conseguiu evitar. Havia quase cem corpos na sala e todos mereciam o respeito de uma despedida adequada.

Ninguém discutiu. Ninguém se mexeu, nem falou. Pelo menos por algum tempo, exceto por Kesh, que colocou a mão imensa na testa coberta de Garson. Um gesto carinhoso, mas não surpreendente. Garson moveu montanhas para colocar o clã Nakmor nesta jornada.

No fim, foi Tann quem rompeu o silêncio.

— Todos nós desejamos guardar o luto, mas há muito trabalho a fazer. Se me permitem o atrevimento, nossa brilhante fundadora teria desejado que fizéssemos todo o possível para salvar esta missão, acima de qualquer outra coisa.

Era o tipo de coisa com que não se podia discutir, dito num tom perfeito e compreensível. Sloane mostrou seu respeito por ele com um gesto de cabeça, que ele retribuiu.

Sem mais nada a dizer, a fazer ali ao lado de Jien Garson, ela saiu da sala.

De fato havia muito trabalho a ser feito. A missão agora dependia deles. E somente deles.

CAPÍTULO 8

O trio se colocou num semicírculo em volta do grande tanque de estase. A sala tinha um frio impregnado, e não era pelo ar.

Não pode ser, pensou Sloane. *Os sistemas de ventilação quase não estão funcionando.* Não, o clima gelado vinha de Nakmor Kesh, parada de frente para o tanque. Ela ficou sem se mexer e sem falar nada por vários minutos.

Melhor esperar, decidiu Sloane. Que a krogan meditasse sobre isso, pois a decisão cabia a ela. Sloane olhou para o terceiro na sala, Calix, encostado em uma mesa a sua frente, de braços cruzados, o queixo abaixado. O turian parecia estar dormindo em pé, e quem poderia culpá-lo? A equipe dele esteve lutando com os sistemas de suporte vital durante dias e, embora ainda não pudessem alegar qualquer vitória além de "não está inteiramente defeituoso", considerando os danos que a estação havia sofrido, era uma realização e tanto.

E pesava também sobre todos a notícia da morte de Garson. Agora a Nexus tinha uma sombra lançada sobre ela e Sloane se perguntou se isso passaria.

Por fim, a krogan se mexeu, balançando o corpo largo para se dirigir ao grupo.

— Deixe que ela durma — disse Kesh.

— Tem certeza?

Kesh fez que sim com a cabeça, uma vez. Decisão tomada.

A líder do clã Nakmor Morda, por enquanto, continuaria dormindo. Sloane jamais conheceu a líder do clã krogan, mas já ouvira falar muito dela. Histórias de bar. Histórias de guerra. Histórias do tipo de brutalidade rabugenta que se pode esperar de uma krogan que chegou a seu nível de patente e fama. Embora Morda liderasse o clã, ela delegou autoridade a Kesh em questões da manutenção e dos cuidados com a estação. Isso fazia de Kesh a líder de fato enquanto Morda dormia.

Ao que parecia, Morda preferia não ter de lidar com outras raças, a não ser em um cenário de combate.

Bom, talvez esse fosse um pressuposto injusto. Porém, Sloane sabia ler nas entrelinhas quando era necessário. Oficialmente, Morda havia designado Kesh como a embaixadora do clã Nakmor para o restante da Nexus. Não se delegava esse tipo de coisa a não ser que se queira ficar longe dela.

Contudo, as questões dentro do clã, como havia explicado Kesh, continuavam a cargo de Morda.

Desde que ela estivesse acordada para isso.

— Tenho certeza — respondeu Kesh, mas em uma lufada pesada de ar. — Ela não ia querer ser incomodada com tudo isso. Exigiria colaboração demais.

Calix grunhiu um riso, depois tentou em vão transformá-lo em uma tosse. Kesh não pareceu perceber.

— Se por acaso enfrentarmos algum inimigo novo lá fora — acrescentou ela —, a história será outra. E sem dúvida ela apreciará.

— Então, tudo bem — disse Sloane, impelindo-se da mesa em que estivera apoiada. — Por mim está bom, se for assim para você. Vamos despertar os outros.

A segunda câmara estava vazia, seu ocupante já expelido. A unidade tinha falhado devido a um envoltório rompido, resultando na morte do krogan em seu interior. Um dos vários e cada um deles tratado inflexivelmente por Kesh.

Todos passaram ao terceiro e Calix começou o processo de revivificação. Como o banco de dados biométrico estava desativado, era necessário um código especial de manutenção; um código que Sloane não conhecia. Por enquanto, pelo menos, só Calix e sua supervisora, Kesh, podiam iniciar um despertar manual.

Ela preferia assim.

Calix digitou os últimos caracteres. Ele se afastou.

— Leva vários minutos.

O tanque começou a se aquecer enquanto os fluidos eram bombeados por milhares de canos e tubos ocultos dentro de seu envoltório. Logo os cristais de geada na face interna da vigia começaram a vibrar, depois todos, a um só tempo, transformaram-se em gotas de água.

Passou-se mais tempo.

— Os sinais vitais parecem bons — disse Calix. *Déjà vu.*

— Passarei ao seguinte — disse Kesh. Ela não esperou por confirmação, simplesmente prosseguiu do mesmo jeito severo.

Calix olhou para Sloane.

— Isso é inteligente?

Sloane deu de ombros.

— De acordo com a lista, temos centenas de tripulantes para despertar. Não sei quanto a você, mas eu tenho coisa melhor para fazer.

— E não temos todos? — Ele passou ao próximo tanque e começou a manipular os controles. — Pelo menos eles têm um despertar mais suave. Comparativamente.

Sloane olhou feio para a parte de trás da franja espigada dele.

— O que me lembra de uma coisa: por que nenhum de vocês, gênios, colocou uma ejeção de emergência por dentro?

— Nós colocamos. — Ele não a poupou de um olhar, mas seu tom transbordava de humor enquanto ele cuidadosamente ajustava os controles em que trabalhava. — Você simplesmente não prestou atenção na aula.

— Isso é... — Ela hesitou no meio do protesto. Pensou no assunto. — Tudo bem — admitiu. Ela preferira simulações de treinamento e logística de segurança ao que imaginava que seria uma aula sobre detalhes insignificantes para um dispositivo em que ela só ia dormir.

Revelava bem o que ela sabia.

Sloane voltou a se concentrar no tanque diante dela. O processo estava quase concluído. Em seu interior, o krogan começou a se mexer. Sua mão foi por reflexo à pistola no quadril.

O passo pesado de Kesh soou atrás dela.

— Talvez eu deva cuidar dessa parte — disse ela. — A parte krogan, quero dizer.

— Isso é inteligente? — perguntou Sloane. Seu eco deliberado das palavras de Calix provocou outro grunhido irônico por parte do turian.

Kesh a dispensou.

— Sem querer ofender, Sloane, mas se alguém do meu clã acordar de mau humor, só seria pior se fosse uma humana a dominá-los.

Sloane arregalou os olhos numa expressão falsa.

— Ah. Então devemos dar o código a Tann e deixar que ele faça.

— Muito engraçado.

— Eu pagaria um bom dinheiro para ver isso — disse Calix.

Desta vez Kesh realmente riu. Um ronco grave que sacudiu todo seu corpo. Sloane sorriu, afastando-se ao mesmo tempo. Era bom, deduziu ela, encontrar os momentos de leveza na labuta.

— Muito justo, Kesh. Mas não deixe de explicar a eles a nossa situação antes, durante ou depois de todo o seu negócio krogan.

— Claro.

— Se algum deles estiver sofrendo de...

— Posso cuidar disso — disse ela com firmeza. — Vá despertar sua equipe e iniciar no resto.

O tanque estalou seu lacre e um vapor fedorento sibilou para fora em uma linha em volta da porta. Ele se abriu com um silvo e um krogan muito molhado e de aparência furiosa agitou-se, os músculos preparados.

— Quem se atreve a... — começou ele.

Kesh bateu a testa na cara dele, fazendo o krogan se esparramar em seu tanque de estase.

Sloane pestanejou.

— Esse eu resolvi — disse Kesh enquanto o outro krogan rugia. De choque, dor ou...

Sloane nem queria considerar a terceira alternativa.

— É — disse ela, recuando para a porta. — É, acho que você resolveu.

— Calix se juntou a ela, tendo iniciado a sequência de aquecimento dos outros quatro tanques designados nesta câmara.

Aproximadamente metade da lista consistia em trabalhadores krogan, todos integrantes do clã Nakmor. O restante, Sloane tinha esperanças, seria mais fácil de administrar. Ela levou Calix pelo labirinto de corredores ao próximo grupo deles e a cada passo ela se sentia um pouco mais confiante. Ter uma força krogan prestes a entrar em operação significava a realização de muito mais trabalho.

A segurança veio em seguida. Isto não era negociável, apesar dos protestos de Tann de que o resto da tripulação provavelmente teria um pânico menor se não fosse despertado para o cano de uma arma.

— Sem armas — Sloane garantira a ele. — Só uma tranquilização de que as coisas estão sob controle. Lembre-se do que essas pessoas sacrificaram para se unir a esta missão e o que elas sonhavam encontrar na chegada quando foram dormir. Vamos destruir esses sonhos, Tann, então precisamos estar preparados para qualquer reação.

O salarian parecia completamente desnorteado com isso, mas a aquiescência de Addison por fim virou a discussão a favor de Sloane.

Ela e Calix trabalharam metodicamente. Oito veteranos da equipe dela foram despertados. Os sinais vitais de um deles eram suspeitos, e assim seu aquecimento foi interrompido até que um médico pudesse fazer uma avaliação. Enquanto a equipe de segurança se aclimatava, Sloane e Calix prosseguiam, preparando-se para despertar outro grupo da equipe dele. Técnicos de suporte vital, que faziam as vezes de equipe médica de campo. Dessa vez não houve nenhum mau funcionamento. Sloane reuniu os dois grupos e explicou as dificuldades em que estavam e o plano, com algum apoio técnico de Calix.

Depois disso, o processo ganhou vida própria. Calix tornou-se menos o especialista técnico e mais um corredor, indo de um tanque a outro e entrando com a ativação manual de manutenção. Sloane debateu se pediria por essa capacidade quando eles começaram. As coisas seriam muito mais rápidas se mais gente tivesse posse do código.

E outra parte dela não gostava de o conhecimento estar de posse de apenas duas pessoas. Era arriscado, em vista do perigo em que todos se encontravam. Essas preocupações, porém, perdiam para a desvantagem — se os códigos de ativação manual fossem disseminados e as pessoas começassem a despertar quem elas quisessem sem supervisão, eles poderiam acabar com uma superpopulação catastrófica.

A lista já era muito grande.

Oito equipes seguiram Calix, com um oficial de segurança e um técnico de suporte vital em cada uma, para lidar com as avaliações de saúde e informar aqueles que despertavam. Médicos e enfermeiros primeiro, depois as equipes de engenharia responsáveis por toda a maquinaria complexa da Nexus e sua tecnologia, em seguida os vários assistentes e outros tripulantes ao acaso que Tann ou Addison insistiram que fizessem parte do esforço.

No fim de tudo isso, a operação tornou-se autossustentável. Pelo menos até o fim da lista.

E então chegou a hora de colocar todos para trabalhar.

* * *

Naquela noite, morta de cansaço, Sloane deixou os deveres de segurança nas mãos capazes de Kandros e encontrou um sofá em que desabar numa das áreas de uso comum menos destruídas. Assim que seus olhos estavam se fechando, apareceram Tann e Addison.

Ai, essa não...

— Ah, ela está aqui — disse Tann, aproximando-se.

Sloane se sentou e se apoiou na almofada.

— O que é agora?

— Nada, só queremos uma atualização. — Tann sorriu. Provavelmente pretendia ser simpático, talvez até encorajador, mas para Sloane ele só parecia presunçoso. — Mas podemos deixar você dormir.

E correr o risco de ser chamada aí também?

— Não, está tudo bem. — Sloane passou a mão no rosto e piscou. Estava cansada a tal ponto que eles não podiam "deixar" que ela fizesse nada. Um copo de água apareceu em sua mão e ela o devorou. Só depois disso percebeu que foi Addison que passou a ela. Sloane resmungou um agradecimento.

Agora, o sumário.

— Líderes de equipe de cada grupo crítico de sistemas estão acordados, além de parte de suas turmas — disse ela. — Cerca de 150 no total. Infelizmente, 14 da lista estavam mortos em seus tanques, que sofreram uma falha devido a... bom, sabe o quê. Deixamos assim, não precisamos colocar outros no necrotério, se eles já estão contidos.

— Que coisa medonha.

— Terrível — concordou Tann. — Ainda assim, é uma proporção melhor do que eu esperava.

Sloane só conseguiu assentir. Com algum sono e uma refeição, ela poderia atacá-lo por ele parecer tão insensível, mas naquele momento ela só queria acabar com aquilo e se deitar.

— Kesh despertou um número semelhante de krogan, então estamos mais ou menos no meio da lista.

— Alguma baixa nas fileiras deles? — perguntou Tann.

— Algumas. Eles se saíram um pouco melhor.

— Isso é... bom — disse Addison, porém de um jeito canhestro.

— Sim — concordou Tann. — Na verdade é uma excelente notícia. Porém, pensei que a essa altura vocês teriam passado a lista inteira.

Sei. Como se ele pudesse fazer melhor. Sloane o olhou.

— Cada pessoa que despertamos precisa de algum cuidado, diagnóstico e informações.

— Ainda assim, nossa capacidade de fazer isso deve se multiplicar, não?

— Não importa. Só Kesh e o técnico chefe de suporte vital dela, Calix, têm o código manual de manutenção necessário para abrir os tanques. — Ela levantou a mão. — E, antes que você pergunte, não vamos entregar esse código, porque não queremos erros, nem mais gente desperta do que podemos lidar. Nem *eu* tenho o código.

Ele não parecia impressionado. Por não ter compartilhado ou pelos números, ela não sabia.

— Muito justo — disse Tann, embora seu tom estivesse carregado de ceticismo.

Ela mudou de assunto, trocando pelos êxitos dele.

— Alguma notícia sobre o que provocou tudo isso?

Tann cruzou os braços e olhou para Addison.

Ela meneou a cabeça, a frustração evidente.

— Ainda estamos às cegas. Os registros dos sensores são uma confusão de lixo e alarmes falsos.

— Na verdade, os sensores foram danificados durante o voo, mas não no nível que parecem indicar os registros — acrescentou Tann. Sloane não deixou de perceber que ele deixava a confissão do fracasso para outra pessoa, enquanto arremetia com sua própria versão de consolo.

Burocratas. Eles são todos iguais, não é verdade?

Sloane nem mesmo se importou o bastante para assentir, depois bocejou.

— Tudo bem. Contem-me o que vocês souberem. Agora posso dormir?

— É claro — disse Tann apressadamente, enquanto Addison lhe dava um tapinha no ombro e dizia, "Descanse enquanto puder..."

Ela se jogou nas almofadas, fechou os olhos e adormeceu em segundos.

* * *

Seus sonhos foram com Elysium, os horrores testemunhados e cometidos durante a Blitz Skyllian. Os ataques piratas nunca foram um passeio, mas a Blitz foi algo inteiramente diferente. O contingente mínimo de fardados da Aliança nos postos avançados dispersos não tinha motivos para pressupor que acabaria em combate com toda uma frota, e muito menos uma frota com uma *causa*.

O conflito fizera a carreira de alguns soldados. Fez deles heróis, garantiu-lhes o direito de escolher sua colocação. Homens e mulheres ensanguentados com as marcas da verdadeira batalha nos olhos.

Mas destruiu outros.

Sloane não sabia onde se situava — em algum lugar entre os ensanguentados e os destruídos —, mas nunca se esqueceu daqueles dias difíceis. Os piores dias de sua vida, independentemente de que batalhas tenha travado depois, ou que piratas passaram mais tarde pela Travessia.

Era o tipo de coisa de que ela tentou se livrar ao se juntar à Iniciativa.

Porém, no mínimo, também era algo que deixava uma cicatriz permanente. Um instinto, afiado lá e em outra dezena de locais de combate. Esse instinto fez com que ela imediatamente acordasse, sacasse a pistola e a apontasse para o invasor.

Sloane levou alguns segundos para se lembrar de onde estava. O sofá na área comum. Várias outras dezenas dormiam a sua volta, sempre que conseguiam encontrar espaço. Outros ainda continuavam acordados, comendo as rações ou conversando num tom baixo. Alguns estavam chorando, ou em estado de choque, ou as duas coisas.

No sofá de frente para ela, um humano que ela não conhecia estava sentado, esperando. Ele a encarava, arregalado, e lentamente levantou as mãos para indicar rendição. Sloane percebeu que tinha a pistola apontada para o espaço entre os olhos dele. Ela baixou a arma.

— Quem é você?

— William Spender.

— Conheço esse nome — disse Sloane, esforçando-se muito para livrar a cabeça do cansaço grogue. — Por que conheço esse nome?

— Assuntos Coloniais. Sou o segundo em comando de Foster Addison. — Uma pausa. — Diretor assistente Spender.

— Ah. — Outro nerd. Incrível. Ela colocou a arma no coldre e esfregou os olhos. O homem, Spender, retirou uma caneca da mesa e estendeu a ela. Subia vapor de dentro dela.

Talvez, afinal, não fosse assim tão nerd.

O estado de espírito de Sloane se iluminou.

— Café?

Ele parou. Baixou os olhos para a caneca. Estremeceu.

— Aveia — admitiu ele.

— Odeio você. — Num humor que azedava com igual rapidez, Sloane a aceitou, mesmo assim. Não havia colher, então ela tomou aos goles. O mingau quente não foi adoçado, mas até ela podia admitir que tinha um sabor surpreendentemente bom.

Spender olhou em volta.

— Posso procurar algum café.

— Esqueça — disse ela no meio de uma porção —, eu não odeio você.

O homem sorriu.

— Você só gosta de café?

Ela não respondeu. Apenas deu de ombros, cordialmente.

William Spender, diretor assistente, tinha um rosto que pedia um murro — aquele de um estagiário puxa-saco de um político. Cabelo castanho que de algum modo ele encontrou tempo para pentear, dentes limpos, e olhos grandes e sinceros demais para ser sinceros que telegrafavam solicitude. *Por favor, deixe-me ajudá-la, assim eu posso parecer útil.* Sloane controlou sua ironia e terminou a comida.

No fim, ele não se mexeu.

Ela ergueu uma sobrancelha para ele.

— Você ainda está aqui. O que significa que o mingau de aveia tem um preço, estou certa? — perguntou ela.

Spender deu de ombros.

— Na verdade, uma questão de segurança.

A névoa do sono desapareceu.

— O que aconteceu?

— Ah, não, não! — Ele estendeu as mãos, apaziguador. — Nada. Eu só... Foster me encarregou de consolidar nossos suprimentos. Catalogar o que sobreviveu ao, hmmm..., incidente. Esse tipo de coisa. Devemos colaborar em locais para armazenar tudo.

A outra sobrancelha de Sloane se juntou à primeira.

— Tudo bem. Pergunta: o que eu tenho com isso?

— Porque — respondeu Spender com paciência — precisa ser um lugar seguro.

— Ah. — Sloane baixou a caneca no suporte mais próximo. Parou e franziu o cenho para ele. — Espere aí. Addison está preocupada com roubos?

— O diretor Tann sugeriu que alguns talvez não gostem da necessidade de conservar, em vista de nossas circunstâncias. — Novamente aquele sorriso. — Foster e eu concordamos.

Ah, que inferno, pensou Sloane. Ela sabia exatamente quais eram os *alguns* que preocupavam Tann e queria estrangular o sujeito por se ater a uma ideia tão retrógrada. Ainda assim, de um jeito indireto, ele levantou uma questão mais ampla. Armas e todo o necessário para salvar vidas provavelmente precisavam ser armazenados em um local seguro.

— A estação não tem um distrito de armazenamento?

— Na verdade tem vários. O único próximo, porém, está inacessível.

Não era surpresa.

— E quanto a um dos hangares? Só um deles tem naves, o resto existe para ser ocupado depois que houver tráfego.

Isso o fez se iluminar, como se ele não tivesse pensado no assunto. Talvez não tivesse mesmo. Sloane não sabia como ele operava. Porém, mesmo o jeito como ele concordou com a cabeça, como se parte dele fosse encorajadora e outra parte acomodada, fez com que ela sentisse que ele exagerava em seus esforços.

— Isso pode dar certo — refletiu ele. — Sim, acho que seria perfeito.

— É um prazer ajudar — disse ela, cansada. — Fale com a sargento Talini. Ela pode cuidar para que *todos* valorizem a necessidade de conservar.

Novamente Spender concordou com a cabeça, dessa vez com um meio sorriso astuto.

— Transmitirei isso aos outros diretores, para ter certeza de que todos embarquem em nosso plano.

— Tá, que seja. — *De repente é o "nosso" plano*, pensou ela, irritada. *Que sujeito evasivo.* Sloane o dispensou com um gesto. — Se precisar que eu diga a eles para embarcar, me informe. Nesse meio tempo, vou pegar alguns de meu pessoal para verificar os hangares auxiliares e escolher o que for adequado.

O homem se levantou. Pelo menos ele sabia quando uma conversa estava encerrada. Sloane se recostou no sofá e cobriu os olhos com o braço. Seu corpo exigia mais sono. Ou café. O que não queria era outro dia apagando incêndios.

Ela podia adivinhar qual dos dois teria.

Mas já que ele estava ali...

— Se encontrar algum café, Spender... — chamou Sloane ao som dos passos minguantes do homem. Ela deixou a frase interrompida, apontando para a boca.

De algum lugar perto da porta, ela o ouviu rir.

— Entendido — respondeu ele.

Só a ideia do café pareceu conter a fadiga de seu corpo. E sua mente não se desligava. Cada brecha possível em seus pensamentos, aqueles lugares onde se escondia o verdadeiro descanso, estava cheia de preocupações. Quantos estavam despertos agora? Houve algum problema? Kesh precisava de ajuda?

Foi a ideia de que Tann talvez estivesse orientando as prioridades da força de trabalho que por fim a levou a jogar as pernas para fora do sofá e se levantar com um gemido. Ela se sentia rígida, com sede e estava com fome de novo. Seus braços e pernas pareciam ter um volus bêbado preso em cada um, arrastando-a para baixo.

Talvez não houvesse café. Ainda. Sloane, por falta de opções, contentou-se com a única coisa que podia ajudar.

Esticando as pernas, ela saiu da área comum, passou pela onda maior de pessoas que começavam a enchê-la, e partiu numa corrida matinal animada.

Isso ajudaria. Até a chegada do café.

* * *

Uma hora depois, ainda desesperada por aquele café, com uma forte dor de cabeça pressionando por trás dos olhos, Sloane colocou-se de pé em cima de uma mesa e de frente para mais de seiscentos tripulantes da Nexus. A área não foi feita para uma assembleia. Deveria ser um espaço de escritório tranquilo para a equipe da administração.

Deveria isso, deveria aquilo. Se desejos fossem pacotes de grãos cultivados na Terra, eles todos teriam café por dias.

A maioria das pessoas reunidas estava de pé. Alguns estavam sentados em mesas ou em cadeiras avantajadas. Muitos estavam no chão, ainda superando a névoa de um despertar repentino da estase. "Criopânico", ela ouvira alguns deles chamando. O termo pareceu se espalhar com a rapidez da notícia da perda de sua liderança.

A tagarelice nervosa enchia o ambiente. Sloane pegava frases aqui e ali.

"O que vai acontecer com a missão?"

"Podemos voltar? Isso será possível?"

"Os Pathfinders vão nos salvar."

"Deve ter sido um ataque. O que eles não estão nos contando?"

"Tantos krogan..."

Ela não se incomodou em tentar ignorar tudo isso. Era melhor deixar que tudo a dominasse, que fosse absorvido. Porque isso era melhor do que o pânico em massa, que pelo menos, por enquanto, permanecia confortavelmente abaixo da superfície.

— Vamos começar — disse ela o mais alto que pôde. Ela teve de obrigar as palavras a sair da boca. Depois levantou os braços bem no alto, pedindo silêncio. Alguns perceberam. Muitos outros, não. Sloane entrelaçou as mãos por cima da cabeça e olhou o teto. — Não me obriguem a gritar — disse ela, mais um suspiro que qualquer outra coisa.

Ela não precisou. Kesh bateu um punho pesado na mesa próxima. O estrondo rasgou o espaço amplo e quando seu eco voltou, Sloane tinha a atenção plena de todos.

— Obrigada — disse ela em voz baixa.

A krogan lhe abriu um sorriso nada arrependido. Imitado por cada krogan a sua volta.

— Isto não é um discurso — disse Sloane a eles. — Nem uma preleção motivacional. Não temos tempo para essas merdas! *Isto* é um plano de batalha.

Um murmúrio percorreu a tripulação reunida. Ela deixou que se acomodasse, usando o tempo para esperar que uma nova pontada de dor se retirasse de seu crânio.

— A maioria de vocês está consciente do que aconteceu — disse Jarun Tann em voz alta, interrompendo-a.

Sloane olhou para a direita, torcendo a boca. Não tinha notado que ele subira na mesa ao lado dela. Que ótimo! *Ele* parecia ter *muito* tempo para essas merdas.

Ele continuou, um pouco mais alto.

— Mesmo assim, vou explicar logo para que não haja confusão nem boatos. — Mas o que eles tinham era principalmente isto. Boatos, presumidos entre os diretores. Que ótimo! — Pelo que podemos dizer, não foi um ataque. Depois que os sensores voltarem e a equipe científica puder investigar, saberemos com absoluta certeza, mas o que posso dizer a vocês é que, ao chegar aqui, a Nexus chocou-se com o que parece ser um fenômeno natural.

Espere aí um minuto. Eles só especularam a respeito disso.

— Longos filetes de partículas densamente comprimidas — continuou ele. — Este... este *flagelo*, seja o que for, provocou uma quantidade impressionante de danos à estação.

Merda! Agora era tarde demais para se retratar. Mesmo que o pressentimento deles estivesse correto, só o que ela podia fazer era levar o foco para dentro, e não para fora. Nem sempre as pessoas precisavam de todas as informações.

Furiosa, ela se intrometeu.

— E é por isso que vocês todos foram acordados. — A irritação metia-se por sua voz e ela não se importou que ele soubesse disso. — Todos vocês são especialistas nos variados sistemas da Nexus. Precisamos do empenho máximo de vocês... analisar, estabilizar, consertar. O objetivo neste momento é manter a estação funcional o bastante para nos sustentar. Secundário a isso, é cuidar para que possamos evacuar, se ocorrerem outros danos.

— Evacuação? — gritou alguém e eles pareceram alarmados. — Ainda corremos perigo?

— Por que não evacuar agora? — gritou outro tripulante perto do fundo.

— Não faremos a evacuação — vociferou Sloane. — Já se esqueceram do motivo para virmos para cá? — Vários da multidão viraram a cara. — Esqueceram os riscos? Foi tudo muito tranquilo e divertido quando vocês se inscreveram, um sonho reluzente, mas agora estamos aqui. E ao primeiro sinal de problemas, vocês querem jogar a toalha? — A multidão se agitou. Ela os olhou feio. — Qual é o problema de vocês?

Tann colocou a mão tranquilizadora no braço dela e a interrompeu de novo.

— O que a diretora de segurança Kelly quer dizer é que ainda não sabemos se a Nexus está fora de perigo. Até sabermos, devemos permanecer atentos e fazer o que for possível para consertar nossa nave. A missão não se alterou e temos todos o dever de...

— Mas quem é você? — gritou alguém. Sloane não conseguia ver bem, mas pensou ser o turian perto do meio da sala, vestido no uniforme da equipe de hidropônica.

O salarian se retraiu. Mesmo irritada, Sloane sentiu essa.

Quem é você *mesmo*.

Porém, Tann não era de se fazer de idiota na frente de uma multidão.

— Reconheço sua confusão — disse ele, mantendo a mão no braço de Sloane. Provavelmente uma espécie de ato de solidariedade. — Sou o diretor interino Jarun Tann. Pelos protocolos de emergência, fui...

Sloane balançou a cabeça, interrompendo-o.

— Jeito errado — sussurrou ela e virou-se diretamente para a multidão. — Estamos num mundo de merda por aqui e isso significa mudança. É isto que vocês precisam saber: Tann está substituindo Garson. Eu lido com a segurança. — Ela gesticulou para o terceiro membro de seu pequeno conselho, para que subisse em uma terceira mesa. — Esta é Foster Addison, Assuntos Coloniais...

— E conselheira de nosso diretor interino — disse Addison para si mesma, com mais rispidez do que Sloane achava necessário.

Tudo bem. Ótimo! Se todo mundo quer um pedaço do território, pode muito bem fazer isso aqui. Sloane inclinou a cabeça para Addison e voltou a olhar a multidão.

— Somos os três de maior posição hierárquica a bordo. Vocês foram despertados porque esta estação precisa de ajuda. É isso. Essa é a situação. Agora vamos trabalhar, porque eu quero viver. E, como todos vocês, quero que nossa missão seja um sucesso.

Um silêncio mortal.

Sloane cerrou os punhos, esperando que Jarun Tann mais uma vez tentasse contribuir, inadequadamente, com seu papo-furado. Mas pela primeira vez os instintos dele estavam alinhados com os dela. Ele não disse nada. O turian que havia feito a pergunta sustentou o olhar de Sloane por um momento, depois começou a assentir, lentamente.

Com isso, outros começaram a murmurar. Não era o tom de uma discussão, aos ouvidos de Sloane. Um, vários, de consideração. Coisas a fazer. Checagens a realizar.

Que bom.

Addison avaliava a todos. E de todos, talvez a melhor persuasão tenha vindo dela.

— Todos nos lembramos das palavras de Alec Ryder — disse ela, angariando mais gestos de cabeça. — Uma coisa era vir para cá, mas todos sabemos o que viria depois.

Com olhos subitamente arregalados — a versão salarian de uma ideia repentina, imaginou Sloane —, Tann estalou seus dedos compridos.

— Agora — disse ele com muito mais fanfarra do que o necessário — é que começa o trabalho de verdade.

Isto resultou em vários risos. Alguns bufaram. Um número maior de pessoas demonstrou um reconhecimento firme.

Melhor ainda. Isso? Isso se saiu muito melhor do que ela imaginara.

— Todos vocês conhecem seus sistemas — disse Sloane, elevando a voz com o zumbido das vozes concorrentes. — Façam o que for necessário, consigam que fiquem estáveis. Por enquanto, estamos nos concentrando apenas nesta seção da estação. O resto está despovoado e despressurizado, de qualquer modo. — Pequenos grupos de profissionais afins começaram a se formar. Sloane teve de falar ainda mais alto enquanto a multidão começava a entrar em marcha naturalmente. — Se precisarem de ajuda, se precisarem de um corredor desimpedido ou da remoção de uma porta torta, Nakmor Kesh tem algumas centenas de sua equipe de construção disponíveis para ajudar. Façam uso deles.

Os poucos krogan que ladeavam Kesh soltaram um tagarelice retumbante inteiramente desnecessária de rosnados e gritos ásperos.

Isso não resultou, enquanto Tann tomava um susto e Sloane escondia o sorriso, em um estouro de uma manada bípede e em pânico.

Já bastava. Todos conheciam suas tarefas. Os supervisores entre eles manteriam a ordem.

Ela desceu da mesa. De imediato a multidão começou a se dispersar, mil conversas explodindo pelo salão.

— Boa sorte a todos vocês — disse Tann, a voz elevada como se adiantasse de grande coisa. Ele era uma brisa contra a tempestade. Ele se virou, então, e desceu.

Sloane estendeu a mão a Addison, que a aceitou agradecida enquanto pulava para baixo.

— Pronto — murmurou ela.

Sloane lhe abriu um meio sorriso depreciativo.

A mulher deu de ombros.

— No que diz respeito ao Assuntos Coloniais — respondeu ela em voz baixa —, não vou a lugar algum.

Pessimista, talvez. Sloane podia entender. Naquele momento, assentar colônias parecia a anos-luz de distância. E talvez fosse isso que devorava Foster Addison. Seu trabalho. Seu papel.

Ela se contentaria em ser conselheira do diretor interino?

Sloane não se contentaria. Porém, tinha muito a fazer na segurança. Ela apertou o braço de Addison para tranquilizá-la e a soltou. Eles se viraram, Tann aparecendo ao lado delas.

— Acho que foi um bom momento — disse o salarian, seu tom realizado, como se ele tivesse planejado a coisa toda. — Agora, se conseguirmos dar sequência a esta unificação momentosa no futuro, todos ficaremos bem.

Aquele pequeno consolo que alegrou Sloane azedou.

Spender esperava perto dali, sua omniscreen já ligada com anotações.

— Bom — disse ele animadamente. — Isso foi bom.

Sloane passou esbarrando nele.

— Encontre um café para mim. — Ela só faltou rosnar. — Depois falaremos sobre esse "bom".

Ele saiu de seu caminho.

CAPÍTULO 9

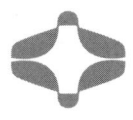

Com a maioria dos aposentos privativos lacrados a vácuo, Jarun Tann tinha feito residência em um laboratório de pesquisa. Ele duvidava que o laboratório visse alguma pesquisa de verdade. Pelo menos não por um bom tempo.

O laboratório era adjacente ao casco externo, do qual uma seção gigantesca fora arrancada pelo "Flagelo". Ele observara a popularidade do termo depois de suas palavras improvisadas durante a assembleia. Uma semana de uso e um encontro infeliz com um filete errante da coisa pareceu solidificar, ele ficou satisfeito em observar seu uso entre a população.

Mas ele teria preferido que o propósito não fosse tão completamente marcado na estação mutilada para alcançar isso. Um termo era ótimo, mas os efeitos deste Flagelo se prolongavam na força de trabalho enfraquecida.

Outro motivo para Tann precisar tirar um tempo: existir em algum lugar silencioso e isolado. Longe do que ele considerava o peso coletivo das massas. Preocupação, foco, esforço... frustração.

Ali, naquele laboratório abandonado, ele podia respirar. Ele tinha, perdoando a si mesmo pelo trocadilho, *espaço*. A maior parte do equipamento da sala fora sugado para fora da brecha no casco, deixando uma área longa e estreita sem móveis ou absolutamente nada. Como na Operações, a barreira temporária que cobria o buraco proporcionava uma vista excepcional. Das estrelas. Das bordas irregulares da estação.

Os filetes energizados do Flagelo, com seu leque colorido e intenso de pontos de luz.

O lugar perfeito, em outras palavras, para Jarun Tann andar e pensar. Era silencioso, distante das áreas comuns onde muitos da tripulação foram dormir. Eles encontravam consolo nos números, conforto na presença dos outros. A conversa baixa, ou mesmo os sons que provavam que os outros existiam.

Em qualquer situação normal ele sentiria o mesmo, mas esta situação — esta calamidade — estava enormemente na categoria do anormal. Exigia foco. Pensamento atento e deliberado. Tann conhecia a si mesmo, suas limitações. Por toda a vida lutou com uma incapacidade de eliminar as distrações.

Quando precisava raciocinar, pensar *de verdade*, era necessário absoluto silêncio. Uma ausência de movimento, além dos passos constantes de seus próprios pés e talvez um bom piso que brilhasse sob eles a um ritmo firme e impecável.

Esse foi o principal motivo para ele ter deixado sua omnitool na antecâmara. Suas comunicações incessantes em geral eram bem-vindas — Tann preferia estar informado à alternativa —, mas não quando ele precisava de espaço para pensar.

Muita coisa aconteceu em uma semana. A Nexus agora era estável e o Flagelo, depois do último encontro com aquele filamento estendido, parecia ser um fenômeno pelo qual eles passariam e que deixariam para trás. Ninguém realmente saberia antes que os sensores fossem consertados; um projeto que topou com atrasos e uma quantidade quase ridícula de calamidade.

Sensores, sensores, pensou Tann. Todos eles podem estar flutuando às cegas, mas os transportadores no hangar do Assuntos Coloniais certamente deviam ter alguma capacidade nesse sentido. Talvez Addison tivesse razão. *Talvez alguns devessem ser lançados, ao menos para nos dar leituras de nossa vizinhança imediata.*

Pode até ser que eles consigam fazer contato com os Pathfinders e solicitar ajuda. *Sim*, pensou ele, prestes a voltar seus passos a um novo rumo. *Os Pathfinders. Certamente eles podiam...*

Não, não, uma ideia péssima. Ele interrompeu aquela linha de raciocínio. Cada um daqueles transportadores seria necessário se outro sistema falhasse, ou pior, se a Nexus atingisse outro veio daquele Flagelo misterioso. A evacuação exigiria cada centímetro quadrado que restasse de espaço proporcionado por eles, graças à grande população agora desperta.

Eles representavam menos de um quinto do total geral de pessoal, naturalmente, mas todos continuavam confinados a uma fração do espaço total de vida da Nexus. A maior parte da estação, como a maioria de seus tripulantes, permanecia congelada.

Tudo, em sua opinião, dependia da questão da *população*. Cada tripulante que despertasse tornava-se um "saco de necessidades", como ele ouvira um turian descrever. Para eles era fácil falar, com sua dependência muito singular de dextroaminoácidos. Humanos, krogan, asaris e salarians tinham de se preocupar com suprimentos de emergência quatro vezes maiores.

Mas ele supunha que o estoque geral para a biologia turian fosse menor também.

Um saco de necessidades, hein? Cada membro uma boca a ser alimentada, alguém que respirava ar, uma mente que tinha opiniões sobre a sensatez das decisões de seu líder interino.

Peso. Muito peso.

Ele sabia que essa explosão populacional estabilizaria a Nexus. Ele também sabia que depois de acordados, poucos da tripulação, se houvesse alguém, alimentariam a ideia de voltar a dormir. Eles viam a revivificação da estase como um renascimento. Uma espécie de incubação metafísica.

Cada resultado possível passava por sua mente, exceto pelos positivos. Se tudo corresse bem, ele estaria lá com os outros, erguendo um brinde a todo o trabalho árduo e esforço de equipe que salvara a missão. Ele duvidava que alguém levantasse um copo e elogiasse todo o raciocínio e planejamento, mas essa era uma perda aceitável. Tann estava acostumado com isso.

Entretanto, havia os cenários-problema a considerar. Eram muitos, para dizer o mínimo. Tudo levava aos suprimentos. Bocas a alimentar, sede a aplacar, dejetos de que era preciso dispor. A vida era muitas coisas, mas a principal entre elas era sua eficiência inacreditável na transformação de comida em fezes e esse processo simples estava na essência de todas as suas preocupações.

Suprimentos. Eles diminuíam com rapidez demais para ficar despreocupado.

Ele já havia previsto as primeiras denúncias de roubo. Uma pergunta simples feita em um corredor sobre onde um engradado foi colocado. "Pensei ter deixado ali" foi recebido com "Eu não vi, tem certeza?"

Em algum lugar lá fora, neste vasto e, no entanto, mínimo canto da Nexus, estavam os espertos. Aqueles que também viram os problemas possíveis assomando e, conscientemente ou não, começaram a planejar.

Isso não era necessariamente um comportamento maldoso, Tann compreendia, mas apenas um instinto de sobrevivência. Quando alguém prevê problemas no horizonte, ele se prepara.

Então, o que fazer?

Ele andou sem parar, tendo pouca consciência de sua omnitool lá fora no corredor, tocando para chamar sua atenção. Sem dúvida Spender, ou talvez Addison. Eles procuravam as opiniões dele e transmitiam notícias.

Sloane Kelly e Nakmor Kesh, por outro lado, ainda não admitiam plenamente sua posição como diretor, mesmo depois da descoberta do corpo de Garson. Ele sempre tinha de procurá-las quando a situação exigia. Sempre era ele que perguntava.

Mas ele aceitava isso também. Estes eram os primeiros dias.

Kelly estava lentamente saindo da mentalidade de reação à emergência. Kesh também. Ela era krogan, não era? Operava de formas outorgadas por sua predisposição genética para a violência e a agressividade. Era o que os krogan faziam.

Por isso ele não discutiu quando Sloane Kelly exigiu que outros de sua equipe de segurança fossem despertados.

Mais bocas a alimentar, certamente, mas não havia krogan entre eles. Quando as coisas ficassem tensas — e isso sempre acontecia com as espécies violentas —, ele poderia contar com a equipe de segurança de Sloane para dar um fim ao problema.

Por isso, ele precisava da confiança de Sloane Kelly. Ou, pelo menos, de seu esforço.

Bem ou mal, ele via a liderança como um triunvirato. Ele, Addison, Sloane. Se agora ele começasse a tomar decisões unilaterais, sem dúvida elas encontrariam um jeito de retirá-lo de sua posição e ele duvidava que alguém questionasse. Elas começariam a tomar decisões com base em sua própria visão míope das coisas. Problemático, e ele tinha certeza de que Jien Garson compreendia isso.

Quase certamente, foi por isso que seu nome apareceu. Uma cabeça equilibrada, uma perspectiva ampla. Elas precisavam dele, entretanto ele precisava delas.

Que seja assim.

Addison em geral adotava o papel, com relutância, de voto de Minerva. Era a parte da "relutância" na equação que perturbava Tann. Ela estava levando esse desastre de um jeito pior do que os outros. Vagava por ali, falava o mínimo necessário, com uma rispidez que fazia par com a de Sloane em um dia bom. Nos raros casos em que a liderança se reunia para discutir alguma coisa, ela deixava que a conversa fosse liderada, seguindo quem achasse estar mais próximo da razão, mas sem nenhum entusiasmo.

Houve uma centelha, breve, quando ela defendeu a exploração de mundos próximos, talvez descobrir um local alternativo para a missão da Nexus se a estação em si não conseguisse se sustentar. Ele podia ter feito mais para alimentar isso, pensou agora, mas em vez disso se colocou ao lado de Sloane.

A missão vinha em primeiro lugar e os transportadores eram necessários ali.

Mas talvez ele tenha deixado de considerar todos os desdobramentos deste momento. Ele poderia ter renunciado a esse argumento e, em troca, ganharia uma aliada mais confiável. Em vez disso, o momento tinha deixado a antiga diretora de Assuntos Coloniais sentindo que todo seu propósito para estar nesta nave fora relegado a "se um dia conseguirmos contornar isto".

Problemático. Muito problemático.

Isso parecia ter a consequência imprevista de esgotar a motivação de Addison. Seus votos decisivos tornaram-se essencialmente aleatórios e isso, por sua vez, fazia com que toda a deliberação conscienciosa de Tann passasse a ser uma perda de tempo. O que significava que...

Uma pausa. Uma parada, a meio passo, enquanto a ideia se desdobrava como uma catenária Sur'Kesh.

— Ah!

Abortando o rumo de seu passo, ele se virou para a porta e andou até lá. Sabia exatamente o que fazer.

No corredor, ele pegou a omnitool no chão e prendeu-a ao pulso. Havia várias mensagens de William Spender — atualizações de status sobre os variados esforços de recuperação. Tann não pediu, mas os apreciava da mesma forma.

Spender, ao que parecia, também não conseguira resolver o espírito azedo de Addison. Em vez de esperar por melhoria, ele tomou para si a tarefa de encontrar outras formas de ajudar. Iniciativa semelhante não devia ser desestimulada. Tann usaria o que estivesse disponível para ele.

Mais tarde. Por ora, ele ignorou as mensagens.

Agradecido pelos esforços combinados de seu gênio anterior e dos técnicos de sistemas que tinham fortalecido o sinal, ele aproveitou a oportunidade para entrar em contato com Sloane em uma comunicação ponto a ponto.

Ela atendeu depois de alguns segundos, só no áudio, como parecia ser seu costume.

— Estou ocupada — disse ela.

Também era o costume dela.

Um clamor, ferramentas zumbindo pontilhavam o fundo de seu sinal de comunicação. O foco hoje era na hidropônica, ele sabia disso. Não no cultivo das safras, que ainda era uma perspectiva duvidosa em vista do estado das sementes, mas o lado "menos sexy", como colocou Sloane, desse departamento — os tonéis de bactérias. Eles eram fundamentais para as operações normais da estação, não só para sua capacidade de converter dejetos em fertilizantes, mas também para produzir água potável como subproduto. As duas coisas eram gravemente necessárias.

— Plenamente apreciado, diretora de segurança — disse ele. — A verdade é que tenho um favor pessoal a lhe pedir.

— Tá de merda comigo?

— Imagino — respondeu ele com secura — que você tenha muito *disso* por perto agora.

Tann andava enquanto falava, indo para o corredor principal que ligava aquela parte da Nexus com o distrito de armazenamento. Kesh e sua turma de trabalho estavam concentrados quase inteiramente nessa área já há dois dias, tentando abrir um caminho.

A propósito disso, ele mantinha um olho atento a qualquer força de trabalho com que pudesse topar inadvertidamente.

O bufo de Sloane lhe pareceu um sinal de riso. Eram muitos nela, em geral ele se confundia.

— Ainda não, espertinho. É para isso que serve esse trabalho.

— De fato. Quanto ao propósito desta chamada, será que você pode conversar com Addison?

Uma pausa.

— Sobre o quê?

— Isso pode exigir certa discrição.

Mesmo pelo alto-falante mínimo da omnitool, ele a ouvia rindo.

— Por favor, não me diga que você quer que eu passe um bilhetinho a ela durante a aula.

Tann pensou nisso. Não viu sentido nenhum na proposta.

— Não existem aulas — respondeu ele, franzindo o cenho para o pulso como se pudesse encontrar a resposta ali. Sem a cara de Sloane para orientá-lo, ele não sabia como iniciar a conversa. — Mas se você achar que um bilhete seria útil...

— Ah, por... deixa pra lá — disse ela, mas claramente exasperada. — É uma piada. Quer que eu fale com ela sobre o quê?

Ah. As piadas de Sloane eram tão voláteis quanto seu espírito de cooperação. Ele deu de ombros.

— Tenho algumas preocupações quanto a seu estado de espírito declinante. Não sou médico nem psicólogo, mas acredito que ela esteja sofrendo de depressão.

Isso não foi recebido como o momento *arrá* que ele esperava.

— Sei, não brinca — respondeu ela. — Por acaso, até uma idiota como eu pode enxergar isso, Tann.

Está vendo? Volátil. Ele suspirou.

— Não quis dizer que você é uma idiota, Sloane.

— É? E o que você *quis* dizer?

— Pensei que talvez você, como fêmea humana, tenha uma vantagem mais forte para... — Ele se interrompeu. Pensou nas palavras. — Para criar um vínculo? Do tipo entre semelhantes, não de compromisso — acrescentou ele, para o caso de ela ter entendido mal. A interação entre as espécies só era o forte dele no sentido de que ele entendia a política. Os relacionamentos dentro de outras espécies estavam completamente além de seu domínio de compreensão.

Como Sloane não respondeu prontamente, Tann se apressou a acrescentar:

— A não ser que seja sua predileção, e nesse caso você tem todo meu apoio para...

E então Sloane riu. Mordaz, mas não rude.

— Relaxa — disse ela no fim. — Sei o que quer dizer. Desculpe-me, estou operando com apenas duas horas de sono. Você quer que eu... como fêmea humana... converse com ela, tente tirá-la da depressão, é isso?

Alívio.

— Exatamente. — Depois de um segundo, ele acrescentou: — Esse tipo de coisa não é um de meus pontos fortes. — Uma pequena verdade para atenuar a dor.

— Nem o meu também — disse Sloane. — Não sou terapeuta. Ainda assim, você tem razão. E é muita consideração de sua parte.

O alívio deu lugar a uma nota surpreendente de... o que era? Prazer? Um raro elogio dela? Tann abriu a boca para agradecer, mas ela não parou para permitir isso.

— Eu acho... tá, claro, posso tentar.

Inesperadamente fácil. E mais seguramente surpreendente.

— Obrigado, Sloane.

— Quando as coisas estiverem mais calmas por aqui — acrescentou ela rapidamente, com uma ênfase que dizia que ela esperava uma briga por isso.

Ele não se rendeu.

— É claro.

— Mais alguma coisa?

Tann *tinha* mais alguma coisa em mente, mas decidiu que apesar dessa pequena formação de equipe, seria melhor guardar para si.

— Não. Por favor, certamente, volte a seu...

— Desligo — disse Sloane, cortando o link.

A clássica Sloane Kelly, até o fim. Mas talvez, *talvez* ela fosse assim com todo mundo. Isso, pelo menos, deixou a ele algo a considerar enquanto prosseguia em seu caminho.

Será que esse pequeno esforço foi a atitude correta? Só o tempo diria, naturalmente, mas se as estimativas dele estivessem certas, não só Foster Addison podia sair de seu estado de espírito ruim, como o ímpeto para tanto viria de Sloane, e não dele. Ele não sabia como isso poderia alterar a impressão de Addison a respeito de Sloane — e sua aliança com ela —, mas podia servir para tornar Sloane um pouco mais simpática a *ele*.

Um leve empurrão para a coesão. Se todos pudessem confiar nele, Tann tinha certeza de que a missão voltaria aos trilhos a tempo de auxiliar os Pathfinders e, por fim, colonizar Andrômeda. "Pintar sua obra-prima", como Jien tinha colocado tão maravilhosamente.

Agora, ao próximo item em minha agenda.

Ele se preparou, pois isso provavelmente tomaria uma direção bem diferente. Desta vez, nada de omnitool. Seria melhor uma visita pessoal. Uma oportunidade para deixar claro que o diretor *interino* Jarun Tann não era mais interino.

Ele partiu em busca de Nakmor Kesh.

CAPÍTULO 10

A Nexus, ele pensou, ainda podia ser classificada como uma ruína. Isso não mudaria durante algum tempo. Ainda assim, enquanto andava pelo labirinto de corredores e câmaras, Jarun Tann não pôde deixar de sentir alguma esperança. O progresso realizado só nesta semana foi extraordinário, mesmo com os danos a mais provocados pelo Flagelo.

Ou talvez, refletiu ele, *graças a ele*. Pouca coisa podia ser mais motivadora do que o perigo imediato.

Dois dias antes, a fim de sair de seu laboratório de pesquisa cooptado até a Operações, Tann teria descido dois níveis, atravessado a oficina de Fabricação, subido uma rampa não planejada feita de uma parte desmoronada do teto, passado por baixo de um rolo fedorento de canos estourados, e por fim voltado a subir os dois níveis que ele havia descido usando uma escada rebitada do poço do elevador sem energia.

Embora ele ainda tivesse de fazer a maior parte desse trajeto, os canos rompidos não estavam mais vazando. Alguém tinha chumbado uma chapa de metal recuperada pela maior parte deles.

Em muitos casos, as pequenas coisas garantiam um otimismo maior.

Embora a receita tivesse sido sua colocação, Tann não afundara tanto nos números a ponto de não manter um regime saudável de exercícios, quando aplicável. Essa rota atendia à necessidade — e jamais tão completamente sentida do que quando ele carregou o peso de seu corpo ao piso externo do elevador desativado.

Com uma aptidão eficiente, talvez, mas soldado, ele não era.

Ele se deitou no piso arenoso, esperou a respiração se acalmar. Isso levou mais tempo do que deveria, mesmo nos dias de exaustão. Seus pulmões queimavam, e será que ele detectava certo ofegar? Sem dúvida de todas as toxinas que esteve absorvendo desde a calamidade.

A ventilação, como ontem, ainda precisava atravessar o limiar de eficácia de 50%, apesar de todo o progresso feito pela equipe.

Depois que sentiu que podia respirar novamente sem arquejar, ele rolou e se colocou de pé. Não viu ninguém pelo resto do percurso.

A Operações estava vazia. Os corpos de sua desafortunada liderança foram removidos, colocados no necrotério improvisado até que se pudesse organizar um funeral adequado. Alguém tinha limpado o sangue, retirado o entulho e endireitado os móveis virados. Excluindo sua parede temporária, e o fato de que quase todas as telas ainda estavam apagadas, a sala parecia relativamente normal.

Quase como esteve antes de eles partirem da Via Láctea. *Talvez com mais fantasmas.* Uma reflexão que o pegou de guarda baixa. Os salarians, em particular Tann, não viam utilidade no conceito de espectros.

— Por que você saiu?

A voz trovejou na câmara oca, batendo em suas cavidades auditivas e fazendo-o se virar, assustado. Seus olhos grandes olharam a câmara vazia...

Não. A câmara que antes estava vazia.

Nakmor Kesh colocava-se atrás dele, como se tivesse seguido seus passos. Ela passou por ele antes que sua voz tivesse se apagado.

— Como disse? — perguntou ele rigidamente.

— Você me ouviu bem. — Ela não se virou para se dirigir a ele. Ele olhou enquanto ela ia a uma série desativada de monitores na parede oposta, abaixando sua enorme compleição no chão. Sem nenhuma cerimônia, ela começou a retirar placas de sistema queimadas de um painel de acesso aberto.

É claro que ele a ouvira. Mas o significado lhe escapava.

— Saí do quê? — Ele se aproximou com cautela. Não porque *quisesse* ficar ao alcance dos punhos da krogan, mas porque sentia que era necessário manter certo terreno na frente de um deles.

— Da Via Láctea. — Ela se dirigia aos cabos, os fios torrados e placas queimadas. Não a ele. — Todos têm seus motivos. Quais são os seus, Jarun Tann?

— Ah. — Um tema popular entre a tripulação. Ele ouviu o suficiente deles discutido isso com amigos ou colegas de trabalho na área comum lotada. Todos se lembrando mutuamente do que tinham sacrificado, como uma espécie de técnica motivacional nas recordações. Sem dúvida um mecanismo de superação.

Essa era a primeira vez, porém, que alguém fazia a pergunta a Tann. Ele ficou nervoso. Prever perguntas e preparar respostas que parecessem naturais, mas que fossem cuidadosamente ensaiadas, era uma espécie de passatempo para ele. A improvisação não era uma habilidade que ele chegasse a dominar, embora isso não o demovesse de tentar.

O *timing*. Tudo se reduzia ao *timing*.

O que ele havia acabado de perder, percebeu, enquanto a krogan soltava um suspiro muito sofrido e se sentava sobre as traseiras para olhá-lo.

— Você deve ter mais motivos do que apenas o instinto salarian de meter o nariz em tudo ao mesmo tempo — disse ela pesadamente. O que poderia ser uma piada leve de outra pessoa não se traduzia dessa forma quando falada por uma krogan.

— Não há necessidade disso — rebateu ele, enrijecendo. — Se precisa saber, eu parti porque sempre quis explorar. Sim — acrescentou ele, irritado —, pode sorrir, mas é a verdade. Antigamente eu queria percorrer as estrelas. Terceiro assistente do vice-diretor administrativo de projeção de receita, *esse* foi o desvio. Vejo a Iniciativa como uma oportunidade de escolher novamente.

— Por quê?

Por quê? Ele a olhou de cima. Ou tentou. A krogan era grande demais para o desdém fácil.

— Embora estejamos entre as espécies de inteligência mais avançada na gal... — Ele se conteve. — ... na Via Láctea, nós, salarians, não temos uma expectativa de vida das mais longas.

Kesh bufou, virando-se para seus processadores com defeito.

— É uma das coisas que mais gosto nos salarians.

Outra possível piada dita com os dentes afiados de uma krogan. Pior, uma krogan cuja audácia de existir com tal confiança em sua estação ele não tinha o poder de eliminar.

Nakmor Kesh tinha uma posição dentro de sua espécie que, em poucas palavras, não era desejável. Ligação com os outros, uma espécie de intérprete e embaixadora cultural em uma pessoa só. Não era um papel que um krogan matasse para conseguir, era um papel que eles matavam para largar. O fato de que ela parecia desfrutar disso só ofendia o senso de decência dele.

Infelizmente para os dois, era tarefa dela fazer a interface com a liderança da Nexus. *Especialmente* Jarun Tann, diretor da Nexus.

Ande com cuidado, lembrou ele a si mesmo. Krogan ou não, ele precisava de algo de Nakmor Kesh.

Então, ele faria o jogo dela.

— E você? — Ele formulou isto com a maior educação possível. — Por que se juntou à Iniciativa, Nakmor Kesh?

Kesh se deitou e puxou o corpo para baixo da mesa, ao lado das telas quebradas. Arrancou fios queimados, jogando-os numa pilha perto de seu joelho. A exibição não passou despercebida a Tann.

Olha como uma krogan é forte.

Os salarians não reviravam os olhos. Bom, não como sinal de desprezo. Os salarians podiam fazer isso, assim como Tann, mas apenas em situações em que as finas membranas protetoras precisavam de uma ajuda a mais para se defender contra a aridez de agentes irritantes. Ainda assim, neste momento, só o que ele pôde imaginar foi como seria se ele espelhasse Sloane.

— Eles nos convidaram.

As palavras da krogan, abafadas um pouco pela mesa, arrancaram inteiramente o foco dele das metáforas híbridas, fixando seu olhar em cheio naqueles joelhos flexionados da krogan. Coisas bulbosas, horrivelmente disformes. Mas densamente recheadas de músculos.

Como os crânios krogan.

Tann colou uma expressão agradável de interesse.

— Você disse convidaram?

Ela grunhiu.

— O clã Nakmor pode conferir músculos e ossos a este lugar. Quando estava quase concluído, recebemos um convite.

Tann sabia de tudo isso. Porém, ele considerava uma oportunidade razoável para a conciliação social.

— Fui levado a entender — disse ele com cautela, com a diplomacia que pôde — que os krogan não eram do tipo de saltar de uma galáxia para outra.

Desta vez, o grunhido abafado dela pareceu um riso.

— E quem é assim?

Um argumento válido. Afinal, eles eram os primeiros a viajar tão longe e por tanto tempo.

— Os Nakmor têm uma resistência mais elevada ao genofago — continuou Kesh, agora com um tom muito mais claro.

Ah, o genofago. Tann deu um passo cauteloso para trás. As conversas relacionadas com a doença antirreprodutiva criada pelos salarians e transmitida pelos turians que afligia a espécie krogan não costumavam acabar bem.

Entretanto, Kesh não deu vazão à habitual agitação de exibicionismo de força bruta.

— Jien Garson pensou que podia significar que somos um grupo mais durão.

— Entendo — disse Tann. Ele não tinha conhecimento da resistência genética do clã. Serão as Dalatrasses, perguntou-se ele, ou um segredo muito bem guardado entre os Nakmor da Via Láctea? Como Jien Garson descobriu? A não ser, talvez, pela pesquisa genética. Todos os pioneiros foram submetidos a exames rigorosos. Talvez ela tenha dado com alguma coisa que os salarians não encontraram.

Talvez o clã Nakmor soubesse disso o tempo todo.

Se era assim, isso teria colocado o clã krogan entre os primeiros a esconder o fato sumamente importante das matriarcas salarians e de seus agentes de informações muito habilidosos.

Naturalmente, Tann não era nem uma coisa, nem outra. E mesmo que estivesse entre os informantes das Dalatrasses, agora havia pouco que ele pudesse fazer a respeito. Assim, ele arquivou aquela pequena informação genética.

Pode ser, refletiu ele com amargura, *uma questão a ser corrigida no futuro*.

Afinal, os krogan tinham a capacidade evolutiva de procriar como varren, se ficassem desimpedidos.

Um problema para outro momento. Como Kesh parecia ter certa disposição para conversar, ele pensou em sondar um pouco mais.

— Mas isso não explica por que você aceitou. Um convite não é motivo.

Desta vez, o riso dela foi baixo, sombrio e áspero.

— Não é típico de você, Tann — disse ela, arrancando um feixe inteiro de peças escurecidas debaixo da mesa e jogando de lado —, deixar passar o óbvio.

Ele cruzou os braços, franzindo o cenho para a krogan. Depois entendeu. Não é verdade que tenha deixado passar. Ele só tomou o caminho óbvio relacionado com a informação. Não o caminho que atribuía a krogan alguma atividade.

Uma barreira contra outro genofago. Ou talvez contra qualquer tentativa de controlar toda a espécie.

Assim, eles se julgaram numa posição de alterar o curso do futuro. Ele não podia culpá-la por isso, nem ao resto do clã, que tinha se unido inteiramente à líder. Mas ele podia lembrar a questão.

— Entendo — respondeu ele, dessa vez com uma leve alteração que revelava o quanto ele verdadeiramente entendia. Melhor deixar que ela soubesse que ele havia aceitado a informação e permitir que ela acreditasse que estava resolvida.

O grunhido dela pareceu indicar que sim.

Kesh se arrastou de baixo do balcão brutalizado e se colocou pesadamente de pé. Andou na direção dele, esfregou as mãos cheias de fuligem em grandes faixas de seu uniforme ao andar. Cada passo era dado com um propósito inabalável.

Não para ele. No último minuto, ele percebeu que ela pretendia andar *através* dele, se ele não saísse dali. Tann deu um passo para o lado, jogando um braço como quem permite sua saída.

Recado recebido.

Ela passou sem dizer nada e ele se colocou pouco atrás dela. Por falta de qualquer discussão sobre o assunto, ele apresentou seu objetivo.

— Na verdade vim aqui para falar com você.

— Ah, sim? Bom, estou aqui.

Isso, pelo menos, Tann tinha ensaiado.

— Estou montando um banco de dados. Para emergências futuras, quer dizer, vendo como os sistemas centrais ainda estão desativados e sua integridade ainda não é conhecida.

— Um banco de dados do quê?

— Informações críticas. Coisas, como neste momento, que só existem na cabeça de alguns de nós. Se houver, bom, partidas repentinas da parte "viva" da tripulação, corremos um risco considerável de perder conhecimento.

— Está pedindo a história de minha vida ou coisa assim? — perguntou Kesh. Ela passou por baixo de uma árvore decorativa que fora jogada a quase vinte metros pelo espaço de recepção e ficou incrustada nos painéis da parede. A grande corcova de suas costas quase a empurrou.

Tann abaixou-se por hábito, mas embora os salarians fossem altos por natureza, o volume dos krogan os tornavam comparativamente anões. Ele correu para alcançá-la.

— Não, nada parecido com isso. Procuro especificamente preservar determinados códigos de manutenção. A técnica pela qual você e seu subordinado...
— Calix.
— Sim, Calix. O técnico...
— Corvannis — acrescentou ela sucintamente.
Tann reprimiu uma resposta cáustica.
— Calix Corvannis, sim. O turian. Especificamente, parece prudente registrar a técnica pela qual vocês conseguem retirar manualmente os tripulantes da crioestase. No mínimo para...
— Não. — Uma só palavra. Uma única sílaba, pronunciada na voz áspera de Kesh.
Tann tinha previsto isso e já decidira apelar ao senso de dever da krogan.
— Nakmor Kesh, tenho *certeza* de que você sabe que se alguma coisa acontecer com você e Calix Corvannis, não teremos nenhum método para revivificar os outros. Ainda há vários milhares de indivíduos nos tanques. Nossas probabilidades de sucesso aqui estariam condenadas.
A krogan deu de ombros pesadamente.
— A única outra parte que deve ter esta informação é a segurança e a diretora Kelly já declinou.
Isso o surpreendeu.
— Com base em quê?
— Pergunte a ela.
— Estou perguntando a você.
Kesh foi até uma porta, que parecia ser seu destino. Virou-se para Tann e o olhou de cima a baixo. Da curva, se Tann pensasse isso de si mesmo, de seus chifres agradavelmente modelados ao bico das botas padrão Nexus conservadas com eficiência.
Ela, porém, não parecia impressionada com nada disso.
— Sloane não quer a responsabilidade — disse ela por fim. — E nem você.
Tann se colocou reto, todos os muitos centímetros adequadamente severos dele.
— Você não tem o direito de pressupor tal coisa.
Ela já estava negando com a cabeça. Apoiou a mão numa estrutura e se curvou, de modo que seu rosto parecia muito próximo na visão de Tann.

— Você entendeu mal. Não passam nem trinta minutos sem que alguém me peça, implore, *ordene* que eu revivifique um amigo, um ente querido, ou alguém que eles decidiram que é fundamental para o esforço.

— Para mim, seria um prazer lidar com...

A boca larga da krogan se torceu.

— Tsc. É claro que seria. Muito poder para colocar nas mãos de alguém, deixar que decida quem vive e quem não vive.

— Todos eles estão *vivos* — contra-atacou ele, desprezando a questão com um gesto. — Não que seja minha intenção...

— Estou certa de que nunca passou pela sua cabeça.

Bom, então. O queixo de Tann se ergueu. Essa guinada na conversa ele também havia previsto, mas julgou que era pequena a probabilidade de Kesh chegar a tais conclusões com tanta rapidez.

— Estou começando a sentir — disse ele com tato — que você e eu começamos do jeito errado.

O sorriso torto de Kesh mostrou os dentes.

— A história não presta, não é verdade? — Ela se virou. Parou, depois girou os ombros para olhar para Tann. — Vou pedir a Calix para colocar os códigos manuais de manutenção em um arquivo seguro, codificado para Sloane Kelly. É o máximo que você terá.

— Mas...

— Com licença. — Uma avalanche teria parecido menos definitiva. Ela voltou a andar e as portas se abriram, revelando uma sala cheia de trabalhadores krogan, todos sendo supervisionados por alguns tripulantes. Trabalhavam em um dos enormes motores da Nexus — de importância crítica, caso eles encontrassem o Flagelo novamente.

Ele bateu em retirada, um recuo politicamente adequado.

No todo, ele considerou o resultado de sua conversa uma vitória menor. Só o que realmente significou foi que, se a situação exigisse decisões difíceis a serem tomadas com relação à população revivificada, ele teria de negociar com uma pessoa a mais. Sloane Kelly. Ela, até agora, provou-se um coringa. Talvez fosse mais fácil prever a posição dela em determinada questão lançando os dados e ele achava isso muito frustrante.

Porém, havia a terceira pessoa nesta equação, alguém com quem ele ainda não falara, além da mais breve das apresentações. Tann decidiu que era hora de uma pequena aposta sem os dados.

* * *

Ele se conformou com uma abordagem mais oficial. Tann encontrou um escritório sem uso, mas relativamente arrumado, perto da Operações, acomodou-se em uma cadeira e esperou.

Trinta minutos se passaram até que veio uma batida na porta — a campainha estava quebrada. Tann exclamou, "Entre!"

Ele teria preferido parecer ocupado. Alguns papéis para folhear, ou uma tela de um terminal a examinar atentamente. Teve de se contentar em mexer em sua omnitool, desligando-a enfaticamente no momento em que o turian entrou.

— Ah, Calix Corvannis. Sente-se, por favor.

O turian olhou a sua volta, como se esperasse ver mais alguém. Provavelmente Kesh. Uma aliança incomum, para dizer o mínimo. Krogan e salarians, como regra, não se misturavam, mas os krogan não se esqueceram do papel dos turians, supostamente, na disseminada emasculação de seus clãs.

Calix cruzou os braços, com as garras voltadas para dentro.

— Prefiro ficar em pé, se não se importa.

— Entendo, você está ocupado.

Ele meneou a cabeça, as feições quitinosas refletindo um leve brilho ao fazer isso. Metais. Alguma mistura no ambiente em que seu povo evoluiu, para falar com muito pouca precisão. Todos os exoesqueletos turians exibiam uma versão ou outra disso. Uma relíquia do núcleo pobre em metal de seu planeta natal.

— Sim, ocupado — respondeu o turian —, mas também enjoado de ficar sentado. Acabo de sair de uma longa calibragem e preciso me esticar um pouco.

— Ah, sim, entendo. — Tann, como a maioria, não dominava muito bem a arte dos tiques faciais turians. Calix parecia bastante racional. Ele teria de supor que era verdade, por enquanto. — Posso lhe servir alguma coisa?

— Não, a não ser que você tenha um Tupari escondido em algum lugar. — Antes que Tann pudesse responder de algum jeito, Calix acrescentou: — Não, obrigado. Mas seria ótimo se pudesse apressar isso. Há mais trabalho crítico a fazer. — Ele se interrompeu. Olhou novamente em volta. — O que é isso exatamente?

Tann se permitiu alguns segundos para processamento. Recostou-se na cadeira e examinou o turian. O uniforme de Calix estava sujo e desalinhado. Não era incomum, em vista da situação, mas o extraordinário é que ele ainda parecia sustentar um ar de... não de superioridade, não exatamente. Tann tinha lidado, pelo menos marginalmente, com Primarcas. *Aquilo* era superioridade.

Calix Corvannis exibia confiança. Tudo no tom e na postura de Calix implicava um senso completo de tranquilidade. *Muito interessante.* Tann se perguntou se o turian sempre desfrutou deste ar confortável perto de pessoas de importância, ou se talvez ele não considerasse Tann importante.

Talvez as duas coisas.

Ele também notou a ausência de Sloane e de Addison. Uma observação astuta de um simples técnico de suporte vital.

— Na verdade é uma questão menor e, sim, serei breve. Não tenho — acrescentou ele com secura — nenhum Tupari à mão e acredito que assim é melhor para todos.

Calix sorriu — ou pelo menos assim pensou Tann. As mandíbulas se mexeram. O... exoesqueleto franjado como dentes de sua boca pareceu se deslocar. Mas, principalmente, ele apenas esperou, com as mãos entrelaçadas às costas como se estivesse em alguma reunião militar. Quando ele meneou a cabeça, Tann sentiu que foi menos por desprezo e mais um gesto de tédio.

Jarun Tann começava a sentir um desconforto que não tinha previsto. Uma coisa era entrar em uma conversa para a qual não estava verdadeiramente preparado. Fazer isso sabendo pouco a respeito do outro participante tornava as coisas consideravelmente piores.

Bom, estava na hora de dar o melhor de si. Com poucas reservas, ele fez o mesmo discurso que havia feito a Kesh. Era a completa verdade, embora não necessariamente pelas justificativas apresentadas. Informações críticas nas mãos de tão poucos eram um perigo em circunstâncias normais. Com a Nexus em seu estado atual, a biometria desativada, o banco de dados principal danificado e o estado de seus backups desconhecido, manter os códigos manuais de manutenção da estase na cabeça de apenas duas pessoas beirava a negligência criminosa.

— É minha esperança — concluiu ele com tato — evitar uma ou outra consequência.

Calix o observava.

— Então, quer que eu os dê a você? — perguntou o turian.

Tann curvou-se para a frente. Um toque de conspiração, um sinal de que eles, afinal, estavam do mesmo lado.

— Eu apenas quero catalogar esse conhecimento...

— Por que não pede a Kesh?

Aí está, a interrupção. Tann começava a ver isso como um sinal de que os outros não o consideravam digno de ser ouvido. Isso o irritava. Mas ele respondeu.

— Eu pedi.

— E? — perguntou ele.

Tann desconfiava de que o turian já sabia a resposta e só queria ouvi-lo dizer.

Ótimo! O turian pode marcar um ponto.

— Ela declinou.

Mais uma vez, aquela sensação de um sorriso. As mandíbulas, uma fração de uma ruga na pele menos rígida em volta dos olhos. Ele olhou a sala novamente.

— A própria definição de política por baixo dos panos.

Talvez, mas ele precisava que o turian entendesse o *porquê*.

— Escute, Calix, você deve entender a desconfiança natural que Nakmor Kesh tem por mim. Por todos os salarians.

— Seu povo mereceu isso.

— Assim como — observou ele — o seu.

Isso teve como resposta um olhar lento e pensativo da parte do engenheiro.

Tann continuou.

— Nenhuma das duas questões exige debate. Porém, ainda temos o fato de que às vezes em uma, hmmm..., dinâmica de liderança, deve-se tomar medidas para evitar que tais preconceitos entrem na equação.

Calix esfregou o queixo.

— E você acha que eu me disporia a correr o risco de contrariar minha superiora direta.

— Comparado com contrariar o diretor da Iniciativa? — Tann disse isso como quem se opõe, porém com atenção. Algo para o engenheiro remoer.

Os turians remoíam? Calix, aparentemente, não perdeu tempo.

— Entende que eu trabalho *diretamente* para Kesh, não é?

— Estou ciente disso.

— E se eu procurar por ela e contar sobre essa reunião?

Tann abriu as mãos.

— Você apenas reforçaria o que Kesh já pensa de mim. Eu não chegaria mais perto de meu objetivo, mas pelo menos teria tentado. Você, por outro lado, não seria mais o engenheiro de minha escolha para conferenciar em questões da estação. — Ele fez uma pausa breve. Fingiu pensar. — Talvez o outro engenheiro turian. Qual era o nome dele?

— Dela. — Uma correção curta e ríspida, depois Calix pôs as mãos na mesa. Positivamente se agigantou. — E qual é esse seu objetivo? Não me venha mais com essa besteira de catalogar conhecimento crítico.

Tann fitou os olhos intensos do turian. Foi a menção de outra turian? A perda da liderança? Ele ponderou com cuidado suas palavras.

— Ocorre a mim que, num futuro muito próximo, talvez nos vejamos em uma situação em que devam ser tomadas decisões difíceis.

— Continue.

Jarun Tann se recostou, forçando um ar de conforto em vez de uma retração. Manteve uma das mãos no braço da cadeira, a outra na mesa. Aberto ao ataque. Não que esperasse um ataque; ele apenas queria que o turian visse as poucas defesas que Tann colocava entre eles.

— Meu receio é de que outras figuras importantes a bordo da Nexus se vejam incapazes de tomar essas decisões.

Muito lentamente, Calix concordou com a cabeça.

— Concordo que pode chegar essa hora — disse ele, também lentamente. Por um momento, Tann pensou ter vencido. Ter progredido.

E então o turian impeliu o corpo para longe da mesa e deu um passo na direção da porta.

— Lamento, diretor, não posso ajudá-lo. Não do jeito que você quer.

Porcaria. Tann se levantou, com a mão achatada na mesa.

— Por quê?

O turian lançou a ele um olhar que Tann podia *jurar* que era quase de pena. Sua pele endureceu, o corpo ficou tenso com a fúria que incomodava por baixo do cuidadoso verniz de Tann.

— Porque — disse simplesmente o turian — eu acredito naquele antigo ditado da Terra: "O poder absoluto corrompe absolutamente."

Era isso? Calix Corvannis recusava-se a partilhar informações por algum *medo*?

— Você deve entender que existem Dalatrasses, *Primarcas* — acrescentou ele, para refletir a sociedade do próprio turian — que estão de posse de muito mais do que isso.

— É. É *por isso*. — As palavras de Calix foram veementes, praticamente um tabefe na cara. — Então, é isto que estou disposto a fazer. Vou manter esta conversa entre nós dois e tomar seus motivos altruístas sem examiná-los melhor. Se você precisar de um tanque de estase aberto manualmente e a situação for delicada demais para conseguir consenso, venha me procurar.

Tann voltou a se sentar na cadeira, rangendo as molas.

— Para você me dizer que peça a Kesh? — perguntou ele com amargura.

O turian negou com a cabeça.

— Eu não faria isso. Por mais que quisesse, na verdade entendo o que você quer dizer sobre a natureza complexa da dinâmica interespécies. Se seus motivos forem legítimos, eu mesmo cuidarei do processo manual. Assim basta?

Isso era... aceitável. Tann sabia quando aceitar um acordo.

— Terá de bastar.

— Ótimo! Agora, se não houver mais nada, tenho uma estação para salvar. — Ele não esperou que Tann o dispensasse.

Ninguém nunca esperava.

Depois que a porta se fechou, Jarun Tann ficou sentado por longos minutos atrás da mesa. Sem se mexer, com o olhar desfocado, um observador fortuito poderia pensar que ele estava em transe, ou simplesmente dormindo. Mas sua mente estava bastante agitada.

Alguns pressupostos e expectativas precisavam ser alterados. Muitas outras coisas ele fora capaz de prever com uma precisão aceitável. Mas Calix Corvannis, um mero peão no tabuleiro de xadrez, tinha acabado de se provar um pouco mais astuto do que isso. Um turian que tinha uma amizade tranquila com uma krogan. Que não aproveitou a oportunidade de ascensão.

Um coringa interessante. Ainda assim, era outro coringa.

Por fim Tann meneou a cabeça. Ele precisava dormir, concluiu. Precisava quase igualmente de uma conversa amistosa.

Ele descobriu que não gostava nada de sempre fazerem com que ele se sentisse o bandido.

CAPÍTULO 11

Sloane arriou em sua cadeira, passando as mãos no rosto. Cada osso de seu corpo gritava, querendo descansar. Cada fio de cabelo, cada célula. Há quantos dias ela não tinha nada que se aproximasse de uma boa noite de sono?

Seu riso parecia mais indecente do que até ela esperava.

— De jeito nenhum — disse ela às palmas das mãos abertas. Apertá-las nos olhos também não ajudava.

Pelo menos agora Sloane tinha algum descanso. Até a próxima reunião. Ou emergência. Ou o que fosse. Que viria. Sloane não entendia tudo das muitas questões técnicas da Nexus, mas reconhecia uma ruína flutuante quando via uma. No mínimo, havia outro problema, outro incêndio, mais suprimentos criando perna, outra coisa estourando.

Outro filamento daquele Flagelo mortal para evitar.

E ali estavam eles — Sloane, Tann, Addison, até Kesh; brincando de casinha com milhares de vidas. O refrão grudou em sua cabeça.

O que importa é o que faremos quando chegarmos...

Era o bastante para levar uma mulher a beber.

Ela se conformaria com um cochilo.

Sloane deixou as mãos caírem ao lado do corpo, reclinando-se para trás até a cadeira sustentar o peso de sua cabeça. Sua sede temporária eram as acomodações de hóspedes no Intercâmbio Cultural, longe o suficiente do caos para que ela tivesse uma folga da pressão constante. Era melhor do que a sala comum.

Foster Addison designara o lugar a Sloane sem pedir a opinião de ninguém. No íntimo, ela imaginou que Addison quisesse para ela um lugar onde pudesse descarregar quando as coisas ficassem demais. Um belo gesto, afinal de contas.

As duas últimas semanas trouxeram progresso e obstáculos em igual medida. Algo com que Sloane podia lidar sem nenhuma supervisão do diretor interino — mesmo que Tann nem sempre mostrasse simpatia depois.

Outras coisas exigiam diálogo. Debates.

Ela também não tinha muito tempo sozinha. Sempre estava com sua equipe, verificando a segurança básica, com grupos de engenheiros krogan ou com Tann e Addison. E com o acréscimo do assistente puxa-saco de Addison... *argh*, os burocratas lhe davam nos nervos.

Sloane passava a maior parte do tempo lidando com alguma coisa ou alguém. Muita gente, todos concentrados em uma tarefa, cada tarefa parte de uma rede que se entrelaçava pela Nexus.

Cada êxito aumentava a propriedade de colocar a estação em forma, de tornar o local central dos Pathfinders que eles precisavam que fosse. Porém, cada fracasso arrastava a rede para baixo. Sistemas queimavam e derrubavam outros próximos, corredores esfarelavam e fechavam o acesso a instalações necessárias. Cada vez mais parecia que eles precisavam dos Pathfinders para prestar apoio, e não o contrário.

As pessoas trabalhavam incansavelmente. A ansiedade premia a todos para todo lado. Aqueles nos sistemas desativados ou não críticos dormiam nos transportadores trancados nos hangares do Assuntos Coloniais. O AC tinha toda uma frota de transportadores esperando para fazer alguma coisa. Neste momento, fazia mais sentido agir como se qualquer lugar fosse alojamento.

Em setores críticos, os trabalhadores se esticavam em camas provisórias perto do local de trabalho. Ninguém estava onde deveria.

Nem os krogan tinham começado alguma briga. Não das verdadeiras. A habitual dominação krogan sempre aparecia, a gritaria e as cabeçadas — ou talvez fosse o jeito deles de demonstrar carinho.

Sloane abriu os olhos para afastar os pontos de cansaço que os cobriam. Bem a tempo de um chamado do comunicador perfurar seu silêncio duramente conquistado.

— Diretora Sloane, está disponível?

Ela passou os dois indicadores na ponte do nariz, tentando se livrar do cansaço.

— Agora estou. Do que você precisa, Spender?

Ele pegou o tom irritado na voz dela.

— Olha, desculpe-me por incomodá-la durante seu descanso, mas dei com uma informação e pensei, "Nossa, a diretora Kelly devia..."

— Pare de puxar meu saco e vá direto ao que interessa.

— Claro — respondeu ele, mas com um acréscimo conciliador que ela reconheceu ter sido aprendido com Tann. Com certa dignidade afrontada. Quase um escárnio que ele não conseguia esconder muito bem. O homem passava muito tempo ao lado de Tann, e também de Addison, realizando tarefas administrativas para os dois com um nível de habilidade — ela podia admitir — surpreendente.

Isso não significava que ela confiasse nele. Nem chegava perto. Para Sloane, ele era só outra voz burocrática argumentando contra as coisas de que ela *precisava* tratar.

É claro que podia ser a tendenciosidade dela falando.

— Eu estava preparando o relatório pós-estase para a equipe que foi despertada primeiro — disse ele, o comunicador estalando só uma vez. Muito melhor do que antes. Tann tinha trabalhado bem ali. Kesh e seus técnicos eram uma maravilha de engenhosidade. — Uma em particular chamou minha atenção.

— Continue.

Enquanto ele falava, ela ligou seu próprio terminal e entrou no acesso da segurança. Grande parte ainda estava trancado por trás de firewalls. Apenas Garson tinha todos os privilégios de acesso. Só por precaução.

Com a liderança original agora falecida, Sloane e alguns outros tinham acesso a parte dos dados, mas ninguém vivo tinha todo ele. Ela não sabia se Spender deveria estar entre aqueles com acesso, mas quanto mais próximo ele trabalhava de Tann e de Addison, menos certeza Sloane tinha de que ele precisava também.

— O nome é Falarn — disse-lhe Spender. — Priote Falarn. Estou enviando os registros a você agora. — Não demorou nada. No espaço do *mm-hmmm* dela, os registros apareceram em seu terminal de correspondência.

— Um salarian — disse ela em voz alta. — Um de nossos especialistas Sur'Kesh contratados. — Seu assovio foi baixo enquanto ela corria os olhos pela lista de recomendações anexada ao arquivo dele. — Altamente treinado em comunicações e matrizes. De sua equipe, não é? Assuntos Coloniais. O que tem ele?

— Terei de ser grosseiro. Ele cheira mal.

— Você deve chamar o pessoal médico.

— O que quero dizer é que tenho motivos para suspeitar dele.

Que ótimo! Agora Spender começava a *parecer* Tann. Sloane fez uma careta, estendendo a mão para ligar o vídeo.

As feições presunçosas do consultor encheram a tela. Seus olhos se arregalaram brevemente, como se ele não esperasse uma reunião cara a cara, mas voltaram a se acomodar em um sorriso meio escusatório e um gesto de cabeça.

Ela assentiu também, por hábito.

— Muito bem. Fale comigo.

— Antes de nosso lançamento, parte de nossa equipe foi submetida a algumas verificações de última hora. A maioria foi oficialmente liberada. — Os olhos dela se estreitaram perigosamente e ele continuou, apressado. — Inclusive Falarn.

— E daí?

— Daí que pensei que foi um erro e eu não fui o único — respondeu ele. — A divisão de classificação deu com alguma coisa, começou a montar um caso. Antes que pudéssemos levar à diretora Addison, porém, aconteceu uma coisa estranha.

— A versão *curta*, Spender.

As sobrancelhas dele se uniram.

— A maior parte das provas digitais desapareceu. Não foram destruídas, simplesmente... — Seus dedos estalaram no ar como fogos de artifício. — Puf. Nunca existiram. Tentei seguir a pista no histórico, mas...

A paciência de Sloane não foi feita para aguentar essa merda. Seus cotovelos bateram na mesa.

— Chegue à questão central nos próximos trinta segundos — rosnou ela.

— Alguém de dentro destruiu o arquivo e Falarn era o candidato mais provável.

— Spender — disse Sloane lentamente, arrastando o nome dele como se fosse uma criança de colo —, este salarian fez algo de errado ou não?

Ele hesitou.

— Eu o vi em lugares onde ele não deveria estar. Os registros mostram que ele acessou terminais de que não precisava. Eu sei, é um pressentimento, admito. Mas em vista das preocupações antes da partida e do fato de denúncias de suprimentos desaparecidos, eu pensei... chame de "atividade suspeita".

Sloane não deixou a testa cair na mesa. Ela não desfrutou de uma vitória.

— Tudo bem — ela suspirou. — Vou verificar esse cara. Onde ele está estacionado agora?

Spender digitou algumas teclas, os olhos voando de um lado para outro enquanto ele entrava com os dados.

— Entra e sai da Operações, de acordo com os registros. E aparece nas Comunicações Centrais.

— Que maravilha! Que perfeição da porra! — Para mérito dele, Spender não se retraiu. No máximo, seu sorriso ficou um pouco menos conciliador e um pouco mais irônico com sua vulgaridade. — Verei o que posso descobrir.

— Obrigado, diretora Sloane. — O título ainda a irritava, mas pelo menos ele usou seu nome e, na realidade, ela ficou agradecida quando ele a mandou a uma caçada infrutífera.

Sloane desligou e olhou dura e longamente a parede.

— Eu sinceramente — disse ela, no início lenta e controlada, aumentando para um grito a cada palavra —, *sinceramente* preciso de uma *merda de café*!

A parede não obedeceu.

* * *

Alguém conseguira recuperar uma… Sloane não chamaria aquilo de *música*, mas serviria de passatempo no espaço de trabalho temporário. Se ela tivesse de adivinhar, eles tinham ripado um mix de techno beat do Fluxo da Cidadela e trouxeram por nostalgia.

Uma nostalgia de seis séculos, para ser exata, e do tipo que era melhor deixar para trás. Por que alguém ia querer se lembrar de alguma coisa que aconteceu dentro dos muros do Fluxo?

Não que os técnicos estivessem de farra. Dentro da sala ainda destruída, a batida forte do baixo acompanhava o silêncio concentrado da tripulação da Nexus que trabalhava ali. Só um levantou a cabeça quando ela entrou. Um humano que ela não conhecia. Sloane dispensou as amabilidades com um gesto brusco, assentindo.

— Detesto interromper, mas preciso de um minuto de seu tempo.

O homem se aproximou apressado, passando a mão larga nas linhas cansadas de suas feições escuras.

— O que posso fazer pela senhora, diretora? — Ele manteve o tom de voz baixo. A música martelava.

Um bocejo desavergonhado acompanhou a pergunta, mas enquanto alguns técnicos o olharam, Sloane notou que pareciam um pouco mais conformados do que estavam uma semana atrás. Tinham encontrado um ritmo.

— Falarn — disse ela enfaticamente. — Ele está aqui?

O técnico balançou a cabeça em negativa.

— Agora não é o turno dele. Da última vez que eu soube, ele ia dormir até a próxima emergência.

— Deve ser ótimo. Onde?

— Onde ele encontrar espaço — disse o técnico, dando de ombros.

— Como a maioria de nós.

É, escolha um número.

— Nas salas comuns? Talvez em um dos hangares?

Ele pensou nisso. Olhou sua equipe, que também deu de ombros.

— A maioria de nós dorme debaixo de uma das mesas no QG2.

— E o que é isso?

— Só uma sala do outro lado do corredor. — Ele ficou na defensiva quando ela ergueu uma sobrancelha. — Ninguém mais estava usando e estávamos enjoados de andar aquilo tudo até nosso alojamento temporário no hangar.

— Nossa, calma! Está tudo bem. — Sloane apontou o corredor com o polegar. — E Falarn, é ali que ele dorme? Você o viu?

— Ah, não sei. Desculpe.

Mas é claro.

— Obrigada. À vontade.

— Senhora — respondeu ele e voltou a sua equipe. Ela não deixou de ver o dar de ombros sutil que ele deu a outro técnico.

Sloane saiu, já escrevendo um roteiro mentalmente. *Sei que você estava dormindo, desculpe-me por acordá-lo, só tenho algumas perguntas sobre...*

Sobre o quê, exatamente? Atividade suspeita. Sloane fez uma careta, tentando se recordar por que tinha concordado com isso.

Talvez para fazer, pela primeira vez, um trabalho de segurança de verdade. Mas isso não ia dar em nada. Gente de todos os departamentos estava acessando os terminais. Na verdade, ela deveria investigar Spender por desperdiçar a droga de seu tempo.

Os alojamentos temporários ficavam do outro lado do corredor, em uma sala que tinha sido sinalizada para outros fins. Sloane não tinha certeza do quê — algo mais técnico e sem dúvida mais redundante do que o necessário.

Ela entrou manualmente com o código de acesso. Os sensores ainda se manifestavam de vez em quando, deixando as portas escancaradas ou obstinadamente fechadas. O método manual ainda era o mais confiável de entrada, sem se arriscar a um orgulho ferido e uma hemorragia nasal.

Sloane xingou seu cérebro cansado. Como poderia fazer uma investigação desse jeito? Mas a culpa disso não era inteiramente de Spender. Ela havia deixado muito claro que queria checar qualquer coisa suspeita, qualquer um ultrapassando essa linha. Ele teve razão em apontar a questão.

Mas ela também não gostava de correr às cegas.

A sala convertida estava às escuras, as luzes reduzidas a um nível aceitável para o sono. Também estava, ela notou de dentro da soleira da porta aberta, vazia. Camas de campanha tinham sido arrumadas em filas, cobertores bem dobrados, travesseiros no lugar para aquelas espécies que quisessem ou precisassem deles.

Nenhum salarian dormindo.

Ninguém dormindo.

Ela virou a cabeça de lado. Tudo bem. Então, talvez ele esteja no hangar residencial. Com cada transportador tendo seu próprio sistema de suporte vital, eles davam um bom abrigo de emergência. Descobrir qual deles foi atribuído a Falarn seria uma lenha, mas nada que ela não conseguisse resolver.

Só que ninguém com quem ela falava conseguia encontrá-lo. Seu companheiro de alojamento achava que ele estava na Operações. O cara com quem ela falou ali sugeriu que talvez ele estivesse na área comum. Ninguém verdadeiramente o havia *visto*.

Talvez ele estivesse em um encontro e todos davam cobertura a ele. Os salarians tinham encontros?

— Acho que com uma asari — resmungou ela, levando um olhar de banda de um humano por quem passou a caminho do próximo local. No momento em que os instintos de Sloane a alcançaram, ela havia dado várias voltas pelas partes operacionais da Nexus. Nem sua equipe de segurança o havia localizado.

Que ótimo!

Quando seu comunicador estalou e ganhou vida, restava a ela civilidade suficiente para rosnar, "É melhor que seja uma boa notícia".

— Não prometo nada. — A voz agora familiar de Calix arrastou as palavras pelo canal. — Você autorizou algum imbecil da segurança de informações a ter acesso a meus sistemas?

— Por acesso quer dizer...?

— Quero dizer, alguém da segurança entrou com uma autorização de estase forjada em minha fila? Talvez alguém testando procedimentos e protocolos?

— Ora essa, não... — Ela se interrompeu, parando no corredor para ativar o visor de sua omnitool. — Merda! Espere um segundo.

— Você não sabe?

— Cala a boca — resmungou ela, ouvindo o riso seco do turian. Calix entendia a confusão provocada pela burocracia, em especial quando envolvia Addison e Tann. Mas isso não a protegia do papo-furado bem-humorado dele.

Ela rolou rapidamente pelas últimas comunicações.

— Não — disse ela devagar. — Nada nem remotamente parecido. O fato de você estar perguntando não me deixa satisfeita, Calix.

— Que maravilha! — Seco como a poeira Tuchanka. — Então você precisa saber que eu tive cerca de nove tanques abertos sob uma falsa ordem. Mandando a lista a você agora.

— Quem desfez o lacre deles?

— Eu, porque tinham a aprovação da diretora Addison.

Sloane cerrou os dentes.

— Mas na realidade ela não aprovou.

— Não. Uma confirmação foi solicitada dela e, por sorte, ela recebeu.

— E você verificou com Kesh? É possível que ela...

— Ela não fez.

Ela fez uma careta.

— Preciso me certificar. — Ela correu a lista enviada por Calix. — Comércio? Alfândega? Nenhuma dessas pessoas é essencial.

— Exatamente o que eu penso — respondeu Calix. — O registro do horário diz duas horas padrão atrás.

— Tempo suficiente para se aclimatar — observou ela. — Muito conveniente.

— É. — Ela podia ouvir o dar de ombros do turian em sua voz. — E tempo suficiente para a essa altura estarem em qualquer lugar. Não sei qual é o propósito deles, só pensei que você ia gostar de saber. Estou deixando isso em suas mãos capazes, Sloane.

— Ah, obrigada. — Rapidamente, ela se virou para uma meia corrida pelo corredor. As primeiras coisas necessárias a quem saía da estase eram comida e aquecimento.

Ela discou para Kandros.

— Encontre para mim cada registro de acesso recente de Priote Falarn e Foster Addison — disse ela antes mesmo que ele tivesse a oportunidade de cumprimentá-la.

— Quem é esse Priote Falarn?

— Faça o que eu disse.

— Sim, senhora — respondeu ele rapidamente.

Ela desligou para falar com Addison. Os rostos pelos quais ela passava correndo seguiram seu rastro, mas ela ignorou sua curiosidade ociosa, preferindo se esquivar da ocasional confusão na construção.

O link de comunicação foi conectado.

— Agora mesmo eu tentava falar com você — disse Addison. Palavras apressadas, muito tensas.

— Temos um problema — disse Sloane.

— Temos mais de um — respondeu a mulher e Sloane, pela primeira vez em muito tempo, ouviu certa dureza na voz dela. Mas também havia outra coisa. Algo focalizado. Preocupado.

Sloane franziu o cenho.

— Deixe-me adivinhar. Você sabe quem falsificou os documentos de aprovação em seu nome para despertar pessoal não essencial.

— Um salarian de nome Falarn.

Sloane concordou com a cabeça.

— E?

— E — Addison suspirou — o cretino e cerca de dez amigos dele acabaram de invadir o hangar e cercaram um transportador. Exigem permissão para entrar a bordo e liberação do hangar, ou vão começar a atirar.

CAPÍTULO 12

Kandros a encontrou na porta do hangar acompanhado por quatro da equipe, inclusive Talini. Ótimo! A biótica dela sem dúvida viria a calhar.

Todos se prepararam como Sloane havia orientado, usando trajes dos Serviços de Controle de Risco Elanus certificados pela Iniciativa e portando poder de fogo suficiente para eliminar o problema sem se arriscar a baixas.

— Você falou com a info-sec? — perguntou Sloane a Talini.

A asari fez uma saudação.

— Sim, senhora.

— E?

— Eles estão nessa.

Sloane agradeceu com a cabeça. O que ela pedira à info-sec provavelmente irritaria muito Tann, para não falar de Addison e todos os outros, mas a segurança era o trabalho *dela*. Por enquanto, até que tudo estivesse resolvido, cada acesso às redes de segurança seria gravado. Com visual e tudo. Se não saísse nada daí, ótimo! Mas se saísse alguma coisa...

Alguma coisa assim?

Da próxima vez, ela se informaria antes de chegar a esse ponto. As implicações para a privacidade compensavam nunca mais ter um problema com reféns.

Kandros olhou a porta através do visor Kuwashii modificado, que fornecia a ele dados para manter seus tiros precisos e as informações velozes.

— A info-sec tem todos os dez distribuídos fora da nave, com os reféns ainda dentro dela. Todos os outros foram evacuados.

— Isso deve nos dar algum tempo.

Ele concordou com a cabeça.

— Agimos assim que ordenar.

Com o sangue já se agitando em uma clareza abastecida pela adrenalina, Sloane preparou sua Avenger.

— Atirem para pegar — ordenou ela com clareza —, mas façam o que for necessário para garantir a segurança da missão. Quero todos vocês de pé quando derrubarmos esses filhos da puta.

Ela não dava a mínima para quantos desses supostos ladrões continuassem de pé no final de tudo, mas não podia dizer isso em voz alta. Se esses traidores pretendiam machucar as pessoas desta instalação — pioneiros como eles —, então mereciam o que estava chegando.

Vários graus de saudações e gestos de cabeça receberam suas ordens. As mandíbulas de Kandros empinaram de aprovação.

Turians. É como se eles tivessem um fraco por mulheres no comando. Ela jamais conheceu um que não ficasse todo... *turian* quando ela começava a dar ordens. A não ser talvez por Kaetus, mas ele ingressara numa das arcas. Sloane revirou os olhos e mirou Talini.

— Escudos erguidos quando abrirmos a porta. Encontrem proteção, depois desçam o cacete.

— Entendido — respondeu a soldado. Ela esfregou as mãos sem luva, com alegria. — Basta mandar, senhora.

Sloane verificou a equipe. Todos estavam de frente para as portas, as armas preparadas. Os rostos atrás de visores.

— Salvem esta nave. Tragam os reféns. — Com uma última tomada de fôlego, ela deu a ordem que eles esperavam. — *Vão*.

A ativação manual da porta só levou segundos. Enquanto os painéis se abriam, um campo ondulante de energia biótica azul se espalhou na frente deles, absorvendo os primeiros disparos de armas de fogo. Sloane jamais se acostumou ao visual através de um campo biótico, distorcido e ligeiramente incomum, mas ele fazia seu trabalho e era disso que ela mais precisava.

A turma se dividiu, encontrando proteção atrás de engradados e equipamento e das pilhas de coisas retiradas da nave para abrir espaço para o pessoal dormir. Sloane abaixou-se atrás de uma fila de blocos cobertos por uma lona. Kandros colou as costas em uma pilha alta de engradados. O campo na frente deles ondulava enquanto soavam gritos.

— Peguem eles!

— Protejam a nave!

Os disparos dos fuzis de assalto do inimigo tinham eco pelo hangar. Uma olhada rápida por cima da cobertura mostrou Falarn ao fundo, de olhos arregalados e o fuzil cuspindo rajadas irregulares de tiros. Evidentemente, sem treinamento para combate.

— Abaixem-se — ela ouviu. Uma delas, tarde demais. Ela sacolejou enquanto uma bala errante batia em seu ombro, apontada para seus escudos. Sloane abaixou-se, incapaz de dar uma réplica ao inimigo.

Em vez disso, ela se prendeu às comunicações.

— Talini, caia de surpresa naquela fila de trás. Kandros, pegue Gonzalez e contorne pela direita. Quero a entrada dos fundos com cobertura. Mantenham-nos afastados dos reféns dentro daquela nave. Alguém dê fogo de cobertura!

— Vou confinar todos!

Sloane reconheceu o voluntário com um curto "faça" e esperou até ouvir a rajada de cobertura.

— Vai, vai — ela gritou pelos comunicadores, saltando por cima de sua própria proteção.

Assim que ela fez isso, o espaço atrás dos ladrões se distorceu, abaulando e em seguida iniciando em uma ventania roxo-azulada de espaço e tempo. A expressão de Falarn enlouqueceu do mero pânico enquanto o vórtice provocado pela biótica de Talini fazia com que ele perdesse o chão, despojado de sua gravidade.

Outros dois gritaram ao se chocarem com a distorção giratória e Sloane não pôde conter um sorriso enquanto Talini gritava nos comunicadores, "Engole essa!"

Sloane desceu com força sobre os pés, a Avenger apontada e o dedo apertando o gatilho. Rajadas curtas, era só do que isto precisava. Qualquer um com sorte suficiente para estar a par da singularidade da asari se dispersou, muitos encontrando cobertura atrás de elementos do transportador. Na verdade, foi inteligente. Eles sabiam que a nave era um ativo mais importante do que quem estava dentro dela.

— Peguem os reféns! — gritou alguém. Em sua visão periférica, ela notou um possível ladrão de uniforme da Nexus correndo para a nave. Kandros estava longe demais. Talini, ocupada. Sloane girou a arma e soltou uma rajada curta de disparos. O sangue jorrou enquanto o humano caía — na perna e lateralmente, provavelmente não era fatal. *Provavelmente*. Mas pelo menos ele não chegaria perto dos reféns.

— Eu podia ter apanhado esse — ela ouviu no comunicador.

— Lento demais, Kandros.

Ela sorriu para o bufo dele, depois se abaixou enquanto o cano de um fuzil descrevia um arco sobre sua cabeça. Um milissegundo depois, Gonzalez soltou um grito agudo.

— Fui atingido!

— Temos fantasmas atrás — acrescentou Kandros.

E um na frente dela — a dona daquele fuzil.

— Ocupada — Sloane cerrou os dentes enquanto uma humana grande, toda músculos e pescoço grosso, baixava a mão pesada no capacete de Sloane. Antes que Sloane conseguisse se soltar, dedos fortes encontraram uma pegada na brecha em volta do pescoço, depois sacudiram. *Com força.*

Sua Avenger saiu voando, seu senso de equilíbrio destruído sob uma onda de vertigem enquanto o corpo era sacudido para longe do chão. A dor atingiu suas costas enquanto a mulher a atirava pelo que antes era uma proteção. As barreiras cinéticas não ajudaram nos danos físicos. Não muito bem.

A inimiga a jogou pelo ar e bateu seu corpo no objeto mais próximo. Ela não sabia o que era — só que sua cabeça parecia soar como um gongo, o pescoço torcido da pressão e amanhã teria hematomas do joelho até as costelas.

Xingando, descontrolada, ela bateu nos fechos de seu capacete enquanto a mulher a jogava de um lado a outro, grunhindo com o esforço. Assim que o mundo girou a uma velocidade e a um ímpeto máximo, o capacete de Sloane cedeu.

Ela voou de pernas para o ar, mal conseguindo se lembrar de proteger a cabeça agora descoberta, e bateu na lateral da nave. *Isso* também pareceu um gongo. E dos grandes.

Qualquer coisa que Sloane possa ter dito se perdeu num grunhido de esforço enquanto ela desabava no chão em uma confusão de dores e membros espancados, que formigavam e latejavam. Felizmente para ela, a brutamontes não esperava soltar tão de repente a massa de Sloane. Quando ela recuperou o equilíbrio, Sloane se colocou de pé e atacou.

Um choque de armadura com músculos — que, Sloane refletiu enquanto todo seu corpo chiava, eram grossos o bastante para agir também como uma armadura. A mulher grunhiu novamente. Sloane fez o mesmo, de pernas torcidas, os braços fechados com força na cintura da adversária.

Sloane tentou levantá-la. Jogá-la. Não aconteceu nada. Depois, a ladra incrivelmente pesada só levantou um punho e o fez cair entre as omoplatas de Sloane. Seus escudos seguraram o golpe, mas não a força. Sloane cambaleou para trás antes de deixar o chão do hangar.

— Merda, você é grande — ofegou ela. Ela passou a mão no queixo suado. — Mas o que é que você faz?

— Carga. — A mulher rolou os ombros largos, os lábios finos recuando em um sorriso largo e cheio de dentes. — Sete anos. — O nome em seu uniforme dizia Graves.

Sloane suspirou. *Imagino que não seja tudo elevador hidráulico e dinheiro fácil.*

— Precisa de alguma ajuda, chefe? — perguntou Talini com ironia.

Sloane não precisava de ajuda *nem de* insolência. Mantendo o olhar cauteloso na adversária corpulenta, ela virou a cabeça ligeiramente de lado.

— Retire aqueles reféns e tranque a nave.

— Juntando-me a Kandros — respondeu Talini, mas aquele tom de humor permanecia.

— Tenho quatro presos na rampa — acrescentou Kandros.

— Entendido.

— Agora — disse Sloane, sua atenção totalmente centrada em Graves. — Sua equipe está sendo desmantelada neste momento. — Se suas palavras saíram com um pouco mais de esforço em vez de ameaça, bom, ela ignoraria e torceria para que a mulher não percebesse.

A adversária nem mesmo o olhou à volta. Em vez disso, cerrou os punhos.

— Não vamos ficar nesta armadilha mortal — respondeu Graves. — E você não pode nos impedir de ir embora.

— Tenho uma notícia para você, moça. — Sloane apontou com o polegar o barulho de mais disparos e mais gritos. — Precisamos desses transportadores. Precisamos de gente que saiba o que está fazendo também, e *você* devia ser um deles.

A mulher enrijeceu o queixo considerável.

— Mas como você não vai ajudar a construir este futuro... — Sloane virou a cabeça de um lado a outro, ouviu o pescoço estalar. Relaxando a postura, ela se deslocou o suficiente para ganhar a margem que precisava.

— Lá vai! — gritou Talini do outro lado do hangar. Graves se retraiu e recuou enquanto dois ladrões uniformizados e gritando voaram por cima de sua cabeça larga em um emaranhado de braços e pernas se debatendo.

Sloane atacou, jogando o ombro na cintura exposta da brutamontes. As duas foram lançadas em um engradado justo quando Sloane caía e rolava para os tornozelos de Graves. A mulher tinha se escorado, mas no lugar errado. Tentou sair dali torcendo o corpo, tarde demais e desequilibrada.

A joelhada acidental que Sloane recebeu na barriga lhe arrancou a respiração. O choque menos acidental de Graves com os dois ladrões embolados fez seu trabalho. Ela caiu nas duas vítimas de Talini, esmagando-as no chão e prendendo-as ali.

Sloane rolou de lado e se deitou de costas por um momento, com o ombro entorpecido. O barulho do combate continuava a sua volta.

— O último foi derrubado — anunciou Kandros no comunicador.

— Dois fantasmas mortos — acrescentou ele com severidade. Por cima da cabeça, algo faiscou.

Mais trabalho para a manutenção.

Podia ter sido pior. Sloane levou a mão ao rosto, estreitando os olhos para o visor da omnitools.

— Sloane para Addison.

A mulher respondeu de imediato.

— Pegaram?

Ao respirar, Sloane teve vontade de soltar o ar em uma série de palavrões. Ela cedeu a um "Já" entredentes.

— Alguma baixa? — perguntou Addison com a voz tensa.

Sloane pensou nisso por um segundo.

— Não — disse ela e interrompeu a conexão.

Bem que ela podia ter uma bebida agora. A essa altura, serviria cafeinada *ou* alcoólica.

* * *

— Isto é um desastre — disse Tann, andando pela seção da sala comum reservada aos oficiais. — Um completo desastre. Como vocês deixaram isso acontecer?

— A culpa não foi de Sloane — interrompeu Foster Addison incisivamente. Estava junto da janela da antepara, olhando o salarian andar enquanto Sloane se recostava em uma cadeira estofada provavelmente adequada para uma sala de reuniões.

A diretora de segurança durona não parecia muito mal, se fosse ignorado o hematoma feio em volta do pescoço e um gelpack gelado passado no ombro. Addison sabia, de ver as gravações, como aqueles hematomas foram conquistados. Não era algo que ela própria quisesse experimentar.

A segurança havia resolvido a crise como a força bem treinada que era. Addison não via nada de errado em como eles lidaram com a questão, o que significava que a reação de Tann era exagerada. *De novo.*

Sloane, por sua vez, não disse nada, como se precisasse de tempo para tomar ar em vez de deixar escapar o que ela *queria* dizer ao salarian.

Ele virou seu olhar duro para Addison.

— Mais dois corpos na câmara fria. Outros oito trancados em... — ele hesitou. — Onde os colocamos?

Sloane grunhiu por trás do gelpack.

— No seu...

— Numa cela temporária — interrompeu apressadamente Addison. Ela lançou a Sloane um olhar que pretendia ser duro, mas provavelmente saiu mais exasperado. A mulher torceu o nariz num reconhecimento silencioso. — Vai bastar. Eles estão longe de qualquer terminal de comunicação, sem omnitool e com muito espaço para descansar até decidirmos o que fazer com eles.

— Joga no espaço — resmungou Sloane. — São traidores.

Addison ignorou essa. A diretora de segurança podia estar brincando, mas havia uma possibilidade bem real de que a mulher de cabeça quente não estivesse. Ela não queria pressionar a sorte de ninguém.

— Então, um julgamento — disse Tann, recomeçando a andar. — Um julgamento adequado, à plena vista de todos, para que eles saibam...

— Isto não é um circo — disse Addison, arregalando os olhos. Ela se afastou um passo da janela, as mãos automaticamente indo aos quadris. — Deve ser tratado discretamente. Você vai começar a despertar ódio se tentar fazer disso um espetáculo. As pessoas lá naquela cela não são as únicas que vieram a Andrômeda para fugir de seu variado passado.

— Despertar ódio — repetiu Tann, revirando os olhos grandes. Suas narinas inflaram enquanto gesticulava vagamente para a porta — e, em última análise, aos aposentos onde esperavam os possíveis ladrões. — Eles tentaram roubar nossos transportadores. Fizeram *reféns*! Não podemos ser vistos lidando com eles com tanta leveza, isso só estimulará o comportamento.

Sloane não disse nada. Segurou o gelpack na lesão.

Addison enfrentou Tann.

— Então, que fiquem presos. O moral por aqui já está muito ruim. Não estou dizendo para perdoar, nem nada disso. Só que talvez não precisemos de um tribunal leonino para lidar com nossa primeira brecha na segurança.

Tann a encarou por um momento. Depois seu rosto clareou.

— Ah, uma espécie terrestre quase extinta. Eu não tinha ciência de que eles tinham tribunais.

Addison reprimiu um suspiro.

— É só uma expressão, Tann.

— Uma expressão muito estranha.

— Estranha para você — resmungou Sloane.

Tann a fuzilou com os olhos.

— Diretora Sloane, se fizer a gentileza...

A mulher retirou o gelpack, revelando o hematoma arroxeado por baixo do ombro rasgado de seu uniforme. Sentou-se mais para a frente, apoiando os cotovelos nos joelhos, os dedos entrelaçados enfaticamente, e apontou para os dois uma encarada aflitivamente dura.

— Olha aqui. Só o que eu sei é que não podemos mais fingir que todos nesta estação estão felizes e saltitantes. Podia ter morrido gente inocente. Dois de minha equipe agora estão na assistência médica. Numa coisa Addison tem razão. Uma parte considerável da tripulação da Nexus tem um passado, digamos, pitoresco. Garson acreditava numa segunda chance.

— Ela também acreditava em uma equipe de segurança grande e bem financiada — observou Tann.

— Sim, uma equipe que resolveu o problema. Fizemos nosso trabalho. Agora faça o seu. Jogue esses criminosos no espaço antes que...

— Não é seu trabalho *evitar* esse tipo de coisa? — perguntou Tann com frieza.

— Se você não atrapalhar e me deixar liderar...

— Isso não vai acontecer em meu... em vida nenhuma — rebateu Tann. O coração de Addison disparou por algo que ela *não queria* chamar de raiva, porém ela estava ficando sem opções.

Tudo bem, ótimo! Então ela havia lidado mal com isso — toda a perda de Jien, a nomeação de Tann para tomar seu lugar e a destruição da estação. Ela nem mesmo guardou luto, ainda não. Não podia. Não até que a estação, o legado de Jien e a esperança de milhares estivessem de novo operacionais.

Não até a chegada dos Pathfinders.

Assim, ela entrelaçou as mãos e elevou a voz uma oitava em um *cala a boca*.

— A questão aqui — disse ela, alto — é que precisamos decidir o que fazer com os criminosos e depois como proceder. *Não vamos jogar ninguém no espaço* — acrescentou ela, olhando feio para Sloane.

A mulher deu de ombros, sem dizer nada.

— Então, vamos devolvê-los à crioestase — sugeriu Addison.

Sloane meneou a cabeça, numa completa incredulidade.

— Hmmm... — resmungou Tann. — Adiar o julgamento até um momento mais apropriado. Sensato. Isso pode funcionar. Implica uma falta de autoridade de nossa parte, mas talvez seja bom para o moral deixar de executar alguém. — Essa última frase ele lançou incisivamente para Sloane Kelly.

— Eles atacaram a segurança da Nexus — disse Sloane, num tom afiado. Praticamente uma faca. — Você só estimulará mais disso, colocará mais gente de meu pessoal na reta.

— Não é esse o seu trabalho, diretora de segurança Sloane?

Ela arreganhou os dentes.

— Pelo menos esse *é* o meu trabalho, diretor *interino* Tann.

— *Já chega.* — Addison só faltou saltar entre os dois, de braços abertos. — Isso não está ajudando em nada!

Os olhos de Tann se estreitaram, mas pelo menos ele conteve uma resposta cretina. Addison não tinha dúvida de que haveria mais a considerar depois. Com paciência e completa determinação, ele falou:

— Tenho minha decisão. Tomem as providências necessárias para devolver os prisioneiros à estase até o momento em que possa ser estabelecido um julgamento adequado. — Ele esperou que Sloane argumentasse, mas a diretora de segurança enfim, felizmente, desistiu. Tann continuou. — Documentem tudo, como fariam de qualquer modo, para que a questão possa ser tratada com justiça e correção quando chegar a hora.

Sloane escarneceu dele.

— Se você acha que eu faria menos do que...

— Eu não disse isso — falou Tann —, só quero ter certeza de que estamos entendidos.

— Entendido — disse Addison. Ela olhou para Sloane.

— Tá, tudo bem — disse Sloane. — Entendido.

Addison respirou fundo de novo.

— A verdadeira questão é como vamos evitar que volte a acontecer.

Sloane, de cabeça baixa, ainda foi adiante no conflito com uma velocidade surpreendente.

— Recodificar o acesso, antes que mais alguém que nós não verificamos descubra um jeito de entrar no espaço crítico da missão.

— Concordo — disse Addison. — Quanto ao hangar, diga à equipe de Kesh para consertar e reforçá-lo.

Os dedos longos e finos de Tann começaram a tamborilar enquanto ele fez os cálculos mentalmente.

— Podemos reservar trabalhadores, mas isso vai exigir tempo e equipamento. Duas coisas que continuam em oferta baixa.

— Podemos encontrar equipamento — observou Addison. — Kesh saberá onde.

Sloane se recostou na cadeira, passando um braço pelo encosto.

— Meu pessoal começará a montar patrulhas. Fomos complacentes demais — acrescentava ela, a um fio tênue da acusação enquanto olhava feio para Tann. — Precisamos parar de supor que todos aqui ainda estão totalmente comprometidos com o cumprimento da missão. Os babacas que tentaram tomar nossas naves, por exemplo. — Seu desprazer era evidente. Mas era difícil saber se era dirigido a si mesma ou à situação. — A aproximação deles não foi detectada, não com rapidez suficiente. Não devia ser assim.

O salarian franziu o cenho, mas não discordou.

— Se houver mais... — Sloane se interrompeu, escolhendo com cuidado as palavras. — ...*gente insatisfeita* nesta estação, precisaremos lidar com isso. A questão é localizá-los.

— Com tato, espero — disse Tann enfaticamente. — Se lhe faltarem os meios...

— Parece ótimo — disse Addison, de novo alto demais. Quando ambos a olharam, ela cuidou para que seu sorriso fosse de aço. — Sabemos o que fazer. Vamos agir.

Talvez desse certo. Talvez, imaginou ela, fosse o suficiente para lembrar a eles o que estava em jogo.

— Reunião encerrada. — Tann virou-se para a porta. — Não vamos perder de vista o objetivo último aqui.

— Sim — repetiu Sloane, vendo-o sair. — Não vamos.

Addison conteve a custo um palavrão.

Ou talvez ela só estivesse cercada por gente tão tapada, que um krogan teria um QI de gênio perto deles.

CAPÍTULO 13

As coisas corriam bem, como se podia esperar. O suporte vital ainda não tinha falhado e as pessoas aprendiam a contar com a equipe de Calix para mantê-lo funcionando.

Os krogan conseguiram limpar espaço de trabalho suficiente para que os corpos não ficassem se esbarrando sempre que precisavam respirar. A manutenção criteriosa e a calibragem fina garantiram que o mais básico mecanismo de alerta não enlouquecesse quando a energia diminuía em algum lugar dentro da estação.

Enquanto eles combatiam o caos de uma matriz de sistemas muito danificada, Calix Corvannis supervisionava sua equipe com o olhar firme e crítico. Eles estavam exaustos, completamente desgastados, e os resmungos entre eles tinha se intensificado. Ele vira exatamente este cenário se desenrolar, com esta mesma equipe.

Mesma situação. Nave diferente. Uma fragata de nome *Warsaw*, onde uma série de decisões ruins tomadas por um capitão teimoso levou à perda quase total da nave.

Ordenaram a Calix que fizesse sua equipe trabalhar à beira da exaustão e mais um pouco. Fazer o trabalho, a qualquer custo.

Por fim, eles deduziram que o objetivo não era consertar a nave, era colocar sua equipe numa posição de culpada por suas condições.

Calix se recusara.

Seus atos se aproximavam de um motim, mas ele havia vencido. Em face da perda de toda a equipe de suporte vital, o capitão recuou.

Calix também conquistou a lealdade eterna de sua equipe no processo. Toda a questão garantiu a ele uma "transferência administrativa" fora da *Warsaw* no momento em que a nave aportou, mas estava tudo bem. Calix saiu sem pensar duas vezes.

Ele só não esperava que sua equipe o acompanhasse. Saindo da *Warsaw* e entrando para a Iniciativa Andrômeda. Eles podiam ter ficado e deixado que ele caísse sozinho. Podiam ter feito muito mais com sua independência. Mas decidiram acompanhá-lo.

Eram pessoas francas, que trabalhavam arduamente e acreditavam em uma causa acima de todas as outras: a lealdade. Disseram que iriam com ele a qualquer lugar. A verdade era: quem mais os aceitaria? Eles deixaram seus postos em protesto pela dispensa dele, uma mancha no currículo que poucos empregadores deixariam passar.

A não ser Kesh.

É claro que o fato de que as coisas estavam indo bem, como se podia esperar, não significava que a situação fosse *boa*. Significava apenas que todos estavam se aguentando — mal e porcamente. Sua equipe, a Nexus, o futuro.

— Reservas de amônia em 30%.

Calix olhou quem falava, o humano chamado Nnebron. Lawrence Nnebron. Cepa da Aliança, nascido na Terra, treinado e capaz... mas muito jovem. Os dedos de Calix se cravaram na estrutura dos sistemas. Trinta por cento. Não bastava. Nem de longe, para sua tranquilidade de espírito.

— Podemos transferir para a eletricidade? — perguntou ele.

— Nós já chegamos perigosamente perto de desativar partes da grade. Com essa retirada adicional, podemos provocar um blecaute.

— Bom — refletiu Calix —, não queremos ser os responsáveis por isso.

Irida Fadeer ergueu os olhos de seus cálculos.

— Não, não queremos — disse em voz baixa a asari de pele roxa. — Ou Sua Alteza Real vai se meter.

Calix não olhou para ela. Temia ver a irritação em seu rosto, a raiva fervendo por trás de todo o cansaço, temia fazer eco a isso. Ele também estava cansado. Das horas puxadas. Das ordens que desciam pela cadeia de comando risível, cada uma delas frustrando a anterior.

Mas ele não podia culpar ninguém por sentir raiva. Acordar abruptamente foi um choque, para dizer o mínimo. Ele só podia imaginar como foi para os primeiros sobreviventes, expulsos de seus tanques de estase sem nenhum cuidado ou alerta. Isso deve tê-los deixado abalados.

Por isso era tarefa de Calix garantir que o grupo seguinte a ser despertado recebesse tudo que merecia. Tudo que foi negado a ele — e a sua equipe cansada.

Um tique saltou no meio de sua testa. Bem na crista. Não devia se mexer desse jeito. Calix o esfregou severamente, mas nada disso faria o estresse desaparecer.

— Qual é nosso nível de estabilidade? — perguntou ele. Irida lhe passou uma tela. Só foi preciso uma olhada rápida. — Muito bem. Por enquanto, vai aguentar. Tirem um intervalo para recreação — acrescentou ele, colocando o tablet no painel, fora das mãos da asari.

Ela percebeu.

— Mas...

— Vou cuidar de qualquer reação adversa — disse Calix com firmeza. — Vocês todos estão trabalhando na capacidade máxima e fizeram milagres aqui sozinhos. Tirem uma merecida folga.

Irida trocou olhares com Nnebron, que deu de ombros.

— Se você diz — falou o humano.

O resto da equipe estava cansado demais para fazer algo além de se arrastar para longe de suas estações.

— Piquenique na área comum! — disse um deles, o decreto recebido com gritos de apoio.

Irida os olhou com cautela.

— Piquenique, é?

Calix sorriu para o nariz torcido da asari.

— Ei, não fale mal disso. Não há nada melhor do que um bom piquenique nos momentos difíceis.

— Hmmm. — Não era uma palavra, mas o ceticismo dela transpareceu com clareza. — Os piqueniques não exigem carne e legumes?

— É, bom...

— E eles não são realizados, sabe como é, ao ar livre?

— Bom — repetiu Calix, com um dar de ombros risonho —, vocês têm rações e, se tiverem sorte, alguma música club. É só seguir o fluxo. Chama-se improvisação.

O nariz dela ainda estava torcido enquanto ela se afastava, seguindo os outros.

O divertimento de Calix esmoreceu. Uma onda de exaustão rolou por ele e Calix tirou um momento para se recostar no painel e passar a mão na nuca. Até sua franja doía.

O que, na galáxia, eles esperavam que Calix e sua equipe fizessem ali? Eles não podiam despertar mais pessoal. Os krogan eram ótimos no trabalho braçal e péssimos no trabalho refinado — excluindo-se

Kesh, Calix podia admitir. E se eles cometessem o menor erro que fosse, milhares de pessoas sofreriam.

Pressão?

Experimente uma estação inteira de pressão. Uma *geração* inteira de pressão.

A dor de cabeça entre seus olhos se tornara uma companheira constante nos últimos dias. Sempre que se via pensando nisso, Calix dizia a si mesmo que era melhor do que a meritocracia dos turians. Que a Nexus possuía verdadeiros pensadores, planejadores e realizadores na Operações. Não só os filhos da puta de sorte que sobreviveram a uma decisão calculada.

Só que...

Só que eles não eram exatamente assim. Ou eram?

O comunicador sinalizou uma conexão.

— Você vem, chefe?

Nnebron novamente.

— Estarei aí em cinco minutos — respondeu Calix e desligou antes que o jovem pudesse ouvi-lo suspirar.

A meritocracia turian talvez não fosse a ideia de Calix de liderança qualificada, mas também não era algum algoritmo de meia-tigela baseado numa estrutura de subordinação. Só o que isso fazia era permitir que patetas ocupassem o lugar do verdadeiro talento.

Ele franzia o cenho enquanto saía das matrizes do sistema. Elas estavam fisicamente conectadas, interrompidas por segmentos brilhantes de ordem onde sua equipe havia começado a remontá-las. Os painéis brilhavam.

Foster Addison era ótima como diretora de Assuntos Coloniais. Tinha a cabeça no lugar. Na maior parte do tempo. Porém, mais parecia uma organizadora do que uma líder firme. O tipo de intelecto que criava os planos e os entregava a personalidades mais enérgicas ou sutis para sua execução. O Assuntos Coloniais era bem adequado para ela. Dirigir uma estação sem a orientação de Garson? Nem tanto.

Por outro lado, Jarun Tann não era nem enérgico, nem sutil. O hábito dissimulado do salarian de olhar Calix e sua equipe de cima ainda o irritava. E naturalmente ele era aquele com o título de "diretor interino". Em tese, podia tomar decisões inteiramente sozinho, embora Calix se perguntasse o que aconteceria se o salarian tentasse. Nada de bom, ele suspeitava.

Calix resmungava sozinho ao andar pelo corredor, abrindo o zíper no pescoço de seu uniforme para deixar que ele pelo menos *sentisse* ter mais espaço para respirar. Poucas pessoas atravessavam esses corredores. Dois krogan passaram a passos pesados, grunhindo um reconhecimento de sua presença. Ele assentiu, mas não disse nada.

Cansado demais. Passou do ponto de trocar amabilidades.

Essa era uma característica que no momento ele partilhava com Sloane, pelo menos. Ele não esperava desfrutar da companhia da humana, mas sua falta de motivos ocultos e personalidade franca tinham apelo ao turian como a melhor entre três opções. Pelo menos ele podia confiar que a diretora de segurança cuidaria dos problemas à moda antiga. Ora essa, provavelmente ela daria uma boa turian, pelo jeito como gostava de cortar o papo-furado.

Alguns turians se dedicavam à política. Calix estava familiarizado demais com essa verdade. Mas não do jeito como os salarians tramavam e os asaris vagavam sem rumo.

É claro que os humanos podiam ser igualmente ruins. A Guerra do Primeiro Contato provou isso. Mas pelo que Calix via agora, Sloane era de muita ajuda.

Uma de três não era tão ruim.

Vozes pontilhavam o corredor silencioso enquanto Calix se aproximava de seu destino. As luzes estavam baixas para poupar recursos, mas isso não impedia a música. Ela conseguia passar pelo som de alegria e gritos, com uma techno beat que alguém decidira ser uma boa ideia.

— Muito bem, Corvannis — resmungou ele, sua própria voz temperada de um humor áspero. — Vamos encarar. — Sua tripulação só seria ainda mais arrastada para baixo se visse o quanto ele se sentia derrotado. Ele tinha de criar coragem. *Eles* criaram coragem.

Todos eles precisavam.

Ele passava a mão no maxilar enquanto arrumava as feições em algo muito menos taciturno. Não era exatamente um sorriso, nem mesmo pelos padrões turians, mas serviria. Ele não tinha como apagar a exaustão.

Embora estivesse preparado para a versão de um piquenique que a tripulação conseguira, Calix não esperava as vozes que ouviu traduzidas em gritos furiosos. Ele virou pelo canto e entrou na sala com uma saudação preparada, mas teve de parar de repente.

Quatro de sua equipe tinham se reunido em semicírculo em volta do que parecia, a seus olhos ignorantes, uma espécie de alambique. Eles não olhavam as substâncias químicas jogadas ali dentro. Estavam fixos no outro lado da sala, onde uma fila de luminárias mais fortes destacava o enfrentamento de seu jovem engenheiro Nnebron com o assistente nervosinho de Addison.

A gritaria vinha do fundo e a tensão parecia poder ser atravessada como uma nuvem de poeira. Sua fachada de bom humor se rompeu.

— O que está acontecendo aqui?

A pequena multidão caiu num silêncio repentino. William Spender afastou seu corpo de Nnebron, o suficiente para deixar claro que ele não considerava o engenheiro importante.

— Ah. Você é o encarregado desse bando? — disse o político. Os dedos de Calix se torceram para fechar o uniforme, mas ele se conteve. Eles já haviam se encontrado. Claramente, o homem menosprezava a turma técnica e da base.

— Calix Corvannis — disse ele calmamente, passando por sua equipe, ignorando o alambique e plantando-se entre Spender e os demais. Uma barreira gentil e despreocupada. — Engenharia.

Spender franziu o cenho. Passou seu tablet de uma mão para a outra, agitando-o de um jeito controlador.

— Vejo isso por seu uniforme — disse ele. — De qualquer modo, não foi o que perguntei. Você é o encarregado aqui?

— Sim. — Curto. Calix olhou para Nnebron, passando inteiramente por cima de Spender. — O que está havendo?

Nnebron endireitou os ombros.

— Estávamos preparando o piquenique, senhor, quando este... — Atrás dele, Irida deu um pigarro. Nnebron tossiu o que pretendia dizer e se corrigiu. — Quando este cara veio meter o nariz onde não foi chamado.

Antes que Calix pudesse perguntar mais alguma coisa, Spender atacou seu engenheiro.

— Sou conselheiro do diretor interino e vice-diretor de Assuntos Coloniais, e você deve moderar suas maneiras quando falar com seus superiores.

Calix viu a boca de Nnebron se abrir, o lampejo em seus olhos escuros. Ele impediu a resposta do homem.

— Nnebron, vá ficar com os outros.

Um olhar. Apenas um, mas, para mérito dele, o engenheiro não discutiu. Em vez disso, balançou a cabeça e se retirou, juntando-se ao resto da equipe.

Muito bem, pensou Calix. *Ótimo! Um possível estopim na bomba.* Ele se virou para Spender. A expressão dele irritou Calix — uma vitória presunçosa, como se ele tivesse acabado de ganhar uma rodada nas cartas.

— Muito bem — disse Calix com calma —, vou perguntar pela terceira vez...

Não precisou. Irida se pronunciou quando ninguém mais o fez.

— Foi como disse Nnebron, senhor. Estávamos preparando a comida quando ele... — gesticulou ela — ...chegou perguntando por permissões e requisições.

— E depois?

Irida olhou os próprios pés, confirmando o que ele já suspeitava. Eles ficavam turbulentos. A boca de Irida se torceu.

— Ele puxou a tomada do... — Ela se interrompeu. Franziu o cenho. — Como vocês chamam mesmo?

— Churrasco — disse Nnebron. Um murmúrio amuado. Ele ainda fuzilava o burocrata com os olhos.

— Uso ilegal de material da Nexus — interveio categoricamente Spender. — Em nenhuma circunstância as rações e os materiais devem ser usados para este... *sei lá* que absurdo vocês chamam.

Os olhos de Calix ainda estavam em Irida e ele não precisou olhar. Simplesmente supôs que o cara gesticulava com a mão. Ele fazia bem aquele tipo.

Nnebron olhou com desprezo.

— Não estávamos fazendo nada de errado!

A exaustão em guerra com a impaciência. Calix virou-se de frente para o assistente.

— Spender, não é isso? — Um gesto de cabeça ligeiro. — Escute. Esta equipe vem trabalhando sem descanso há dias. Eles merecem algum tempo para relaxar.

O homem avançou alguns passos, segurando seu tablet como se ele proporcionasse algum reforço.

— Não é com seu tempo de folga que estou preocupado — respondeu ele. — Mas suprimentos secos? Rações reconstituídas? E *isso*! — Ele apontou para o alambique. — Nem mesmo está coberto pelas regulamentações!

Ele bateu na tela, mas não a colocou perto o suficiente para Calix ler.

— Esta é uma lista parcial de suprimentos — continuou ele —, de acordo com os esforços atuais de estoque. Como não sabemos quanto tempo ficaremos nos reparos, é imperativo que controlemos a quantidade e a acessibilidade das rações.

Os resmungos atrás dele espelhavam muito bem os sentimentos de Calix.

— Não havia proibição nenhuma de que tivéssemos tomado conhecimento. Pode me mostrar a autoridade da restrição?

Não havia nenhuma. Ele tinha certeza disso.

Spender, porém, sustentou o olhar de Calix.

— *Eu sou* a autoridade. O diretor Tann me designou para a tarefa. Eu decido o que vocês podem usar... — ele apontou para o fogareiro improvisado — e o que não podem.

Palavras duras, mas Calix sentiu pouca determinação por trás delas. Seu pessoal reconhecia um lambe-botas quando via um; porém, isso era uma espécie de jogo para eles.

Um jogo que ele precisava abafar. Fofocar era muito bom, mas não por oposição.

Apresentou-se uma nova tática.

— Veja bem — disse Calix, invocando toda a brandura conciliatória que conseguia. Ele abriu os três dígitos de cada mão. — Minha equipe tem trabalhando muito para manter todos vivos. Eles merecem um piquenique. Sem algum descanso, algum estímulo para seu espírito, podem acontecer erros e ninguém quer isso, acredite em mim.

Os dedos do diretor assistente batiam em um ritmo firme na leitura.

— Exijo falar com seu supervisor. O chefe de seu departamento.

Calix o encarou.

— Está falando sério?

— *Muito*.

Ele suspirou.

— Irida.

A voz da asari veio rápida e extraordinariamente composta.

— Sim, Calix?

Sem desviar os olhos da encarada de Spender, Calix falou.

— Diga ao chefe que William Spender, diretor assistente de Assuntos Coloniais, quer vê-lo.

O primeiro tique de desconforto começou a distorcer as laterais da boca tão severa do humano.

— Pode apostar — disse Irida num tom agradável. — Ei, Nnebron!

— Fala, Violet.

— Diga ao chefe que alguém chamado Spender, diretor assistente de sei lá o quê, quer vê-lo.

Os dedos de Spender aceleraram seu ritmo.

— Claro. — Uma pausa, e depois, tentando desesperadamente conter a ironia, Calix ouviu Nnebron virar um pouco o corpo. — Ei, Nacho!

O salarian soltou um suspiro.

— É Na'to.

— Tanto faz. Diga ao chefe que um cara está...

Spender soltou um grunhido reprovador para isso.

Sem perder a deixa, Na'to falou em voz baixa:

— Não sou um secretário. — Ainda assim, elevou a voz e chamou: — Corvannis, senhor, um humano quer vê-lo.

Calix fingiu um tom teatral de indagação.

— Ah, sim? — Ele arrastou cada palavra. — Para o quê?

O dar de ombros de Na'to reproduziu o tom dele.

— Nnebron não disse.

— Entendi — respondia Calix enquanto a pele de Spender se avermelhava pelas bordas. Ou a linha do cabelo. Tanto faz. Calix não moveu um músculo. Nem um tique. Só parou por tempo suficiente para se reafirmar, depois disse alegremente: — Eu sou Calix Corvannis, chefe de suporte vital. O que posso fazer por você?

Sua equipe abafou o riso com as mãos, tossindo, dando pigarros.

Calix esperava uma explosão. Esperava palavrões, uma briga, o que esse sujeito fazia quando chegava a seu limite.

O que ele não esperava era aquiescência.

O olhar feio, os lábios rígidos, tudo isso mudou. A transformação foi tão repentina que Calix não pôde deixar de admirar a sagacidade disso. Ele quase podia ver os cálculos políticos acontecendo por trás daqueles olhos de conta, o esforço de vontade que desbotava os pontos apopléticos de fúria. A cara de Spender praticamente se acendeu.

— Sabe do que mais? Você tem razão. Estou sendo exigente demais e isso é injusto com você e sua equipe. Peço mil desculpas pelo mal-entendido, oficial Corvannis.

— Hmmm... — Parte da briga deixou a coluna de Calix. Até sua equipe tinha parado de rir.

Inclusive Nnebron. E que tinha dito alguma coisa, bem ali. O garoto era atitude de uniforme.

Spender abriu bem as mãos.

— Eu devia *agradecer* a vocês. Aqui estão vocês, o pessoal que mantém a todos nós vivos, e aqui estou eu, o cara que pode conseguir o que vocês precisam sem toda essa pose desnecessária. Parece que devíamos ser amigos.

Calix não relaxou. Mas ele riu, um som seco e astuto.

— Começou com o pé esquerdo, foi isso?

— Exatamente — disse Spender. — Exatamente. O cansaço, o medo constante do Flagelo, está deixando a todos nós meio loucos, não é? Então, esqueçam o que eu disse. Aproveitem sua festa.

O grupo se agitou atrás dele. Ele sentiu um cutucão nas costas. Provavelmente um cotovelo.

Sem dúvida de Nnebron.

Pegando a deixa, ele cruzou os braços e disse num tom amistoso.

— Aproveitaríamos mais com alguma coisa para beber.

Até que ponto o humano estaria disposto a apagar incêndios?

Pelo visto, uma bebida não era um exagero. Spender levantou a mão e estalou os dedos, depois apontou para Calix.

— Tenho exatamente isso. Uma caixa de algo especial que guardei. Pedirei que tragam aqui.

— É muita gentileza sua. — *E esperteza também, guardando as coisas desse jeito.* Calix arquivou um lembrete desta revelação em particular. Ao que parecia, Spender não era tão correto como fingia ser.

— Está vendo? — disse Spender, colocando a mão em seu ombro. — Não há motivo para não nos ajudarmos de vez em quando.

O ombro dele não se mexia muito enquanto a mão de Spender era rechaçada.

— Motivo nenhum — respondeu Calix pelo que passou por um sorriso turian. Até ele sabia não ter feito nada para suavizá-lo.

Livrando sutilmente a mão, o humano recuou com um andar animado.

— Só me lembre de quando as coisas se complicarem — disse ele ao se afastar. Com isso, Spender se virou e saiu.

Irida colocou-se ao lado dele e Spender desaparecia pelo canto.
— Bom, isso foi agradável.
— Isso foi... estranho — corrigiu ele.
— Talvez. Mas revelador.

Não brinca. A repentina guinada depois de ter compreendido o papel de Calix como chefe do suporte vital não foi exatamente sutil. Ele olhou a asari, dando de ombros para a ignorância dele.

— Bom, fosse o que fosse, obrigada por não jogá-lo de cabeça na porta.

A asari sorriu para ele.

— Obrigada por nos apoiar. De novo.

Dois da equipe se abaixaram atrás da gama de fios e queimadores para reacender a chama. Outros três mexiam no alambique que, agora que Calix pensava nisso, provavelmente usava outros suprimentos para compor seu conteúdo. Talvez as preocupações de Spender não fossem só abuso de poder. Este pensamento deixou Calix com uma nova preocupação.

Suponha que Spender, no fim das contas, tenha razão? Deixando de lado a evidente competição do homem pelo poder, a preocupação com as rações um dia apareceria. E se isso já tivesse começado?

Ele fez uma careta para a ideia, mas a deixou de lado. *Por enquanto.*

Nnebron rolou os ombros e olhava feio a porta.

— Político babaca — resmungou ele. — Vindo aqui como se fosse dono do lugar. Como se fosse nosso dono.

— Relaxe — disse Irida. Ela lhe deu um tapinha no ombro. — Os políticos são pagos para ser assim. Todos eles.

— Ainda assim, não está certo.

— Talvez não — disse Calix pensativamente. Ele olhava sua equipe. Seu pessoal. Bons trabalhadores, cada um deles. Isolados com os sistemas de suporte vital dia após dia, conscientes em cada momento das centenas de milhares de vidas que contavam com eles.

Primeiro, eles perderam Garson.

Depois perderam a capacidade de trabalhar como uma verdadeira equipe, divididos em vez disso em turnos de 24 horas. Agora um político mediano queria racionar suprimentos? *Poupar? Para o quê?*

Talvez a liderança soubesse de algo que o resto da tripulação ainda não sabia. Sobre as arcas, ou talvez esse misterioso Flagelo.

Do outro lado da sala, alguém da equipe gritou "Isso!" enquanto a chama do gás ganhava vida. O humor na sala ficou palpavelmente mais leve.

Irida o cutucou.

— Tem alguma coisa em mente, chefe?

Calix rolou os ombros, mas isso não aliviou sua tensão.

— Só estou pensando — disse ele devagar — a que propósito serve Spender começar a se preocupar com os suprimentos antes de vir alguma ordem da Operações.

Nnebron cruzou os braços, suas sobrancelhas escuras se uniram.

— Acha que está rolando alguma coisa?

Ele hesitou. Depois, dando de ombros, admitiu:

— Não tenho certeza. Talvez seja uma boa ideia manter controle de nossos próprios suprimentos. — *E Spender a nosso favor*, acrescentou ele em silêncio.

A asari virou a cabeça, pensativa e cautelosa como ele.

— Eu cuido disso, senhor. — Nnebron descruzou os braços. — Agora vamos comer a gororoba antes que acabe.

— Gororoba? — perguntou Irida, horrorizada. — Você deve estar brincando.

— É só modo de dizer — disse Calix para a asari apavorada.

— Sei. — Ela fez outra careta, assentiu, depois seguiu o garoto pela multidão, com toda a elegância asari em seu andar desengonçado. Calix olhou os dois e se perguntou se devia ter dito alguma coisa. Não queria agitar preocupações. Só queria ter certeza de que sua equipe fosse bem cuidada.

Por experiência própria, ele sabia como era fácil que a liderança inexperiente se esquecesse da tripulação nos espaços invisíveis — engenharia, saneamento, todas as coisas que pareciam operar sozinhas. Invisíveis a qualquer um que não passasse do convés três.

O fato de Spender ter se dado ao trabalho de ir ali...

Calix não gostava disso. Algo *estava* fermentando na Operações. Algo que eles sabiam, talvez, que não era do conhecimento do resto da Nexus.

Será que Kesh sabe? Provavelmente não. Tann não permitiria isso.

Sloane, então? Ele teria de perguntar. Encontrar uma desculpa para falar com ela sem Spender ou qualquer um dos outros por perto. Até lá, sua prioridade máxima era o bem-estar de todos nesta sala.

— O herói do dia tem a primeira porção!

Negando firmemente com a cabeça, Calix fez sua cara de *está tudo bem* e se juntou a Nnebron e à grelha modificada.

— Tudo bem, tá legal. Afinal, o que é essa coisa?

— Não tenho a menor ideia — disse alguém de sua equipe com alegria. Andria ergueu um prato cheio com coisas ainda fumegantes que pareciam espirais de uma substância semelhante à carne, numa pilha alta com um molho vermelho-escuro.

Tinha um cheiro azedo e pungente, avinagrado e... *incrível*, concluiu Calix. Mas de imediato ele entendeu que suas entranhas rejeitariam.

— O cheiro é maravilhoso — disse ele com tato. — Mas se não tiver dextro...

Todos eles pararam.

Olharam-se.

Depois deram uma gargalhada tumultuosa.

— Saquei — gritou Nnebron. Na'to, sorrindo, pegou o prato de algo que tinha um cheiro *quase* tão bom, mas não fez com que suas entranhas se contraíssem de expectativa.

Este foi empurrado nas mãos de Calix, que riu com sua equipe.

— Quem ganhou a aposta?

— Quem seria burro de bancar o bonzinho e comer? — perguntou Irida, dando uma risadinha enquanto lhe passava outro frasco. Com rótulo para turian, uma espécie de molho.

— Aposto que você seria — acrescentou Nnebron.

Uma humana ruiva com o cabelo preso no alto da cabeça levantou a mão.

— Aposto que você seria inteligente demais!

Calix ergueu o frasco de molho para ela.

— Obrigado, Andria. Pelo menos alguém tem fé em mim.

A equipe derreteu no alívio, no relaxamento e — o que era mais desejado para eles — na recriação. A maioria nem mesmo ouviu o tinido da porta, mas Calix se virou a tempo de ver Spender se afastando, acenando por cima do ombro. Ele deixou uma caixa dentro da sala.

— Ei, vá pegar aquilo, sim? — disse ele, virando a cabeça para Nnebron.

O jovem atravessou até o pacote e o abriu.

— Ah, merda! Molho barbecue da Terra! — Ora essa. — O do paletó não estava brincando.

— Onde será que ele conseguiu... — refletiu Calix, mesmo a contragosto.

— Nem pergunte — Nnebron o alertou, já arrastando a caixa para o grupo. — Vira essa boca pra lá. Nem mesmo pense em quantos anos isso esteve guardado por aí. Só cale a boca e coma!

Calix riu.

— Comam, pessoal. — Ele ergueu o prato na outra mão. — Não vamos desperdiçar isso.

Enquanto ainda podiam.

CAPÍTULO 14

Os krogan não descansavam. Continuavam trabalhando. Eles trabalhavam, trabalhavam, e mesmo quando alguns da turma mais mole tinham dias para descansar, os Nakmor ainda estavam trabalhando. Por quê?

Porque era isso que o clã Nakmor *fazia*.

Mas agradeciam a eles por isso?

Não. Porque isso era o que *ninguém fazia*.

A mesma merda. Galáxia diferente.

Arvex pegou um painel curvo de aço chumbado com uma das mãos, jogou para cima antes de pegá-lo em um ângulo melhor, e despreocupadamente o jogou na parede mais distante. Não voou tão rápido nem com a força que ele esperava, mas o problema era dessa área — *e não* da força de Arvex.

A gravidade deste lado da estação estava ajustada no mínimo. Por economia de energia, aparentemente. Todavia, apesar do arco quase gracioso da trajetória da placa, ela bateu na parede distante com um tinido estridente.

Seus dois companheiros krogan, amontoados em um ninho embolado de canos tortos e deformados, levantaram-se de repente com um misto de grunhidos e rosnados de surpresa. A placa quicou na parede e apanhou o mais próximo, Kaje, na têmpora, provocando um grito de dor.

— Qual é a ideia? — gritou Wratch, colocando-se na frente do grandalhão que gritava.

Arvex respondeu com um grunhido, colocando pesadamente um pé na placa do convés como se o escorasse para atacar. As artérias que partiam de cada órgão martelavam e pulsavam por baixo de seu duro couro krogan.

— Estou enjoado da espera — rugiu ele, as mãos estendidas numa fúria esmagadora. — Os Nakmor não se inscreveram nesta *ruína* flutuante para ser *zeladores*.

Um argumento antigo. E comum. A impaciência, a frustração e os séculos de instinto de combate. Outro dia nas minas estruturais. Outra hora passada esperando pelos técnicos que supostamente viriam consertar os conduítes caídos do lado de fora.

Outra briga entre os irmãos de clã.

Kaje passou esbarrando em Wratch para andar, lentamente e com esforço no ambiente de baixa gravidade, até a porta lacrada.

— Podemos voltar a soldar ou não? — Ele exigiu saber.

Ele já sabia a resposta.

Arvex o olhou feio mesmo assim.

— Não até que os caras do suporte vital cheguem aqui. Agora pare de reclamar e volte a retirar essas placas marcadas.

Eles estavam em um dos depósitos, arrumando a confusão retorcida de veículos terrestres jogados como pyjaks numa caixa. Isto é, aqueles que sobreviveram. A menos de três metros de distância, o depósito — e os veículos ainda deste lado dele — desapareceram subitamente em uma borda recortada de metal rasgado, fios pendurados, lixo vagando.

Para além da antepara de emergência, só o preto e azul intermináveis e quaisquer outras cores extravagantes que outras espécies gostavam de verem brilhar.

Arvex não se importava. O espaço era o espaço. Ele nasceu Nakmor, forjado em Tuchanka, endurecido como mercenário. Fosse nesta galáxia ou na Via Láctea, ele não dava um cocô de varren para o que parecia.

Ele se importava — e queria — a mesma coisa que todos os Nakmor queriam.

Território novo, obtido pela força e pela glória, e que valesse a pena proteger para a primeira das krogan a dar à luz uma nova geração.

Apesar de toda a pose deles, Kaje e Wratch sentiam o mesmo.

Arvex apostaria sua vida nisso.

Sem outras perdas. Sem outras mortes. O genofago já reclamara bastante do espírito krogan. Com o estímulo genético que a líder do clã dera a todos, havia uma chance — uma possibilidade — de que qualquer um dos krogan ali fosse fértil.

Que pudesse se desviar da peste projetada pelos salarians para intimidá-los.

Arvex se agachou na beira da borda recortada, olhando com raiva o imenso vazio do espaço. Nem mesmo os destroços arrancados da Nexus ainda estavam à vista. Independentemente do que os tenha arrancado, nada ficou em seu caminho para deter seu movimento.

Exceto talvez o estranho emaranhado de energia lá fora.

— Flagelo, hein? — As palavras trovejaram de seu peito. O mais próximo da reflexão que Arvex se incomodava em ter.

Wratch ouviu. Largou uma viga estrutural numa pilha de outras, cada uma delas torcida como que superaquecida a um grau atroz e retorcida sob seu próprio peso. Ela quicou um pouco. Retinia a cada vez. Antes que tivesse se acomodado, ele elevou a voz para ser ouvido.

— Ouvi alguém dizer que quebrou os sensores.

— É isso você consegue ouvindo o lixo — rebateu Kaje, impelindo-se da porta. — Sensores não podem ser vistos. Isso é *diferente*.

— É — grunhiu Wratch. — Como a sua cara feia.

— Vai chupar um hanar, Wratch.

— Não tem nenhum por aqui.

O krogan bateu os dentes em resposta.

O lábio de Arvex se enroscou com seu grunhido, mas ele não se incomodou em gritar com os dois. Fosse o que fosse essa teia de destruição coberta de estrelas, que destruía a estação e deformava a nave, não era algo em que o krogan pudesse atirar, nem queimar, nem com que lutar.

Seus olhos se estreitaram enquanto pontos de cor brilharam de dentro dos filetes.

O barulho do trabalho continuava atrás dele. Arvex manteve sua posição, tentando entender se a porcaria se mexia ou se olhar a caverna dimensional do espaço levava seus olhos a pensarem que se mexia. Não ajudava que flutuasse bastante lixo em volta, destroços e pedaços da estação antes funcional, tornando toda a cena apavorante.

Quando o comunicador em seu capacete soltou um sinal sonoro, ele grunhiu para ele.

— Arvex.

Uma voz suave encheu a linha.

— Aqui é Calix Corvannis. Pelo que sei, vocês precisam de alguns de minha equipe?

A irritação fez com que Arvex se colocasse de pé. Mas ele não gritou. Kesh enfim tinha metido isso na cabeça dele. A esta altura, na maioria deles.

Na cabeça mais dura deste lado de Nakmor Morda. Ou talvez Drack.

A maldita fêmea herdou seu sangue de uma merda de avô.

Assim, em vez de se arriscar a outro *encontro* com Kesh, Arvex grunhiu:

— Você está atrasado.

— Peço desculpas por isso — disse a voz masculina. Com *flanging. Turian.* Argh. — Agora tenho três dos meus disponíveis. Vocês prepararam o local?

Arvex olhou a tira irregular de casco arrancado.

Ele não se importou que seu riso parecesse um desafio.

— Ah, sim. — disse ele, cruzando os braços no peito largo. — Está preparado.

O turian hesitou. Depois, com uma sinceridade que Arvex reconhecia, falou:

— Meus engenheiros estão em suas mãos, Nakmor Arvex.

Sei, sei. Ele quase desligou o link de comunicação sem responder, depois pensou melhor. Algum respeito da parte de um turian parecia um jeito decente de tirar Kesh de sua cola.

— Vamos cuidar para que eles mantenham seus pés delicados nas placas do convés.

Calix Corvannis deve ter dito alguma coisa, mas Arvex não se importou em ouvir. Promessa feita, link interrompido.

— Wratch!

Um som abafado de reconhecimento.

— Kaje!

— O quê?

Os lábios grossos e largos de Arvex se repuxaram em um sorriso cheio de dentes.

— Estendam o tapete de boas-vindas, rapazes. Conseguimos a vinda dos molengas.

* * *

— Tem certeza disso? — O nervosismo de Na'to foi traduzido facilmente pelo link de comunicação e era visível nos ombros estreitos do salarian.

Reg riu com vontade, mínimo através da placa facial de seu capacete, mas ainda assim alto.

— Relaxa, Nacho. O que são alguns krogan?

— Eles intimidam — resmungou o outro. Eles se aproximaram das portas lacradas do convés em uma formação em V, e de algum modo Na'to tinha acabado na frente. *Sem saber como isso aconteceu.* Reg, com seu físico humano superdesenvolvido e crânio grosso, devia ser o primeiro a enfrentar os krogan do outro lado.

À direita e atrás, ele ouviu Andria reprimir o riso.

Um riso nervoso, ele notou. Ele não era o único preocupado ali.

Mas todos pareciam pretender se comportar como se isso estivesse de acordo com os padrões comuns. Se era por ele, ou pelos próprios nervos, ele não sabia. Mas ele podia colaborar.

— E — acrescentou ele num tom seco — é Na'to.

— Como você quiser.

Na'to ajeitou as ferramentas presas à cintura, firmando sua determinação. Nada se desenrolara como esperado, mas, de muitas maneiras, isso deixou de ser uma surpresa para o salarian. Raramente as coisas eram assim; ou, pelo menos, as pessoas que planejavam faziam o máximo para planejar para contingências múltiplas.

Foi falhando nisso, refletiu ele severamente enquanto uma silhueta larga e pesada passava na frente da vigia, que eles conseguiram os *krogan*.

Ele parou do lado de fora das portas, entrou com as frequências do comunicador e esperou que eles atendessem. Eles atenderam. Bom, um deles fez. Principalmente por um grunhido, "Tá, tá, segura seu..." O que quer que eles tenham decidido esconder continuou não dito, enquanto o comunicador abruptamente apagava de novo.

Na'to voltou-se para olhar os colegas de equipe, na esperança de que a expressão *eu te falei* na cara dele pudesse ser vista através da placa facial de seu capacete.

Só o que ele recebeu foram reflexos. E um dar de ombros.

— Bom, este é um excelente começo — disse ele com azedume.

— Homens — resmungou Andria.

Com um gemido tenso e um longo rangido, as portas se abriram. Uma rápida avaliação em seu interior mostrou grande parte do que ele esperava: austero, despojado, quebrado e...

— Meu Deus do céu! — A voz de Andria horrorizada.

— É. — O krogan que operava manualmente a porta parecia alegre demais para o momento. Não olhava para eles, mas para a vista que se estendia diante deles. O espaço. Demais, milhões e bilhões de estrelas, gases e escuridão entre elas. — Não é qualquer coisa?

Era mesmo qualquer coisa. Era uma armadilha mortal. Só os destroços já representavam um problema, se não houvesse escudo instalado — e eles sabiam que não tinha.

— Principalmente — disse Na'to vivamente ao entrar na sala com um cuidado exagerado — é uma tarefa e tanto. Eu...

— Se as palavras seguintes a saírem de sua boca não forem "estou aqui para fazer meu trabalho" — veio a voz grave e gutural de outro krogan —, nós não ligamos. — O cabeça-oca grandalhão gesticulou para a beira da brecha, onde o espaço encontrava o canto da antepara de emergência. — Arvex está esperando.

— Bom, então. — Na'to se virou para Reg e Andria, dando de ombros para eles com uma ênfase exagerada. — Acho melhor acabarmos logo com isso.

Andria, muito menor do que Reg ou o krogan, não pisava tão duro enquanto andava com um esforço decidido para aquela beira. A gravidade mínima não permitia um andar pesado. Seu ombro bateu nos pulsos grossos de um krogan, que na realidade não se mexeu.

O krogan, as feições muito mais visíveis no vidro protetor específico para krogan, olhou-a enviesado enquanto ela passava.

— Aah, essa tem *atitude*.

Reg e Na'to seguiram a engenheira ofendida, ignorando o sorriso largo atrás deles.

— A caminhada no casco — resmungou Reg. — Incrível.

— Não sei por que você está reclamando — respondeu Andria, deslizando sua mochila grande ao piso de metal. — Na'to é que vai lá fora.

Um fato de que ele tinha bastante consciência. Na'to olhou as fitas fascinantes de energia desconhecida enquanto seus companheiros finalizavam as últimas verificações do equipamento que o veria passar por essa saliência extraordinária, para dentro de todas aquelas estrelas e escuridão. A energia pairava em camadas enfadonhas de preto e cinza, raiadas de amarelo e laranja. Não tão perto que ele tivesse de se preocupar em roçar na coisa. Nem tão longe que isso deixasse sua mente.

— Você está bem, Nacho?

— Hmmm — disse Na'to, olhando novamente a escuridão do lado de fora. Uma palavra que não era palavra nenhuma, percebeu ele quando olhou sua equipe. — Não parece muito perto, e tirando quaisquer alterações imprevistas na trajetória ou na força, deve continuar assim.

Os krogan se olharam, depois deram de ombros juntos.

— É esquisito — disse um deles.

— É — acrescentou o outro. — Parece um debulhador.

— O quê?

— Eu acho — traduziu Na'to lentamente — que eles querem dizer que é imprevisível.

— Tudo bem, então. Vamos ajeitar esse conduíte em tempo recorde.

Sem estardalhaço, Na'to enrolou cabo suficiente para manter Reg atento e ir até a escotilha de emergência que, por milagre, havia sobrevivido à destruição.

— Bom — disse ele, testando os comunicadores com uma falsa alegria enquanto o ar soltava um silvo em volta dele e a pequena escotilha pressurizava —, podia ser pior.

— Ah, é? — A voz de Andria parecia mais jovem nos comunicadores que pessoalmente. Um fato que ele tinha observado certa vez, com consequências infelizes. — E como?

Depois de tudo resolvido, a escotilha externa se abriu, revelando pouco além do espaço. E o ocasional projétil, embora não tão grande para bloquear a vista de tirar o fôlego. O sorriso de Na'to levantou sua máscara.

— Eu podia estar preso lá embaixo com aqueles krogan fedorentos.

Um dos krogan grunhiu alguma coisa que Na'to pensou ser um riso.

— Não se preocupe — ele soltou um riso grave. — Podia ser pior aqui também.

— É? — perguntou Reg pensativo, porém concentrado. Na'to sabia que a folga do cabo de segurança estava em boas mãos. — Como assim?

Uma forma grande e volumosa bloqueava as estrelas na visão periférica de Na'to.

— Porque — veio uma voz mais grave, mais cruel do que as outras. Ele se virou lentamente, as botas antigravidade se prendendo a cada passo, para olhar a placa facial de um krogan cuja corcova era bem mais alta do que a cabeça de Na'to. Apesar da massa considerável, só o que conseguiu catalogar com certeza foi uma fileira de dentes irregulares e afiados. — Eles podiam estar presos *comigo*.

— Ah. — Na'to ficou parado, oscilando levemente enquanto sua coordenação lutava para se acostumar à gravidade zero e às botas singularmente difíceis que a contra-atacavam. Na'to concordou com a cabeça. — Você deve ser Arvex.

— E você é o técnico mandado para verificar esse pedaço de lixo para que eu volte a trabalhar. — Arvex se curvou para olhá-lo. — Engraçado. Não pensei que eles mandariam um salarian.

Na'to suspirou, dizendo uma pequena oração à Dalatrass que o havia gerado.

— Engraçado — respondeu ele no mesmo tom. — Eu não esperava que um krogan pensasse.

Os comunicadores ficaram num silêncio mortal. O único som que chegava a ele era o de sua própria respiração e o zumbido ilusório de tensão que enchia o vácuo entre eles.

Arvex soltou uma gargalhada áspera.

— Vamos.

Ele se virou e pegou a dianteira do caminho lento e metódico pelo casco. Cada passo batia com uma força mais sentida do que ouvida, enquanto o mar delicado de filetes misteriosos parecia vagar sem forma ou motivo. Tão próximo, que ele sentia que só precisava esticar a mão e tocar.

É claro que era uma falácia. A distância entre o que seus olhos podiam perceber e a profundidade da dimensão proporcionada pelo Flagelo, o espaço que ele ocupava, o padrão de luz refratada da Nexus flutuando em silêncio e seu próprio fascínio criavam percepções imprecisas.

Mas, a escotilha. Isso era algo em que o salarian podia colocar as mãos. Para começar, de qualquer modo. Arvex foi primeiro, cruzou os braços e olhou o interior fortemente iluminado.

— O caso é o seguinte. Faça o que veio fazer, depois vamos dar o fora desse casco.

Abaixo da luz, fios e conexões brilhavam em condições imaculadas. Bom, quase isso.

— Ah! — murmurou ele consigo mesmo, subindo o último degrau do casco da estação com os olhos fixos na fiação. — Sem dúvida auxiliar — reportou ele, levantando de lado e delicadamente um feixe de fios. — Ainda não consigo ver a origem do problema. Mas isto... e isto...

— O que é *isto*? — Uma pergunta feita por Reg, mas não para ele. Para Andria.

Andria tinha visual em seu *feed*.

— Alimenta o suporte vital. Uma fonte de energia auxiliar e outra que suponho que não pretendia proporcionar tanta energia, no estado em que se encontra.

Um grunhido do krogan ao lado dele. Na'to não prestou muita atenção.

— Andria? — perguntou Reg.

— É. Estou preocupada também — respondeu Andria em voz baixa. — Escute, Na'to, esse Flagelo aí fora está me dando arrepios. Está mais próximo deste lado do que do lado povoado.

Na'to soltou um ruído pensativo, mas a maior parte de sua mente já estava envolvida em consumo de energia e valores matemáticos.

— Ele não está te ouvindo — intrometeu-se Arvex. — Um salarian típico.

— Típico de Nacho — respondeu Reg com um suspiro. — Vamos ficar de olho na coisa e ver se ela se mexe. Mumbo! Jumbo! Vão vigiar de cada lado da antepara.

— Quem você acha que...

Um pé soou contra a beira da escotilha.

— Façam isso — rosnou Arvex. Depois ele sentiu o peso do olhar do krogan, ouviu que ele se agachava. — Você ouviu, canapé? Coloque esta merda velha funcionando como nova antes que tudo piore.

Velha? Não, não. Nova. De ponta. Com defeito, talvez — os fusíveis começavam a mostrar sinais de queimado. Superaquecimento, talvez. Decididamente, estresse. O salarian ignorou o krogan, curvou-se e meteu quase toda a cara na escotilha. Desejou poder tirar o capacete, usar realmente todos os seus sentidos nos receptores e conectores e só... saber o que fazia a tecnologia.

Por que ela lutava.

Mas assim seria fácil demais. O barulho de tagarelice sumiu ao fundo enquanto Na'to se concentrava no que, sem dúvida, era seu único amor.

— Não entendo — resmungou Arvex.

— Nós também não — respondeu Andria —, mas vamos deixar que ele faça suas coisas.

Uma pausa.

Depois, enquanto os pés cobertos de metal do krogan soavam no casco, ele mudou de posição para vigiar a cabeça de Na'to e disse categoricamente:

— As coisas dele são esquisitas.

O salarian sorriu de leve consigo mesmo. Eles não precisavam entender. Tinham apenas de deixar que ele trabalhasse seu intelecto inacreditável.

* * *

Emory desligou o comunicador com um suspiro de irritação misturado com resignação. Ele sabia o que significava se casar com um engenheiro, mas ainda assim cada esforço para criar algo parecido com um horário normal era um problema.

Mas não havia nada de normal nisso.

A Nexus era uma ruína, a hidropônica não estava respondendo e ele tinha *certeza* de que o passo seguinte seria um sério racionamento. Nada mais fazia sentido.

O Dr. Emory Wilde, naturalmente, era um cientista. Botânico, para ser preciso, com prêmios em astrobiologia, xenobotânica e, como se podia ver, brigava com o marido.

Só duas dessas coisas ajudariam a Nexus.

A terceira ajudava Reggie, mas só quando a mula teimosa deixava.

Emory percebeu que estava recurvado sobre o microscópio há tanto tempo que suas costas começavam a se curvar naturalmente para ele. Inútil, dado que ele atualmente estava sentado em um dos refeitórios organizados e não no laboratório que dividia com outra equipe de hidropônica.

Não havia nada a olhar sob um microscópio ali, a não ser que se contasse o mingau que eles conseguiam fazer.

Em vista da aparência do lodo insosso, Emory não se importava tanto assim.

A cadeira de frente para ele guinchou, anunciando um convidado à mesa sem nenhum preâmbulo. Emory ergueu os olhos cansados, invocando um sorriso quando reconheceu William Spender, assistente dos diretores.

— Bom dia. Ou...

— Boa noite — respondeu Spender de bom humor. Ele era um homem magro, com a aparência de quem nunca ficava quieto num lugar só. Como um gato, ou até uma espécie de roedor, sempre verificando os cantos.

Não era, refletiu Emory gravemente, um artificialismo singular. Ele havia notado essa aparência em outros da tripulação da Nexus ultimamente. Incerteza. Ansiedade.

Quase assombro.

Ele vira isso no rosto de Reggie muitas vezes. Pelo menos quando o supervisor da equipe permitia que ele descansasse um pouco.

O sorriso de Emory desbotou em algo mais empático. Ele podia ser xenobotânico, mas ainda era humano. Ainda entendia o preço.

— Você parece esgotado.

O homem deixou que seus braços descansassem na mesa, as mãos voltadas cautelosamente para dentro.

— Eu me sinto esgotado — admitiu ele. — Parece que sempre há uma ou outra emergência.

Emory podia apenas imaginar a veracidade dessa declaração.

— Na hidropônica — respondeu ele com o que esperava que fosse uma solidariedade adequada —, mantemo-nos ocupados com a tarefa singular de cultivar comida. Entendo que você tenha muito mais a tratar.

Os olhos de Spender se enrugaram, mas não era tanto um sorriso, era mais uma resignação cansada.

— Apague um incêndio e outro começa.

— Metaforicamente ou não.

— Você não está brincando, amigo.

Emory assentiu para isso e então, com um sorriso tristonho, empurrou seu mingau para o homem.

— Tome, se quiser.

Spender olhou para ele como se preferisse comer qualquer coisa menos o negócio bege e encharcado, mas, quando levantou a cabeça, a expressão tinha passado a ser de remorso.

— Não, eu não poderia. Você deve saber como está a situação da comida.

Ah. Ele sabia. Certamente ele sabia. Seu marido falava com frequência de sentir o peso das vidas ainda em estase sobre ele, mas Emory sentia o peso das vidas que ele via todo dia. Homens e mulheres bons de cada espécie.

Todos precisavam de comida.

E os restos irradiados de seu estoque não estavam cooperando.

Emory entrelaçou as mãos. Apertou-as até que os nós dos dedos ficassem brancos.

— Eu sei — confirmou ele quando Spender não disse mais nada. — Estou preocupado, diretor assistente. O progresso com as sementes...

— Sim, o progresso. — Spender curvou-se para a frente, com o peso nos cotovelos. Baixou a voz a um sussurro de conspiração. — Diga-me, acha que você verá uma novidade em breve?

À volta deles, zumbia e murmurava a concentração habitual de comensais tentando extrair o máximo de sua terceira refeição. Poucos pareciam dar pela presença deles e um número ainda menor parecia se importar.

Emory pensou no assunto.

— Se por "em breve" quer dizer nas próximas duas semanas... é improvável. As amostras precisam de tempo de incubação e estamos pesquisando os danos genéticos...

Mais uma vez, Spender o interrompeu.

— Entendo, entendo. Um bom progresso — disse ele com um sorriso, assentindo tranquilizador. — Como está a equipe?

Outra pausa. Emory examinou o rosto de William Spender, procurando pelo motivo das perguntas. Confessadamente, as pessoas não eram seu forte. As plantas eram. O homem parecia pouco mais do que interessado.

Como assistente dos diretores Tann e Addison, é claro que ele estaria. Emory abriu as mãos, obrigando os dedos a se desvencilharem antes que ele se machucasse em sua ansiedade.

— Eles lutam — admitiu ele. — Não estamos tão fundo na estação que não tenhamos consciência de cada movimento do Flagelo. — Spender assentiu, encorajando-o. — Todos estamos sobrecarregados de trabalho e com razão — acrescentou ele —, mas o cansaço e o medo não dão bons companheiros de cama.

— Claro, claro. — Spender baixou os olhos novamente para o grude oferecido a ele. Com um dedo, ele o deslizou de volta a Emory pela mesa.

— É melhor você comer isto — disse ele com tristeza. — Tenho a desconfiança de que é só o que teremos por algum tempo.

— Rações? — Uma pausa, depois Emory esclareceu: — Quero dizer, nossa comida está plenamente racionada?

— Racionada? — Spender balançou a cabeça, sorrindo com desprezo enquanto se levantava. — Ainda não, amigo. Ainda não. — Uma pausa, depois, como se pensasse melhor, ele estendeu o braço para apertar a mão de Emory e repetiu: — Ainda não.

Com essa, William Spender se despediu e saiu do refeitório.

Emory o observou partir, com a dúvida se agitando no seu íntimo já conturbado.

Ele sentia falta de casa. Sentia falta de seu antigo laboratório, é claro, mas sentia falta dos confortos que ele e Reggie conseguiram para os dois. Uma casa para onde Reggie podia voltar entre os postos avançados. O lugar para aliviar o peso dos mundos sobre eles.

Ali, só o que eles pareciam ter era peso.

Primeiro, o peso de milhares ainda em estase.

Agora o peso de homens e mulheres prestes a sentir muita fome.

Ainda não, dissera Spender. Pesaroso. Como se fosse inevitável.

Emory cruzou as mãos e descansou a testa nelas.

Acima de tudo? Ele sentia falta do marido. Mais do que nunca, ele queria que Reggie fizesse uma pausa, viesse vê-lo para que ele pudesse partilhar essas novas preocupações. Desabafar.

Enfrentá-las juntos.

Mas, por ora, só o que ele podia fazer era se concentrar, sua coragem e as forças em falência, e se livrar do miasma de fadiga para mais um esforço na hidropônica.

Um esforço que se transformaria em dois. Depois três. Depois dias.

Uma novidade. Era só do que precisavam.

Porque os boatos já começavam a se espalhar: *os suprimentos estão ficando baixos.*

Spender sabia. Emory tinha de confiar que isso significava que os diretores sabiam também.

Eles pensariam em alguma coisa.

CAPÍTULO 15

— Na'to finalmente conseguiu!

— Bom, pode cantar uma porcaria qualquer de coro — grunhiu Arvex no comunicador. Sua voz tinha ficado cada vez mais rabugenta e a troca com os outros dois brutamontes não a atenuava em nada. Agora ele estava de volta ao convés, com um krogan — Wratch, pelo que Andria soube — empoleirado bem na escotilha.

Todos eles tiveram sua vez com o irritadinho.

Enquanto as horas passavam e Na'to só de vez em quando resmungava consigo mesmo, os krogan esgotaram todo jeito de implicar com ele e com Reggie, até com Andria. Eles também esgotaram o jeito de se importunar mutuamente.

Agora Arvex parecia estar prestes a espremer um pescoço salarian para sair da zona de guerra em que os colocou a constante deriva da Nexus.

O palpo do Flagelo tinha se espalhado. De algum modo, como que empurrado por uma força invisível, as últimas horas viram seu tamanho aumentar.

Preocupante.

— A boa notícia — disse ela, vendo o feed do comunicador — é que estamos quase consolidando a energia por este auxiliar.

— E qual é a má notícia? — perguntou Reg atrás dela.

Andria estava bem consciente das três cabeças de krogan concentradas nela. Mesmo que dois deles continuassem do lado de fora de uma câmara de compressão.

— Bom — disse ela lentamente. — A má notícia é que depois que terminarmos aqui, você, eu e Na'to vamos ter de jantar.

Uma pausa.

— Por que isso é ruim? — perguntou Reg.

— Claramente você não presta atenção no que come — disse Kaje. Ele havia assumido posição ao lado de Reg, tirando um intervalo entre os turnos para jogar Shoot the Trash.

Andria escondeu um sorriso.

— Basicamente.

— Olha, se isso significa que posso jantar com Emory, estou dentro — respondeu Reg na defensiva.

— Ah, sim. O lindo casal. — Andria fez um barulho de quem vomita.

— Deixa de ser invejosa.

— Você sabe que eu sou.

— Do que vocês, humanos, estão tagarelando agora? — A voz de Na'to enfim crepitou pelo comunicador, demonstrando cansaço, mas triunfante. — Eu viro a cara só por um minuto e vocês já estão metidos em confronto verbal?

— Um minuto? — Isso partiu de Wretch. A pura incredulidade. — Que tipo de salarian perde a noção do tempo?

— O tipo genial — disse Na'to com afetação. Andria observou o feed da câmera se balançar enquanto ele passava pela escotilha. Os fios, fusíveis e placas, todos presos com segurança, sibilavam em um borrão de fluxo.

— Cala a boca, Wratch. Até parece que você nunca perdeu tempo nas tocas de varren. — Kaje riu.

— Não, isso...

Um barulho chamou a atenção de Andria. Depois outro. Ela olhou em volta, viu Reg fazer o mesmo.

E então Kaje se colocou de pé num átimo. Apontou por cima da antepara de emergência.

— Está se mexendo!

— Merda! — sibilou Andria, já procurando a frequência seguinte em sua omnitool. — Merda! Engenharia para ponte, estou olhando um emaranhado do Flagelo do lado de fora do depósito 7B.

— Copiei, engenharia — disse alguém. Ela não conhecia ninguém na ponte, não tinha ideia de quem falava, qual era sua patente. — Profundidade aproximada?

— E eu lá vou saber? — Ela correu os olhos pela escuridão, confiando em Reg para segurar bem o equipamento do amigo. — Está cobrindo todo o lugar por aqui, ou se mexe errado e...

Uma grande sombra assomou lentamente no campo de visão. Linhas brilhantes de energia dourada e vermelha a entrecruzavam, atravessavam como se algo superaquecido tivesse se arrastado pelas placas.

Andria ficou boquiaberta.

Kaje estendeu a mão, pegando-a pelo braço e arrastando para mais perto de seu rosto.

— Sabe aqueles exploradores sugados para fora do convés 11? É — grunhiu ele no microfone —, eles estão voltando!

* * *

Addison encontrou Sloane saindo da área central comum, com penas sintéticas no cabelo e uma ironia enigmática torcendo a expressão normalmente preocupada.

— Oi — disse ela como saudação. Suas sobrancelhas se uniram. — Você atirou em uma galinha gigante?

Sloane olhou sua Avenger, depois ergueu o rosto com a mesma expressão estranha. Como se tivesse dado com uma dimensão alternativa e não soubesse bem como agir.

— Oi, Addison. — Uma pausa. Ela estendeu a mão. — Pode me beliscar, por favor?

Addison pestanejou. Depois, como Sloane não baixava a mão, ela pegou uma dobra da pele da diretora de segurança e apertou.

Com força.

— Filha de uma... *obrigada* — disse ela incisivamente, puxando a mão de volta. Ela olhou para a porta da sala comum e pela primeira vez Addison ouviu o que pareciam gritos.

Ela arregalou os olhos.

— Sloane, você *não fez isso*.

Sloane, balançando a cabeça, afastou-se da porta.

— Por favor. Primeiro, não existe galinha nenhuma na qual atirar aqui, a não ser que você conte os turians...

Addison deu um pigarro.

— Segundo — acrescentou Sloane —, não dei tiro nenhum. Eles estão... — Uma pausa.

Addison abriu as mãos, as sobrancelhas se erguendo ainda mais.

— O quê? Porque, daqui, esse barulho parece de alguém sendo canibalizado. E *você* tem uma arma.

Para surpresa dela, um meio sorriso curvou a boca de Sloane. Ela gesticulou, com a mão que fora beliscada e não com o braço.

— Pode olhar, mas talvez não deva fazer isso.
— Por quê?
— Porque está uma zona.
— *Sloane*.

Dessa vez, quando a diretora de segurança começou a rir, Addison jogou as mãos para cima. Contornou a mulher, acenou freneticamente quando se intensificou a gritaria. A porta se abriu e Addison viu...

Penas sintéticas. Especificamente, penas cobrindo duas pessoas e uma rodada de bebidas sendo servida para mais cinco. Uma multidão maior os cercava, socando o ar e fazendo apostas.

— Um concurso de bebida? — Onde os perdedores eram cobertos por penas sintéticas. E os vencedores só continuavam bebendo.

E as apostas subiam constantemente.

Muito lentamente, Addison recuou e deixou que a porta se fechasse.

O riso de Sloane beirava a histeria.

— E sabe... sabe do que mais? — Ela ofegou.

Addison se virou, ainda tentando entender aquela visão.

— Deve haver pelo menos cinquenta pessoas ali dentro.

O gesto de cabeça de Sloane tirou seu equilíbrio. Ela caiu de encontro à parede do corredor, segurando a Avenger.

— Bebendo.

A cabeça concordou de novo. Lágrimas começavam a escorrer, rolando pelas faces vermelhas enquanto ela se esforçava para respirar.

As mãos de Addison foram ao rosto, cobrindo a boca como se estivesse aberta de pavor.

— E você simplesmente apareceu com seu fuzil, não foi?

Isso fez Sloane gritar de rir, sentando-se com força em uma das prateleiras decorativas e vazias instaladas a intervalos variados.

Desenfreado, o riso começou a penetrar pelo pavor e a exasperação de Addison.

— Sloane — disse ela, tentando ser ríspida. Mas seu humor a traía.

— Eu sei. — Sloane arquejou.

— Um fuzil de assalto!

A mulher o levantou, mal conseguindo segurá-lo.

— Eu sei!

— Você podia ter usado as câmeras!

Mas Addison começara a rir também e enquanto Sloane se sacudia em uma histeria sem fôlego, ela desistiu de todo faz-de-conta e deixou extravasar. Addison não via tantos sorrisos ou ouvia gargalhadas assim desde a festa embriagada da celebração de partida.

Isso já fazia meses... fazia anos... *séculos*. A última vez que ela vira seus companheiros diretores.

Inadequado, é verdade. Inconveniente. Exagerado. Mas as portas se abriram, dois humanos cambalearam para fora e um bombardeio de gritos, berros dos perdedores e uma torcida louca os acompanhou.

Um repique de risos encheu o corredor.

— E aí, diretoras! — disse um humano alegre.

Sloane só conseguiu gesticular, dispensando-os.

— Deixe que eles bebam — disse ela a Addison. — Para aliviar a pressão. Se ficar feio, vou mandar alguns krogan ali.

Addison estremeceu.

— Talvez menos krogan e mais café?

— Imagi...

Os comunicadores estalaram em volta delas.

— Alerta! Preparem-se para o impacto — veio a ordem e toda a diversão terminou abruptamente. Sloane segurou o braço de Addison, que puxou o mais instável dos humanos que cambaleavam por ali.

Bem a tempo. A estação estremeceu.

Depois se balançou.

* * *

Na'to soltou um grito enquanto um punho grande o agarrava pela frente do traje, puxando-o pela escotilha. Sentiu a sola de sua bota pegar em alguma coisa, ouviu-a bater.

— Cuidado — exclamou ele, já tentando se virar para verificar os danos.

— Não há tempo! — A voz de Arvex, nunca baixa, agora praticamente o sepultava em sua intensidade. — Volte para a escotilha, vai, vai!

Na'to se debateu enquanto o krogan o jogava em pé nas placas do convés. Por um momento, ele se esqueceu de que tinha desligado a magnetização das botas para trabalhar no interior delicado do conduíte de energia. Quando a mão em seu traje se soltou, Na'to sentiu os pés se erguerem novamente.

— Emergência — disse ele, depois mais alto: — Emergência!

— Salarian burro, ligue as botas! — Aquela mão desta vez segurou sua placa facial, girou para ele e o jogou no piso. Arvex esperou até que as botas de Na'to se fechassem no convés. Depois de garantir que Na'to não sairia voando pelo espaço, ele o empurrou para o outro krogan — *Wratch*, pensou ele, taciturno.

— Nacho, não fique só olhando! — A voz de Reg, tensa no equipamento que o prendia à estação.

Uma rajada de balas explodiu pouco atrás dele.

Seu cérebro, profundamente imerso em fusíveis, núcleos sinápticos de energia e a confusão infeliz de fios que ele havia corrigido pelo caminho, lutou para acompanhar. Pelo menos até o primeiro pedaço de entulho bater em seu ombro.

Não doeu. Não de verdade. Era pequeno demais para isso. Na'to bateu a mão nele, obrigando suas botas magnetizadas a se desprenderam e partirem para a câmara de compressão. Ela girava, como algum disco rotativo. *Fora do meu campo*, pensou ele. Ele não trabalhava com estrutura.

— Na'to — avisou Andria, a voz aguda e, por conseguinte, ainda mais jovem. — Foco!

Ele balançou a cabeça, voltando a atenção para o convés que atravessava.

E para a mina terrestre virtual de destroços à frente.

Alguns pequenos, alguns médios.

Outros muito, mas muito grandes.

Tudo isso apanhado nos filetes efêmeros de preto, laranja, amarelo e...

— Ele se mexeu! — exclamou ele, por um momento tão fascinado com o conceito que parou de tentar correr.

Atrás dele, um estrondo chamou sua atenção para a escotilha. Nakmor Arvex estava ajoelhado ali, grunhindo com esforço enquanto prendia os ferrolhos em seu lugar. No alto, destroços giravam e se reuniam, batendo num frenesi. Podia ser a franja de energia transformando entulho grande em menores, as colisões de cada um enquanto eles eram ampliados, ou as balas disparadas pelos krogan que tentavam alvejar os destroços em seu caminho, mas só servia para piorar a situação.

Ação e reação.

Calculando a taxa de movimento mais a força adicional provocada pelos esforços krogan de controlar o poder de fogo, examinando a distância até a câmara de compressão...

Nada disso importava.

— Ah, merda! — sussurrou Andria.

— *Leve sua carcaça viscosa para dentro* — rugiu Arvex.

Na'to tentava. Ofegante, lutando para coordenar seu corpo magro e a forte pegada magnetizada das botas, ele se esforçou para dar passadas que devorassem o casco. Para chegar mais perto da câmara. Para a segurança.

Atrás dele, Arvex xingou — ou gritou, ou o estimulou. Na'to não tinha certeza; para ele, era tudo krogan.

O que ele sabia é que à taxa de força entre os restos de um rover giratório e seu próprio ímpeto fraco, ele não chegaria a tempo.

Os comunicadores se encheram de vozes demais, gritando, suplicando e estimulando.

Na'to olhou para cima, sem ver nada, mas de algum jeito simplesmente *soube*. Jogou-se para o lado, forçando as botas a se desprenderem. Isso o atirou lateralmente, numa finta flutuante, mas também o libertou do casco da estação.

Justo quando sulcos vermelhos e derretidos pontuavam a chapa.

— Saiam — berrou Wratch no comunicador. — Lacrem o depósito!

— Mas Na'to...

— Estou segurando — disse Reg tenso.

O cabo de segurança de Na'to se retesou. Ele se debateu, apanhado numa flutuação livre que o fez adernar para uma porção grande de uma asa quebrada, abalando cada osso de seu corpo e outros que ele sentiria mais tarde. Lampejos escuros passaram a ficar brancos por trás dos olhos e enquanto ele se agarrava ao pedaço de metal, conseguiu falar, "Aqui! Puxe!"

— Não puxe — gritou Arvex, mas tarde demais.

Reg puxou o cabo. Os dedos de Na'to doeram pela borda da asa rasgada e o ar foi arrancado de seu peito com a força do puxão, mas ele sentia que se movia.

Sentiu toda a coisa se mover com ele.

— Não — murmurou ele. Depois, forçando as membranas que cobriam os olhos a se abrirem, gritou mais alto. — Não, não! Solte...!

Palavrões krogan encheram a linha de transmissão enquanto Na'to olhava, apavorado, a superfície da estação. Deste ponto de vista, o horizonte parecia mais amplo, mais distante do que qualquer um deles pudesse ver do casco. O vazio do espaço, negro, azul, vermelho, branco e de cada cor bonita se estendia na eternidade insondável.

Capturado, ao que parecia, como que numa esfera perfeita da nebulosa trançada.

— Solte — ordenou Arvex.

Num torpor, Na'to obedeceu. Suas mãos tiveram espasmos, o fragmento de metal cortado se desprendeu enquanto todo seu corpo era jogado para o lado.

— Sai, sai!

— Reg!

Na'to não conseguia ver o que estava acontecendo dentro do depósito. Não conseguia situar a beira do casco ou o convés em que estava em pé. Ele girou, descontrolado, em um círculo lento.

Mas a trajetória da asa, esta não mudou.

— Prepare-se para o impacto — gritou Arvex na linha.

Ele? Sei. Na'to não podia. Não ali fora. Ele olhou indefeso enquanto o desastre se desenrolava em uma câmera irreprimível e dolorosamente lenta. O cabo em volta de sua cintura se desenrolou. O barulho de sua própria respiração trovejava no capacete.

E abaixo, a apenas metros do provável impacto de destroços no casco, Arvex tinha as duas mãos fechadas no cabo de segurança de Na'to, os pés travados e escorados, cada respiração um eco rosnado daquela de Na'to.

O salarian abriu as mãos.

— Solte — disse ele, mais calmo do que julgava estar. Seu cérebro girava a milhares de quilômetros por segundo, não, um *nanossegundo*. Ele sabia o que era isso. Como terminaria.

Essa asa causaria mais danos do que a estrutura já maltratada podia suportar. O Flagelo atravessaria o resto. De algum modo, por milagre, Na'to não tinha flutuado bem para o emaranhado que se erguia como um sol negro e apavorante logo depois da brecha no casco do depósito — *mas não*, pensou ele.

Não por milagre.

Por um krogan.

E isso mataria os dois.

— Solte — disse ele de novo, mais alto. Ele passou o cabo pela cintura e puxou. Mas sua força não era nada se comparada com a de um krogan furioso.

— Na'to — gritou Andria.

— Uma ova que vou soltar — rugiu Arvex, puxando com toda a sua força. — Eu disse que manteria suas botas no convés *e um Nakmor cumpre com sua palavra.*

Sem ter onde se escorar, sem apoio algum, ele não tinha como impedir que o filhote de réptil cabeça-dura atravessasse. Heroísmo, refletiu ele enquanto tudo vagava para um resultado inexorável. Heroísmo de krogan, de salarian. Aqueles que lutaram para reconstruir o que já estava perdido.

As primeiras centelhas dispararam arcos dourados pelo casco enquanto a massa gigante de destroços se chocava na estação. O cabo de segurança que Arvex enrolara no próprio braço se apertava mais, as estrelas e faíscas refletidas em sua placa facial temperada.

Na'to sorriu.

— Andria… Reg… lacrem a antecâmara externa. O casco vai vergar em aproximadamente 14 pontos.

— Que merda, não!

Arvex soltou um silvo longo e duro enquanto o casco rachava sob seus pés. Curvou-se e rolou como um metal não deveria fazer. O ninho de filamentos que pareciam inofensivos se elevou no campo de visão de Na'to. Filetes roçaram em destroços, cortando-os. Lançaram outros mais espalhados que pontilharam a estação.

Ele viu que isso se aproxima.

— Krogan, se não quiser se juntar a mim, *solte.*

Tarde demais. Pequeno demais. O casco se rasgou com a potência de colisão e lançou o krogan com força para fora da placa, rompendo o lacre magnético que o prendia ali. Seu grito foi sepultado na tagarelice repentina das linhas de comunicação, o tumulto de respiração demais. Gente arquejando, gritando.

E o pensamento que consumia Na'to.

Apenas um.

— Diga a eles — falou Na'to em voz baixa enquanto vagava para longe da estação. — Diga a eles que Flagelo é um nome adequado.

Poético. Ser batizado por um salarian e combinar tão bem.

O que quer que ele possa ter falado, qualquer outro feedback que pudesse ter dado enquanto os primeiros filetes passavam raspando, morreu na súbita falha do sistema de sua eletrônica. O comunicador. Os reguladores de ar.

Tecnologia nova. Tecnologia antiga. Nada disso parecia importar.

O Flagelo destruía tudo.

CAPÍTULO 16

Onde uma emergência terminava, outra tomava seu lugar. O progresso feito durante a perda de vidas foi enterrado sob o peso do conhecimento daí originado e Kesh não pôde oferecer por eles nada senão as palavras firmes de uma krogan a Calix.

Ele estava em um dos poucos lugares que Kesh preferia para essas reuniões, um escritório fora de mão raras vezes encontrado ou procurado. Ele olhava por cima do que devia ter sido uma espécie de pátio, mas continuava escuro e fechado. Silencioso.

Kesh pôs a mão pesada e larga no ombro dele. Apertou.

— Ele morreu bem, Calix. Com honra até para meu respeito krogan.

— É. — A voz do turian saiu monótona. — Tenho certeza de que sim.

A falta de respeito pelas palavras dela não a incomodou. Kesh sabia o que ele estava sentindo. Os krogan não eram estranhos à perda, mas a perda para algo tão cruel, tão imprevisível como esse Flagelo...

Ela soltou um suspiro estrepitoso.

— No mínimo — disse ela, tirando a mão dele —, ele confirmou para nós o que suspeitávamos. A energia que vaga a nossa volta não é inofensiva.

— Pior — resmungou ele. — É ávida.

— Talvez. — Ela se virou, andando pesadamente para a porta. — Mas parece que *nós* somos ávidos e, em nossa pressa para reconstruir, negligenciamos as verdadeiras prioridades. Volte a sua unidade, Calix. — Ela parou à porta, apoiou a mão grande na soleira e olhou o turian desolado e cabisbaixo. — O conduíte de energia que eles pretendiam consertar, Calix. Os danos no casco não romperam o núcleo. Há algo nisso a que se agarrar.

Ele não respondeu. Não disse nada. Simplesmente assentiu, devagar. Cansado.

A solidariedade e a determinação davam amigos difíceis. Na falta de algo melhor, Kesh aguçou a voz.

— Vamos cuidar para não perdermos mais ninguém.

Calix não disse nada.

Ela o deixou em silêncio e na sombra, na esperança de que ele fosse forte, como era necessário. Que ele recolhesse sua tristeza e seu pesar e continuasse. A equipe precisava dele.

Esta estação precisava dele.

E todos eles precisavam das vidas que ele e sua tripulação conseguiam manter.

CAPÍTULO 17

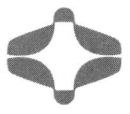

Sloane esperava uma espécie de volta numa montanha-russa, mas os altos e baixos das semanas recentes a estavam esgotando.

No aspecto positivo, o trabalho era feito. Foi feito progresso, e bastante. Os krogan de Kesh eram eficientes e basicamente incansáveis. Se resmungavam, não podia ser discernido da rabugice krogan habitual, e assim não exigia monitoramento da segurança. Nem mesmo a perda de um de seus brutamontes prejudicou a ética de trabalho deles.

Frios, talvez. Sloane não sabia se não era só o jeito krogan. Os krogan morriam. Era meio o que eles faziam, não é? Levavam uma vida grande, plena, sangrenta e invariavelmente batiam as botas.

Então eles continuavam trabalhando.

Nesse ínterim, desde a colisão com o Flagelo, ninguém tentou roubar outra nave, nem fazer mais reféns, nem houve um ataque homicida. Mesmo que fizessem, as câmeras ocultas, que ela ordenou que a info-sec instalasse, eram funcionais. *Se fossem* necessárias, elas existiam.

E se elas nunca fossem usadas? Tanto melhor.

Tann não pediu detalhes e Sloane não deu. De algum modo, ela não achava que o salarian concordaria com o que ele chamaria de espionagem, mas Sloane chamava de a porra do bom senso.

No aspecto negativo...

Calix.

Suas feições, quando ela se sentou em uma reunião aflitiva sobre uso e reservas de energia, deixou seu peito dolorido. Ela já vira turians passando por mais do que sua parcela justa de dor e de perda. Kaetus uma vez explicou a ela, de seu jeito azedo habitual, que os turians aprendiam a processar a perda como fatores na vida de alguém. Cada vitória era alcançada graças àqueles que não conseguiram.

De certo modo, isso tornava a vitória melhor. Mais significativa.

Sloane entendia. Não se avançava para o sucesso sem perder algo pelo caminho. Mas era tarefa dela manter essa perda em nível mínimo, que droga.

Não que ela pudesse fazer muito contra este Flagelo. Sloane tinha as mãos ocupadas com o pânico em massa nas áreas comuns e várias lesões graças a ele. O Flagelo não tinha rolado por todo o caminho, graças ao deus que ainda visitava esta ruína flutuante, mas os abalos secundários deixaram toda a população em pânico durante dias.

Calix não entrou em pânico. Semanas depois de ter perdido Rantan Na'to, seu rosto ainda trazia os sinais de luto. Toda a equipe sentiu. Choque, principalmente. Dois de sua turma receberam licença temporária — ela não sabia para onde eles foram, mas, se estivesse no lugar deles, imaginaria algum local em que a birita ainda corresse solta.

Mas ele continuava. E ela também.

Todos eles. E, de acordo com Calix, o suporte vital estava muito mais seguro. Graças a seu companheiro de equipe salarian.

E ao krogan que tentou protegê-lo. Nakmor Arvex.

Um salarian e um krogan saíram para fazer reparos...

A piada não devia terminar na morte. Como alguém poderia supor que eles teriam entrado às cegas no caminho do Flagelo? Sem sensores, todos eles estavam cegos.

Mas as malditas coisas recusavam-se a funcionar. E ela não podia fazer muito a respeito disso.

Só o que eles conseguiam era confirmação. O Flagelo atacava. Além disso, ele destruía as coisas. Isto é, a Nexus. E qualquer coisa que estivesse pelo caminho. Como, por quê, era um mistério que os cientistas deveriam descobrir.

Seu trabalho era cuidar para que ninguém entrasse em pânico. Isso estava parecendo um jogo de dados.

Com um arremedo de rotina, vinha o tempo para pensar e com o tempo para pensar vinha uma abundância súbita de opiniões. Todos com quem ela falava ultimamente pareciam saber quais deviam ser as prioridades da tripulação. Quem *devia* ser despertado.

Eles deviam abandonar a estação e criar uma colônia em um dos planetas. Apostar tudo ou cair fora.

Eles deviam distribuir todos aos cantos mais distantes da estação, para o caso de um núcleo experimentar outra catástrofe.

Eles deviam testar armamento no Flagelo.

Eles precisavam dar meia-volta e retornar à Via Láctea.

Eles precisavam colocar uma mesa de bilhar na área comum 4.

Com essa, Sloane concordava. Mas com o resto... nem tanto.

Ela se sentou em um dos parques programados, aproveitando alguma paz e quietude e todos os outros se ocuparam com, bem, *ficar ocupados*. Uma coisa os dias provaram com toda certeza: qualquer que fosse a lista de afazeres de alguém, toda tentativa de relaxar parecia se transformar em pânico. O Flagelo, a ausência dos Pathfinders, a perda de vida, a colisão seguinte...

E quando as opiniões se transformavam em pânico, em medo, em raiva, parecia que as pessoas procuravam especificamente por ela. Para gritar. Para suplicar. Para exigir.

Ela queria liderar. Fazer a diferença. Ali, na Nexus, as pessoas a olhavam, falavam com ela, com certas expectativas. Sloane podia ver o medo na cara de todas se ela estivesse com uma carranca, quer se devesse a uma falha no reator, ou a problemas gastrointestinais. Um olhar enviesado dela e os efeitos rolavam como ondas.

Ela nunca pensou que ser política daria tanto trabalho. Sempre lhe pareceu andar por aí, sorrindo o tempo todo, jogando papo-furado e trivialidades como arroz em uma festa de casamento.

Mas era tremendamente difícil. Agora podia admitir isso a si mesma. Não tinha sentido, porém, deixar que Tann soubesse que ela chegara a essa revelação em particular.

Entretanto, como um demônio invocado pelo nome, sua omnitool tocou.

Era Tann? Claro que sim. A sorte nunca estava com ela.

— A que devo o prazer? — perguntou Sloane.

— Precisamos nos reunir — disse ele sem rodeios. — Se puder dispensar alguns minutos. — Ele sabia que ela podia. Sabia exatamente onde ela estava e o que fazia, graças ao dispositivo no pulso de Sloane, que agora funcionava mais ou menos como pretendiam — apesar do alcance limitado.

Sloane puxou uma longa golfada de ar recirculado.

— É importante?

A irritação de Tann estourou com o cansaço — e ela se solidarizou com ele.

— Sempre é.

Tudo bem. Tá legal. Ela rolou os ombros doloridos.

— Estou a caminho.

* * *

Os três se encontraram em uma sala de reuniões perto da Operações. Tann e Addison já estavam lá quando Sloane chegou, mas isso era normal. Ela parecia eternamente condenada a fazê-los esperar e, a esta altura, nenhum de seus companheiros líderes sequer falava na questão.

— Já faz algum tempo — disse Addison. — Tann e eu pensamos que pode ser uma boa hora para avaliar em que pé estamos.

— Tudo bem — disse Sloane, virando uma cadeira para montar nela. Ela descansou os braços no encosto e entrelaçou os dedos. — Avaliar.

— Quer começar? — perguntou-lhe Tann.

— Não.

— Algum dia você esteve de bom humor?

Sloane soltou uma gargalhada.

— Em geral cerca de vinte segundos antes de minha omnitool tocar.

— Desculpe-me se estraguei seu dia — disse ele com azedume.

— Não é você, Tann — disse Sloane. — São as reuniões. — Ela olhou fixamente o meio da mesa. — Eu odeio reuniões.

— Então, pense nisto como um bate-papo — intrometeu-se Addison, sem conseguir eliminar a irritação de seu tom de voz.

— A única coisa pior do que uma reunião — disse Sloane — é uma reunião sem pauta. Vulgo bate-papo. Mas, tudo bem, vou tentar. Prometo. Vamos conversar.

Addison e Tann trocaram aquele olhar. Era um olhar que foi trocado quando a primeira reunião do clã das cavernas aconteceu em torno de uma fogueira para decidir o que fazer para atacar com as lanças a tribo do vale vizinho. O olhar de *quem começa, você ou eu?* Sloane se obrigou a relaxar. Fazia, afinal, quatro semanas. Talvez não doesse atualizar um pouco o progresso.

Tann foi o primeiro.

— Há uma coisa que gostaria de discutir — disse ele num tom vago e despreocupado. — Suprimentos.

— Suprimentos — repetiu Sloane. — Tenho a impressão de que só falamos nisso.

— Só no sentido imediato. No micro, não no macro. Precisamos discutir o prognóstico de longo prazo.

Isso, Sloane concordou com relutância, provavelmente merecia um *bate-papo*. Talvez até uma reunião de verdade. Os suprimentos eram um problema que aumentava como um abalo planetário atrasado, distante o suficiente para que todos soubessem que ia acontecer, entretanto ninguém queria tomar providência nenhuma. Exceto Tann, é claro. Ela verdadeiramente via poucos defeitos no raciocínio dele.

— O programa da hidropônica — disse Tann, tomando o silêncio dela como permissão para continuar — está atrasado. Levaremos mais quatro meses, pelo que me disseram, para conseguirmos nossa primeira safra comestível e, enquanto isso, o esforço é um escoadouro imenso para nossos recursos disponíveis.

— Quatro meses? — repetiu Sloane. Da última vez que verificou, eles alegaram de três a quatro semanas. Um mês, no máximo. — É a primeira vez que ouço isso.

Ela se arrependeu das palavras no momento em que as pronunciou. Equivalia a uma confissão de que não estava prestando atenção, o que era em grande parte a verdade.

— Pedi a Spender para fazer alguns cálculos — disse Tann. — À nossa taxa de consumo atual, esgotaremos nossas reservas em mais ou menos oito semanas.

— Tão cedo assim? — perguntou Addison.

Bom, pelo menos eu não fui a única desligada aqui, pensou Sloane. Era isso, ou o consultor da própria Addison a deixou por fora, o que parecia igualmente provável.

— E o pior não é isso — continuou Tann, ganhando ímpeto. — A água vai se acabar antes. A recuperação e a filtragem estão aflitivamente atrasadas. Há muito mais danos lá do que alguém tenha percebido. E isso pressupõe estarmos fora de perigo com relação ao Flagelo, o que, até agora, é um jeito otimista de ver as coisas.

Sloane olhou para Addison, viu a mesma surpresa que ela sentia.

— Como é que você sabe de tudo isso e nós não? — perguntou ela a Tann. Ela temia a resposta, mas precisava saber. Sloane se preparou, pronta para ouvir que ela esteve desligada dos relatórios ou faltou às reuniões. Esperava alguma resposta condescendente que era tarefa dele saber, na qualidade de diretor interino. A resposta a pegou de surpresa.

— Eu ando — disse Tann.

— Hein?

— Eu ando. Vago pelos corredores. Bom, em geral eu só ando em meu laboratório, mas às vezes uma mudança de cenário me ajuda a pensar, assim eu ando por aí. E quando ando, vejo coisas. Ouço coisas. Hoje ainda — acrescentou ele com tristeza — não tenho dúvida de que ouviremos oficialmente de Nakmor Kesh que aqueles dois projetos críticos não estão indo bem.

— Não é culpa de Kesh — disse Addison rapidamente.

— Eu insinuei isso? — perguntou ele com brandura. — Não insinuei. Mas é de fazer pensar que você chegue a essa conclusão. — O que quer que Addison quisesse dizer — e todos os palavrões que Sloane não tinha coragem de lançar — foi interrompido por um gesto de dispensa da mão dele. — Esse tipo de notícia tende a levar algum tempo para chegar a nós e, ocasionalmente, quando eu ando, acabo pegando antes. Pego sugestões. Eu ligo os pontos... mas a questão não é essa. A questão são os suprimentos. Precisamos nos concentrar nisso.

— Sinceramente, não gosto do rumo que isso está tomando — disse Sloane.

— Ah? — Tann fixou os olhos nela.

Sloane puxou o ar, inflou.

— A solução para um problema com os suprimentos não é exatamente o cenário dos sonhos de uma oficial de segurança. Gente alimentada é gente satisfeita. Os chuveiros são apreciados de modo geral e muito úteis para o moral.

— Compreendo — disse Tann, mas acrescentou: — Começaremos discutindo o racionamento.

— Existe alternativa?

— Acredito que sim, mas vamos começar por esta. — Ele olhou cada uma delas. — Cometemos um erro permitindo as rações liberadas. No início, nosso senso partilhado de propósito levou as pessoas a naturalmente ter consciência do uso de nossos recursos.

— É — disse Sloane. — Mas agora, não é tanto assim.

— Exatamente — concordou ele. — A tripulação se acostumou a pegar o que precisa, quando precisa. Com o tempo, à medida que a rotina se estabeleceu e nossos perigos imediatos foram mitigados, a falta de preocupação levou a... eu não chamaria de gula, mas certamente as pessoas estão se comportando como... como é mesmo que se diz?

— Imbecis?

— Não.

— Escrotos egoístas?
— Não.
— Babacas sem consideração?
— O que é bab...?

Addison se intrometeu apressadamente.

— Míopes!

Tann estalou os dedos.

— Sim! Era o que eu procurava, obrigado. Obrigado também, Sloane, pelo comentário pitoresco. Sempre é, hmmm, fascinante do ponto de vista linguístico. Consultarei o banco de dados a respeito de alguns desses termos.

— Pode fazer — disse ela. — Mas fomos atingidos pelo Flagelo não faz muito tempo, se você se lembra. Houve uma queda no uso da ração?

Tann balançou a cabeça, inflexível.

— Na verdade, o contrário. Como se depois de ter consciência de que as rações têm restrições, um período de desespero criasse um consumo ainda maior.

— Bom. — Addison gesticulou, indicando tudo do lado de fora da sala. — Se as pessoas estão perdendo a missão de vista e qual é o dever delas, vamos lembrar.

Tann pousou o queixo numa das mãos e tamborilou o dedo comprido no maxilar.

— O que você tem em mente?

— Algumas ideias — respondeu ela. — Talvez, na hora da refeição esta noite, devamos colocar o discurso de partida de Jien Garson nas telas de vídeo. Ela pode... desculpe, podia... motivar melhor do que qualquer um de nós, creio, e isso pode passar como um serviço memorial. Uma vez que nós — acrescentou ela incisivamente — na verdade ainda não paramos para lamentar sua perda.

— Hmmm. — Tann ainda batia o dedo no queixo, o olhar desfocado.
— Não é ruim. Talvez esteja na hora.

— É — disse Sloane. — E então, no momento em que o vídeo terminar, vamos dizer a eles que o jantar acabou e que eles devem parar de se empanturrar.

Addison a olhou de cara feia.

Sloane não conseguiu se conter. Ela continuou.

— Terei minha equipe de segurança à mão para reprimir o tumulto que você começar.

— Não precisa ser assim — disse Tann.

— Não precisa? — A boca de Sloane se torceu enquanto ela se sentava mais para a frente, apoiando os cotovelos nos joelhos. — Olha, como você disse, não estivemos racionando... e sim, foi idiotice nossa. Mas isso significa que quando começarmos, as pessoas ficarão aborrecidas. Apontando dedos, acusações de esconder reservas ou parcelas injustas, a história toda. Acredite em mim. Já vi isso acontecer.

— Sei que você viu — disse Tann.

— Sério?

— Li seu dossiê.

— Tá de sacanagem?

— Sem sac... quer dizer, é isso mesmo. — Uma pausa. — É alguma surpresa? A essa altura, li o de quase todos. Quer dizer, aqueles que estão despertos. Em particular depois do incidente com Falarn.

Sloane o encarou por um momento, depois meneou a cabeça.

— Só o que estou dizendo é que o racionamento vai destruir o estado de espírito por aqui, *justo* quando todos começam a se aquietar depois do último choque com o Flagelo. Minha equipe terá de passar o tempo todo defendendo os suprimentos que temos antes que as coisas comecem a desaparecer por mágica.

— Isso — disse Addison — já está acontecendo.

Tann e Sloane viraram-se para ela.

— Era a questão que eu ia levantar depois. Está tudo no último relatório de Spender. Alguns itens criaram pernas.

Tann ficou rígido, os olhos incrivelmente arregalados.

— Algum agente biológico? Uma infecção alienígena metamolecular?

— Não, não — disse Addison às pressas. — É só uma expressão. As coisas têm desaparecido como se andassem por aí sozinhas.

— Ah... — disse o salarian. — Entendi. — Ele parecia quase decepcionado.

— E ninguém pensou em informar a segurança sobre isso? — perguntou-lhe Sloane.

— Como eu disse, eu ia levantar a questão logo. Spender só mencionou isto no relatório desta manhã.

— Eu preferia saber de atividade criminosa no momento em que ela acontece, e não pela merda de um relatório.

Addison rejeitou a réplica concisa.

— Não é assim. Ele chamou de uma preocupação leve. Um "erro de arredondamento", talvez, mas ele desconfia de que pode ser um problema.

Sloane se obrigou a relaxar.

— É justo. Vou falar com ele, mandar alguém investigar.

— Ótimo! — disse Addison.

Sloane voltou o foco a Tann.

— Você disse que havia outra opção além do racionamento.

— Bom, sim. Eu devia pensar que é óbvio. — Como nenhuma das duas mordeu a isca, ele continuou. — Chegou a hora, acredito, de ter a maioria de nossas forças de trabalho de volta à crioestase.

Addison o encarou.

Sloane passou uns bons dez segundos rindo.

Jarun Tann suportou a risada com a calma profissional que claramente pensava ter. Quando a diversão de Sloane enfim diminuiu, ele prosseguiu.

— Eles foram despertados para nos ajudar a superar o perigo imediato e isso foi realizado. Todos nós concordamos. É perfeitamente lógico devolvê-los agora à estase, até que tenhamos nossa primeira safra da hidropônica. — Ele lançou um olhar a Sloane. — Não consigo entender o que há de tão engraçado na ideia.

— Da última vez que colocamos gente em estase, foi uma punição. Por um crime grave.

— Não vejo a relevância para essa situação.

— Tann — disse ela —, apesar da relativa calma, ainda estamos em um mundo de merda aqui. Acredite em mim, a última coisa que alguém vai querer é uma ordem de voltar para seus tanques e ter esperanças de ser despertado novamente. Eles estão despertos *agora*. Vão querer continuar assim. Se quisermos que voltem à estase, terá de ser pela força.

— Então, vamos pedir voluntários.

— Se você conseguir dez entre os mil que estão despertos, vou ficar em choque.

A declaração fez com que ele se levantasse e andasse de um lado a outro. Não era uma proeza fácil na pequena sala de reuniões.

— Talvez a sugestão de Addison também seja válida. O discurso de Garson pode lembrar a eles do sacrifício que fizeram para vir para cá. Eles já foram colocados em estase uma vez e sobreviveram, devo acrescentar.

— Bom, claro — disse Sloane com sarcasmo. — Cem por cento dos sobreviventes *sobreviveram.*

— Você entendeu o que eu quis dizer.

Um breve silêncio, interrompido por Addison.

— Não faz mal perguntar, faz?

Sloane se levantou.

— Sim. *Sim, ora essa*, faz mal. Acredite em mim, não vai cair bem. E com a ameaça implícita de racionamento assomando por trás desse pedido, o instinto de autopreservação entrará em ação.

Por algum tempo, ninguém disse nada. Tann até parou de andar e se recostou na parede.

— Eu acho — disse Sloane com muita relutância — que a alternativa é partir direto para o racionamento e que isso não vai dar certo. — Ela esfregou a têmpora. — Pelo menos pedir voluntários facilita para nós.

Tann concordou.

— De acordo. Tomei minha decisão. Esta noite vamos deixar que a própria Jien Garson lembre a todos do motivo de estarmos aqui e dos sacrifícios que todos nós fizemos. Depois pediremos voluntários.

— Parece que você está tentando convencer a si mesmo.

Tann pestanejou.

— Talvez todos nós precisemos de um pequeno lembrete do motivo de estarmos aqui, não acha?

* * *

Sloane apareceu em uma das áreas comuns, comendo e bebendo com um grupo ao acaso de tripulantes, e não em seu lugar habitual com o pessoal da segurança. Seus companheiros de refeição eram, no início, um grupo animado. Dois membros da equipe de trabalho Nakmor, um especialista em sistemas de saneamento e uma asari de fala mansa que apenas cutucava a comida.

Quando pressionada, a asari, a Dra. Aridana, admitiu que esteve tentando consertar a matriz principal de sensores e parecia que não haveria uma solução antes que uma das arcas chegasse com peças sobressalentes.

— Supondo-se que eles não estejam na mesma forma, ou até pior do que nós.

Sloane terminou de comer e foi para a porta, pronta para sair e reunir a segurança ao primeiro sinal de problemas. Enquanto andava, as poucas telas funcionais nas áreas comuns ganharam vida, exibindo o rosto de Jien Garson.

Caiu um silêncio na multidão e, naquela quietude solene, as palavras de sua líder falecida foram ouvidas por todos. Foi um dos grandes discursos da história, refletiu Sloane. Inspirador, ponderado, entretanto de algum modo "soltava gás hilariante pelo rabo", como costumava dizer seu antigo chefe de estação. Apesar disso, cada palavra do discurso de Garson soava verdadeira.

E então apareceu Tann.

"Palavras sensatas de nossa destemida líder", começou ele, sem jeito. "Que tal uma rodada de aplausos?" E então ele aplaudiu. Ninguém fez o mesmo, mas Tann não tinha meios de saber. O coitado aplaudiu por um minuto inteiro, depois voltou a falar. "Eu pediria a Jien Garson para se dirigir a vocês todos agora, mas infelizmente ela morreu."

Ah, merda! Seguiu-se um silêncio constrangedor.

"E se não tivermos cuidado, muitos outros de nós morrerão", continuou Tann.

— Ah, Tann, mas que inferno... — resmungou Sloane, enterrando a cabeça nas mãos.

"Muitos outros de nós morrerão se ficarmos sem suprimentos." Tann olhou a câmera por um momento. "Fizemos um progresso inacreditável nas últimas semanas e tenho a satisfação de relatar que o estado de emergência terminou. Em reconhecimento por isso, e devido à rapidez com que nossas reservas estão se esgotando, sua liderança interina está pedindo que voluntários retornem à crioestase." Ele fez uma pausa e acrescentou, "Vocês merecem descansar um pouco, não é verdade?"

Já chega. Não posso ouvir mais nada. Mesmo que fosse bem formulado, Sloane duvidava que muitos aceitassem o pedido de Tann. Feito desse jeito, porém, ele no máximo seria ignorado e, na pior das hipóteses, ridicularizado. Sloane já ouvia risos de alguns lugares da sala. Ela pegou uma garrafa de alguma coisa de suas "reservas que estão se esgotando rapidamente" e tomou o caminho mais direto que pôde a sua sala.

* * *

De banho tomado, o medicamento surtindo efeito, ela vestiu um uniforme limpo e colocou a omnitool no braço. Sloane se acabou *de verdade* na noite anterior, bebeu até pensar que tinha afogado o momento horrivelmente canhestro que testemunhou.

Funcionou mais ou menos. Agora, enquanto 16 mensagens se iluminavam em sua tela, ela imaginava o que tinha perdido.

Ela as ignorou e requisitou um link com Tann. *Podia muito bem acabar logo com isso.* Ela se perguntou quantos tinham localizado a ilha de lógica escondida no oceano de palavras mal escolhidas por ele.

— Bom dia — disse Tann, sua voz lhe revelando tudo.

Sloane perguntou mesmo assim.

— Bem ruim, hein?

— Bem ruim.

— Quantos voluntários?

Um segundo de silêncio.

— Nenhum.

— *Nenhum?*

— Como você previu, ninguém se apresentou voluntariamente para voltar à estase. Nem mesmo um.

— Droga!

— Bom, houve uma.

— Ah, sim?

— Ela alegou ter selecionado a opção erroneamente e a alterou.

Sloane não conseguiu pensar em nada para dizer.

— Pode tripudiar — disse Tann.

— Não, não — respondeu Sloane. — Eu não ia fazer isso. Tive a sensação de que o resultado seria este, mas não vou aumentar a pressão para cima de você. Mas, da próxima vez, talvez você queira alguma ajuda em seu discurso. Ele não foi... ótimo! — Ela tomou o primeiro gole de café.

— Foi escrito por Spender.

Sloane cuspiu o primeiro gole de café.

— Está brincando.

— De maneira nenhuma. Eu achei ótimo!

— Tann, aquele discurso foi... acho que a expressão técnica é "uma bosta". É sério, coloque Spender para fora da câmara de compressão por essa, depois vá você atrás dele por não ter percebido isso.

Ele arregalou os olhos.

— Eu jamais pensaria em tal punição...

— Estou brincando, Tann. Mas... *ai*, deixa pra lá. Da próxima vez deixe que Addison faça o discurso, está bem?

— A tripulação parece ouvir você.

— É, mas eu preciso aceitar uma ideia antes de pedir que os outros a engulam.

O salarian soltou um suspiro frustrado.

— Bom, estamos de volta ao começo.

— Não — corrigiu Sloane —, é pior do que isso. Você agora plantou a semente, a semente dos "suprimentos estão se esgotando".

— Sim. Bom, quanto a isso — disse ele. — Precisamos traçar um plano de racionamento.

— Isso nós faremos.

— Está disponível agora?

Sloane olhou o relógio, depois sentiu a pontada no estômago.

— Primeiro deixe-me tomar o café da manhã.

Uma grande refeição, decidiu ela. Tanto quanto conseguisse engolir, antes que o cinto tivesse de ser apertado.

E então ela racharia alguns crânios, se fosse necessário, gritaria algumas obscenidades, se confrontada, e ficaria por ali esperando a estação explodir.

Ou talvez todos simplesmente superassem isso.

Não. Ela ainda não sentia ter essa sorte.

CAPÍTULO 18

Sloane tinha razão, refletiu Addison. No início eles tiveram sorte. Talvez por isso a diretora de segurança tenha se apresentado para se juntar à equipe de Kesh na missão de abrir um caminho para o mais próximo atracadouro de arcas. Chegando lá, era esperança deles localizar um backup de interfaces de sensores — que talvez pudesse ser ativado.

Addison de certo modo a entendia. Sloane tinha esperado um dia, para se certificar de que não houvesse violência depois do anúncio, em seguida deixou uma equipe competente. Ela dava esse crédito à diretora de segurança. Se tivesse ocorrido alguma revolta, Addison não duvidava de que Sloane teria ficado.

Na realidade, as coisas não foram tão ruins. Algumas palavras ásperas e um ou dois socos desanimados na área comum, depois todos consideraram o anúncio com uma espécie de atitude deprimida de "o que mais pode dar errado?"

Com as coisas em forma, Sloane aceitou a proposta de Kesh de um trabalho braçal difícil e tirou sua versão de umas férias.

Isso foi dois dias atrás.

Talvez tenha levado apenas dois dias para de fato ser compreendido. Dois dias de rações recentemente em vigor e a súbita percepção de que as rações que eles *tinham* já estavam no vermelho.

O estado de espírito *mudou* na Nexus. Tragicamente.

Addison andava pelos corredores, como havia sugerido Tann, mas isso só fez com que ela se sentisse mais inútil. Ela dirigia assuntos coloniais para uma colônia fracassada, era uma conselheira para seu líder "interino". Logo as pessoas começariam a perguntar o que significava exatamente "interino".

Ver a gravação de Garson teve uma consequência imprevista: lembrou a eles no que se inscreveram em comparação com o que realmente conseguiram.

Addison evitou os olhares de lado que as pessoas lançavam enquanto ela andava. A fome crescente em seus olhos, a sede, e com estes a acusação de que a culpa era dela. Não era justo, mas ela supunha que eram sempre os políticos que levavam a culpa quando um desastre natural pegava a população de surpresa.

Em cada par de olhos acusativos, ela ouvia a raiva não verbalizada. *Como é possível que você não tenha imaginado isso? Nós confiamos em você. Sacrificamos tudo porque acreditamos em seu plano.*

Justo ou não, era o que ela ouvia em sua cabeça enquanto eles a olhavam. Na verdade, ela não esteve muito envolvida no planejamento da hipótese de desastre. Teve um foco meticuloso em seu trabalho real, traçar planos e contingências para cenários de primeiro contato com as espécies que eles encontrariam.

Ah, como Addison sonhou com estes momentos! Raças alienígenas diferentes de qualquer uma que eles conhecessem na Via Láctea. As possibilidades, os desafios. Ela se imaginou sentada a uma mesa posta com formalidade, bebendo vinho asari, Jien a sua esquerda e algum dignitário de uma espécie nova, sensata e benevolente a sua direita.

Em vez disso, ela estava dormindo no chão, fervendo água para purificá-la como se estivesse em algum curso de treinamento para sobreviventes.

Addison parou em um corredor que ligava duas seções, imensas janelas dos dois lados com o que devia ser uma vista magnífica do espaço. Dias antes, passara por ali tendo encontrado no caminho os "vigilantes", um grupo que se apresentou para agir como vigia até que os sensores estivessem ativos, para que a Nexus não ficasse inteiramente cega. Eles ficaram sentados ou de pé, dia e noite, durante semanas, procurando qualquer sinal de que o Flagelo fazia um novo aparecimento.

Ou, de forma mais esperançosa, procurando pela aproximação de uma nave Pathfinder. Até agora, não viram nem uma coisa, nem outra. Apenas estrelas desconhecidas e, com a notícia do racionamento, evidentemente encontraram um uso melhor para seu tempo. Hoje o corredor estava vazio.

Addison se sentou no meio de um banco e cruzou as mãos no colo. Por algum tempo não se mexeu, aproveitando o silêncio sussurrado estragado apenas pelo sempre presente zumbido do suporte vital que, era preciso admitir, funcionava impecavelmente desde que aquele turian e sua equipe fizeram os reparos de emergência.

Eles estavam trabalhando sem parar para manter a estação

claudicando, mas ainda assim era impressionante. Devia ser bom, pensou ela, ser útil.

Addison meneou a cabeça. Esse não era um jeito saudável de pensar e ela sabia disso.

Sua omnitool tocou. Não podia ser Sloane, a equipe dela estava longe demais para a fraca rede de comunicações que a tripulação remontara. Ela atendeu e se sentou reta enquanto o rosto de Tann aparecia flutuando no ar diante dela.

— Alguma notícia de Sloane? — perguntou ele.

— Não — respondeu Addison. — Um mensageiro de seu grupo voltou esta manhã. Disse que perguntou se ela teria algum recado para mandar e ela simplesmente riu.

— É bem o jeito dela — refletiu Tann.

— O mensageiro disse que eles acham que vão limpar a passagem esta noite e saberemos se temos ou não sensores logo depois.

— Hmmm... — O salarian bateu o dedo no queixo. — Está demorando mais do que eu esperava.

Addison só pôde dar de ombros. Tudo parecia demorar mais do que o esperado, desde que a escassez de comida passou a ser de conhecimento comum.

— Bom — disse Tann —, por mais que eu valorize seus conselhos, as decisões ainda precisam ser tomadas.

Addison parou, avaliando as palavras dele. Cautela e empolgação, mas, acima de tudo? Ela conseguira algo com que se ocupar. E, no fim, o trabalho precisava ser feito. Independentemente de qualquer coisa.

— O que você tem em mente?

O salarian sorriu.

— Como você tem aconselhado, isso ainda conta como ser aconselhado, não?

— É verdade.

— E você sabe como Sloane fica irritada quando é solicitada a decidir sobre questões menores.

— Também é verdade — disse Addison, já vendo aonde aquilo ia chegar.

Tann continuou.

— Penso que devemos ver quantas dessas questões menores podemos eliminar da lista antes que ela volte. É o que você chamaria de um ganho mútuo, acredito. Não só as decisões precisam ser tomadas, mas Sloane é poupada da monotonia do processo.

— Questões menores — repetiu Addison. — Por exemplo, o quê?

— Tive a ideia de talvez adaptar um dos tanques de refrigeração para servir como purificador adicional de água. A equipe me disse que é possível com o material que temos à mão e só levaremos a um aumento de temperatura leve nas áreas habitáveis. Como resultado, teríamos água fresca a mais o bastante para permitir que as pessoas tomem um banho de dois em dois dias.

— Ah! — respondeu Addison. Um banho quente parecia um luxo extremo. Sua pele formigou só de pensar nisso. — Defina "leve".

— Dentro da tolerância humana.

— Tann...

— Em média, dois graus Celsius.

— Melhor, obrigada. Hmmm, sim, acho que é um bom plano.

— Pronto — disse ele —, está vendo? Uma decisão tomada e menos uma coisa para nossa diretora de segurança se preocupar quando voltar.

— O que mais você tem? — perguntou Addison. Com uma rapidez excessiva, talvez, mas ela não se importava mais. Fazer algo que parecesse uma verdadeira realização era bom demais.

— Vamos nos reunir na Operações e passar a lista?

— Perfeito. Estou a caminho.

* * *

Ela andou por um corredor onde uma equipe de trabalhadores krogan soldava uma gama complexa, embora um tanto periclitante, de vigas de suporte. Um conserto temporário para o teto que não podia mais sustentar o peso do que havia acima dele. Nenhum deles prestou muita atenção em Addison, tão completo era seu foco no trabalho.

No entanto, enquanto ela passava, pensou sentir algo irradiando deles. Não era ódio, nem ressentimento, sentimentos que ela com frequência percebia de outras raças na população de emergência. Não, era outra coisa. A linguagem corporal deles, continuando tão deliberadamente a trabalhar apesar de sua passagem. A falta de contato visual, como que por força da vontade eles lhe permitissem um breve alívio dos olhares acusadores que os outros lhe lançavam.

Eles pareciam dizer, *"vamos cuidar disso, agora vá resolver os problemas maiores"*. Addison parou na extremidade do corredor curto e se voltou para eles.

— Obrigada — disse ela.

Isso angariou alguns olhares confusos. Ele se olharam como se tentassem entender com quem ela estava falando.

— Obrigada — repetiu Addison —, por todo o trabalho árduo.

— Sim, claro — respondeu um deles. Depois voltou à tarefa que tinha.

Addison continuou a andar, a mente agora agitada. Tantas perguntas, preocupações e possibilidades. As respostas ainda eram aparições à beira daquela névoa mental, sempre sumindo no nada se ela tentasse pegá-las.

E então, uma não sumiu. Ficou visível, movendo-se nem muito perto, nem muito longe, enquanto ela raciocinava. Tornou-se um caminho, mais ou menos, e, a cada pequeno passo, Addison encontrava parte de sua antiga confiança. Seu senso de propósito. Esta era a coisa certa. A ideia que ela vinha esperando.

Tão simples que ela começou a se xingar por não ter pensado nisto antes. Era o preço a pagar, ela supôs, por se permitir ficar tão deprimida, mas agora corrigiria isso.

Na última parte da caminhada, Addison trabalhou o básico mentalmente. Resistiu ao impulso de chamar Spender e dar a ele a tarefa de pensar nos detalhes. Era algo que ela fazia com frequência demasiada ultimamente.

Não, isto era dela.

A ajuda poderia vir depois.

Foster Addison entrou na Operações de queixo erguido e um foco que não sentia desde que o Flagelo atacou pela primeira vez.

Dois tripulantes estavam sentados ao console principal, em uma vigília desesperançada de que os sensores começassem a funcionar como que por mágica ou um sinal pudesse passar por ali.

— Algum sinal das arcas? — perguntou-lhes ela ao passar.

— Negativo — disseram os dois em uníssono.

Sempre a mesma resposta.

Tann estava de pé atrás deles, olhando um datapad.

— Tenho uma proposta — disse ela antes que Tann pudesse falar.

— Hmmm, ótimo! — disse o salarian com uma incerteza que não era pouca. Tinha sua própria lista já exibida, mas ela se apagou com um toque de seu dedo longo.

— Podemos dispor de oito naves — disse Addison com firmeza. — Trabalhei nos números e com o resto ainda podemos sustentar uma evacuação. Está na hora, Tann. Não podemos esperar pelos Pathfinders. Precisamos explorar os mundos mais próximos e descobrir se há alguma coisa de útil por perto. Uma localização adequada para uma colônia fora da Nexus, recursos que possamos colher ou minerar.

— Hmmm... — respondeu ele.

Se eu conseguir convencê-lo... Addison prosseguiu.

— Não podemos simplesmente ficar amontoados aqui, na esperança de que nosso problema com os suprimentos desapareça por mágica. Na esperança de que os Pathfinders venham nos resgatar. Eles já deveriam estar aqui. Todos nós sabemos disso. Está na hora de aceitarmos isso.

— Addison...

— Deixe-me terminar. — Tann recuou claramente surpreso. — Quanto ao racionamento, ele só adia o inevitável. Não será preciso outro contato com o Flagelo para matar a todos nós. Se mais uma coisa der errado na hidropônica, acabou. Estamos acabados.

— Você tem razão — disse Tann. — Eu concordo.

— Meu plano dará certo se tripularm... — Ela pressionou. — Espere aí, como disse?

— Eu concordo com você.

— Isso foi... mais fácil do que eu esperava.

Ele sentiu a confusão dela e explicou.

— Minha tentativa de convencer as pessoas a voltar à estase fracassou — disse ele. — E agora o racionamento teve um impacto negativo no moral, interferindo no progresso dos reparos. Então, sim, eu concordo.

— Bom — disse Addison —, que merda, Tann, estou feliz por ouvir isso.

— Sloane não vai gostar — acrescentou o salarian. — Mas continue. Tripular, você estava dizendo?

Ela quase perdeu a linha de raciocínio. Ontem talvez perdesse, mas o foco que adquirira fez maravilhas por seu estado mental. Addison se sentia ela mesma de novo.

— Pensei no início que seria melhor um simples arranjo de piloto e copiloto. Mínimo, para não retirar pessoal capaz dos esforços feitos aqui. Talvez até deixar os sistemas automáticos cuidarem dos voos, essencialmente usando as naves como sondas gigantescas e não tripuladas.

"Mas agora percebo que não somente podemos como *devemos* tripular inteiramente os transportadores. Montar verdadeiras missões de exploração. Não só teremos resultados melhores, como vamos reduzir o uso de nossos suprimentos a bordo da Nexus."

— De fato, muito interessante — disse Tann. Ele se juntou a ela perto da mesa, ligando um monitor que exibia os sistemas estelares próximos. Um mapa tinha sido criado pelo uso de métodos antiquados de medição, com base em observações visuais. Tão rudimentar que chegava a ser inútil, mas era o que eles tinham.

Tann manuseou a interface.

— Ali, talvez? — Ele apontou.

— É — concordou Addison. — Pode dar certo.

— Hipoteticamente, quem comporia as tripulações?

Addison já havia trabalhado nos fundamentos, mas decidiu deixar que Tann sentisse participar. Além disso, ele podia discernir um jeito melhor.

— Pilotos e copilotos, estes tranquilamente, e na verdades temos duplas capazes já despertas. Além disso, um técnico em sensor para cada uma.

— Não precisamos deles aqui para consertar nossos próprios sensores?

— Não — disse Addison. — Para calibrar, sim, um dia, mas neste momento estão todos esperando na fabricação. Nesse meio tempo, eles assumiram tarefas subalternas.

— Entendo. Muito bem, e quem mais?

A lista continuou assim. Xenobiologia, astrogeologia, engenharia, assistência médica e segurança.

— Segurança? — perguntou Tann em dúvida.

— Acho que ajudaria a atenuar as preocupações de Sloane. Para o caso de alguém sofrer um colapso mental, ou um tripulante decidir tomar a nave e forjar seu próprio caminho.

— Nada disso parece muito provável — observou Tann.

— Ainda assim, Sloane se preocupa com esse tipo de coisa e a equipe dela é... excessiva — disse ela. — Acho que é justo dizer isso.

— Até que a comida acabe — respondeu Tann. — E então, todos serão necessários.

— Bom, sim, mas é esta a questão. Evitar a chegada desse dia. Além disso, esses sistemas são fechados o bastante para que todas essas naves retornem antes que nossos suprimentos cheguem a um nível crítico.

Tann olhou o monitor, o mapa e, imaginou Addison, fez malabarismos mentais com as peças que entrariam em jogo.

— A não ser que algum deles encontre problemas — disse ele em voz baixa, como quem fala sozinho. — Um defeito mecânico, o Flagelo, ou algo imprevisto.

— É um risco — disse Addison, concordando com a cabeça —, mas não vamos sair disso sem arriscar um pouco.

— Hmmm... — Tann se ergueu e começou a andar. Neste momento, Addison percebeu que o havia convencido. O resto seriam detalhes.

Enfim, a hora dela chegou.

Ela chamou Spender.

"Venha para a Operações agora", ela enviou, as mãos tremendo um pouco ao digitar o texto. "O Assuntos Coloniais está em funcionamento."

* * *

Spender assumiu a tarefa de criar manifestos preliminares de tripulantes para as oito missões. Enquanto ele fazia isso, Addison foi ao hangar do Assuntos Coloniais e fez uma inspeção pessoal de todos os transportadores.

A maioria já estava em uso como abrigo temporário. Mas não todos, e transferir os ocupantes para esvaziar inteiramente oito naves não levaria mais do que algumas horas.

A questão maior, que ela havia previsto, mas subestimou gravemente, era a dos suprimentos. Os ocupantes temporários assaltaram bastante os depósitos, evidentemente pensando que como tinham feito das naves seus lares, isto significava que tudo dentro delas pertencia a eles.

As discussões ficaram acaloradas, mas Addison convocou silenciosamente a segurança para ajudar a "limpar o ar" e eles logo cuidaram disso.

— Obrigada — disse ela a Kandros, o oficial que tinha chegado.

— É meu trabalho. Não precisa agradecer.

Addison passou à próxima nave.

— Por que toda essa atividade, aliás? — perguntou ele, demorando-se ao lado dela.

— Decidimos mandar algumas naves de exploração. Catalogar os mundos próximos, com sorte encontrar alguns recursos que possamos usar, ou talvez fazer contato com as arcas.

— A diretora de segurança Kelly concordou com isso? — perguntou ele, demonstrando dúvida.

Epa, pensou ela.

— Sloane não fez nenhuma objeção — disse-lhe ela, observando atentamente a reação dele.

Ele apenas assentiu, examinando os flancos da nave mais próxima.

— Sabia que tenho alguma experiência com esse tipo de coisa?

Addison parou e se virou.

— Você tem?

O turian deu de ombros.

— É mais ou menos o motivo para eu estar aqui. Por que eu me inscrevi, quero dizer. Em algum lugar pelo caminho, parei na segurança, mas em casa eu era do contraterrorismo.

Addison não conhecia este homem, mal sabia seu nome, mas pôde ver em seus olhos uma expressão que ela mesma via no espelho com bastante frequência.

— Spender está encarregado das listas — disse-lhe ela. — Se estiver interessado, quero dizer.

Ele olhou a nave reluzente por mais um longo momento, depois se virou para ela e sorriu. Rapidamente virou a cara e se afastou, sem dizer mais nada.

Addison digitou um bilhete rápido a Spender em sua omnitool. *Kandros da segurança ideal para missão de exploração, se você precisar de mais um.*

A resposta veio um minuto depois. *Falarei com ele. Obrigado!*

Foster Addison sorriu consigo mesma. Um moral bom era uma coisa poderosa, ela pensou.

* * *

À noite, a primeira das naves deslizou para fora da sombra da Nexus e se acendeu no imenso vazio além dali. Addison e Tann observavam da Operações, que ainda carecia de uma parede frontal e assim proporcionava uma das visões mais impressionantes — apesar de apavorantes — de seus arredores.

Desde que, refletiu Addison, *você só queira olhar para a frente*. O que, por ela, estava ótimo.

Eles faziam um brinde em cada partida, desejando aos capitães designados uma boa caçada enquanto estavam ao alcance muito pequeno da capacidade de transmissão da Nexus.

Kandros, comandando o transportador *Boundless*, prometeu que voltariam logo e acrescentou, "Diga a Sloane para guardar meu lugar na mesa de carteado", segundos antes de ultrapassar o alcance das comunicações.

Addison não se lembrava de quantas vezes sorriu naquele dia, mas este sorriso lhe pareceu o melhor.

CAPÍTULO 19

Sloane Kelly não trabalhava tanto há anos. Ela voltou com a equipe de trabalho morta de cansaço, faminta, de olhos baços. Não sabia que horas eram. Não sabia onde estavam suas contrapartes políticas e ficou feliz com isso. Podia entrar furtivamente em seu quarto e dormir um pouco antes que alguém percebesse que ela havia voltado.

Mais oito horas sem papo-furado, isso parecia para lá de inacreditável e ela não ia estragar tudo. Melhor ainda, ela podia adiar o relatório de que a missão teve um sucesso apenas parcial. O corredor grande foi desimpedido o bastante para permitir a passagem, sim, mas não havia cache de matrizes de sensores de apoio a ser pilhada do outro lado. A Nexus continuaria cega por mais tempo, e isso não deixaria ninguém tão feliz.

Ela manteve o plano. Evitou todo mundo. Ignorou as mensagens que esperavam por ela. Aquela de Kandros era tentadora, mas não tinha nenhum dos sinais de emergência, então, podia esperar. E *esperaria*. Oito horas de merda e eles podiam tê-la muito mais.

Ela merecia isso, não merecia?

Sloane dormiu feito uma pedra.

Uma pedra que depois se soltou por uma bota descuidada, rolando montanha abaixo.

* * *

Ela acordou oito horas depois, dolorida e faminta. Foram longos dias no "deserto" com Kesh e sua equipe. Foi esse o termo que eles adotaram para as partes da Nexus que ainda não tinham sido visitadas.

Só o usavam entre eles, explicou Kesh, assim não ofenderiam nem preocupariam ninguém da tripulação não krogan. O fato de terem deixado Sloane conhecer a gíria era uma espécie de honra. Muito tempo atrás, ela aprendeu que quando os krogan homenageavam alguém, não se deveria levar isso levianamente, por mais inconsequente que pudesse parecer.

Ela trabalhou junto com eles, limpando destroços e puxando cabos com a postura prática que eles mantinham. Eles não precisavam da segurança a seu lado. Ela precisava do trabalho. Perder-se nele. Para...

De repente a mensagem de Kandros foi registrada na frente e no centro de sua mente. "Até breve", dizia o assunto.

Um nó se formou em suas entranhas. Ele nunca pareceu do tipo suicida, mas aquelas palavras não eram características dele e esse era o tipo de coisa que ela morria de medo que acontecesse.

Sloane saiu do sofá emprestado e se atrapalhou procurando sua omni. Encontrou-a e quase a deixou cair duas vezes ao tentar ativá-la. Nervosa, correu o dedo trêmulo pelos menus até encontrar.

"Desculpe-me por não ter me despedido", ela leu em voz alta, mas aos sussurros. "Devo voltar em alguns meses. Obrigado pela oportunidade." E acabou.

— Mas que merda! — acrescentou ela, sem nem mesmo notar a raiva crescente colocada em cada palavra. Sloane arriou novamente nas almofadas e olhou a parede. Meses para o quê? — Que merda de *oportunidade* é essa?!

Kandros não dera detalhes. O que significava que ele supunha que ela já sabia do que estava falando. Sloane se levantou, virou-se e andou a passos pesados, de punhos cerrados, para a Operações.

Sloane passou intempestivamente pelos dois técnicos no console, em sua vigília infrutífera.

— Algum sinal das arcas? — perguntou, sem esperar pela resposta porque eles sempre respondiam do mesmo jeito.

— Negativo — disseram eles a suas costas.

Sloane riu mordaz.

Tann estava junto da mesa de navegação principal, recurvado sobre um dos mapas, com a mão no queixo, o dedo batendo. Ele ergueu os olhos grandes à entrada dela e seu rosto se iluminou consideravelmente.

— Bem-vinda de vo...

— Onde está Kandros?

— Eu... hmmm... — O tom dela, como Sloane esperava, já o fazia se retratar.

— Onde está a merda do Kandros?

— A bordo do transportador de nome *Boundless* — disse Tann.

— Então devo pressupor — respondeu ela — que se eu fosse ao hangar do Assuntos Coloniais, encontraria ele lá?

— Ah, bom, é claro que não. — Tann gesticulou para a mesa a sua frente e, enfim, Sloane focalizou no que ele analisava tão atentamente quando ela entrou. Um mapa tridimensional do espaço a volta deles, feito de forma rudimentar, mas a Nexus no centro era reveladora. Tann apontou para um pequeno ícone que brilhava a certa distância da estação.

— Agora eles estão aqui. Aproximadamente, quero dizer. Não temos como saber com precisão.

Sloane contornou a mesa, agarrou o salarian pelo queixo e apertou com força.

— Por que a nave partiu e por que meu oficial está a bordo? — Ele mal conseguiu pronunciar uma resposta. Sloane soltou, mas só um pouco.

— Spender...

— Spender — repetiu ela. — Disse o bastante. — Ela deu um tapinha no rosto de Tann e saiu.

William Spender. O nome rastejava por sua mente enquanto ela partia, intempestiva, para os aposentos dele. Ele ficara com um closet glorificado perto de um dos hangares vazios que eles converteram em espaço de depósito. Sua omnitool dizia que ele estava lá e ela podia simplesmente ter ordenado que ele a procurasse, mas de algum modo parecia que era necessária uma visita pessoal. Sua omnitool lhe dizia outras coisas também. Não foi apenas Kandros.

Oito de seus oficiais estavam desaparecidos.

Sloane se posicionou na frente da porta da pequena caverna dele e bateu com força.

— O que é agora? — perguntou uma voz irritada de dentro dela.

— Abra — ela rebateu. — Ou vou precisar derrubar a porta aos chutes?

— Ah — veio a resposta. — Sloane. Pensei que fosse aquele brutamontes do suporte vital de novo. Nnebron.

— Lamento decepcioná-lo. Abra.

— Só um minuto.

— Não. Imediatamente. — Ela ouviu um farfalhar ali dentro. — Vou lhe dar cinco segundos, depois verei o quanto esta porta é resistente. — Ela mal havia pronunciado a última palavra quando a porta foi puxada repentinamente para dentro.

Spender se espremeu no espaço negro como breu e fechou a porta a suas costas.

— Desculpe-me. O quarto está uma bagunça. Quem sabe não podemos conversar na área comum?

Ele deu um passo naquela direção, evitando o olhar dela. Sloane bateu o punho na parede, a um centímetro do nariz dele, e o manteve ali. Spender virou-se lentamente para ela.

— Tudo bem, aqui está bom.

— Quero que você me explique por que Kandros e outros sete oficiais sob meu comando não estão mais a bordo da Nexus.

— A missão de exploração — respondeu Spender.

— Que missão de exploração?

O homem piscou, sua testa se franziu um pouco.

— Você não sabe?

— É óbvio que não sei.

— Parece-me que você precisa falar com Tann e Addison.

— Estou aqui, agora, falando com você. Comece a falar.

Parecia que ele tinha engolido um pedaço de carne estragada. Sloane não cedeu, nem mesmo um pouco, e o homem murchou sob o olhar dela.

— Foi decidido que oito naves...

— Decidido por quem?

— Bom, Tann... com o seu apoio e de Addison, naturalmente.

Sloane arquivou isso. Podia imaginar o resto, mas ver Spender se encolher se mostrou estranhamente satisfatório. Sloane torceu o dedo. *Continue.*

Para extrema irritação dela, Spender lhe sorriu.

— Você não foi consultada — disse ele mais para si mesmo do que para ela. Depois ele olhou o punho de Sloane. — Não posso dizer que estou surpreso.

— Spender, vou mandar você em uma missão solo de exploração, sem traje, se você não me disser o que quero saber.

O sorriso malicioso falhou só um pouco.

— Fui informado de que vocês decidiram que estava na hora de enviar algumas naves do AC aos sistemas estelares mais próximos. Procurar por suprimentos, entendeu?

Sloane se curvou até que seu nariz quase tocava o dele.

— Pare de supor o que sei ou não sei. Apenas fale.

— Tudo bem, meu Deus. — Ele passou a língua nos lábios. — Addison me informou de tudo isso. Da decisão, do plano.

— Ela disse que eu estava de acordo?

— Hmmm..., eu não me lembro exatamente das palavras. Ela não disse que você não estava. Não perguntei. Acho que ficou implícito.

Sloane fez uma carranca.

— Continue falando.

— Bom — disse ele — Ela falou que eles... vocês... eles queriam mandar oito transportadores, com tripulação completa, e que eu deveria preparar a lista de quem iria. — Antes que ela pudesse fazer a pergunta, ele levantou as mãos, de palmas para fora, suplicante. — Pensei que você estivesse ciente. Está bem?

— Por que Kandros? Você sabe o quanto dependo dele.

— Addison — começou ele. — Não, espere. Não coloque a culpa nela.

— Vou culpar quem eu quiser, porra! Só me dê os fatos.

— Addison me mandou uma mensagem quando estava preparando as listas de tripulantes, dizendo que Kandros era o ideal para liderar uma das naves.

Sloane não podia contestar, mas a questão não era essa. Spender continuou.

— Pensei que significava que ela havia esclarecido isso com você. Quer dizer, você saiu com os krogan, como eu podia saber? Como foi, a propósito?

— O quê? Como foi *o quê*?

— Com os krogan.

— Não mude de assunto. Só eu faço as perguntas. — Mas Sloane baixou o braço. Sua raiva tinha se transformado. Da fúria cega para um tipo mais previdente. Addison e Tann fizeram isso. Spender era só um instrumento, em cada sentido da palavra.

— Saia de perto de mim.

Ele endireitou o casaco, olhou-a de cima a baixo, e se afastou. Segundos depois ela estava sozinha no corredor, olhando fixamente a porta dos aposentos dele pela qual ele saíra como uma cobra de sua toca.

Sloane ficou parada ali por um bom tempo, abrindo e fechando os punhos. Metade dela queria voltar à Operações, jogar Tann na parede e sacudi-lo pelos pés até poder atirá-lo em Addison e ver os amiguinhos caindo no chão.

A outra parte se perguntava qual era o sentido disso. Eles tinham se unido contra ela. Era fácil pensar assim. Fácil pressupor, como fizera Spender. Mas os pressupostos eram perigosos e Sloane podia fazer outros pressupostos também. Já podia ouvir as desculpas indiferentes e lógicas de Tann.

Foi você quem abandonou seus deveres, Sloane. Você disse que sabia que eu tomaria decisões com ou sem os seus conselhos, então, que diferença isso fez? Só estávamos fazendo o que devíamos. Pensamos que você ficaria satisfeita.

A parte de Kandros, porém, a deixava furiosa. O resto? *Tudo bem, tá legal, você mandou alguns transportadores. Não é o fim do universo.* Mas, deliberadamente ou não, eles retiraram um dos melhores da equipe dela, por *meses*, como dizia a mensagem, e ela sabia — pelo menos esperava — que ele só teria concordado se acreditasse que ela havia embarcado na ideia.

Ele não teria pensado isso, com toda certeza, se Spender não o tivesse convencido.

Duas-caras, pensou ela com amargura. Ela esmurrou a parede de novo. Pensou em arrombar a porta dele, afinal, só revirar um pouco o quarto, como eles costumavam fazer quando tinham um suspeito que não conseguiam pegar, mas queriam deixar um recado.

O problema era que até que ela conseguisse falar com Kandros, descobrisse quem disse a ele o que e quando, não havia como saber exatamente o que aconteceu. Por enquanto, decidiu ela, teria de engolir essa. Fingir que não a incomodava, pelo menos para obrigá-los a apelar a isso depois de um jeito mais palatável.

Nesse meio tempo, ela ficaria de olhos bem abertos. Fazer o contrário seria perigoso demais.

CAPÍTULO 20

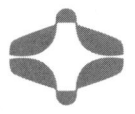

— Ei, Reg? É melhor vir aqui rápido, cara.

Reg abriu uma pálpebra remelenta, esperando ver vazio o beliche que dividia com o marido. Isso era o habitual. Na maioria das vezes, Emory já havia saído na hora que Reg acordava, e Reg costumava acordar tarde demais para Emory.

Desta vez, nas sombras iluminadas por um fraco brilho azul, ele teve plena consciência do peso forçado em sua lateral e a respiração de Emory em seu ombro.

Isso significava que era algum momento depois de sua hora de dormir e antes do despertar de Emory.

Seu olhar carrancudo ergueu-se ao culpado. Um colega de quarto. Um dos vários que entravam e saíam por turnos. Qual era o nome dele? Aldrin. Alder. Algo assim.

— Que foi? — resmungou ele, com o cuidado de não acordar seu botânico adormecido.

O cara ergueu sua luz, o melhor para delinear o caminho até a porta.

— É sua equipe — disse ele, sussurrando. — A asari. Ela está acabando com a área comum.

Ah, merda! Irida de novo, não.

A exaustão se agarrava a seus músculos, irritava os olhos. Reg só queria se ajeitar na cama, passar o braço pelo marido e voltar a dormir pelas poucas horas que eles tinham.

Em vez disso, sabendo que não tinha alternativa, ele deslizou o braço com cuidado sob o corpo imóvel de Emory. A cama rangeu quando ele se erguia e rolava para fora, caindo pesadamente nos pés.

Emory se mexeu.

— Hmmm?

Estremecendo, Reg estendeu a mão e acariciou o cabelo castanho-claro de Emory.

— Volte a dormir, amor — disse ele e deu um beijo em sua testa. — Já vou voltar.

— Hmmm...

Com alguma sorte, Emory nem se lembraria do diálogo. O homem estava um trapo, assim como Calix e sua unidade. Como o próprio Reg.

E Irida, ela levou muito mal a morte de Na'to.

Resmungando, Reg vestiu o uniforme amarrotado por cima das boxers e da camiseta, ciente de que tudo isso precisava de uma boa lavada. Racionamento significava menos água e mais uso. Um fato que ele achava arrepiante, mas necessário.

Quando se juntou ao humano — Alden, com toda certeza — fora do alojamento silencioso, ele ficou um pouco mais desperto.

Muito mais resignado.

— Deixe-me adivinhar — disse ele ao ir para a área comum. — Ela está jogando coisas de novo?

— Escudos, principalmente.

Reg piscou para ele.

— O quê?

Alden meneou a cabeça.

— Vem... cara, você vai ver.

E ele viu. Era difícil deixar passar. Algumas pessoas pararam do lado de fora da área comum, em variados estágios de aborrecimento, enquanto alguns se amontoaram pela porta. De dentro, Reg ouvia gritos. Berros. Palavrões.

E estrondos. Mesas, imaginou ele. Pratos. Coisas resistentes, das áreas comuns, era fácil de atirar.

Soltando um suspiro, ele se meteu pela multidão, empurrando-os de lado com uma força musculosa que ninguém quis contestar. Pelo menos Reg tinha isso a seu favor. Ele era grande. Um cara parrudo, e com cabeça, ainda por cima. Formavam um casal incomum, com o corpo magro de nerd de Emory, mas ele ficava feliz em pensar que podia proteger o marido, se fosse necessário.

Assim como ele queria proteger sua equipe.

Em particular, ele pensou ao abrir caminho inteiramente para dentro da área comum, aqueles que ainda vacilavam pela perda de Na'to.

Irida, como sugeriu Alden, esteve brincando com escudos. Duas pessoas estavam suspensas em esferas bióticas de energia, ambas xingando muito, enquanto outra rolava pelo chão. Irida estava sentada à mesa no meio de uma bagunça delas, muitas jogadas de lado ou viradas, as bebidas se empoçando em um lamaçal combinado de doce, azedo e fortemente alcoólico.

Ele se retraiu ao passar por cima de uma cerveja que tinha cheiro de krogan.

Ele devia saber. Wratch e Kaje o arrastaram para fora a fim de "celebrar" depois que Arvex e Na'to viraram fumaça com o Flagelo. Ele por muito pouco escapou com os intestinos intactos.

Dois dos grandalhões Nakmor agora estavam sentados no canto, segurando suas bebidas com cuidado. Se estavam incomodados com a exibição da asari, não pareciam demonstrar.

Irida olhou feio para ele.

— Olha! Bichos de estimação. — Uma onda de sua mão fez com que um escudo biótico batesse no outro.

Reg estremeceu enquanto eles gritaram. Berraram.

Lentamente, ele levantou a mão, meteu seu corpo entre a visão dela e seus brinquedos. A garrafa na outra mão de Irida virou para sua boca.

— Irida. — Ele suspirou. — Vamos, você não se dá bem com a bebida.

— Eu me dou — disse ela rispidamente — *muito bem*.

Crash! Uma mesa. Um escudo bruxuleou e se apagou. O humano saiu rolando de pernas para o ar e se esparramou, perplexo, na frente da porta.

— Chame... chame a segurança!

— Não, não chame — disse Reg por cima do ombro. — Ela só está...

— Bêbada. Magoada. *De luto.* — Ela está processando isso. Eu cuido do assunto.

— Éééééé — disse a asari com a voz arrastada, inclinando-se para a frente. A garrafa que ela segurava virou seu conteúdo.

Mais cerveja krogan.

Droga!

Reg se aproximou alguns passos. Estendeu a mão para envolver a garrafa com dedos gentis. Sua mão engolfou a maior parte dela.

— Vem, Violet. Vamos andar e aliviar a cabeça.

— Não! — Ela se sacudiu. Um grito agudo e um estrondo disseram que outro escudo tinha se desfeito, deixando seu prisioneiro livre para escalar desequilibrado para a liberdade.

O coração de Reg se doía pela garota. Embora ela não fosse uma menina, mesmo sendo anos mais velha do que Reg, ele não precisava ser um ancião para ver o quanto ela estava lidando mal com aquela morte. A equipe estava junta há anos. Serviu unida. Lutou unida.

Ele tentou a lógica.

— Vamos. Você sabe que estamos em racionamento, não vamos piorar tudo com a birita, né?

— Racionamento. — Ela cuspiu a palavra. — De que adianta? — Ela puxou a garrafa. Pareceu confusa quando ela não cedeu muito na mão de Reg. — O racionamento não vai trazer Na'to de volta.

Ele se doeu por dentro. A tristeza invadiu sua voz quando ele falou baixo.

— Eu sei, Violet. Eu sei. Mas Na'to não ia querer que você se destruísse... nem a área comum — acrescentou ele, olhando em volta — desse jeito.

— E como é que você sabe? — Ela o olhou duramente, com seus olhos roxos claros arregalados e unidos. — Como alguém pode saber?

— Merda! — resmungou alguém atrás dele. — Ela está péssima.

Ele olhou por cima do ombro, viu Nnebron entrando na sala. O sorriso dele, Reg sabia, era triste.

— É — disse ele em voz baixa. — Vem, vamos levá-la para um lugar tranquilo.

Agora sem dizer nada, Nnebron se aproximou da esquerda de Reg, aparecendo com um sorriso por trás do homem maior.

— Oi, Violet, você pode me ajudar numa coisa?

Ela o encarou, confusa. Oscilando.

— Talvez. — Ela não lutou quando Reg passou o braço por seu ombro. — Vou precisar do meu *boot*?

— O que dela?

— As botas de combate — sussurrou Reg a Nnebron.

O garoto o encarou.

— Não — acrescentou Reg para Irida. — Esta noite não.

Ela assentiu, deixou-se ser ajudada a sair da mesa.

— Tudo bem. Na próxima?

— Na próxima — disse Nnebron com firmeza. — Agora eu tenho uma necessidade enorme de ajuda, hmmm... — Uma pausa. — É, para...

— Nnebron precisa de alguém — disse Reg rapidamente. — Ele está lutando com alguns conduítes de energia. Você quer ajudar?

Irida deu de ombros e enquanto eles a levavam pela sala, seus olhos baços e lacrimosos focalizavam na multidão.

Ela torceu a boca.

— Covardes — cuspiu ela.

— Nossa! — Nnebron pôs o braço em volta de sua cintura, ajudava-a enquanto Reg avançava para guiá-la — e definitivamente empurrar — por entre a multidão que olhava, murmurando.

— Eles só... eles só ficaram sentados... e olharam...

— Ah, garota. — A voz de Nnebron vacilou. — Vamos. Vamos nos livrar dessa bebida.

— Vou mostrar a eles — dizia ela enquanto eles em parte puxavam, em parte a levavam pelo corredor. Ela se virou por sobre o ombro, as feições dispostas em linhas azedas. — Vou mostrar a vocês! Vocês não entendem... o que acontece quando eles começam isso!

— Tudo bem, Irida — disse Reg em voz baixa, trocando um olhar com Nnebron.

— Primeiro morre gente — gritou ela, cambaleando. Reg a ajudou a ficar de pé. — Depois racionamento! Não vai acabar!

Nnebron e Reg sabiam. Eles estiveram lá.

Morte. Fome.

Uma liderança que não faria nada para salvar o próprio rabo.

— Não antes de fazermos alguma coisa — disse Irida infeliz.

Nnebron e Reg passaram cada um o braço por sua cintura, praticamente carregando-a entre eles ao se afastarem da área comum silenciosa, da qual olhavam.

— Tudo bem — disse Nnebron com paciência. — Tudo bem. Mas primeiro, talvez a gente beba à memória do melhor salarian que já conhecemos.

Reg concordou exageradamente com a cabeça, até Irida perceber e imitar o gesto.

— Parece bom, não é? Vamos beber a Nacho.

— A Nacho — repetiu Irida.

O sorriso de Nnebron não chegou a seus olhos.

— A Nacho.

— Eles vão ver só — sussurrou a asari.

— Nós vamos ficar bem.

* * *

Semanas. Malditas *semanas* observando seus compatriotas como um falcão, reconfigurando suas patrulhas de segurança e deveres para cobrir os oito oficiais roubados dela e lidar com explosões cada vez mais constantes entre os racionados. Os motivos não importavam — eram variados, de qualquer modo. O pavio era curto. O medo, elevado. Estômagos estavam vazios. A água quase acabada. Uma palavra errada, um olhar, um gesto...

Que inferno, Sloane estava consciente havia menos de quinze minutos quando teve de dar fim a uma briga entre um krogan e algum idiota que não entendia as diferenças letais das categorias de peso.

Sua cabeça doía.

Tudo isso por causa do quê? A esperança magra de que as naves de exploração encontrassem algum jardim próximo das generosas delícias? Que os Pathfinders não esbarrassem eles mesmos no Flagelo e fossem despedaçados antes que alguém despertasse para tomar conhecimento disso?

Uma ideia melancólica, até para Sloane.

A tensão na Nexus era palpável, uma espécie de esperança forçada e desespero crescente. Ela sentia nos corredores, na copa, no refeitório, nas salas de treinamento que suas forças de segurança aliviavam o estresse sempre que podiam.

As rações ficavam apertadas. Mais apertadas a cada dia. Mesmo assim, a crença de Addison nas naves de exploração ainda era inabalável — um fiapo de esperança lentamente esgotando aqueles que o sustentavam. Fé, *determinação*, estavam no limite.

Junto com a moderação de todos.

Sem dúvida a de Sloane.

Ela andava pela hidropônica porque pelo menos a esperança verde de comida futura parecia mais tranquila do que o metal exposto e robusto e as placas quebradas das paredes da Nexus. Os krogan estavam *em toda parte*, lidando com as emergências, reconstruindo tanques de hidropônica, escorando anteparas rasgadas. Sloane detestava admitir — pelo menos devido aos preconceitos que eles não podiam extravasar —, mas a força de trabalho krogan de Kesh estava salvando vidas.

Literalmente.

Eles também eram grandes e uma unidade, para todos os fins. Até agora, dispostos a trabalhar sob as sanções do racionamento, mas por quanto tempo? Eles não comiam pouco.

Outra preocupação em meio às muitas que rivalizavam pela alta prioridade na cabeça de Sloane. Os krogan. A disposição cada vez maior de Tann de ignorar os conselhos dela, se é que alguma vez ele os procurou. O fluxo quase constante de pancadaria, discussões e críticas. Isso podia ficar imenso, rapidamente... e depois?

Sloane parou na frente de uma das estruturas espatifadas da hidropônica, olhava vagamente para ela enquanto remoía essa pergunta. Na frente, um krogan grunhiu enquanto outro trouxe a ele — a ela? — uma chapa para soldar na estrutura.

O silvo do metal queimado e a chama laranja e perigosa da omnitool do krogan iluminaram os dois em um tom feroz, oscilando como uma lâmpada estroboscópica demente.

Sloane franziu o cenho. Imaginou o que aconteceria se a força de trabalho de Kesh decidisse que já bastava, que sua mão de obra não devia ser considerada inabalável, ou que suas barrigas precisavam se encher, se quisessem que eles mantivessem esse ritmo frenético. Ela tentou imaginar sua força de segurança enfrentando uma horda de krogan furiosos, e estremeceu. Se as coisas chegassem a esse ponto, ela não teria alternativa senão voltar suas forças contra eles.

Só a ideia a deixava embrulhada.

Ela bateu o punho contra seu osso esterno. A azia vinha fervendo ali desde a semana anterior e Sloane fez uma careta ao ter um refluxo.

Addison disse que ela se estressava demais. Que precisava de uma pausa. Talvez fosse assim. Talvez ela se estressasse muito. Seja como for, não importava. Este era o trabalho de Sloane — e apesar do que os burocratas dissimulados pensavam de seu jeito franco de fazer as coisas, Sloane Kelly não gostava de usar seus oficiais como mecanismo de ameaça.

Nada disso podia ser imputado à tripulação. Eram pessoas assustadas e com fome. Isto ainda não podia ser desculpa para deixar que eles se descontrolassem. De algum modo, o moral precisava ser elevado.

Merda, mas como?!

Sloane grunhia à meia-voz enquanto girava o corpo e percorria a distância de volta à seção mais distante da hidropônica. Esta emitia um brilho quente, alimentado pela luz projetada para estimular o crescimento vegetal ecologicamente seguro. Todas as esperanças da galáxia estavam nessas pequenas manchas verdes e frágeis. Bom, nelas e nas naves que Addison havia despachado.

O prognóstico? Não era bom — e pela primeira vez na vida ela não podia culpar a liderança, porque ela era a porcaria da liderança.

— Merda! — ela sibilou, cerrando o punho por reflexo. Queria esmurrar alguma coisa. Qualquer coisa. *E que impressão isso daria?* Ninguém sabia como as pessoas podiam reagir. Sloane não queria ser a chama que acenderia o estopim. Por melhor que uma briga pudesse parecer agora.

Felizmente para seu mau gênio desembestado, Talini interrompeu sua meditação com um toque bem cronometrado no comunicador.

— Que foi? — vociferou Sloane, mal dando à asari tempo para registrar o visual, e ainda menos para cumprimentá-la. Nem tanto felizmente para o mau gênio desembestado de Sloane, a asari não parecia ter boas notícias.

— Precisamos de você na manutenção, convés oito. — Sem rodeios. Severa. — Houve um acidente. — Por trás da tensão digitalizada da voz de Talini, Sloane ouviu gritos. Dor. Fúria.

Já é a merda do estopim?

— Estou a caminho — disse Sloane abruptamente ao girar nos calcanhares. Os krogan a olharam partir, só uma pausa muito breve nas batidas que acompanhavam seu trabalho.

* * *

O primeiro sinal de problemas encontrou Sloane no momento em que as portas do elevador se abriram num silvo. As trevas escondiam metade do corredor, a outra metade iluminada em pulsos oscilantes por luzes que lutavam para manter sua conexão com a grade. Lâmpadas de emergência brotaram vermelhas onde eles trabalhavam, bruxuleavam fracas onde eles não estavam.

Dois da assistência médica flanqueavam uma maca no corredor. Continha o técnico salarian da segurança. O sangue verde manchava o curativo de emergência feito em volta de seu pescoço, do ombro e do peito. Ele abriu a ela um sorriso fraco e fez uma saudação ainda mais fraca, retraindo-se com o esforço.

— Fique parado, Jorgat — disse rispidamente um paramédico. — Senhora — acrescentou ele a Sloane.

— Como ele está?

— Com sorte — respondeu ele com uma franqueza que dizia mais sobre as condições de seu colega de equipe do que qualquer outra coisa.

— Eu vou ficar bem — ofegou Jorgat. Por trás das palavras, veio um gorgolejo que não agradou a Sloane. Ela pôs a mão na maca a fim de detê-la a meio caminho do elevador. As portas tiniram, infelizes, com a interferência.

Os paramédicos fecharam a cara para ela.

— Quem fez isso? — perguntou ela, ignorando-os em favor do salarian de olhos lacrimosos. Ela se curvou para a maca, impedindo que ele falasse alto. — O que aconteceu?

Ele tossiu e borrifos verdes salpicaram o uniforme dela. Enfim ele conseguiu rir, fraco, mesmo que tenha borbulhado.

— Foi um engano. — Ele ofegou. — Eu me deixei distrair.

— Um acidente? — perguntou Sloane, sua voz baixa para evitar que os boatos se espalhassem. Ela precisava colocar uma pedra nisso, fosse o que fosse, e rapidamente.

Jorgat balançou a cabeça, fraco. Ela entendeu.

Sabotagem.

Um dos técnicos puxou seu braço.

— Senhora...

— Pode ir. — Sloane deixou a maca continuar, saindo inteiramente do caminho. Os olhos grandes do salarian se fecharam de dor. — Cuidem bem dele — acrescentou ela.

— Vamos cuidar — disse a mulher na frente.

As portas se fecharam em um acesso de tosse de Jorgat.

Será que os pulmões salarians entravam em colapso como os humanos? Se for assim, isso explicaria os ruídos. Nada que o tempo, os cuidados e a tecnologia médica adequada não pudessem corrigir, mas enquanto uma estaca de raiva se cravava no fundo de seu cérebro, os punhos de Sloane se fechavam. Isso não importava.

Ele nem mesmo devia estar nessa situação.

Sabotagem. Alguém machucou um tripulante dela.

Alguém tinha machucado mais do que apenas Jorgat, percebeu Sloane andando pelo corredor. A sensação de vazio em suas entranhas aumentava a cada passo. Corpos acocorados contra as placas na luz hesitante, segurando membros e dedos variadamente feridos. Principalmente queimaduras. Elétricas? Químicas?

Talini esperava junto à porta grande, com um datapad na mão. Ela o usou para acenar enfaticamente a Sloane. Um vinco fundo marcava sua testa, mas uma olhada rápida disse a Sloane que a asari não participou do que aconteceu. Sem ferimentos, não havia sangue no uniforme.

Sloane passou a mão no rosto, tirando fios do cabelo dos olhos.

— Pode falar — disse ela. A asari gesticulou para o grupo de técnicos uniformizados que entravam e saíam pela porta entreaberta.

— Um cano que levava resfriador a uma das salas do servidor explodiu. Estourou há uns 15 minutos.

Sloane olhou os tripulantes feridos.

— É dano demais para um cano estourado.

— Alta pressão — respondeu Talini. Ela virou o datapad nas mãos e puxou as informações que estivera registrando. — Este é um dos hubs principais do processador. É mantido mais frio do que os outros por motivos óbvios, mas os conduítes de alta pressão foram usados porque eles são...

— Eficazes em custo — terminou Sloane com secura. — É, já ouvi esse papo. — A asari lhe passou os dados. Não tinham muito significado para ela, mas ela entendeu o essencial — no momento crítico na linha do tempo, os sensores de pressão dispararam para fora do gráfico.

— Houve algumas preocupações com a quantidade de pressão necessária para manter o fluxo do resfriador, mas por fim isso foi esclarecido.

— Exceto?

— Exceto — respondeu Talini com um suspiro —, no caso de ativação manual.

O meio sorriso de Sloane parecia frágil.

— Muito bem. Jorgat disse que ele foi distraído?

Ela assentiu.

— Ele disse que tinha acabado de começar a mudança de turno para a manutenção do servidor. Ele conhece quase todos de vista, pelo menos, porque já está estacionado aqui há algum tempo.

Sloane olhou o corredor, onde as luzes esparsas se acendiam e apagavam, imitando aquelas atrás dela.

— Então ele viu um rosto desconhecido?

— Não. — Talini gesticulou para trás, avançou para a sala do servidor e acenou para que Sloane a seguisse. — No meio da mudança de turno, alguns técnicos trocavam as saudações habituais, Jorgat disse ter ouvido algo estranho vindo *de dentro*. Ele foi olhar...

Sloane ofegou quando entrou na sala. Sua respiração de imediato se condensou e cristais de gelo estremeceram precariamente nas chapas, placas e painéis. Embora os danos físicos parecessem mínimos, Sloane localizou de imediato onde o pior havia acontecido. Um bom pedaço de material arranhado, torto e amassado.

— Como pode ver — continuou Talini severa —, os painéis não tiveram a menor chance.

— Nem esse cano. — Sloane franziu a testa, acompanhando os sinais dos danos até a parede que tinha se vergado com a pressão do resfriador. Ele já havia sido fechado, o que ela imaginava que por enquanto forçaria os servidores, mas esse não era seu problema imediato. Havia duas evidências de como aquele lugar ficara frio: o gelo ainda grudado a cada superfície e a quantidade de braços e pernas queimados pelo fluido resfriador que se derramava no corredor logo atrás delas.

Ela levou a mão ao buraco na parede, testando a borda do metal. Ainda estava muito gelada. As bordas da fissura se descascavam para fora como uma flor. O cano estourado e várias outras entranhas tinham lançado estilhaços pela sala.

Sloane olhou por cima do ombro, mapeando mentalmente a dispersão. Jorgat teria estado parado bem ali onde Talini estava agora. Bem no caminho.

Merda, os paramédicos tinham razão! Jorgat teve *muita* sorte. Sloane franziu o cenho, furiosa e frustrada, *puta da vida*.

— O que foi o barulho que ele ouviu? — perguntou ela por cima do ombro.

A asari virou a cabeça de lado, depois correu os olhos pelos dados novamente.

— Ele disse, e estou citando, "Algo parecido com uma explosão reversa, uma espécie de *whoomp*, só que para trás". Fim da citação.

— Sei. — Ela lançou um olhar à asari que esperava não revelar a raiva fervilhante que rolava no peito. — Faça-me um favor, sargento. Solte um daqueles vórtices circulares seus. — Ela gesticulou. — Para o teto.

Talini não era o que alguém poderia considerar uma burra. O sorriso de Sloane mostrou os dentes e a compreensão transparecia nas feições azul-claras da asari.

— Sim, senhora — disse ela e reuniu sua energia biótica, do jeito que os bióticos faziam. Sloane não sabia como. Felizmente, ela nunca foi biótica. Os humanos que eram, segundo sua experiência, tinham efeitos colaterais homicidas — pelo menos antigamente. O tempo e a tecnologia aparentemente melhoraram, mas Sloane era da velha guarda.

Todos os asaris, por outro lado, pareciam apresentar uma tendência natural. Talini puxou uma singularidade sei lá de onde, forçando uma brecha na realidade que de certo modo... a reverteu.

Sloane assentiu.

— Isso parece uma explosão ao contrário para você?

As forças roxas e azuis da energia biótica giraram e mesmo dessa distância Sloane sentiu os fios de seu cabelo se elevando. Elas estavam longe demais para sucumbir à gravidade alterada, mas isso a desorientava do mesmo jeito.

— Pode ser isso. — Talini virou o cenho franzido para a brecha. — Em vista da pressão e das substâncias químicas em seu interior, mexer nele pela biótica pode produzir um gargalo grande o bastante para provocar isso.

— Então, um biótico. Asari?

— Pode ser um humano implantado — disse Talini em voz baixa.

— Não me lembro de ninguém na lista dos despertos, e você?

— Não. Pelo menos não de alguém que tenha um controle tão forte da capacidade — admitiu ela.

— Vamos olhar os registros da tripulação — disse Sloane. — Só para ter certeza.

— Mas você acha que foi um asari.

— Algum krogan lançando biótica por aí, que você saiba? — perguntou Sloane com secura.

Talini pensou no assunto. A sério.

— Não existem mestres de batalha por aqui. Só ouvi falar de um deles, do clã Urdnot.

Ela falava sério. Sloane a olhou fixamente, depois desistiu inteiramente dessa linha e disse:

— Vamos investigar as listas mesmo assim.

Talini assentiu novamente, entrando com alguns itens em seu datapad. A tela brilhava enquanto ela abaixava para examinar a grande sala da rede.

— Isso sugere a pergunta... por que aqui?

Sloane se perguntava o mesmo. A resposta, infelizmente, não era difícil demais de supor.

— Sala do servidor, não é? Informações. — Ela apontou com o polegar o buraco na parede ao voltar para as portas. — Isso é uma distração. Como disse Jorgat. Encontre alguns técnicos capazes de repassar os registros de entrada. Quero este lugar examinado de cada ângulo. Quanto a você, sente-se com alguém de nossa turma da info-sec e acesse os registros visuais. *Discretamente*, Talini. A última coisa de que precisamos agora são boatos de espionagem ou sabotagem.

— Sim, diretora — respondeu Talini com ardor. Ela se virou e acompanhou Sloane para fora. A hidráulica da porta zuniu, estremeceu, mas não conseguiu fechar. O impacto de Jorgat tinha deslocado um lado de seu trilho.

O que quer que tenha sido isso, quem colocou um dos seus na ala médica e pôs em risco a vida desses técnicos... As mãos de Sloane se fecharam novamente. Seus dentes contiveram uma série de palavras que Talini não merecia ouvir.

Ela os descobriria.

Não morreria mais nenhum tripulante na Nexus. Nem civis, nem técnicos, *ninguém mais*. Esta era a estação dela. Ela não estava protegendo as pessoas presentes.

Em particular delas mesmas.

* * *

Irida Fadeer pode ter trocado as botas de combate por um uniforme da engenharia, mas isso não queria dizer que perdera o tino. Invadir e entrar não era a parte complicada. Algumas décadas antes, talvez ela dependesse da força bruta para fazer o trabalho, mas a habilidade técnica, somada à experiência, simplificava tudo.

Não sem algumas baixas, admitiu ela em silêncio ao sair do alojamento da engenharia. Ela fez o melhor que pôde, mas os humanos tinham um ditado sobre quebrar ovos para criar refeições, não é? Felizmente, ninguém morreu.

Um grande sinal de positivo em seu livro contábil.

O outro era o banco de dados que ela havia adquirido. Calix dissera a eles para ficarem atentos aos suprimentos, mas não foi o bastante. Entre o racionamento e a tensão elevada que enchia a estação, Irida sabia que logo alguma coisa ia estourar. Todos eles sabiam. Calix estava na dianteira, pelo menos, mas a pior hipótese? Eles teriam suprimentos, mas não informações. A informação faz toda a diferença em situações assim. Em particular do tipo que ela obteve. O material protegido. As coisas que eles não queriam que alguém tivesse.

O conteúdo era demasiado para ela digerir plenamente. Mas ela passou os olhos o suficiente para saber que era o primeiro prêmio. Rotas de patrulha. Locais de câmeras. Muito mais, sem dúvida. Calix podia fazer muito com um conhecimento desses. Proteger a eles, seus suprimentos e as pessoas ainda em estase.

Ela não conseguiu conter o sorriso. Era bom fazer algo para garantir a segurança de sua unidade, de sua turma. Calix merecia isso e muito mais. Ele a defenderá, defenderá todos eles, antes. Faria isso de novo e desta vez ela também o apoiaria.

— Sentindo orgulho de si mesma?

Irida ficou petrificada enquanto a voz indiferente da diretora de segurança rolou do corredor à frente dela. Sloane Kelly parou no canto, as mãos vazias, o olhar afiado como um sorriso de vorcha. Irida pestanejou. Seus nervos se agitaram, mas ela simplesmente ampliou seu sorriso e assentiu com respeito.

— Diretora? — disse ela tranquilamente. Uma saudação, meio inquisitiva. Porém, atrás dela, sentiu e ouviu muitos outros oficiais da segurança se posicionando. *Que se dane tudo.* Então ela não teve tanto cuidado, como esperava. Será que o salarian, afinal, a havia visto?

Talvez ela devesse tê-lo matado quando teve a chance. Só para ter certeza.

Agora era tarde demais. Sloane se aproximou, à espreita. Não havia outra expressão para isso — não que Irida pudesse invocar. Ela entendia o respeito de Calix pela mulher, mas isso colocava os dois em má situação.

— Irida Fadeer — disse a diretora. — Você está presa por arrombamento e invasão, destruição da propriedade da Nexus...

— Para não falar de propriedade de asaris, salarians e turians — disse uma voz de mulher atrás de Irida. Não havia escapatória.

Argh, ótimo! Isso significava que Irida teve uma sorte ainda menor dando com essa. Ela *vira* a asari da força de segurança trabalhando.

— *Destruição de propriedade da Nexus...* — repetiu Sloane em voz alta, com um tique abaixo do olho que causava mais preocupação a Irida do que qualquer outra coisa. Ela franziu o cenho, dando meio passo para trás.

— Espere um minuto, diretora, o que eu devo ter...

Sloane não deixou que ela terminasse. Com uma velocidade surpreendente e uma força maior do que Irida esperava, a humana recuou o punho e bateu feio, com força e rapidez na cara de Irida. Ela grunhiu com o impacto, bateu na parede do corredor e foi arremessada em um monturo trêmulo aos pés da equipe de segurança. Nadaram estrelas em seus olhos. Seu maxilar passou de um formigamento estranho para a repentina angústia extrema.

Irida balançou a cabeça. Em vão.

Ela devia ter previsto que isto aconteceria. Ora essa, devia ter se planejado para isso, mas, apesar da experiência de Irida como mercenária, ela jamais teria esperado que uma oficial humana da Aliança fugisse do protocolo.

— ...e por atacar um membro de minha equipe e 14 tripulantes da Nexus — rosnou Sloane, ofegante. Irida não sabia muita coisa sobre a mulher. Mas enquanto a equipe de segurança passava os dedos duros por seus braços e a colocava de pé, arrastando-a, de uma coisa ela tinha certeza — a Aliança não atacaria alguém sem ter absoluta convicção dos fatos, e nem mesmo Sloane Kelly faria isso.

Ela fora apanhada. Uma fúria silenciosa cresceu dentro dela, mais consigo mesma do que com outra coisa.

— Levem-na para a cela — vociferou Sloane. — Preparem para interrogatório. E deem uma busca na merda do beliche dela! — acrescentava ela incisivamente enquanto girava nos calcanhares e se afastava. Irida enrijeceu. O respingo azul de seu próprio sangue deixou riscos escuros na blusa. A dor dançava nos seios nasais. Suas faces pareciam estar em brasa.

Acabou-se. Era o fim para ela.

— Tem alguma coisa que queira dizer? — Era o humano que a segurava. O olhar de Irida deslizou para a asari que segurava seu outro braço. Nada. Nenhuma ajuda, nenhuma solidariedade ali.

Ah, bom. Sororidade só até certo ponto.

— Não — disse ela e cuspiu no chão um bolo de muco tingido de azul. De jeito nenhum levaria mais alguém com ela. Essa parte pelo menos ela fez direito. Calix não sabia nada de seus atos e não podia ser arrastado para isso — ele não seria.

Mentalmente, Irida trabalhava. A Iniciativa não a executaria — não se atreveriam a isso. Na pior das hipóteses, ela seria colocada em crio, como aquele bando que tentou roubar um transportador. E quem é que podia abrir manualmente os tanques de estase?

Pelo menos, imaginava Irida enquanto sua escolta a conduzia para a esquerda, ela teria um sono muito necessário.

As portas se fecharam para seu sorriso.

CAPÍTULO 21

Eos se agigantava à frente, um crescente sinistro contra os fios do Flagelo e o pano de fundo estrelado bem além.

— Nada ainda? — perguntou o capitão, a voz dirigida a seu oficial de ciências.

O turian meneou a cabeça, sem dizer nada.

— Como é possível? Estamos bem em cima dele, caramba.

A ponte do transportador mínimo estava lotada, mesmo com a ausência de dois integrantes que estavam sedados em beliches na popa. Mais vítimas do Flagelo e provavelmente não eram as últimas. Neste momento, porém, não era com os ferimentos que o capitão Marco estava preocupado, era com os malditos sensores. O Flagelo podia fazer o transportador mínimo se debater como um peixe em terra seca, é verdade, mas aniquilou completamente qualquer possibilidade de uma leitura confiável do sensor. Cada varredura voltava diferente, ou não voltava. Apesar de Eos, o mundo habitável mais próximo da posição atual da Nexus, estar bem diante deles, as telas oscilavam entre o espaço vazio, várias luas, um campo de asteroide e até uma vasta frota de cruzadores quarian, dependendo do segundo em que por acaso você olhasse.

Seu transportador estava completamente às cegas. Os dados não eram confiáveis. Entretanto, todos podiam ver o planeta, cada vez maior.

Ele tinha de tomar uma decisão e logo. Bastava uma olhada a sua tripulação fatigada para saber o que eles diriam: ir para casa. Já bastava.

Marco não tinha a intenção de fazer isso. Ainda não. A Nexus não podia tê-los de volta de mãos abanando e sua tripulação sabia disso. Eles só estavam com medo, e quem poderia culpá-los?

— Capitão? — chamou seu navegador. — Em 16 segundos não poderemos escapar da gravidade do planeta. Se ligarmos os motores agora, pegamos o efeito estilingue e voltamos para a Nexus. Informamos a eles nosso...

— Negativo — disse ele. — Não vamos voltar de mãos vazias.

Ninguém falou nada.

Um uivo sinistro começou em algum lugar da nave e a percorreu por completo. Grudou-se no casco, triturando-o, e os filetes estranhos do Flagelo continuavam a brincar com eles.

— Navegação, vamos ligar os motores, mas não para ignorar este planeta.

— Você não pretende seriamente pousar sem os sensores.

— Não — admitiu ele —, pousar, não. Mas vamos mergulhar nessa atmosfera e veremos o que podemos enxergar.

Eos tem uma grossa camada de nuvens elevadas, impedindo uma visão das recompensas que a superfície podia conter. Varreduras feitas séculos atrás indicaram vida vegetal e muita água. Um perfeito candidato para a colonização. Agora, porém, os sensores só retornavam uma algaravia. Assim, eles agiriam à moda antiga e dariam uma olhada com os próprios olhos.

Novamente, nenhuma discussão da tripulação. Todos eles sabiam no que estavam se metendo quando entraram para esta missão, mas isso não eliminou o tormento. Esta era uma manobra tremendamente perigosa, em particular dependendo apenas do visual, e talvez dos gemidos angustiados das placas do casco.

Os motores roncaram bem na deixa. À frente, Eos começou a rodar enquanto a nave pequena virou seu lado termicamente protegido para as nuvens cinza-esverdeadas.

Marco não precisou ordenar que todos fechassem os arneses. Eles não saíram de suas poltronas de voo desde o primeiro tapinha amistoso do Flagelo, a cerca de um milhão de quilômetros da Nexus. Naquele momento, a estação maltratada estava longe demais atrás deles para uma saudação e a turbulência se aquietou, como se os desafiasse a avançar um pouco mais.

O planeta agora bloqueava as estrelas e os membros indistintos do Flagelo. Os sensores também não aprenderam nada de novo a respeito do fenômeno. As leituras eram um lixo, totalmente inúteis, não mereciam confiança.

— Comunicações — disse o capitão Marco.

— Aqui — respondeu o engenheiro. Não era uma oficial treinada da comunicações, mas a mulher tinha lidado de forma admirável com a tarefa.

— Continue tentando contato com a Nexus e com as arcas. Todas as faixas, todas as frequências.

— Eu sei — disse ela, não com impaciência. Ele já dera essa ordem, duas vezes, e ela estava sempre preparada para a tarefa.

— Transmita tudo que virmos, entendeu? Não me importa que esteja embaralhado. Talvez eles descubram um jeito de decifrar. Precisamos tentar.

— Entendido — respondeu ela, dessa vez com embaraço na voz. Havia mais determinação nas palavras dele do que ele pretendia, mas agora não podia fazer nada a respeito.

O transportador começou a chocalhar e agora não era pelo Flagelo. A atmosfera de Eos começava a raspar seu casco.

A visão dele transformou-se em um caos, as chamas lambiam e se enroscavam pela base da nave. O casco estremeceu sob a tensão. A escuridão do espaço começou a se transformar nas nuvens elevadas, castanhas e empoeiradas.

Em segundos, eles estavam envolvidos, a visibilidade obstruída. Marco agarrou-se aos braços da poltrona até que os nós dos dedos ficaram brancos.

De súbito, a violência cessou. As nuvens se ergueram. Ele estavam abaixo delas e agora corriam o risco de cair demais.

— Motores! — gritou ele. — E vire a nave!

A nave arremeteu e, no mesmo instante, começou a inverter sua posição.

Marco inclinou-se para a frente, a respiração presa no peito.

Eos devia ser um mundo ajardinado. Verdejante, com rios sinuosos e longos e dois mares rasos. Assim disseram as varreduras, muito antes de a Nexus chegar a Andrômeda.

Agora ele não conseguia enxergar bem. Contrariando seu senso crítico, Marco soltou o arnês e curvou-se ao máximo que pôde para colar a cara na janela.

O capitão não viu jardins. Nem florestas. Nem selvas, nem vastas copas de árvores gigantes.

Ele viu um deserto árido. Desolação. Poeira.

E outra coisa também. Um monólito imenso que assomava sobre tudo a sua volta, apontando para cima como uma lasca de cristal.

— Mas... o que é... aquilo? — perguntou ele em voz alta, cada palavra foi uma luta.

— Um deserto — sussurrou alguém e Marco se perguntou se estavam se referindo a Eos ou à própria Andrômeda.

Um movimento chamou sua atenção, no alto. Um filete preto e sinuoso, agitado por milhares de explosões mínimas. Cortou a atmosfera, torcendo-se e se curvando como se procurasse algo. Como se...

O dedo comprido do Flagelo curvou-se e bateu no transportador com a força de um furacão. A nave se sacudiu violentamente. Alguém gritou. Marco pensou que talvez tenha sido ele. Houve uma pancada, seu crânio bateu na estrutura da janela e tudo escureceu.

Marco se lembrou de cair, da dor e das palavras que pareciam incrivelmente distantes.

— Tire-nos daqui — dizia alguém. — Tire-nos daqui!

* * *

— Ela está pronta para o interrogatório.

Sloane pegou o tablet que Talini lhe estendia, passando brevemente os olhos por ele. Toda a burocracia habitual estava em ordem. Depois de seus informes da conversa irritante com Tann, finalmente a vantagem era dela.

Tann havia exigido que ela "tratasse do assunto", o que Sloane tinha toda a intenção do mundo de fazer, mas o faria do jeito dela, e não do dele. Ele pensava que colocar Fadeer em estase seria suficiente. Afinal, esse foi um fim limpo para os sequestradores. Uma punição que não exigiu julgamento nenhum. Sloane tinha outras ideias. Ideias que incluíam perguntas sobre os motivos de Fadeer. Suas intenções. Seu apoio.

A asari tinha um bom currículo, ela observou. Referências primorosas. O próprio Calix a afiançava, inclusive com uma carta de referência excelente por seus serviços em sua colocação anterior na *Warsaw*. Sloane ponderou. Toda a equipe dele, pelo menos o grupo essencial, tinha servido com ele lá. E todos vieram com ele para cá.

Interessante.

O que levou Irida a sabotar a Nexus e a ferir pessoal pelo caminho, não podia ser nada tão simples como Tann claramente esperava. Sloane precisava ter certeza, porém. Ela devolveu o datapad.

— Ela disse alguma coisa?

— Pediu água. Tive a impressão de que era uma ironia.

— Muito esperta. — Sloane meneou a cabeça. — Mais alguma coisa?

— Ela disse que vai entrar com uma acusação de agressão.

Sloane bufou.

A asari tomou isso como a resposta que era.

— Também devo avisá-la de que estamos sendo importunadas por dois técnicos da rede feridos na sabotagem.

— O que eles querem?

— Respostas, desconfio. — Ela abriu os longos dedos azuis no gesto universal de *quem sabe*. — Represália para alguns, indenização para outros.

Sloane torceu o lábio.

— Dificilmente. Não estamos em Ômega. — Ela rolou os ombros, ouviu os dois estalando da tensão. — Dê a eles o papo de sempre. Se eu ouvir uma *só* explosão, vou trancafiá-los também.

— Sim, senhora.

A asari cuidaria da besteirada administrativa e, assim, todo o foco de Sloane estaria em Irida Fadeer. Ela andou pelos corredores até que a maior parte de sua fúria tivesse se esgotado, entretanto grande parte dela ainda fervia no seu íntimo. O guarda na frente da cela de Fadeer viu sua aproximação e abriu a porta.

— Senhora — disse ele em voz baixa.

A prisioneira estava afetadamente sentada no beliche estreito, com as mãos no colo — e ainda nas algemas à prova de biótica que cobriam toda a mão. Fadeer parecia fria e calma. O sangue ainda manchava sua face, estragando um pouco a impressão. O suficiente para Sloane fazer uma careta. Tudo bem, então talvez ela mereça alguma censura por isso. Não seria a primeira vez.

— Diretora — disse Fadeer numa saudação. Desta vez, sem um sorriso falso. Só o ar misterioso que todos os asaris pareciam dominar tão bem. Sloane parou pouco além da porta. Ela se fechou a suas costas com um baque firme.

A asari nem se retraiu.

Isto só fez Sloane querer bater em coisas.

— Comece. Falando.

— Sem um advogado? Acho que tem um em estase — acrescentou ela incisivamente.

— Esta é uma conversa extraoficial.

Fadeer torceu o nariz.

— Então, talvez nós duas tenhamos algumas respostas. Você parece ter certeza de que fui a perpetradora. Como sabe disso?

— Diga-me você, espertinha. — Sloane colocou as mãos às costas, no estilo militar — mesmo que nada em seu corpo estivesse à vontade. Nem os músculos, nem suas entranhas, nem a raiva que fervia.

A asari desenrugou o nariz em um sorriso leve.

— Tenho certeza de que a guarda de segurança salarian não me viu. Nenhum dos técnicos da rede notou minha presença. Assim, restam as gravações de segurança. — Sua cabeça virou de lado, o leve brilho sobre a franja roxa. — Só que eu evitei as câmeras.

Sloane não gostava desse rumo. Não gostava nada. Ela avançou um passo.

— O que você estava procurando no núcleo de dados? O que você conseguiu?

Fadeer mordeu o lábio por um momento, examinando pensativamente a diretora de segurança. O impulso de esmurrá-la — *de novo* — praticamente abria um buraco pelo controle desgastado de Sloane, dobrado quando a compreensão apareceu no olhar da asari.

— Você apertou a segurança, não foi? O que é? — Ela sorriu. — Câmeras ocultas? Captura automática de imagens quando uma rede é acessada?

Merda! Sloane não disse nada, não em voz alta, mas sua carranca falava muito. E aparentemente foi toda a resposta de que Irida precisava. Uma sobrancelha escura se ergueu.

— Diretora — disse a asari com frieza —, não acredito que a população em geral tenha concordado com vigilância secreta, nem que tenha sido informada.

— Ah, bom, foi a *população em geral* que você atacou com sua proeza — rebateu Sloane. Ela girou a mão, seu gesto abarcando toda a Nexus depois da pequena cela. — Essa segurança a mais apanhou *você* em flagrante. A população em geral pode bater na minha porta e gritar o dia todo, desde que eu afaste criminosos como você.

— Tsc. — A asari apenas abriu as mãos, as algemas no pulso tilintando na junção do meio, e disse num tom reflexivo: — Bom, será interessante ver isso se desdobrar. — Ela virou a cara para a frente, acomodando as mãos no colo de novo. — Boa sorte!

Sloane fuzilou a asari com os olhos. Uma coisa era um ataque no calor do momento — não foi o primeiro dela e não seria último. Ela podia meter o pé nos dentes de Irida Fadeer, porém, e se safar sem repercussões.

— Os dados, Fadeer. O que você acessou?

Nada.

— Calix Corvannis está nisso? Ele sabe?

Pronto. Uma contração. Um leve franzido na testa.

— Não.

— Então, por quê? E quem ajudou você?

— Eu agi sozinha.

— Conversa.

Como se tivesse todo o tempo do mundo, a prisioneira olhou firmemente à frente e não disse mais nada. Então era assim. Ela não ia falar, o que significava dois problemas para Sloane. Ela ainda não entendia os motivos de uma sabotadora e a asari sabia da segurança a mais.

Sloane nem chegou a contar a Tann ou Addison.

Droga!

Sloane se virou e bateu na porta. O guarda a abriu e fechou apressadamente após sua passagem. Ele até conseguiu não dar um pulo quando Sloane se virou e deu um murro na porta que se fechava. Só o mais breve lampejo de satisfação atravessou suas feições quando a asari tão fria se retraiu do outro lado.

— Ordens, senhora? — perguntou o guarda. Sloane lançou a ele um olhar que o fez se preparar para o impacto.

— Diga a Talini que verei um turian a respeito de uma traidora.

— Hmmm...

— Ela vai entender — disse Sloane rispidamente e se afastou da cena de sua própria frustração. Talvez o chefe de Fadeer tivesse alguma ideia. Talvez ele tivesse as respostas.

Talvez ela tivesse de prendê-lo e a toda a equipe de suporte vital.

Que ótimo, porra!

* * *

Calix preferia o conforto de seu ambiente da engenharia primeiro — óbvio pela frequência com que ela o encontrava ali — e o conforto das câmaras de Consort em segundo lugar. Esta saiu por confissão dele e

Sloane podia entender. As câmaras de Consort asari costumavam ser as favoritas de muitos visitantes da Cidadela. Como não havia tal coisa ali na Nexus e ele não seria encontrado na engenharia, ela tomou o rumo das áreas comuns.

Era tarde. Tarde o bastante para que as únicas pessoas na área relaxassem silenciosamente para dormir, usando o que estivesse disponível. Livros, alguma música mais calma, luzes baixas, ou, no caso de Calix, um copo do que provavelmente era uísque turian. Ele não parecia do tipo de se arriscar com outra coisa. Os dextroaminoácidos foram cuidadosamente armazenados e preparados para os turians a bordo, o que proporcionava um aperto a mais para as rações, entretanto eles não podiam comer os alimentos para humanos.

Ele a viu entrar, levantou o copo em uma das mãos. A luz fraca lançou um brilho em sua carapaça metálica.

— Diretora Sloane. Venha tomar uma bebida.

— Acho que vou beber, mas não esse troço — disse ela ao se aproximar. — Já tive de lidar com merda suficiente sem precisar acrescentar a literal...

— Eu entendi — interrompeu ele com secura. Seus olhos brilharam. — Parece que você teve um dia infernal. — Calix a observava enquanto ela pegava uma garrafa de cerveja atrás do balcão da área comum. A cabeça dele virou de lado. Era ligeiramente aviário, pensou ela, o que também fazia com que ele parecesse inofensivo.

Sloane perguntou-se até que ponto aquilo era verdade. Ela jogou uma perna sobre a cadeira mais próxima e se acomodou em um conforto não muito cômodo.

— Tem um minuto para falar de negócios?

O turian pestanejou.

— Você quer... falar de comércio? Eu não me importo, mas parece um tanto prematuro. — Sloane precisou de um segundo para se lembrar de que os turians, como os salarians que não se importavam de aprender a cultura humana, tendiam a não entender as metáforas.

— Eu *quis dizer* — enfatizou ela, um sorriso puxando seus lábios apesar da frustração fervilhante —, você tem tempo para conversar sobre assuntos da Nexus?

A expressão dele se desanuviou, os maxilares se mexendo quando ele ria.

— Ah, isso. Claro, Sloane. Ou devo me ater à diretora?

Ela fez uma careta.

— Sloane.

— Entendi. — Ele virou a bebida na boca daquele jeito singular dos turians e Sloane aproveitou a oportunidade para examiná-lo e tomar um gole da cerveja. O limite de bebida na área comum era de uma dose. Sloane precisava tirar o melhor dessa.

Calix não parecia um turian comandando um empreendimento criminoso. Estava relaxado como Sloane sempre o via, embora cansado como de costume. Todos eles estavam. Ela observou atentamente e, bom, metaforicamente arrancava seus dentes.

— Irida Fadeer está presa.

— Irida? — Ele piscou outra vez. — Pelo quê?

— Sabotagem, acesso ilegal a redes de segurança, roubo de dados confidenciais. — Ela enumerou com os dedos erguidos. — Provocando muito dano colateral e baixas.

— Alguma morte?

— Não por falta de tentativa — respondeu Sloane com amargura. — Metade de um turno está fora de combate por alguns dias e temos um salarian na assistência médica em estado crítico. Pode ser que pela manhã tenhamos de acrescentar homicídio à lista de acusações, em vez de simplesmente tentativa.

— Nossa, eu sinto muito. — Ele passou a mão na crista, olhando o teto. — Não sei o que dizer.

— Você estava envolvido?

Ele ficou rígido com a acusação. Ela o observou, examinou cada linha de suas feições. Alguns diziam que era difícil interpretar os rostos turians, mas não era bem assim. Sloane passou com eles tempo suficiente para pegar o básico. Ele estava aborrecido — mas era com a pergunta, as baixas, ou a decepção com Irida? Ela não sabia. Mas ele a olhou nos olhos com uma franqueza que, de algum modo, conseguiu tranquilizá-la.

— Não tenho nada a ver com isso. Nem — acrescentou ele calmamente — ninguém mais de minha equipe. Aposto meu emprego nisso.

Sloane soltou um suspiro de alívio. Ela não sabia dizer *por que* acreditava nele, mas era um fato. Ele não prevaricou, não fugiu da pergunta, nem do olhar dela. O corpo de Sloane relaxou mais uma fração e ela tomou outro gole da garrafa. A cerveja espumosa efervesceu ao descer.

— O que ela pegou? — perguntou ele. — Você disse confidencial.

Sloane virou a cerveja, franzindo o cenho para seu gargalo escuro. Ganhando tempo, na verdade. Decidindo o quanto dizer. Sloane decidiu envolvê-lo em sua confiança, colocá-lo a seu lado nessa questão, a não ser que a lealdade dele a Irida viesse a ser uma barreira.

— Um banco de dados. Cheio de dados de manutenção, localização de equipamento, esse tipo de coisa. Não consigo entender o motivo.

— Não consegue?

Isso chamou sua atenção. O olhar de Sloane ergueu-se e encontrou o dele.

— Explique.

O turian soltou um suspiro longo e tempestuoso. Remexeu-se na cadeira, colocou o uísque na perna e o aninhou ali.

— Pense bem — disse ele lentamente. — Você sentiu a tensão no ar, não foi? As pessoas estão preocupadas.

— Eu sei. — Ela fez uma careta. — Isso só aumenta os problemas reais.

— Este *é* um problema real — corrigiu ele. — Primeiro despertamos no caos, depois descobrimos nossa liderança morta. — Ele gesticulou para ela. — De repente, havia três pessoas encarregadas que ninguém *realmente* conhecia. Sem querer ofender você ou Addison, e tudo bem, talvez um pouco Tann, mas Garson era o coração e a alma desta missão.

— Obrigada por apontar minha falta de coração e de alma — interrompeu ela com ironia. Os olhos dele cintilaram com o humor, mas ele não parou para responder a isso.

— Você despertou muita gente para recolocar as coisas em ordem, eles veem a confusão e a falta de depósitos de comida, para não falar deste misterioso e completamente perigoso Flagelo assomando a nossa volta, e depois você pede a eles que voltem para a crio na crença de que as coisas ficarão bem. Como eles não concordam, começam um racionamento. As rações são inevitavelmente cortadas e as pessoas começam a sentir fome. Elas querem respostas. Esperança. As naves de exploração vão voltar? Será que os Pathfinders um dia vão chegar? O Flagelo vai acabar conosco? A paciência diminui a cada dia, Sloane.

A lista a irritou, principalmente porque ele tinha razão. Ela se curvou para a frente, colocando a cerveja entre as mãos, apoiando os cotovelos nos joelhos, e fechou a cara.

— Não estou interessada em justificativas, e sim nos motivos.

— Vocês, humanos, é que sabem disso — disse ele, sem se abalar com a irritação que ela não se deu ao trabalho de esconder. — Esperando o pior acontecer?

— Chegou perto.

— Os pioneiros a bordo da Nexus têm dado com um obstáculo depois do outro. — Ele gesticulou para a área comum, que estava enganosamente silenciosa, dada a natureza da discussão deles. — As tensões estão se elevando. Cada emergência, acidente e falha os deixam se sentindo mais expostos. Menos seguros. A liderança nos trata como bebês que você pode colocar para dormir...

Ela não conseguiu reprimir um bufo.

— Você não é pai, é?

Ele riu com vontade, meneando a cabeça.

— Tudo bem, talvez a analogia tenha sido ruim. A questão é que, para eles, a liderança parece querer que eles ajam como interface virtual... seguindo ordens, quando necessário, desligados quando acabou. Como boas maquininhas. — Ele deu de ombros. — Eles têm medo, Sloane. Eles acham que ninguém os protegerá quando o pior acontecer. Eles não querem estar em crio, indefesos, quando isso acontecer.

Agora ela conseguia entender.

— Roubando essas informações — disse Sloane, refletindo —, Irida pode estar preparada quando acontecer o pior... ela saberia onde está tudo e talvez como conseguir. Mas para o quê? Um cerco? Uma ameaça?

— Não — disse Calix em voz baixa. — Pense nisso do jeito contrário. É uma passagem para alguma liberdade. Talvez ela só queira ter certeza de que existe um lugar onde ela e outros semelhantes possam se sentir *seguros*.

— Que ótimo! — Sloane passou a mão na testa, depois beliscou a ponte do nariz entre dois dedos tensos. — Nesse meio tempo, isso representa uma ameaça a todos os outros a bordo. Quais são as possibilidades de ela ter passado os dados a outra pessoa?

— Só ela e alguém com quem ela tenha falado podem dizer. A verdadeira questão aqui, segundo penso, é como vamos impedir o inevitável?

Era uma pergunta excelente, *excelente*. Como você tranquiliza gente faminta e assustada de que vai ficar tudo bem? Sustentar a esperança nos

Pathfinders? Nas naves de exploração? Empolgar-se com a hidropônica? Será que um "vai ficar tudo bem" dá conta?

Sloane não tinha a menor ideia.

Talvez Addison soubesse. Talvez até Tann tivesse ideias que não envolvessem obrigar as pessoas a voltar a dormir.

— Se não se importa que eu diga isso — propôs Calix com cautela —, pode começar pelo modo como você trata Irida. — Ela fechou a cara. — Eu sei, eu sei, ela é da minha equipe e *é claro* que eu quero que ela seja bem tratada, mas se ela for jogada para fora da câmara de compressão, se sua punição for percebida como um alerta aos outros...

Ela estreitou os olhos para Calix e pensou em seu próprio comportamento durante a prisão. O soco que ela desferiu e o que havia dito. Porém, mais do que isso, a punição que a própria Sloane defendera quando aqueles terroristas tentaram roubar um transportador.

— *Você* acha que eu mandaria alguém para o espaço por uma opinião divergente?

A gargalhada dele o obrigou a colocar a mão comprida sobre a bebida para impedir que derramasse.

— Você? Não. Você é uma mulher durona, Sloane, mas não é inteiramente insensível. — Com a careta dela, ele virou ainda mais a cabeça. — Por quê? Nosso "diretor interino" está espalhando boatos?

— Se for útil para a posição dele. — Ela fez outra careta. — Ai, eu não devia dizer isso. Não tenho provas.

— Não deve precisar de nenhuma. — Ele sussurrou com certo humor irônico. — Ele é uma figura, não é?

O riso de Sloane pareceu afiado em seu peito.

— Nem me fale.

— Bom, tem lógica.

— Porque ele é salarian?

— É só uma observação. — Calix se curvou para a frente, os dedos curvados em volta do copo para ele rodar seu conteúdo para ela. — Ele é um cara dos números. Do tipo "a qualquer preço", entendeu? É importante para ele manter a vantagem em um jogo de poder. Afinal, poder é dinheiro.

Devia ser *dinheiro é poder*, mas, nesse caso, o turian tinha toda razão. Tann, admitiu ela em silêncio, preferia o poder.

— Qualquer coisa que dê ganhos nessa ruína flutuante — disse ela.

O indicador do turian se abriu em volta do copo, apontando para ela.

— Ele teria ganhos plenos. Inclusive toda a Operações. Aposto que ele quer colocar um dedo em tudo.

Sloane grunhiu um riso, pouco à vontade com o conforto que esta conversa havia assumido, mas sem disposição para traçar um limite. Era bom conversar com alguém que entendia o completo caos que o conselho havia se tornado. Calix parecia entender.

— Lamento não ter uma notícia melhor, Sloane. As coisas estão complicadas.

— As coisas estão fora de controle — respondeu ela.

— Por que você veio para cá?

— Fadeer. E a bebida. — Ela ergueu a garrafa numa saudação.

Ele a examinou, meneando lentamente a cabeça.

— Eu quis dizer por que *você*, Sloane Kelly, diretora de segurança, veio para Andrômeda?

— Um novo começo — disse ela no automático. Mas Calix era inteligente demais para essa resposta conveniente. E ela não tinha nenhum motivo para não contar. — Porque eu não tinha o que deixar para trás. Porque era uma chance de fazer as coisas direito pela primeira vez. De ser melhor.

— Você podia ser melhor em seu mundo.

— Isto é o mundo.

— Você entendeu o que eu quis dizer.

Sloane virou a cara, organizando os pensamentos.

— É difícil fazer melhor as coisas — disse ela — quando você tem tanto ímpeto em determinada direção. Milhares de anos de vieses arraigados, leis comprovadas pelo tempo que ninguém se lembra por que foram escritas. Regulamentos em vigor porque as coisas sempre foram feitas assim.

Calix inclinou a cabeça, concordando, e também estimulando-a a continuar.

— Esse tipo de lixo me deixa louca — continuou ela, mas não podia dizer exatamente o porquê. — Não, o problema com "voltar para meu mundo" é que mesmo que você consiga ser um catalisador para a mudança, não pode esperar fazer mais do que tocar o processo. E torcer para que alguma coisa dê certo bem depois de você ter morrido.

— Você podia ter requisitado um posto em alguma colônia, longe da Cidadela. Certamente não faltam lugares fora de mão onde você teria a patente necessária para estar no comando.

Sloane se viu concordando com a cabeça.

— É verdade. Eu pensei nisso, mas este é um novo começo só para mim. E um dia a colônia voltaria a ser reconhecida, o dia em que não seria mais considerada irrelevante.

Ele riu com secura.

— Eu diria que você está esgotada, mas isso seria dizer pouco.

— É, bom — disse Sloane, depois se interrompeu. — Obrigada pela bebida, Calix.

— Está tudo bem.

Sloane engoliu o resto da cerveja, depois a arremessou para o receptáculo. Calix a viu descrever um arco pelo ar. Ela tilintou ao quicar na borda interna, depois afundou na lixeira.

— Uma fração para a esquerda — murmurou ele — e você estaria limpando caco de vidro.

— A história da minha vida, meu amigo. — O sorriso dela mostrava os dentes enquanto ela obrigava seu corpo cansado a se levantar da cadeira. — A história da merda da minha vida.

O turian ergueu o copo em solidariedade — simpatia, reconhecimento e boa sorte, tudo no brinde de um líquido âmbar escuro.

Ela ia precisar de tudo isso antes que essa história acabasse.

* * *

Sloane voltou aos escritórios da segurança, arrastando-se, e ela sabia disso. Enquanto se jogava na cadeira mais próxima, lutava com a verdade — que Calix não lhe dera resposta nenhuma. Apenas mais perguntas.

Será que Irida Fadeer trabalhou sozinha? Ela procurava algo específico? Rações ou outros recursos?

Haveria outro pessoal da Nexus envolvido? Se for assim, quantos?

Talini olhou de sua mesa temporária, baixando delicadamente o tablet.

— Conseguiu alguma coisa de Corvannis?

— Sim... e não.

A asari colocou o queixo na mão em concha, com o cotovelo plantado.

— Deixe-me adivinhar. Mais perguntas?

— E como é que você faz isso? — resmungou Sloane. — Parece que você *sabe*.

— Eu só deduzi. Não havia muita interação nos feeds que indicasse a existência de outros conspiradores. Conversa entre membros da equipe dela, é claro, mas não encontramos nada condenatório. Eles só estavam preocupados com ela e com raiva da gente. Típico. A julgar pela vigilância, ela agiu sozinha, por mais insignificante que pareça.

— Será demais esperar que ela seja independente?

Talini deu de ombros.

— Existe um caso para cada hipótese.

— Inclusive aquele que justifica a sedição? — O sorriso tristonho da asari deu a resposta a Sloane. Ela xingou com vontade. Xingou um pouco mais e quando Talini só meneou a cabeça, Sloane acrescentou uns palavrões em turian. Para ilustrar melhor.

Quando terminou, Sloane recostou-se em sua cadeira e olhou de cara feia o teto, a mente se esfalfando furiosamente nos fatos. Calix dissera mais do que ela havia perguntado. Deixara claro e na cara dela que as pessoas estavam com medo. Uma coisa era você mesmo sentir medo, outra bem diferente era ouvir isso de terceiros.

Ela esfregou a nuca dolorida, perguntando-se por que contou tanto a ele. Um instinto, supôs. Uma capacidade inata para localizar quem era digno de confiança, quem era leal. O turian já lhe mostrara repetidas vezes que ele se matava de trabalhar por essa estação. A equipe dele também.

Então, o que estimulou Irida Fadeer?

Um copo pequeno de um líquido escuro e fumegante estalou na mesa ao lado de seu cotovelo. Sloane olhou, depois suspirou em um êxtase desavergonhado quando o aroma delicioso do café enchia seu nariz.

— Diminuí os suprimentos — confessou Talini, empurrando o copo para mais perto. — Parece que você precisa disso.

Ora essa. Sloane não ia negar.

— Obrigada. — Ela pegou o copo e o segurou entre as mãos calejadas, absorvendo seu calor, sua fragrância. Talini pôs a mão no ombro de Sloane, em um breve momento de compreensão.

— Aguente aí.

— O melhor que pudermos. — Ela fechou a cara para a bebida escura.

Um café de seiscentos anos. Na verdade era trágico. O café envelhecera melhor do que todos eles.

Sloane suspirou.

— Muito bem. Vamos trabalhar.

CAPÍTULO 22

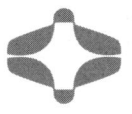

A queda de uma gota teria soado como um trovão na sala silenciosa.

Foster Addison estava de pé junto ao console principal, atrás dos técnicos sentados diante das duas únicas estações de monitoramento que funcionavam. Atrás dela, Tann andava de um lado para outro. Sloane Kelly estava meio de lado, encostada na parede, de braços cruzados. Addison podia sentir a pressão crescendo no íntimo da diretora de segurança, como um balão que se enche de ar, flertando com aquele momento em que a coisa toda ia estourar.

A modesta sala de controle dentro do Assuntos Coloniais foi aliviada de pessoal. Por motivos de segurança. Addison examinou a tela no console, tentando acalmar suas esperanças, bem como a bola crescente de pavor que estava à espreita no seu peito.

Seis das oito expedições tinham voltado, todas de mãos abanando. Os mundos que eles visitaram estavam em ruínas, aparentemente destruídos pelos mesmos filetes de energia que quase destruíram a Nexus. O que Tann apelidara de o Flagelo.

Duas naves retornaram muito danificadas, claudicando de volta à estação por uma margem muita estreita. Em uma daquelas naves, um reator falhou enquanto eles suportaram a ira súbita de um filamento do Flagelo. Toda a tripulação permanecia na enfermaria, perto da morte, devido ao envenenamento por radiação.

A outra nave tentou alcançar uma lua promissora no sistema estelar local, Zheng He, descobrindo apenas que uma das maiores faixas de filamentos do Flagelo tinha envolvido toda a rocha, como uma serpente enrolada em sua presa. Os sensores foram incapazes de penetrar o manto misterioso e o capitão do transportador decidira que seria perigoso demais pousar.

Outras quatro naves simplesmente encontraram resultados semelhantes. Mundos aparentemente verdejantes no passado eram descampados tóxicos, incapazes de proporcionar algo de útil.

Addison roía o lábio. Não só eles não conseguiram encontrar uma fonte de suprimentos ou, em sua ausência, um lugar para evacuar a

Nexus, como também torraram uma quantidade considerável de suas rações no processo. Cada nave de retorno estava quase vazia e seus depósitos teriam de ser reabastecidos se quisessem voar novamente. Duas delas estavam desativadas para reparos que talvez não fossem possíveis com as peças disponíveis.

Reduzira-se a isso — as duas últimas. Addison não conseguia olhar para Sloane Kelly. O oficial dela, Kandros, estava em uma dessas naves. Addison era parcialmente responsável por tê-lo enviado. Apanhado na empolgação de ver sua amada ideia finalmente sendo levada a sério.

Não era culpa dela que Sloane estivesse longe, fora do alcance das comunicações, quando o plano foi traçado. E poucos podiam questionar as credenciais de Kandros. Ele era o candidato perfeito para liderar uma das missões.

Poucos podiam questionar, entretanto só foi preciso uma. A diretora de segurança não recebeu bem a notícia. Pensando bem agora, Addison entendia o motivo.

— Hmmm — disse um dos técnicos. O homem mais velho chamado Sascha, humano, grisalho nas têmporas, com um jeito calmo de realizar suas tarefas. Ele não saía desta sala há mais de uma semana — desde que os relatórios começaram a chegar — e não reclamou nem uma vez. O mesmo para a asari sentada à esquerda dele. Ambos tinham jurado segredo, um juramento que era levado muito a sério desde a prisão de Irida Fadeer.

Apesar de todas as precauções, porém, os boatos já começaram a se espalhar.

Não importa muito, pensou Addison. *É só uma questão de tempo até que tenhamos de fazer um anúncio.* A questão era se haveria uma celebração ou algo decididamente menos animado.

— Hmmm...

— O que é, Sascha? — perguntou ela.

— Um ponto.

— Um ponto? — repetiu Sloane.

Sascha inclinou-se para mais perto de sua tela, apontando com um indicador. A essa altura, Addison tinha memorizado esses monitores. Passara horas olhando, esperançosa. Todo o console foi montado com qualquer peça que as pessoas pudessem filar, e parte dela desejava não saber a colcha de retalhos que mantinha tudo unido.

Nesse caso, um sensor usado para informar a equipe de limpeza da estação de uma necessidade de serviço de lavagem de roupa foi adaptado para ouvir as frequências de transponder das naves de exploração. Por uma fração de segundo ali, ele ouviu alguma coisa. Depois ficou escuro. Sascha se recostou e soltou o mais leve suspiro de cansaço impaciente.

— Isto é uma perda de tempo — disse Sloane. — Os sensores mal conseguem detectar nosso próprio casco nesta confusão. Seria melhor que usássemos binóculos.

A luz piscou de novo.

— Aí está — disse Sascha.

— Peguei agora também — falou a asari ao lado dele. O nome dela era Apriia, e embora lhe faltasse a calma de sua contraparte, compensava largamente com sua atenção aos detalhes. No instante em que sua tela notou a presença da nave de exploração, as mãos da asari começaram a voar sobre a interface.

— Qual delas é? — perguntou Sloane. — Consiga uma leitura antes que desapareça.

Addison estremeceu. Ela já podia ver, mas não conseguia se obrigar a responder. Parecia uma traição, uma fraqueza, fazer Apriia dizer isso, mas ela simplesmente não conseguia.

— É a 7 — disse a asari. — A nave de Marco. O alvo da missão era um planeta chamado... Eos.

Sloane não mostrou reação nenhuma. Não era Kandros, o que significava que teriam conhecimento dele por último.

— Tente estabelecer um link — disse Addison. — Rápido!

— Já estou nessa — respondeu Sascha.

Tann parou de andar e se colocou ao lado de Addison. Eles estavam nisso juntos. Ele lembrou a ela desse fato na primeira vez que emitiram um alerta sobre o retorno de uma das naves. Naquele momento, porém, Addison suspeitou de que seu lembrete tinha mais a ver com a partilha da glória. O fato de que ele ainda estava a seu lado agora — depois de seis fracassos — dizia algo a respeito de seu caráter, pelo menos. Ele podia ter se distanciado. Podia ter dito que ela o pressionara a permitir a partida das naves, o que não estaria muito longe da verdade.

Não, Tann ficou firme. Eles concordaram com isso, efetivamente excluindo Sloane da decisão, e assim as consequências seriam divididas pelos dois, fossem boas ou ruins.

Um estalo alto fez Addison vacilar, as mãos subiam para proteger o rosto enquanto faíscas quentes choviam sobre ela. Sascha caiu de sua cadeira. Apriia se colocou de pé num átimo, recuou e as chamas começaram a bruxulear de um buraco escuro que apareceu em uma das partes emprestadas de equipamento espalhado pelo espaço de trabalho.

Addison piscou, virou-se para gritar em alarme, e foi jogada de lado por uma cotovelada de Sloane. A diretora de segurança se intrometeu e borrifou a chama com um extintor que ela deve ter tirado do nada. Com o fogo apagado, ela jogou o dispositivo usado de lado e já estava ajoelhada ao lado de Sascha quando Addison, enfim, recuperou o juízo.

Com um dedo trêmulo, ela digitou uma mensagem em sua omnitool, enviada diretamente a Nakmor Kesh com a mais alta urgência. *Equipe de reparo técnico necessária no AC imediatamente. Urgência máxima.*

A resposta chegou segundos depois. *A caminho.*

— A turma de reparo está a caminho — anunciou Addison aos outros. — Vamos precisar de uma equipe médica? — Esta última, dirigida a Sloane. A diretora de segurança meneou a cabeça e ajudou Sascha a voltar à cadeira.

Minutos depois, chegou uma equipe de quatro krogan. Addison observou Sloane verificar o nome de cada um deles em uma lista providenciada por Kesh. Tudo estava em ordem e eles entraram.

— Aqui — disse Sascha, apontando. Nem precisava se dar ao trabalho, uma vez que a fumaça ainda se enroscava no equipamento queimado. Dois técnicos baixaram sacos pesados no chão ao lado e os abriram, com uma pilha de peças ao acaso e fios em um deles, várias ferramentas amassadas no outro. Tudo parecia um monte de lixo.

Isto nunca vai dar certo. Sua mente estava em disparada. Devia haver outro jeito de fazer contato — mas é claro que não havia.

Tann aproximou-se dela em silêncio.

— Mesmo sem este último... defeito, os sensores não são tão bons assim. Possivelmente eles chegarão antes que consigamos fazer contato — disse ele. — Devemos preparar um hangar vazio e ter uma equipe à espera com comida e água.

Um krogan corpulento — considerando os padrões deles — empurrou delicadamente, mas com intensidade, Addison e Tann para longe do console, abrindo espaço. O técnico se arrastou para baixo e começou a arrancar painéis de controle e quem sabe o que mais do fundo do sistema.

— Não há danos aí embaixo — vociferou Tann.

— Está tudo conectado — disparou o krogan em resposta.

Tann curvou-se para frente.

— Mesmo assim, isto é uma emergência. Só precisamos que funcione por dez minutos, e não pela vida toda.

— Deixe que eles façam seu trabalho — disse Sloane. Ela havia voltado a seu lugar perto da porta, mas a voz nem por isso transmitiu menos autoridade.

— O trabalho deles é o que nós determinamos que seja — rebateu Tann. Uma explosão pouco característica. Ele alisou a frente de seu uniforme. — Perdoe-me — disse ele a Sloane. — Estamos todos tensos aqui, então vamos tentar continuar calmos.

Sloane olhou o teto e meneou a cabeça.

Tann puxou Addison de lado.

— Precisamos discutir o que acontecerá se nenhuma dessas duas naves voltar com boas notícias. — A voz dele era baixa, mas, ainda assim, Addison olhou para Sloane. Ela não deu sinais de estar ouvindo.

— Uma delas voltará — disse Addison. — *Tem* de voltar.

— O otimismo não é um jeito eficaz de governar.

— Bom — disse ela —, acho que é por isso que você está no comando.

Tann a encarou, digerindo suas palavras. Naquele momento, Foster Addison só queria ficar sozinha. De certo modo, já estava. Ela se afastou do salarian e foi novamente para perto do console, ignorando os pés do krogan que quase tocavam os dela. É claro que Tann tinha razão. Eles precisavam de um plano de apoio. O problema é que cada opção em que Addison conseguia pensar levava por fim ao mesmo resultado — abandonar a Nexus. Encerrar a missão. Desistir de todo o sacrifício e esperança.

Ora essa, podíamos muito bem dar meia-volta e ir...

— Consegui — disse o krogan. Ele saiu de baixo da mesa e estava de pé na frente de Addison quando suas palavras foram registradas.

— Conseguiu? — perguntou ela, entorpecida. — Está consertado?

— Acho que sim. Experimente.

Antes que ela pudesse dizer alguma coisa, Sascha e Apriia estavam de volta a suas cadeiras, com as mãos deslizando pelas telas de interface. O grupo de krogan se reuniu a alguns metros de distância, as ferramentas já guardadas, esperando para ver se o conserto tinha funcionado para que pudessem voltar ao que estavam fazendo.

Saiu um estalo dos alto-falantes, depois um silvo alto de estática mascarando palavras urgentes.

"Feridos. Solicito... Na ancoragem..."

— Repita, Explorador 7 — disse Sascha. — O Flagelo está afetando sua transmissão. Repita.

"É bom ouvir sua voz, Nexus", respondeu a oficial de comunicações da nave. As palavras dela ainda eram distorcidas, mas agora claras o suficiente para serem discernidas.

— Precisamos saber o que vocês encontraram lá — disse Addison. — Por favor, informe.

"Nada de bom, infelizmente", respondeu a mulher. Addison teve de se esforçar para entender as palavras. "Marco está muito ferido. Espero que os outros... tenham tido mais sorte."

— Por favor — disse Addison —, os detalhes.

"Copiei. Eos não dá. Afetado pelo Flagelo. Atmosfera altamente irradiada... Não é seguro. Nenhum sinal de vida."

Addison não escutava mais. Tinha ouvido isso antes. Seis vezes. A mesma porcaria. A oficial de comunicações transmitiu vários dados estatísticos e leituras, sem saber do fato de que cada nave que voltara antes dela tinha encontrado o mesmo resultado.

Agora só restava uma. Só uma...

Os krogan reuniram seu equipamento e partiram da sala, acompanhados por Sloane.

"...permissão para reabastecer e voltar em busca da *Boundless*".

— Espere — disse ela, mal conseguindo controlar a própria voz. — Repita?

"*Boundless*", repetiu a mulher. "Explorador 8. Requisitando permissão para ir à procura deles."

— Do que você está falando?

Sascha e Apriia a encaravam, seus rostos contraídos de pavor, preocupação ou as duas coisas. Addison os ignorou. Ela deixara passar alguma coisa e agora não havia escapatória.

"...estavam atrás de nós", respondeu a mulher com impaciência. "Kandros informou... inabitados. Depois eles mandaram um pedido de socorro. Nós os perdemos alguns segundos depois."

Sloane estava ali. Ela empurrou Addison de lado.

— Pode repetir?

"A *Boundless* reportou uma anomalia e depois... sumiu. Gostaríamos de voltar para procurar por eles."

— Por que vocês não fizeram isso quando aconteceu? — gritou Sloane no microfone. Apesar disso, a voz no alto-falante não se alterou.

"Nós fizemos", disse a mulher. "Demos a volta imediatamente, com grande risco para todos a bordo. Procuramos pelo maior tempo possível. Mas o estado de Marco... crítico. Estamos sem comida. Fizemos todo o possível. Não havia rastro. Lamento. Todos concordamos, porém, que queremos voltar..."

— Nós entendemos, Explorador 7 — disse Tann.

— Uma ova que entendemos — sibilou Sloane para ele. Mais uma vez, Addison viu-se presa entre os dois. Desta vez duas verdades insuportáveis eram registradas ao mesmo tempo.

Ela e Tann teriam enviado o melhor oficial de Sloane para a morte e cada nave de exploração fracassou.

Não haveria reabastecimento, nem refúgio a colonizar. Não havia para onde ir se a Nexus chegasse a um ponto crítico.

Addison arriou contra a parede.

A missão estava condenada.

CAPÍTULO 23

A frustração ardia nas entranhas de Calix.

Já fazia duas semanas desde que Irida foi presa. Duas semanas de exame criterioso enquanto Sloane Kelly e sua equipe vasculhavam tudo, físico e eletrônico, tentando descobrir se ela contou os códigos das portas reforçadas a alguém.

É claro que Calix se sentia responsável. No bilhete que deixou com o banco de dados roubado, Irida se justificou dizendo que estava "fazendo a parte dela para observar as rações". Ela foi longe demais, mas à medida que os dias avançavam...

Calix ainda não havia contado à equipe por que Irida foi trancafiada. Eles perguntavam, diariamente, mas ele dizia que sabia tanto quanto eles. Alegava que Sloane só havia dito que a mulher estava no lugar errado na hora errada, e eles a mantinham presa para interrogatório. Isso se desgastava a cada dia, mas se ele lhes contasse a verdade, talvez tivessem ideias semelhantes de como ajudar.

As coisas estavam ruins e agora pioravam. Todos andavam por ali como se esperassem ser sobressaltados — pela segurança, pelos krogan, por seus próprios amigos e camaradas. Começaram a estourar brigas entre companheiros de equipe. Coisas desapareciam constantemente.

Sua própria equipe tinha começado a acumular. Rações turians, rações humanas. Ferramentas. Agindo furtivamente sempre que podiam, sempre que conseguiam. Calix fingia não ver, e sua equipe notou o fingimento. Ele percebeu que eles tomavam isso como uma aprovação tácita.

Enquanto isso, Irida esperava em uma cela. Pela ajuda dele? Por resgate?

Por... mudanças.

Calix sentou-se no canto de um engradado de metal, observando o trabalho dos krogan em uma seção muito danificada da hidropônica. Os técnicos hábeis já haviam chegado e partido, relatando apenas um problema na integridade estrutural do próprio espaço. As mudas eram frágeis demais para florescer em condições abaixo do ideal.

Isso os deixou com duas seções funcionais e o fato nem abalava as preocupações com o racionamento. Especialmente — ao olhar crítico dele — depois que um parecia muito menos saudável do que o outro.

Os krogan — os Nakmor Kaje e Wratch, respectivamente — trabalhavam em conjunto. Os palavrões que lançavam ao outro mais pareciam de estímulo que de raiva, embora a rivalidade sempre tivesse peso nas comunicações dos krogan.

— Você solda como um vorcha bêbado — rosnou Kaje.

O outro krogan soltou um bufo longo e alto.

— Pelo menos eu não pareço um.

— Quem disse? Seu amiguinho humano?

— Quem disse foi a sua mãe — respondeu Wratch.

As provocações eram trocadas desse jeito, sem nenhuma consideração pela presença de Calix, e ele riu baixinho. Ele gostava disso. Era bom sentar-se na meia-luz e só *existir* por algum tempo. Bolsões como esse estavam se tornando extraordinariamente raros.

Seu riso chamou a atenção de Wratch. O krogan grandalhão bateu com força uma barra de metal no painel, prendendo-o facilmente com uma das mãos e olhava feio pela distância obscura.

— O que é tão engraçado? — rosnou ele. Eles *sempre* rosnavam. Calix não levou isso para o lado pessoal.

— Só estou desfrutando da companhia, amigos.

A omnitool de Kaje brilhava com a ativação da solda, queimando qualquer possibilidade de conversa enquanto o metal chiava e se fundia. Depois de terminado, ele também olhou.

— Você é engenheiro, não é? — Sua voz não era menos rabugenta — a garganta grande dos krogan gerava vozes graves, mesmo nas raras mulheres que Calix conhecia —, mas de um tom mais incisivo. Como se fosse uma furadeira gigante. Incrustada em granito.

— Suporte vital e tanques de estase — disse Calix. Ele escorou a mão na coxa, com o cotovelo para fora, e fortaleceu seu equilíbrio com o pé apoiado no engradado. Isso lhe deu uma visão clara dos dois técnicos.

— Ele cuida para que a líder do clã continue dormindo — acrescentou Wratch ao parceiro. O outro krogan grunhiu o que Calix supôs ser um agradecimento. Ou só reconhecimento. Fosse como fosse, não era uma ameaça. — Mandaram o canapé... — O krogan se interrompeu. Depois, severamente: — O salarian trabalhava com ele.

— Certo. — Outro gesto de cabeça, este, Calix sentiu, por Na'to. E Nakmor Arvex.

— Vocês dois parecem estar de bom humor — disse Calix pensativamente. — Considerando tudo.

— Comida pouca e ambiente estéril, não é? — Kaje riu, o som parecia de rochedos se raspando. — Igualzinho a nossa casa. — Outro tinido soou pela seção larga, tendo eco no escuro. Ele abriu um sorriso muito largo e cheio de dentes por cima da chapa em cuja substituição trabalhava.

Wratch riu também e Calix não pôde deixar de se juntar a eles. Os krogan tinham razão.

— Pelo menos devemos ter notícias das naves de reconhecimento logo — disse ele.

Os krogan trocaram um olhar carregado.

— Epa — trovejou Kaje.

— Epa — o outro fez eco. Wratch o olhou, escorando os braços cruzados na barra que tinha soldado. — Então você não sabe?

Calix ficou imóvel no engradado.

— Saber? Saber do quê? — A preocupação que inflamava em suas entranhas se congelou pelas bordas.

Kaje bateu no braço de Wratch. *Com força.*

— Eles estão guardando sigilo, idiota.

Wratch se livrou do golpe, batendo os dentes de irritação e olhou para Calix.

— As naves de exploração já voltaram.

— O quê?! Quando?

— A maioria, quer dizer — corrigiu Kaje.

— Quando? — repetiu Calix. Ele sentia os músculos se apertando nas mandíbulas.

Os dois krogan deram de ombros juntos, como montanhas.

— Algumas semanas atrás.

Por um momento, Calix nem mesmo conseguiu encontrar o que dizer. Não conseguia se fixar em uma só emoção. Choque. Raiva. Traição.

Os krogan não perceberam.

— Soube disso por Botcha — continuou Kaje. Ele contornou a seção escura, estendendo as mãos grandes e nodosas. Seu couro enrugava-se a cada movimento. — Botcha estava na Operações consertando um inversor quando chegou a notícia.

— *Que notícia?* — Calix exigiu saber. Foi preciso toda sua força para não voar daquele engradado e sacudir — *tentar* sacudir o krogan. Os dois.

— Nada de planetas — grunhia Wratch enquanto socava levemente o painel de metal. Soou como um gongo. — Nada de suprimentos.

— O Flagelo os destruiu — acrescentou Kaje.

— Um Tuchanka morto.

— Quase.

— É. Sem turians.

— Ainda.

Os dois trocaram outro olhar e deram uma gargalhada.

Calix não pôde se juntar a eles na piada — não desta vez. Não chegaria nenhum suprimento. Nenhuma nave de exploração trazia uma boa notícia.

— E os Pathfinders?

Kaje encolheu os ombros robustos.

— Nenhum sinal deles.

Nenhum sinal dos Pathfinders. Eles sabiam disso e ainda assim a liderança estava *enrolando*. Insistindo na mesma linha desde o primeiro dia. *As naves de exploração voltarão, os suprimentos serão reabastecidos, os planetas serão terraformados...*

Mentiras. Tudo mentira. Talvez não no início, mas pelo menos há duas semanas.

Os krogan ainda trocavam provocações quando Calix, entorpecido pela traição, levantou-se do engradado e saiu da hidropônica.

A hidropônica, onde dois tanques de algas tinham criado raiz. Um parecia prestes a fracassar. Embora isso já fosse bastante preocupante, a liderança insistia em dizer a todos que a hidropônica ia prosperar depois que eles tivessem recursos coloniais para suplementá-la. Que as naves de exploração trariam novas sementes, uma nova esperança de um solo fértil.

Sem esses recursos, a Nexus estava de volta a duas seções funcionais da hidropônica. Apenas duas. Não era o suficiente para alimentar um único *departamento*, que se dirá do número de pessoas ativas na estação. As prioridades precisavam ser repensadas, as informações *tinham* de ser divulgadas. De que outra forma eles esperavam sobreviver?

Nada disso fazia sentido. *E até que ponto avaliei mal Sloane Kelly?*

Calix acessou sua omnitool e quase a chamou. Quase. Em vez disso, mandou uma mensagem curta. "Alguma novidade dos exploradores?"

A resposta chegou menos de vinte segundos depois.

"Nada", era só o que dizia.

Ele olhou fixamente a palavra por um bom tempo, a raiva fervendo e se transformando em fúria. Uma mentira patente, supondo-se que esses dois krogan merecessem confiança, mas ele não viu motivos para que estivessem inventando a história.

Então, a liderança estava escondendo a notícia. Até Sloane, que ele imaginara ser melhor do que isso. Durante semanas eles sabiam e não disseram nada. O que significava...

Sua fúria o impeliu de volta à engenharia em tempo recorde.

— Reunião — disse ele, atropelando os cumprimentos de sua equipe. A tensão em sua voz os fez obedecer imediatamente. Não porque tivessem medo dele, Calix entendia. Porque eles o conheciam.

Calix não era de gritar. Não com facilidade.

A energia em sua voz, a tensão na postura, bastavam para eles saberem que estava acontecendo alguma coisa. Em minutos suspenderam o trabalho e se colocaram em volta do chefe, cada um deles em um grau diferente de curiosidade. Enquanto Calix examinava os rostos de sua equipe — muitos amigos, bem como subordinados — uma onda de pesar o atingia pela ausência de Irida.

Ela esteve com ele por mais tempo do que a maioria. Dedicada, habilidosa. Leal. Será que ela vira que isso ia acontecer? Por isso entregou aqueles dados a ele?

Irida sempre foi competente no planejamento para esse tipo de coisa. Ela foi a primeira a sentir o cheiro do acobertamento do capitão do *Warsaw*. Talvez fizesse parte da inteligência asari. Talvez ela só tivesse uma visão mais realista das pessoas do que ele. Seja como for, Calix tinha o que ela lhe dera.

E uma equipe pronta para ouvi-lo falar.

Calix não os decepcionaria.

— Todos vocês sabem com que tipo de coisas estamos lidando — começou ele. — A situação a bordo da Nexus. — Suas mãos se entrelaçaram às costas e, numa mímica inconsciente, a maior parte de sua equipe fez o mesmo. Treinamento militar e da Aliança. Até os terceirizados pegavam o jeito, se ficassem perto por tempo suficiente.

A testa de Nnebron se franziu.

Esse é esperto. Como Irida, só que com menos tato.

— As rações estão apertadas — continuou Calix. Gestos de cabeça pontilhavam a equipe. — A estação precisa de mais consertos do que os tripulantes podem fazer. — Mais gestos de cabeça, alguns grunhidos enfáticos. — Sempre que pedimos atualizações, recebemos a mesma cantilena. — Calix fitava os olhos de sua equipe enquanto desfiava a lista. — As naves de exploração voltarão em breve com coordenadas planetárias. As rações aumentarão. Os Pathfinders nos encontrarão. Só trabalhem um pouco mais, com mais esforço, e tudo vai ficar bem.

"Um novo lar", acrescentou ele ao se virar e andar para a margem da equipe. "Comida e recursos novos. Uma chance de criar aquela vida nova que prometeram a todos nós. Longe dos preconceitos e dos desastres dos antigos mundos dos quais viemos."

Um mundo que eles deixaram para trás. Seiscentos anos na poeira.

Calix parou por um momento, colocou a mão no ombro de Nnebron e engoliu a pontada de nostalgia que nem sabia que carregava até vê-la nos rostos de sua equipe. Seus amigos. Seus maxilares se mexeram. Ele parou. Depois disse o que ninguém queria dizer.

— Todos nós sabemos o que abandonamos — disse ele em voz baixa. — O tipo de merda que aconteceu na *Warsaw*. — Nnebron assentiu para isso, sua boca era uma linha fina. — Líderes que nos ordenam tentar encobrir seus erros ou, pior, escondem a verdade e deixam que a gente trabalhe quando eles planejam uma fuga.

Olhos se arregalaram. Calix assentiu.

— Pensávamos que Andrômeda seria diferente. Que estaríamos deixando para trás esse tipo de coisa. E então perdemos Na'to.

— Chefe? — Nnebron deu um passo à frente. Seus olhos escuros falavam muito, ecoando a incerteza de cada rosto. — Do que se trata? É Irida?

Ele fechou os olhos. Respirou fundo.

— Segredos — disse ele, enunciando cada sílaba — infestam a liderança da Nexus. Como uma droga, um hábito que eles não conseguem romper. — Ele abriu os olhos. Encontrou o olhar fixo de sua equipe e fez o chamado que ele sabia que jamais poderia desmentir. — Eles nos disseram que teríamos novos planetas. — Suas mãos se fecharam. — É falso. Eles sabem há semanas que os planetas a nossa volta estão mortos.

Andria empalideceu.

— Espere, mortos?

Ele assentiu. Andria estava presente quando Na'to morreu. Ela e Reg tiraram uma folga para se recuperar.

Reg voltou primeiro.

O tom de Andria provocou o estado de foco imediato e completo de todo o grupo. Sua pergunta teve eco por todos eles.

— Mortos — confirmou Calix. — Destruídos pelo mesmo Flagelo que quase nos levou.

Ela se retraiu, virando-se um pouco para esconder a preocupação. Nnebron pôs a mão em seu ombro.

— Eles mentiram — disse Nnebron inexpressivamente, depois xingou.

— Semanas? — sussurrou Andria e olhou para Calix. Suas sardas estavam quase pálidas. — Eles sabiam há *semanas*?

— Assim parece.

Ela soltou um forte suspiro e meteu as mãos nos bolsos da calça.

— Eu não... não consigo acreditar nisso.

— Acredite — disse Nnebron com amargura. Ele se virou para o resto da equipe, com as costas magras para Calix, e gesticulou expansivamente. — Há quanto tempo estamos trabalhando aqui, engolindo cada palavra que eles nos dizem? Como se fôssemos órfãos pedindo migalhas. — Sua voz se elevou, a raiva crescia. — Também fazemos parte da Nexus!

— Nnebron, ninguém está dizendo que nós não existimos. — Calix virou a cabeça de lado. — Só que...

— Só que não somos importantes — interrompeu Andria, sua palidez substituída por um rubor furioso. Calix entendeu então que não podia decepcioná-la. Não podia decepcionar nenhum deles.

— Os planetas não vão nos salvar — acrescentou ele, elevando a própria voz —, nem os Pathfinders. Precisamos de novos planos, amigos. Novas contingências. Novas direções...

— E novos líderes!

Quem disse isso, ele não viu, mas as palavras criaram um incêndio. Andria contornou rapidamente Nnebron para segurar Calix pelo braço. Sua mão era forte.

— Quanto tempo? — Ela exigiu saber. — Até que os suprimentos acabem? Eles vão nos deixar morrer de fome?

Nossa! Ele não esperava que isso avançasse assim tão rápido! Calix cobriu a mão de Andria com a dele, apertando seus dedos sobre o braço, pensando ser este um toque firme e reconfortante. Às vezes ele tinha dificuldade para estimar o conforto humano.

— Calma — disse ele, tentando tranquilizá-la. — Ainda não passamos fome.

— De jeito nenhum o chefe nos deixaria morrer de fome — acrescentou Nnebron.

— É... é isso mesmo! — Os outros começaram a assentir. A olhar para Calix. A... quase vibrar. A tensão era palpável.

— Planos — repetiu um. — Prioridades... precisamos trancar os suprimentos.

— Precisamos espalhar a notícia!

Andria o encarava, seu olhar era suplicante.

— Não podemos deixar que todos os outros passem fome. E Reg? Emory? Alguns de nós têm amigos lá fora...

— Não vamos. — Ele disse isso antes que pudesse pesar inteiramente as palavras. Viu que eles se apoderaram delas, criaram um vórtice de confiança que ele nem sabia que podia inspirar. De repente a equipe o cercou, todos estendendo a mão para tocar seu ombro, seu braço. Tapinhas de confiança, de orgulho.

De apoio.

— Irida precisa ser libertada — ele ouviu.

De outra pessoa, "Precisamos defender as rações!"

— E a segurança?

— Eles que se fodam — alguém escarneceu.

Rodou sem parar em volta dele uma mistura impetuosa de raiva, alívio e confiança. Tudo por causa dele. Eles o viam como um líder. Os ombros de Calix se ergueram. Ele apertou a mão de Andria, depois se afastou o bastante para colocar todos em seu campo de visão.

— Vamos começar pelo princípio — disse ele alto o bastante para interromper as vozes. Todos ficaram em silêncio. Olhando. Ouvindo.

Ouvindo de verdade.

Era inebriante aquele poder.

Ele invocou cada grama de confiança meritocrática que nem sabia que tinha. Mas em vez de dar suas ordens e obrigá-los a obedecer, ele os tratou como iguais.

Como amigos.

Calix abriu as mãos.

— Precisamos de um plano.

O sorriso de Nnebron foi de orelha a orelha.

— Acho que nisso podemos te ajudar, chefe.

CAPÍTULO 24

— É o caos — disse Sloane. As palavras não eram dirigidas a Tann, que andava atrás da mesa na Operações, nem a Addison, sentada com a cabeça nas mãos e encostada na parede perto da porta. O mais distante que podia de Sloane, sem sair da sala. Não, suas palavras eram dirigidas ao chão.

E a toda a maldita estação.

Semanas atrás, a fúria havia levado a melhor sobre ela. Ela saiu intempestivamente daquela sala de controle lotada e continuou, enlouquecida como uma tirana mesquinha, fazendo o que podia para tirar Kandros da cabeça. O fracasso das naves de exploração já era bem ruim, mas ela não podia deixar passar o fato de que aquelas missões lhe custaram o melhor primeiro oficial que teve na vida.

A nave dele não foi encontrada, nem se ouviu falar dela desde então. Alguns quiseram declará-los perdidos e parar de usar recursos críticos na busca contínua, mas Sloane não aceitava nada disso.

O tempo passou, o que só fez a situação piorar, tanto com relação a Kandros como ao fato de que a população em geral ainda não fora informada do fracasso dos exploradores.

Na verdade, o tempo se tornou uma fonte física de dor. Cada dia que passava sem respostas, sem ter a coragem de admitir a verdade a todos, só piorava muito o momento inevitável.

— Isso não pode continuar, minhas amigas — disse Tann. — Só nos resta uma opção.

Acabou, pensou Sloane com bile na boca. *O fim da negação.* Jarun Tann, como sempre, todo pragmático. O passado, para ele, se resumia a dados. Sloane olhou furiosa.

— Se está dizendo que devemos dar a volta e retornar para a Via Láctea...

— Não — disse Tann. A palavra cortou como uma faca. Incomum para ele. A contragosto, Sloane endireitou as costas. Uma reação involuntária que todo soldado aprendia quando ouvia esse tom. —

Ainda não estou disposto a desistir — acrescentou ele, lançando seu olhar entre Sloane e Addison. — Nenhum de nós deveria estar.

Lentamente, como uma marionete, Addison levantou a cabeça e piscou.

— Então, qual é a alternativa?

— Crioestase — disse Tann.

Sloane riu. Ou teria rido. Ela queria, mas não saía nada. Tann, ela percebeu, tinha razão.

O salarian continuou.

— Todos voltarão, exceto por uma tripulação mínima. Aguardaremos e teremos esperança de que os Pathfinders nos alcancem. Que não encontremos o Flagelo de novo. É só o que podemos fazer.

— Um movimento arriscado — disse Addison, embora houvesse pouca convicção em suas palavras. Ela também sabia que ele tinha razão. Sloane percebia isso.

— Completamente — concordou Tann —, mas, ultimamente, tudo está assim.

As palavras se assentaram. *Como um lençol cobrindo um cadáver*, pensou Sloane. Por um bom tempo, ninguém falou nada.

— Eu farei isso — disse Addison. — Farei o anúncio.

— Tem certeza? — perguntou Tann, pensando o mesmo que Sloane — que Addison não estava preparada para tanto. Seu estado de espírito era... complicado, para dizer o mínimo.

— Bom, você não pode fazer — disse Addison, quase rindo. — Lembra seu pedido por voluntários?

— Ainda estou tentando esquecê-lo. — Ele franziu o cenho. — Por que não Sloane?

— Vai se foder! — disse Sloane. — Você nos meteu nesta confusão, *diretor interino*.

— Isso não é justo — rebateu Tann. — Fiz o máximo para consultar as duas em cada decisão...

— Quer dizer qualquer uma de nós que pudesse concordar com você.

Addison se colocou de pé.

— É evidente, não é? Ninguém vai gostar disto. Não pode partir de Sloane, porque, enquanto fizermos o anúncio, ela estará preparando a segurança para a reação dos tripulantes. — Ela examinou cada um deles.

— Por isso ficamos parados por duas semanas e evitamos a questão. As pessoas não vão aceitar de boa vontade.

— Elas devem — disse Tann.

— Elas não vão — respondeu Addison. — A não ser que sejam... compelidas.

Sloane Kelly cerrou o maxilar e meneou a cabeça.

— Um caos de merda! — Mas Addison tinha razão. Não havia como discutir. — Quando você quer fazer o anúncio?

— Acho que o quanto antes — respondeu a mulher.

— Tudo bem. Tudo bem. — A mente de Sloane disparava pelos preparativos necessários. Sua equipe já estava reduzida demais, mas isso não podia ser resolvido. Ela reuniria todos, os informaria e se prepararia para a festa. Calix, ela precisava falar com Calix. Merda, foi exatamente o que ele avisou a ela!

Pelo menos eles podiam beber por isso.

A equipe dele teria de entrar em crio por último, assim poderiam ajudar aos demais. Ela se perguntou com que disposição aquele bando de durões ajudaria. Agora todos a olhavam com uma coisa escrita na testa.

Você prendeu Irida.

Sloane foi para a porta.

— Deem-me uma hora — disse ela ao sair.

* * *

Exatamente uma hora depois, Sloane tinha toda a equipe reunida no quartel-general, um pequeno espaço melhor do que uma ruína. Sempre que Kesh propunha mandar uma equipe para consertar, Sloane dispensava. Havia muitos outros lugares mais importantes. Além disso, tirando a ocasional prisão, sua equipe quase nunca ficava ali.

Era estranho ver todos aqueles rostos reunidos. Mais estranho ainda não ver Kandros na frente do grupo.

Sua equipe foi informada e só estava esperando pelo anúncio. Sloane podia tê-los dispersado antes do discurso de Addison, para ter uma presença da segurança "na rua", por assim dizer. Uma antiga tática do manual estratégico do tirano. No fim, porém, ela achou que assim funcionaria melhor. Certa psicologia reversa. Que as pessoas pensassem, subconscientemente tivessem esperanças, de que a segurança nem estava preocupada. Esta era uma medida perfeitamente aceitável para a recuperação da estação.

Mas, principalmente, ela queria ser ágil. Despachar as tropas onde as reações — se acontecessem — fossem mais extremas. Acalmar as coisas antes que eles tivessem de descer a ponto de enfiar as pessoas de volta a seus tanques.

O sistema de comunicações público crepitou e a voz de Addison ribombou pelos alto-falantes, ecoando nos corredores.

"Aqui é a diretora Addison", começou. "Como muitos de vocês sabem, dez semanas atrás o Assuntos Coloniais mandou uma frota de naves para exploração dos mundos mais próximos — aqueles que talvez fossem adequados como habitat ou, em alguns casos, proporcionassem recursos a partir dos quais reabastecer nossos depósitos minguantes. Além disso, para encontrar um lugar para onde pudéssemos transferir nossa população na eventualidade de a estação deixar de sustentar a missão.

"É com tristeza que anuncio que aquelas missões fracassaram. Os mundos que identificamos de longe foram todos atingidos pelo mesmo fenômeno misterioso que tanto danificou a Nexus — o que a maioria de nós agora chama de 'o Flagelo'."

Considerando tudo, não é um mau começo, pensou Sloane. Ela examinou sua equipe. Viu determinação e, mais importante, cabeça fria em cada um dos rostos.

Addison continuou. "Uma de nossas naves não voltou e os esforços de busca e resgate prosseguem enquanto falo aqui. Enquanto todos torcemos pela segurança dos membros desta missão, agora devemos voltar nosso foco para a sobrevivência da Nexus e de seus habitantes.

"Todos vocês fizeram um trabalho maravilhoso nesses últimos meses. Problemas críticos foram resolvidos. A estação talvez ainda exija uma quantidade inacreditável de trabalho antes que esteja pronta para realizar sua missão, porém ela está estável. Vocês devem ter um orgulho extremo desta realização!"

Outra pausa, esperando o pior.

"Nossa principal preocupação agora é com os suprimentos", disse Addison. "Simplesmente não temos os recursos necessários para sustentar nossa população revivificada. Com a falta de mundos habitáveis perto de nós e os problemas contínuos que infestam a hidropônica, não temos alternativa senão esperar até que várias safras possam ser colhidas e armazenadas. Como alternativa, teremos um contato dos Pathfinders e uma solução virá deles.

"Várias semanas atrás, pedimos voluntários para retornar à estase. Nenhum de vocês esteve disposto a isso e compreendemos seus motivos. Infelizmente, agora não temos alternativa. Devo pedir que vocês se lembrem das palavras de Jien Garson. 'Fizemos o maior sacrifício que qualquer um de nós já fez ou fará.' Chegou a hora de uma volta obrigatória à estase para todo o pessoal não essencial."

Outro curto silêncio para que isso fosse absorvido.

"Os líderes de equipes serão informados brevemente. Nas próximas 24 horas, vocês serão procurados pela segurança, que os acompanhará a seu tanque de estase e supervisionará o processo. Estamos ansiosos por sua cooperação para salvar a missão da Nexus."

Vinte e quatro horas e tudo isso estará acabado, pensou Sloane. E então ela precisará colocar sua própria equipe inconsciente. Entrar em coma a bordo de uma estação colada com fita adesiva, cuspe e palavrões, cercada por um fenômeno misterioso que parecia destruir tudo de que se aproximava.

É claro que *ela* ficaria desperta. É claro. Não era o que os líderes sempre faziam? *Outros precisam fazer o sacrifício. Mas nós? Ah, não, nós somos importantes demais.*

Sloane esperou por outras palavras, mas Addison parecia ter acabado. Estranho que ela não tenha acrescentado um pequeno agradecimento, um desejo de boa sorte ou coisa assim. *Bom, a cavalo dado não se olha os dentes.* Pelo menos não era Tann fazendo o discurso, nem Spender o redigindo. Sloane ainda tinha arrepios com essa lembrança e achava que seria assim pelo resto de sua vida.

— Escutem — disse ela. Não precisava, seus oficiais já estavam escutando. — Atenham-se ao plano, está bem? Não sabemos como isso vai rolar, mas precisamos tratar esta situação como de um grupo de colonos que não quer evacuar seu planeta condenado. Alguns de nós já estivemos em serviço semelhante, e nunca é divertido. Lembrem-se de que estamos salvando a vida deles, mesmo que eles não entendam dessa forma. Eles têm em mente seus próprios interesses. É nossa tarefa dar-lhes uma visão mais ampla. Entendido?

Gestos de cabeça concordando por toda a sala.

— Então, muito bem. Vamos acabar com isso. — Sua omnitool tocou. Kesh. Sloane levantou um dedo para a equipe e se afastou a uma parede. — Ei, qual é a situação? E os krogan embarcaram nisso tudo?

— Não estou preocupada com o clã — disse Kesh —, mas há um problema.

— Como é possível que já exista um problema? Foi tipo há trinta segundos.

— Não consigo entrar em contato com Calix.

A pulsação de Sloane disparou. Sua boca ficou seca. Calix era fundamental para esse esforço — talvez ainda mais importante do que ela própria.

— Tudo bem. Não entre em pânico. Quem é o segundo dele?

— Aí é que está — disse Kesh. — Não consigo levantar ninguém da equipe de suporte vital. E sem eles...

— ...nenhum tanque pode ser preparado para ativação.

— Exatamente — disse Kesh e acrescentou: — Eu podia fazer isso, mas não sou treinada para monitorar o processo.

— Entendi. Por enquanto, vamos manter esta opção como plano B. Verei se consigo localizar Calix. Talvez eles estejam em uma área protegida de radiação, cuidando para que a infraestrutura esteja pronta para os tanques voltarem à ativação. — Mas Sloane não acreditava nas próprias palavras. Algo — alguma intuição de oficial da segurança profundamente arraigada — dizia-lhe que estava acontecendo alguma coisa ali.

O que quer que fosse, não era bom.

Porque se alguém lá fora, algum grupo, quisesse evitar uma volta à estase, um jeito ótimo de conseguir seria pegar Calix e sua equipe.

— Tudo bem — disse ela, voltando à equipe. — Preciso de quatro voluntários. Temos alguns desaparecidos e...

O sistema geral de comunicações estalou. Sloane parou de falar. Talvez Addison ainda não tenha acabado, afinal. Mas não foi a voz dela que encheu os corredores da Nexus. Era uma voz de turian. Uma voz conhecida.

"Aqui fala Calix Corvannis", ribombou a voz do turian, "e estou aqui para dizer a todos que digam não. Digam *não*! Resistam à ordem de voltar à estase."

Ah, merda! Não.

A omni de Sloane tocou de novo. Spender chamando.

— Agora não — gritava ela enquanto atendia, com a cabeça em disparada.

— Tudo bem — disse Spender. — Só achei que você ia querer destacar uma equipe para o arsenal.

— Quem você pensa que é, me dizendo onde... — E então as palavras dele foram registradas e sua ira murchou. — Por que o arsenal?

— Bom, por acaso eu estava passando por ali e notei as portas abertas. Escancaradas. Sem guardas.

— Mas que porra...?

Outro alerta estourou de seu pulso. Esse era automático, um feed direto dos sistemas de emergência da estação.

"Incêndio na Hidropônica", Sloane leu, incapaz de acreditar.

Ela saiu correndo da sala, com a arma em punho, toda a equipe de segurança em seus calcanhares.

CAPÍTULO 25

— Aja naturalmente — disse Calix a Lawrence Nnebron.

O homem agia de todo jeito, menos assim. Nervoso, encarando os dois guardas por longos segundos, sem virar a cara quando eles voltaram a olhar. Ele levou a prisão de Irida pior do que a maioria e estava se coçando por alguma represália. Não que soubesse o verdadeiro motivo para a prisão, mas isto não era hora nem lugar para entrar nesse assunto. Calix segurou delicadamente seu braço, mas com força suficiente para afastá-lo da entrada do corredor.

— Nosso objetivo é o que está aí dentro — disse ele.

— O que eles fizeram não está certo — resmungou Nnebron. Os olhos dele, porém, estavam baixos. Ele reconhecia sua própria insignificância e isso já era um começo.

— Concordo — disse Calix —, mas não precisamos chamar atenção. Vamos fazer isso de um jeito que importe.

Nnebron chutou uma pedrinha invisível que raspou o chão.

Calix olhou os outros a sua volta. Só um bando de amigos, desfrutando alguns minutos de recreação antes de voltar para o trabalho de reparo. Apenas Nnebron tinha saído do personagem e talvez isso não fosse tão ruim, pensou Calix. Dava a Calix algo sobre o que falar com os dois guardas.

— Vocês fiquem aqui, voltarei logo. — Antes que qualquer um deles pudesse questionar, Calix andou calmamente até a dupla. Abriu seu melhor sorriso turian. — Como vão as coisas, oficiais?

— Qual é o problema do seu amigo? — perguntou um deles, apontando Nnebron com o queixo. O uniforme sujo o identificava como White. Um humano mais velho, atarracado e de constituição forte, com um bigode fino e medonho emoldurado de forma incongruente por sobrancelhas bastas e costeletas exageradas.

— É — disse a guarda. — Ele não parece muito feliz conosco. — Outra humana, sua altura e o rosto limpo, um contraste quase cômico com White. O uniforme dela dizia Blair.

— Não liguem para ele — respondeu Calix. — Teve uma amiga presa e ainda está meio magoado com isso. Eu só queria pedir desculpas se a... hmmm... atitude dele incomodou vocês.

— Se nós o incomodamos — disse White —, talvez você deva levar seu grupo para outro lugar.

— Voltaremos ao trabalho daqui a alguns minutos, não se preocupe. Neste meio tempo, vocês dois parecem estar no final de um longo turno. Precisam de alguma coisa? Água, comida?

Agora Blair voltava seu foco para ele. Seus olhos eram afiados e estreitos.

— As rações da semana foram distribuídas. Se está sugerindo que você pode adquirir...

— Não, não. — Calix ergueu as mãos, com as palmas para fora. — Economizei um pouco e será um prazer dividir. — Ele pegou uma garrafa de água no casaco e agitou na frente dela. O líquido transparente espirrou dentro da garrafa.

— Estou bem, obrigada.

White o avaliou também.

— Por que não volta a seus amigos, senhor? Estamos de serviço.

— É claro — disse ele. — Desculpe-me por ter incomodado vocês.

Calix deu uma última olhada na porta reforçada atrás da dupla. Impresso no batente, em caracteres mínimos, com estêncil, um identificador de manutenção. Ele voltou para sua equipe. Nnebron o olhava com curiosidade e talvez uma leve suspeita.

— Por que você ofereceu água àqueles babacas?

De costas para os guardas, Calix despejou a garrafa de água em um vaso. A planta ali era falsa. A terra também, sem dúvida pretendiam substituir por algo da hidropônica naquela realidade alternativa em que a Nexus não era uma ruína.

— Mas o que é isso? — perguntou Nnebron. — Eu podia ter tomado.

— Duvido muito. — Ele sacudiu as últimas gotas e devolveu a garrafa vazia ao casaco. — A não ser que você quisesse dormir por uma semana.

Nnebron piscou, olhando para Calix com uma admiração renovada. Uma expressão imitada pelos outros de sua equipe, reunidos ali. Na verdade a água era apenas água. Calix só queria distrair os dois guardas por um momento enquanto aprendia o código de identificação da porta reforçada. Não havia previsto o que esse gesto aparentaria para seu próprio pessoal.

Eles já estavam meio desconfiados dele, desde sua longa conversa com Sloane Kelly, e embora essa desconfiança ainda não tenha sido verbalizada, Calix sabia que a equipe procurava sinais. Pela expressão deles, porém, ele não só dissipou a preocupação, como o pêndulo oscilou para o outro lado. Ele não oferecera água aos guardas, ele tentara drogá-los.

Se era nisso que preferiam acreditar, Calix não via mal algum.

— Precisaremos de uma abordagem diferente — disse ele.

Todos concordaram com a cabeça. *Basta nos dizer o que fazer*, diziam seus olhos ansiosos.

— Eles rejeitaram a água — continuou ele, já se sentindo meio preso na ficção que criou —, então vamos precisar de outro jeito de fazer com que saiam da porta.

— Uma distração — disse alguém da equipe.

— Essa é fácil — disse Nnebron. — Sei fazer isso. — Havia algo em sua voz que Calix não sabia se gostava. Uma malícia; entretanto, o entusiasmo não podia ser negado.

— Talvez outro churrasco — sugeriu ele pensativamente. — Chamas acesas certamente atrairão uma reação.

— Pode contar com isso — disse Nnebron. Com um gesto simples, ele recrutou outros dois do grupo e o trio se afastou, falando em voz baixa. Calix os observou e se perguntou sobre a sensatez dessa tarefa. Nnebron era um cabeça-quente e a prisão da amiga Irida não ajudou nessa questão.

Ah, bom, refletiu ele. *Agora não se pode fazer nada a respeito disso.* Ele podia ver nos rostos dos seis que restaram. Eles o olhavam, procurando sua liderança, mas iam fazer *alguma coisa*, quer ele aceitasse ou não o papel. Eles precisavam de uma mudança. Precisavam saber que a vida não seria assim para sempre, matando-se de trabalhar em uma estação que devia ter sido abandonada meses antes, para um trio desqualificado de líderes que tomava decisões questionáveis a cada passo. Líderes ainda atolados nos preconceitos e na política que o resto da tripulação queria deixar para trás.

Eles chegaram ali procurando um novo começo, e não para sustentar uma intolerância antiga e ultrapassada.

O sistema de comunicação crepitou e a voz de Foster Addison encheu a estação. "Como muitos sabem, dez semanas atrás o Assuntos Coloniais enviou uma frota de naves de exploração aos mundos mais próximos…"

Calix e seu pequeno grupo de admiradores ouviram sem dizer nada. Os dois guardas, notou Calix, se remexeram, pouco à vontade, os olhos varrendo as poucas pessoas na área comum. Ele se perguntou se eles sabiam do que se tratava.

Ativando a omnitool, ele mergulhou nos menus intermináveis e labirintos complexos de arquivos e pastas que criou para esconder o que precisava. O verdadeiro prêmio nos dados roubados por Irida.

As palavras de Addison continuavam a ecoar pela sala e pelos corredores longos.

"É com tristeza que anuncio que essas missões fracassaram", disse ela. Um ofegar daqueles que estavam reunidos.

— Nem acredito que eles seguraram isso por *semanas* — disse alguém da equipe de Calix. Era Ulrich, um humano corpulento cuja aparência rude e parruda levava os outros a subestimarem-no. O homem era um dos engenheiros mais refinados que Calix já conhecera. Fazia parte da equipe desde o início — um dos primeiros a se juntar à missão Nexus.

— Calma, calma — disse Calix, no tom certo. Ele não sabia o que Addison anunciaria e isto justo quando ele e sua equipe iam agir. No entanto, era uma oportunidade a que ele não conseguiu resistir. Eles que pensassem que Calix tinha planejado o momento oportuno.

Achei! Calix encontrou o arquivo oculto. Os códigos manuais que Irida havia roubado. Ele ainda não sabia dizer por que os guardou, nem por que mentiu a Sloane a respeito disso, o único membro da hierarquia que "valia o chão onde pisava", como diziam.

— O plano é o seguinte... — disse ele.

O alarme soou.

Alguém gritou, "Fogo!"

Veio de um corredor de ligação. O mesmo corredor tomado por Nnebron e seus amigos. Depois, outro grito.

— Fogo na Hidropônica!

Uma mensagem apareceu na tela de Calix.

Isso deve chamar a atenção deles.

Ah, que droga, Nnebron!... o que você fez?

Os dois guardas correram da sala, esbarrando em Calix e o jogando de lado, assim abandonaram o posto na frente da porta reforçada. Como aconteciam com as estações, um incêndio na Hidropônica era quase o melhor que ele podia ter desejado — só que ele não desejava isso. De maneira nenhuma. Se Nnebron prejudicou o suprimento de comida...

Calix não queria pensar nisso. Precisava agir, agora, enquanto os guardas tinham saído. Deixaram a porta desprotegida, como ele havia previsto. Afinal, era uma porta reforçada e só a segurança podia abri-la manualmente.

Ele correu os olhos pela lista roubada por Irida, encontrou o código de identificação que vira no batente e digitou na ativação. Um baque surdo de dentro da parede, depois as portas imensas se abriram.

— Vamos — disse Calix a sua equipe. — Não temos muito tempo.

— O que tem aí dentro? — perguntou Ulrich, de repente em dúvida.

— O arsenal — respondeu Calix.

Não precisava de mais persuasão.

* * *

William Spender observava de longe enquanto Calix e sua pequena gangue entrava no arsenal. Ele vigiou a porta aberta para eles, como se também fossem velhos amigos bem-vindos.

— Isso não é interessante? — disse Spender a si mesmo e olhou em volta para saber se não estava sendo observado.

Ele deveria denunciar aquilo à segurança. Provavelmente haveria muitos problemas se não o fizesse.

Mas William Spender tinha pouco afeto por Sloane Kelly, e ainda menos por um cenário político em que apenas um lado agia.

Então, sim, ele entraria em contato com a segurança. Mas primeiro daria um minuto inteiro a Calix dentro da câmara de armas.

Talvez até dois.

* * *

Ainda imerso no armário de armas, Calix pôde ouvir o discurso de Foster Addison. Ela falava da missão e da necessidade de apoiar seus objetivos, independentemente do custo. Este era o erro dela. A crença contínua e irracional em um sonho morto. Eles iam conseguir matar todos, exceto talvez eles mesmos, e só porque não conseguiam enxergar a verdade.

Jien Garson morreu e sua visão morreu com ela.

Calix achava um tanto divertido, e mais do que um pouco frustrante, que seus líderes tivessem suposto que a equipe de suporte vital colaboraria com o plano. Que ele e seu pessoal participaria desse esforço equivocado. É claro que ninguém havia perguntado a ele.

Ele imaginou se alguém tinha perguntado a Kesh, mas, considerando um salarian no comando, provavelmente não.

À volta de Calix, eles roubavam cada arma em que conseguiam colocar as mãos.

— Ensaquem tudo — disse-lhes ele.

Mas ninguém precisava ouvir isso. Agora eles estavam no piloto automático. Um verdadeiro frenesi de armamento. O plano dele era pegar as armas e colocar em alguma câmara oculta e fora de alcance. Isso igualaria um pouco as probabilidades e daria a ele uma moeda de troca. Alavancagem para exigir nova liderança e uma força de segurança diferente. Um novo plano. E, naturalmente, o completo perdão para sua equipe. Só então ele lhes diria onde estavam as armas.

Entretanto, parado ali, vendo a equipe furiosa enfiar as ferramentas da violência em sacos táticos tão pesados que eles mal conseguiam erguer seus prêmios, ele entendeu que eles jamais concordariam com sua devolução. Foi loucura dele pensar nisso.

— Já basta — disse Calix. — A segurança voltará logo e precisamos ir embora.

— Para onde, agora? — perguntou alguém.

Calix teve de raciocinar rapidamente. Não esperava que isso acontecesse tão cedo, nem que fosse assim. Por um momento se sentiu à deriva em uma correnteza, a única pessoa com uma balsa a qual todos decidiram, inexplicavelmente, se agarrar.

— Depois do que Addison falou agora — respondeu ele —, acho melhor colocarmos as mãos na maior quantidade possível de suprimentos antes que o conselho tranque tudo.

Se já não fizeram isso, corrigiu-se ele em silêncio.

— Mesmo que façam, não vão conseguir nos impedir — disse outro com um sorriso feroz.

— Talvez — admitiu Calix —, mas prefiro ser aquele que faz a defesa.

— Jogada inteligente.

Todos concordaram. De novo. Calix desejou que eles pensassem por si mesmos um pouco, mas não era a hora de encorajá-los. Longe disso.

Não, ele começara alguma coisa ali e não haveria como voltar atrás. Em Andrômeda, afinal, não havia mais aonde ir.

Enquanto saíam do arsenal, cada um carregando dois sacos pesados e a maioria com um terceiro pendurado nos ombros, Calix tentou imaginar este momento da perspectiva dos espectadores. Os poucos tripulantes que se reuniam na área comum tinham se encostado nas paredes, de mãos estendidas, boquiabertos, olhando aquele grupo aleatório de técnicos sair da segurança com tanto equipamento.

Canos de armas se projetavam dos sacos que eles se esforçavam para carregar. Apesar das palavras de Addison ainda ecoando nas paredes, eles viram apenas ladrões. Ele precisava fazer algo a respeito, e logo. O rótulo de terroristas seria colado neles rapidamente.

* * *

Enquanto o grupo ia para seu destino, a omnitool de Calix tocava incessantemente. *Sloane, Sloane, Kesh, Sloane.* Ele se perguntou se elas tentavam descobrir sua localização — ele desabilitou essa função uma hora atrás. A segurança talvez tivesse um jeito de contornar, mas ele ainda precisava do dispositivo para abrir manualmente as portas.

Abrir manualmente as portas.

É claro! Calix deixou cair os sacos com as armas e se ajoelhou. Seu grupo de ladrões se reuniu em silêncio a sua volta, sabendo que estava acontecendo alguma coisa. Ele correu novamente pelos menus, desta vez da memória, e encontrou a opção que queria.

— Vamos ter de correr depois disso — disse Calix. Ele selecionou um comando e o acessou. Depois usou suas credenciais para fazer uma das poucas coisas que seu status de chefe permitia. Ativou o sistema de comunicação público de toda a estação.

— Aqui fala Calix Corvannis, e estou aqui para dizer a vocês que digam não. — Suas palavras tiveram o mesmo eco do discurso de Addison minutos atrás. — Digam *não*. Resistam à ordem de voltar à estase.

A mensagem estava em alto e bom som. Ele achava que teve sucesso aí também. Grave, entretanto racional, controlada. Enquanto ele terminava, o comando que ele acessou surtia efeito. Cada porta reforçada e lacrada na zona desabitada da Nexus começou a se abrir.

Calix andava a passo acelerado, forçando uma expressão de foco preocupado no rosto, sem olhar nos olhos de quem passava por eles.

A fumaça se elevava da Hidropônica. Ele passou por ali sem nem mesmo olhar o ambiente. Não queria que a segurança o visse, porém, mais do que isso, não queria saber. Nnebron talvez tenha condenado todos à fome com aquele incêndio, tornando tudo isso discutível. Ele só torcia para que os danos fossem superficiais, ou rapidamente contidos.

Uma distração, e não uma sabotagem abjeta.

Ele entrou em um corredor longo, sua equipe acompanhando de perto como uma gangue de mercenários. *O que foi que eu comecei?*, pensou ele, depois deixou a questão de lado. Só o que realmente importava era como terminaria.

Ele entrou novamente nas comunicações da nave, antes que retirassem sua autoridade de acesso.

— Não entrem em seus tanques — disse ele. — Não somos robôs que podem ser desligados quando nossa existência aqui se torna inconveniente. Esta estação é nossa, *toda* nossa, e não será consertada por ninguém, senão por nós.

"Ninguém virá em nosso resgate. Nenhum planeta espera para nos abrigar. Addison entendeu bem essa parte. O que ela não disse a vocês é que nossos líderes sabiam disso há duas semanas. Duas semanas! A Nexus não precisa realmente de que todos vocês durmam. O que ela precisa é de todos vocês em suas estações, fazendo o que vieram fazer aqui. Um grande esforço para consertar esta nave! Um grande..."

Seu acesso às comunicações da nave desapareceu.

Sua omni ainda funcionava, mas o canal foi cortado.

— Bom — disse ele —, acho que alguém não gostou do que eu estava falando. — Isso provocou risos de sua "gangue". Ele os olhou por cima do ombro. A *resistência*, o que eles eram. A *insurreição*.

Calix não conseguia situar muito bem como conseguira ficar à testa disto, mas suspeitava de que tudo remontava à Via Láctea. À postura que ele havia assumido contra o capitão da *Warsaw*. Algo que alguém de sua posição teria feito, na opinião dele. Entretanto, a ação crescera nesse caso também, tornando-se algo irreprimível que fez dele uma espécie de lenda. Um papel, evidentemente, que o destino encontrou para ele.

Então, que fosse assim.

Era esperança dele que Kesh compreendesse. Ele achava que sim. Afinal, se uma krogan não conseguia entender um levante contra os opressores, quem entenderia?

Calix parou em um nicho a pouca distância do hangar que Spender designara como depósito temporário da estação.

— Tratem de se armar — disse ele aos que estavam a sua volta. Ele baixou os sacos e escolheu a primeira arma que sua mão envolveu. Um fuzil de assalto Mattock, ou assim ele pensava. Não era exatamente sua área de especialização. Não importavam as especificações, ela serviria.

— Depois de tomarmos a sala — disse ele —, vou precisar que três de vocês levem estes sacos para dentro. Em seguida, usaremos os lev-carts para transferir tudo ao atracadouro das arcas. — A localização simplesmente lhe veio, como se ele tivesse trabalhado na questão semanas antes. Na verdade apenas apareceu na sua cabeça, só porque ele ouvira de um krogan que eles recentemente haviam aberto um caminho para lá. O espaço continuava, ainda, sem nenhum equipamento, e Calix tinha a forte sensação de que isso não mudaria tão cedo.

Toda sua equipe concordou com a cabeça como se fosse uma decisão sábia. Só naquele momento percebeu que eles tinham razão. Que ele havia escolhido o lugar perfeito. Se conseguissem chegar lá e defender o lugar...

— Que lev-carts? — perguntou Andria.

Epa...

— Deve haver um monte deles aí dentro — respondeu Calix. Ele torcia para que fosse verdade, caso contrário, esta pequena rebelião terminaria em um cerco muito curto.

Depois de todos terem escolhido uma arma, ele assentiu e assumiu mais uma vez a dianteira. Agora andava mais lentamente, combatendo uma voz em sua cabeça que insistia em gritar que ele parasse ali e voltasse. Virar na próxima esquina era o ponto sem retorno. À frente estava um futuro como traidor, um fora da lei. Atrás, estavam seis rebeldes subalimentados, extenuados e fortemente armados com sangue nos olhos.

Bem ali, naquele momento, ele os temia mais do que qualquer coisa que estivesse pela frente. Com alguma sorte, eles pegariam os suprimentos e estariam em condições de negociar com o conselho. Descobrir um jeito de manter a tripulação fora da crio. Vasculhar o resto da estação, se precisassem. Tinha de haver alguma coisa. Só exigia um jeito diferente de pensar.

Ele virou a esquina.

Três guardas estavam reunidos na frente da porta aberta, envolvidos numa conversa com Spender.

— Vou precisar que vocês se afastem — disse Calix. — E mantenham as mãos...

Um dos guardas mergulhou para o lado, sacando a pistola num átimo.

Explodiram disparos do grupo de Calix, acabando com qualquer arremedo de controle que ele pudesse ter.

— Fogo focalizado! — gritou alguém.

O guarda que tinha mergulhado, ainda no ar, começou a estremecer quando as balas bateram em seu escudo cinético. A energia ondulou pela superfície e depois, quando aguentou tudo que pôde, a cintilação parou. O tiro seguinte o pegou em cheio na testa. Seu salto acabou em um baque sem vida.

E então Spender olhou nos olhos de Calix. Um único olhar. Em seguida o burocrata desatou a correr, com os braços cobrindo as orelhas. Atravessou na frente de dois guardas, dando uma cotovelada numa delas ao passar, atrapalhando sua mira. Um acidente?, perguntou-se Calix. Ele arquivou isso. Logo o político estava liberado e ainda corria, para longe da linha de fogo. Calix o ignorou. Descobriu que tinha sua própria arma erguida, o dedo apertando com força o gatilho. A arma matraqueava, explosões de fogo que quase o ofuscavam, o barulho esmurrando seus ouvidos, fazendo-os tinir. Por instinto, ele se agachou e se deslocou de lado, mas não havia proteção alguma.

Alguém de sua gangue levou um tiro na barriga e se recurvou, gritando de dor, o fuzil deslizando pelo chão. Talvez armados, mas faltava a eles a armadura usada pelos oficiais de Sloane.

Os dois guardas restantes recuaram para o hangar, disparando. Uma começou a se contorcer sob outra rajada de tiros concentrados. Ela gritou e caiu de lado quando o escudo cedeu, seu joelho explodindo. Foi Calix que fez isso. Disparou os tiros que a feriram. Ele só percebeu um segundo depois.

Ele havia baleado alguém. Acabou com a perna dela. Acabou com a sua...

Outro tiro atingiu a guarda que ele havia derrubado, este no pescoço. O grito se transformou em um gorgolejo molhado.

A única segurança restante abaixou-se, procurando se proteger, atrás de um engradado qualquer, colocando a cabeça para fora um segundo depois para disparar tiros na força de assaltantes. Calix parou na abertura, num torpor com o que acabara de ver. Ele sabia do perigo, as balas passavam voando por ele. Uma delas roçou na perna de sua calça, um puxão que ele mal sentiu. Depois alguém de seu grupo jogou-se nele.

Calix tombou no chão, com um corpo caindo pesadamente por cima.

Eles já me localizaram, pensou ele. Depois sentiu um calor a seu lado, estendeu a mão e nela viu sangue. O sangue da pessoa que caíra por cima dele. Estava morto.

Um tiro bateu no chão à distância de um palmo de seu rosto. Faíscas voaram para seus olhos. Calix não tinha tempo para lamentar o corpo caído sobre ele, para homenagear o sacrifício que esta pessoa fizera. Nem mesmo sabia quem era. Em vez disso, ele voltou para a batalha, fazendo o corpo virar no chão diante dele, proporcionando uma barricada.

Ele então viu. Era Ulrich. Olhou nos olhos do homem e viu a vida ainda ali. Ulrich piscou para ele.

— Eu... — disse ele, com sangue na boca, depois as balas arrastaram suas costas. Três baques úmidos, cada um deles tirando um pouco da vida daqueles olhos até que, por fim, misericordiosamente, eles ficaram vidrados e imóveis.

Calix sentiu o último hálito quente no rosto, depois nada. Ulrich salvou sua vida e, em troca, Calix usou o homem ainda vivo para se proteger. Esse foi o pagamento a Ulrich por anos de lealdade e camaradagem.

— Eu sinto muito, amigo — disse Calix em voz baixa.

O cadáver não respondeu.

A fúria cresceu nele. As circunstâncias não importavam. Esta morte era o resultado de decisões ruins tomadas pela liderança da Nexus. Não só aqueles que estavam agora no comando, mas percorrendo toda a linha até os dias do planejamento, quando uma merda de burocrata decidira algumas regras asininas de sucessão que não levaram em consideração quem poderia ser colocado no comando. O sistema escolheria quem por acaso fosse de graduação mais elevada, como se tudo isso importasse.

Por conseguinte, um contador de moedas imbecil e inepto e uma embaixatriz deprimida estavam tomando decisões de vida ou morte por milhares de almas. Pelo menos Sloane era uma pessoa lúcida, mas, na opinião dele, a presença dela naquele grupo podia ser atribuída ao acaso, e não a algum desígnio.

Isso culminou ali, na morte de um inocente que trabalhava arduamente, leal tanto à missão como a Calix Corvannis. Ele se obrigou a se levantar e partiu para o hangar com o fuzil erguido. A oficial de segurança não tinha saído de trás do engradado. Calix foi diretamente pela lateral da caixa e atirou à queima-roupa na guarda surpresa. Uma saraivada que minou seu escudo cinético em segundos.

A mulher teve uma convulsão sob o ataque, sua boca em um "O" de surpresa e a vida se esvaía dos olhos.

— Peguem tudo — disse ele a todos e, ao mesmo tempo, a ninguém.
— Os carts estão ali. — Ele apontou para uma fila de plataformas levitadoras estacionadas junto de uma parede.

Depois foi atrás de William Spender.

O homem tinha se abrigado em um armário perto do vasto hangar, a poucos metros por aquele corredor. Ele se trancou ali. Calix tentou sua omnitool, depois se lembrou de que retiraram seu acesso. Então ele bateu, com força.

— Está aí, Spender? É Calix. Abra a porta.

Uma voz ali dentro. Abafada.

— Não posso ser visto falando com você.
— Por que você nos ajudou lá atrás?
— Eu ajudei?

Calix remoeu isso, mas só por um segundo. Queria ouvir as palavras do homem, por mais calculadas que fossem. Precisava saber se ele tinha um simpatizante para sua causa dentro da liderança.

— Se estiver conosco, basta dizer. Posso proteger você.
— Eu não estou com ninguém — rebateu Spender.
— Spender...
— Talvez seja melhor você fugir agora, Calix. Tenho o dever de informar este acontecimento.

Calix soltou um suspiro.

— Discutiremos isso depois.

Um riso abafado vindo de dentro.

— Tá. Quem sabe, talvez eu veja você do outro lado.

E então Calix ouviu a voz baixa de Spender, relatando o próprio ataque que ele havia ajudado Calix a vencer.

Calix Corvannis só pôde menear a cabeça e fugir dali.

CAPÍTULO 26

Ela estava correndo à toda quando o arsenal entrou em seu campo de visão. Sloane parou a uns dez passos de distância, agachou-se atrás de uma grade baixa e avaliou a cena.

Corpos. O borrifo de sangue.

Suas entranhas se contorceram, dando um nó. Era pessoal dela ali. Sua família. Derrubados. *E por Calix, porra!* Ela sabia que ele era inteligente. Politicamente astuto. Mas, isto? Esse lado dele, Calix manteve bem escondido.

— Tem pelo menos dois oficiais caídos — disse ela. — Quem está armado?

Vários da equipe se manifestaram e, sem precisar de uma ordem, avançaram enquanto outros deslocaram-se para trás. Sloane apontou dois deles e gesticulou para o lado direito da entrada do arsenal. Os outros sabiam que deviam segui-la para a esquerda.

De pistola na mão, ela estava partindo, correndo novamente enquanto se curvava na altura da cintura. Os olhos disparando do caminho à frente para a porta à direita. O movimento de sua equipe era fluido, derramando-se pelas proteções esporádicas e escorrendo para o espaço aberto antes de chegar à porta como uma onda contra um quebra-mar.

Sloane não hesitou. Assentiu uma vez para o oficial diretamente na frente dela junto da porta reforçada e os dois viraram pelos cantos e entraram na sala sem fazer uma pausa. Ela correu a arma para os esconderijos óbvios, o punho frouxo no cabo, o dedo descansando no gatilho, tudo isso realizado casualmente.

— Calix! — gritou ela. — Renda-se agora e mostraremos leniência. Você tem a minha palavra. — Sloane não estava certa se falava sério, mas sabia que sua equipe não acreditaria. Eles viam isso como uma tática para pegar o inimigo em campo aberto, e estava tudo bem. Talvez fosse mesmo.

Nada se mexeu. A sala continuou tão silenciosa quanto os corpos que jaziam dentro dela. Sloane passou à vítima mais próxima, procurou a pulsação e não encontrou nenhuma. Uma dor funda a agarrou — e também o medo. Qualquer que tenha sido a lógica disso, a motivação de Calix, foi derramado sangue. A segurança foi atingida.

Sua equipe iria querer vingança.

Sloane se questionou se daria o discurso. Aquele que ela já tinha dado tantas vezes em sua carreira. A necessidade de manter o profissionalismo. O respeito pela lei. Inocente até que se prove *blá-blá-blá*. Segundo sua experiência, o pessoal de segurança sempre reagia do mesmo jeito a esse discurso. Muita aquiescência com a cabeça, depois tudo saía pela porra da janela no momento em que eles tinham seu criminoso na mira.

Então, foda-se. Isto era mais, muito mais do que uma simples altercação. Eles saquearam o arsenal. Roubaram armas. Ela olhou em volta e não precisou fazer um inventário para saber. Prateleiras inteiras foram esvaziadas. Esta sala esteve abastecida para lidar com o que a Nexus pudesse encontrar em Andrômeda e para uma equipe de segurança dez vezes maior do que ela conseguira despertar para a emergência.

O bastante para abastecer um pequeno exército.

— Espalhem-se — disse ela. — Deem uma busca na sala.

Há muito eles já haviam saído, mas ela precisava de um minuto para pensar. Sua equipe fluiu para dentro e começou uma busca corredor por corredor. Sloane ergueu o pulso e bateu na omnitool. Pediu a presença da equipe médica.

— Tragam sacos de cadáver. — Ela reportou as mortes de três da segurança e um técnico de suporte vital no arsenal.

— Senhor? — Ela deu um salto involuntário. Uma oficial se aproximara da direção dos armários de armas. Aqueles com treinamento militar sempre a chamavam de "senhor".

Ela deixou passar.

— Pode falar.

— Eles foram inteligentes — disse a mulher. — Só levaram as armas que não tinham rastreador. Não vamos conseguir encontrá-las pelos sensores.

— Claro. — Sloane meneou a cabeça. Calix sabia dessas coisas, ou alguém com ele. Ela se perguntou que outras surpresas ele havia reservado. Também se perguntou há quanto tempo ele estava planejando isso. Partes de sua entrevista com ele depois da prisão de Irida foram repassadas em sua mente. Ela o procurou para obter informações e, de algum modo, falou muito mais do que alguém da posição dele precisava saber.

Ele tinha esse talento. Ela estremeceu ao se lembrar, sentindo-se a vítima de um trapaceiro. Começou a piscar por sua mente uma combinação do conhecimento de que toda a equipe dele o acompanhou desde seu posto anterior e expressões como "culto à personalidade".

Com a busca concluída, o resto de sua equipe se reuniu. Um olhar para a cara deles confirmou o que ela já sabia. Como suspeitava, eles escaparam.

— Localizar aquelas armas é nossa prioridade máxima — disse-lhes ela. — Armem-se o melhor que puderem com o que restou. Vou precisar que dois de vocês continuem aqui com a porta fechada e trancada. Minch, Kwan, vocês cuidam disso. Ninguém entra sem que vocês tenham primeiro minha liberação. Entendido?

Os dois assentiram. Alguém estendeu um fuzil a Sloane. Ela o pegou, verificou a carga e destravou a arma.

— Todos os outros, comigo.

* * *

— Precisamos lacrar a sala — disse Tann.

Ele ignorou a inspiração chocada de Foster Addison. Ela logo chegaria à mesma conclusão. Por enquanto, não havia tempo para debates. Ele a deixou no console e foi para as portas.

Spender estava perto da parede, analisando despreocupadamente não se sabe o quê em sua omnitool. Mais relatos de saques ou tiroteios, sem dúvida. Spender estivera no meio de uma batalha dessas apenas minutos antes e mal conseguiu escapar com vida, pelo que ele contou.

Tann assentiu para ele ao passar.

— Ajude-me a fechar a sala.

Não havia nenhum guarda posicionado na porta da Operações. Na verdade, não havia desde o ataque do Flagelo. Pensando nisso agora, Tann se admirava. Apesar de tudo, ele nunca pensou em ter a segurança ali. A tripulação podia reclamar o quanto quisesse, ele não acreditava verdadeiramente que nada disso podia acontecer.

Um erro de cálculo que ele não pretendia cometer novamente.

Spender o ajudou com as portas. Havia três entradas para a

Operações e duas levavam a passagens bloqueadas, mas eles as lacraram mesmo assim. Os tempos de uma segurança frouxa, de correr riscos, tinham acabado.

— De um jeito estranho — disse Tann ao se juntar a Addison — esta escaramuça nos deu a desculpa de que precisávamos para agir com impunidade. Se a tripulação não retornar à crioestase por vontade própria, eles...

— Como pode sequer falar nisso? — perguntou Addison, a repulsa evidente em seu rosto. — Três pessoas estão mortas no arsenal. Quem sabe quantos mais na Hidropônica.

— É exatamente disso que estou falando — disse Tann, confuso com a resistência dela.

— Os corpos ainda nem esfriaram e você já está tentando distorcer os acontecimentos para tirar alguma vantagem.

Ele deu de ombros.

— É claro. Qualquer evento deve ser decomposto em decisões e orientações futuras. Naturalmente...

— Não posso ouvir isso agora — disse ela e se afastou. Tann se perguntou se deveria segui-la, explicar, mas Spender chamou sua atenção. O homem estendia a mão e fazia uma careta, uma expressão unicamente humana que dizia *Eu cuido disso*.

Que seja. Tann voltou ao console. Suas capacidades ainda eram limitadas, mas uma coisa que ele podia fazer era acessar as câmeras instaladas pela estação. Não todas, mas algumas. Com sorte, o suficiente.

Cada uma delas mostrava praticamente a mesma coisa. Gente correndo, ou reunida em grupos transtornados numa conversa acalorada, alguns à beira da violência. Pânico e caos. Exatamente o que queria Calix Corvannis, sem dúvida. Tann passou a mão no queixo, impressionado, mesmo a contragosto. Ele havia subestimado o turian. Ou melhor, ele não tinha motivos para fazer nenhuma estimativa dele. Calix era da gerência de nível médio. Um técnico capaz de suporte vital e um líder razoavelmente bom de sua equipe. Tann se perguntou que formação poderia levar alguém assim a demonstrar tanta acuidade política.

Ele puxou o arquivo pessoal de Calix e fez um exame rápido. Nada se destacava. Designado a várias naves e estações espaciais em sua carreira, ascendendo a uma posição de chefe apenas um ano antes de a Iniciativa Andrômeda fazer um apelo por voluntários. O que era interessante, a candidatura de Calix chegou tarde e não foi só ele. Ele e toda sua equipe se apresentaram simultaneamente. Em sua solicitação, Calix havia declarado que eles ingressariam na Iniciativa juntos, ou ninguém entraria.

Tann refletiu sobre isso por um momento. Puxou uma cadeira e se sentou. Bebendo água, levantou os dossiês de todos os subordinados a Calix, pulando os sumários e as análises em favor das partes detalhadas. Começou a ler.

* * *

Três níveis abaixo da Operações, um grupo de civis armados entrava em uma área comum frequentada pelos membros não krogan da tripulação.

Era esperança de Calix que estivesse vazia, que as pessoas tivessem decidido que era melhor ficar em seus aposentos até que a situação se acalmasse. Ele deixou de considerar o fato de que a maioria *não tinha* aposentos. Dormia nas áreas comuns, por necessidade e, talvez, pela companhia.

E assim, lá estavam eles. Reunidos em pequenos grupos, envolvidos em conversas urgentes e em vozes baixas. A sala ficou em silêncio à vista dele e de sua... gangue? Em um momento, ele começou a pensar neles desse jeito e via a verdade disso nos olhos daqueles que agora o encaravam, arregalados.

Como devemos parecer?, pensou ele, entrando de rompante com fuzis de assalto na mão e o uniforme manchado de sangue. Por um instante, Calix temeu que tentassem bloquear seu caminho. Depois veio a estranha sensação de que, em vez disso, talvez aplaudissem. Que dessem os parabéns a ele por defender seus direitos.

O que aconteceu, na realidade, foram as duas coisas.

Gritos de escárnio, exclamações de apoio, tudo misturado. A multidão se dividiu em linhas ideológicas e o caos rapidamente se formou. Estouraram brigas. As pessoas gritavam, caindo no chão, correndo para um terreno mais seguro. De algum modo ele se viu no meio daquilo tudo, cercado por uma bolha de armas carregadas nas mãos de sua equipe quase perversamente leal. A *gangue* dele.

Sim, pensou Calix, na verdade essa era a descrição mais adequada. Não havia como fugir. A maioria o acompanhava há anos. Um bando de desajustados que ele de algum modo conseguiu domar, um de cada vez. Eles disseram — depois da *Warsaw* — que iriam com ele a qualquer lugar. Calix não pretendia colocar isso à prova quando anunciou que ia se apresentar para Andrômeda. Na verdade, era esperança dele finalmente romper com sua vida e recomeçar. Mas eles foram fiéis a sua palavra e, antes mesmo que ele percebesse o que estava acontecendo, o grupo decidiu por ele que a solicitação seria para toda a equipe.

Isso nasceu mais de um desejo de deixar *en masse* a nave horrivelmente comandada do que de qualquer outra coisa. Na época ele duvidou, como agora, que eles realmente compreendessem no que estavam se metendo ao ingressar na Iniciativa. Ele só queriam fazer parte de alguma coisa.

Bom, eles realizaram seu desejo e mais um pouco, pensou ele.

Calix parou no meio da sala. Levantou as mãos e pediu silêncio enquanto sua escolta armada mantinha um círculo a sua volta, as armas apontadas para fora como lanças. A multidão continuou a se acotovelar, as discussões ficavam acaloradas. Calix abriu a boca para pedir silêncio de novo, mas, antes que conseguisse, um dos técnicos disparou alguns tiros no teto.

A multidão ficou num silêncio mortal, todos os olhos voltados para ele.

Calix esperou que a poeira e os escombros baixassem antes de se dirigir a eles.

— Todos nós fomos retirados da crio por um bom motivo — disse ele. — Para consertar a Nexus. Esta não é apenas uma nave a que fomos designados. Não é um posto temporário. A Nexus é o *nosso* lar. Nosso abrigo. Ainda não sabemos o que causou danos a este lugar. Ninguém sabe. Nossa liderança fala do Flagelo, mas só o que eles têm é um nome.

Ele tinha toda a atenção deles. Decidiu não desperdiçar isso.

— Agora soubemos que esse Flagelo devastou cada planeta em nossa vizinhança. Uma de nossas naves de exploração nem mesmo voltou, provavelmente outra baixa. Essa força desconhecida pode atacar novamente a qualquer hora e nós não saberíamos, porque os sensores ainda estão com defeito e há pouca esperança de reparos.

— Talvez a equipe de sensores precise ser substituída! — gritou alguém.

Outra voz rebateu.

— Não podemos consertar nada sem as peças. É a fabricação que não consegue lidar com...

Outra voz ainda interrompeu.

— A fabricação está fazendo tudo o que pode para corresponder. Mas sempre que começamos a fabricar alguma coisa, mandam que a gente cancele porque surgiu uma prioridade maior.

Vários concordaram com a cabeça.

Exclamações de "papo-furado".

Calix levantou as mãos novamente.

— Todos estivemos trabalhando muito. Se vamos culpar alguém, deve ser nossa liderança interina. Eles nunca foram escolhidos para esse trabalho e claramente não têm capacidade para ele.

Uma reação variada, porém mais concordância do que o contrário. Era o bastante.

— Decisões ruins — continuou ele. — Constantemente alterando posições e prioridades. Uma fraude completa. E por trás de tudo, a possibilidade de sermos atingidos novamente por esse Flagelo. Apesar de tudo isso, a solução deles é que retornemos à crio. É só tirar um cochilo e todos os nossos problemas vão desaparecer. — Agora mais gente assentia. Ele ganhou ímpeto. — É esse o plano deles? Que a gente deva dormir e depositar nossa confiança neles?

"Bom, eu não vou", disse ele, elevando a voz. "Minha equipe não vai participar. Nós nos recusamos a operar os tanques de estase. Queremos uma eleição, líderes que sejam justos e decisivos. Mais importante, líderes que estejam dispostos a considerar todas as soluções possíveis... inclusive abandonar a missão em nome de nossa sobrevivência."

Um risco calculado e Calix parou para ver o que aconteceria. Sua própria equipe podia se voltar contra ele, embora isso não fosse provável. A multidão podia dilacerá-lo, membro por membro, por ele se opor à visão de Garson.

Sua equipe manteve posição e esperou.

A multidão se dividiu como uma acha de lenha sob um machado e explodiu em violência.

CAPÍTULO 27

Ela ouviu o tumulto e correu até lá. Cinquenta oficiais a suas costas, as botas como um trovão no piso do corredor. Sloane cerrou o queixo e as hipóteses passaram por sua cabeça. Cercar o...

O quê? No que se tornaram Calix e sua equipe? Este não era um protesto simples. Seu discurso apresentava muitas implicações. Resistir à ordem de voltar ao criossono, por definição, fazia dessas pessoas uma resistência. Isto, então, significava um motim? Uma rebelião? E a porra da semântica realmente importava?

Ela supunha que importaria para eles, quando chegasse a hora das punições. A desobediência a ordens pode ser tratada apenas com uma advertência, talvez algum tempo na cela. Motim, porém, significava morte. Significava uma curta viagem para fora da câmara de compressão e uma longa espiral até a estrela mais próxima.

Resistência, decidiu Sloane. Por enquanto. Uma parte dela ainda queria dar a Calix o benefício da dúvida. Depois de tudo o que ele disse naquela entrevista e quanto trabalho ele dedicou para manter todos vivos, ela devia isso a ele.

Ela foi a primeira a chegar à área comum. Algumas centenas de pessoas altercavam, discutindo. Algumas envolvidas em brigas. Uma asari golpeou o pescoço de um humano com a lateral da mão, derrubando o homem no chão, em asfixia. Um turian desferia socos em outro de sua espécie, que retribuía golpe por golpe.

No meio de tudo isso, havia um grupo que se deslocava como um só. Um círculo, todos os participantes voltados para fora, protegendo o que ou quem estivesse no meio. Talvez alguém caído, pisoteado, e aqueles que conseguiram manter algum senso de decência tentavam protegê-lo de maiores danos.

Não, Sloane sabia que não era isso. Ela via os uniformes — aqueles da equipe de suporte vital. Porém, mesmo sem isso, ela pôde ver seus rostos. Expressões que ela conhecia bem, de mil registros de câmeras de segurança e, com menos frequência, pessoalmente. Os bandidos e criminosos comuns tinham essa expressão enquanto faziam das suas.

E então ela viu Calix, bem no meio deles. Eles não estavam protegendo um camarada caído. Protegiam seu líder.

Por uma fração de segundo, os olhos de Sloane se fixaram nos do turian. Ela sabia que o próprio olhar perguntava *por quê*? E o dele parecia dizer, *porque você me obrigou*. Nenhum remorso naquele vislumbre fugaz, nenhuma sugestão de que aquilo podia terminar ali, pacificamente. Ele e seu grupo não iam depor as armas.

— Há civis demais por aqui! — gritou um de seus oficiais. Sloane voltou a se concentrar em sua vizinhança imediata. Alguém — um homem, agitado de adrenalina — girou para ela e deu um soco sem perceber quem estava a sua frente. Ele tentou travar o punho, tarde demais, e pegou Sloane no queixo. O filho da puta era parrudo e, mesmo com seu esforço para se conter, ainda restou-lhe força suficiente por trás daquele punho para fazê-la cambalear um passo para trás.

Ela sentiu um gosto de ferrugem quente e cuspiu.

Um de seus oficiais, Martinez, avançou e se retesou para brigar. Sloane tentou gritar "não", mas só saiu sangue em uma tosse feia. Martinez atingiu o homem na barriga com o cano de um fuzil de assalto. Sloane ouviu o ar sair num silvo do homem que se amarfanhava no chão.

Desse jeito, não, ela queria gritar. Alguém na multidão viu o ataque, não viu Sloane ser atingida e chegou a conclusões precipitadas.

— A segurança está contra nós! — gritaram. — Resistam!

Sloane tentou segurar Martinez pelo braço, puxá-lo de volta, apelar para uma cabeça mais fria. Mas seus dedos erraram seu bíceps. Ela sentiu a manga roçar na ponta dos dedos e ele partiu para a briga. Seu oficial bateu no manifestante que havia gritado, investindo com o ombro, e a dupla caiu de braços e pernas embolados. A multidão se fechou em volta deles e, rapidamente, Martinez desapareceu.

E então a confusão mudou. Criou vida própria, transformando-se em uma briga de socos generalizada. Sloane conhecia esse momento também, de experiência passada. Não haveria uma volta milagrosa ao bom senso. Não, isso só terminaria quando um lado fosse submetido na base da pancada, ou batesse em retirada. Só o que eles podiam fazer era avançar, com a maior rapidez possível, e esperar que nenhuma arma fosse disparada nos segundos entre agora e depois.

Calix e seu círculo iam para uma porta reforçada do lado oposto ao da entrada de Sloane. Ela afastou aos chutes uma asari de seu caminho e se aproximou, esquivando-se de um soco, retribuindo com um dela própria, que acertou. Um nariz se quebrou sob seu punho. Ela não parou, tendo pouca consciência de que não devia se afastar demais de sua equipe. Pela milésima vez, desejou que Kandros estivesse ali. Ele reconheceria isso e saberia ficar a seu lado.

— Eles vão para a porta! — gritou uma mulher. Alguém da equipe dela. Sloane percebeu que o grito era dirigido a ela.

— Eu sei — exclamou ela. — Vamos nos interpor.

E então a mulher parou ao lado de Sloane, com ela, como teria feito Kandros. Outro oficial apareceu à esquerda.

— Use sua omni. Lacre a porta.

É claro. Sloane se ajoelhou e tentou se esquecer do combate travado a sua volta. Um joelho a atingiu. Alguém quase pisou em sua mão enquanto ela lutava para não cair. Enfim houve um segundo precioso de calma. Sloane atacou a omnitool, encontrou o menu, acessou seu marcador de localização no mapa. Depois encontrou a porta e escolheu "fechar".

Ela olhou para cima. A porta não se mexeu.

Calix e seu grupo estavam quase lá.

— Mas o que... — Ela falou sozinha. Seus olhos se estreitaram. Em seu vislumbre de Calix, ela vira a omni no braço dele e se lembrou. O banco de dados que Irida havia roubado. Entre a litania de itens que continha, estavam os códigos de manutenção de portas reforçadas. Calix alegara ignorância dos dados roubados, mas afinal ele os tinha. *Foi assim que ele entrou no depósito de armas.* Por isso todas as portas estavam abertas. Todos tinham acesso desimpedido a tudo — ela só deixou guardas no arsenal. Deliberadamente, ela manteve suas forças fora de vista, como um jeito de inspirar calma.

— Sou uma idiota — resmungou ela. Passou por sua cabeça uma lista de todos os lugares vulneráveis. Operações. Salas da segurança. O hangar do Assuntos Coloniais. O hangar adequado para depósito de suprimentos. Tanques de água e climatizadores. Os tanques de crio ainda lacrados.

As porções vastas, silenciosas e não visitadas da Nexus. Um túnel que ela ajudou Kesh a limpar. Calix não estava prestes a ser encurralado. Ele ia prender Sloane e o resto da tripulação desperta em uma parte mínima da enorme estação.

Ah, merda!

Sloane observou enquanto Calix, seu grupo e um pequeno exército de convertidos de última hora entraram no túnel de acesso. Ela pôde ver toda uma frota de lev-carts ali e gente esperando com eles. Com pilhas de rações, água e sabe-se lá mais o quê.

Agora a porta se fechou, a um comando de Calix por meio de um painel na parede.

Sloane Kelly determinou uma retirada.

* * *

Ela foi para a Operações, mandando mensagens frenéticas a Kesh pelo caminho. Até agora a krogan não respondera. Sloane se perguntava como o clã Nakmor reagia a tudo isso. Eles também não voltariam de boa vontade a seus tanques de crio.

Por outro lado, eles estavam perto do fim da lista. Além disso, Kesh sempre os ameaçava com a ira de Nakmor Morda se eles reclamassem.

Eles devem se considerar com sorte por Morda não estar desperta, refletiu ela. *Mas todos nós temos sorte por Morda não estar desperta.*

Calix havia traído também Kesh. Tecnicamente, ele trabalhava para ela, uma das poucas equipes não krogan subordinadas a Kesh. Será que ele discutiu alguma coisa dessa história com ela? Eles estavam em conluio? Sloane soltou um suspiro preocupado. Ela duvidava disso. *Recusava-se* a acreditar nisso. Kesh era leal à missão, apesar de suas diferenças com a liderança, em particular com Tann.

Mas, se a krogan participasse disso... lascou. Se isto por acaso fosse uma espécie de golpe planejado para refazer o cenário político de Andrômeda antes que antigas tendenciosidades voltassem a ficar arraigadas...

— Estamos condenados — disse Sloane consigo mesma. Sua equipe, embora muito bem treinada, mesmo com a ajuda que recebia dos civis, não era páreo para uma oposição krogan organizada.

Ela olhou mais uma vez a omnitool.

— Anda, Kesh. Responda.

Sua equipe passou por grupos reunidos da tripulação da Nexus. Alguns se juntavam em torno de portas escancaradas, presumivelmente defendendo o que havia atrás. Seu trabalho ou as próprias posses, Sloane esperava — mas pelo que ela viu em alguns olhares, as intenções decididamente eram menos honradas.

— Qual é o problema das portas? — gritou alguém para ela. — Por que elas não fecham?

— Estamos trabalhando nisso — gritou Sloane, sem parar. Não podia dispor de pessoal para defender o conteúdo dessas salas. Calix sabia disso também, o filho da puta esperto.

Ela chegou a uma alameda que corria em paralelo a um dos braços longos da Nexus. A vista devia ser gloriosa. Jardins verdejantes. Veículos pessoais riscando o espaço, cidadãos andando enquanto faziam compras ou procuravam uma refeição e a companhia de parceiros da tripulação.

Mas o amplo espaço fora muito danificado pelo Flagelo. Parte do convés superior havia desabado por sua margem, obstruindo a visão exterior. O efeito claro era uma larga avenida com lojas de um lado, ainda com suas mercadorias, e uma confusão de escombros do outro.

Soaram tiros.

Sloane bateu no chão antes que o barulho fosse registrado. Um instinto afiado com o passar dos anos. Engatinhou para se proteger atrás de uma jardineira decorativa longa e baixa enquanto rajadas de um fuzil de assalto sibilavam pelo ar e faiscavam pela passarela ao seu lado.

Houve uma pausa no tiroteio e ela se arriscou a olhar por cima da mureta. Só o que viu foram fachadas escurecidas. Sua equipe tinha se espalhado a caminho dali. Só alguns estavam com ela, o resto ainda eram apenas silhuetas pelo longo corredor por onde ela viera.

— Alguém os viu? — perguntou ela.

Ninguém.

— Espalhem-se — ordenou Sloane. Ela gesticulou para o resto de seus oficiais, agora na boca do túnel, aconselhando que ficassem para trás. Dos quatro ali com ela, três se arrastaram ou engatinharam mais para diante, assumindo posição o melhor que podiam.

Um deles não se mexia desde que ela dera a ordem. Sloane sentiu um nó conhecido de pavor em suas entranhas com o corpo enroscado e imóvel.

Uma rajada de tiros bateu na parede em volta da abertura do túnel, obrigando a equipe presente ali a recuar atrapalhada para as sombras.

— Em dez segundos, quero fogo de cobertura — disse ela, alto o bastante para que os três perto entendessem. — Disparos para perturbar, para causar sensação, entenderam? No alto. Confinem essa gente.

De bruços, ela se arrastou para o outro lado da jardineira e sacou a arma. Com o cuidado de manter as costas baixas — a parede da jardineira tinha apenas meio metro de altura, mais ou menos —, Sloane levou um pé para a frente, preparando-se para correr.

Exatamente dez segundos depois de sua ordem, os três oficiais começaram a disparar na fila de fachadas. Sloane se virou e gritou para o corredor.

— Médico! Agora! Um caído, imóvel!

Sem esperar por uma resposta, ela se colocou de pé e correu, de olhos no chão para evitar os clarões ofuscantes que tremulavam por toda a sinalização acima da fileira de lojas. Virou para a loja mais próxima e abriu caminho pela entrada com o ombro, chegando à sombra.

Com alguma sorte, o inimigo não a viu atravessar. O tiroteio continuou e produziu um benefício — informações. Ela contou quatro deles. Um em uma loja vizinha, outros três mais adiante pelo caminho.

Andando pelos corredores vazios da loja às escuras, mantendo a luz baixa ajustada apenas para seus olhos, ela girava a arma para cada canto. Ninguém ali dentro. Mas não havia nenhum motivo para ter alguém. O lugar estava vazio.

Ninguém no fundo da loja também. Na verdade, estava tudo vazio, pelo que ela podia ver.

Então, por que havia criminosos armados estacionados ali?

Uma porta da manutenção nos fundos a levou a um sistema de túneis em labirinto que permitia a entrada e a saída dos trabalhadores das lojas e a passagem de produtos sem incomodar o fluxo de clientes. Uma atividade mais à frente a fez parar. Vozes baixas e o barulho de equipamento sendo deslocado ou montado.

— Você foi ganancioso demais — disse alguém.

— Cala a boca e me ajuda — respondeu outro.

Ela olhou para trás, confirmando o que já sabia. Estava sozinha ali. Sloane avançou furtivamente no escuro. O tiroteio atrás dela diminuía ao fundo, mais parecia um trovão distante. À frente, alguém xingou e veio o barulho de algo caindo no chão. Sentindo sua oportunidade, Sloane avançou, correndo. Entrou em um pequeno depósito, vazio, a não ser por dois humanos com uniformes do suporte vital. Juntos, eles tentavam colocar um saco de alguma coisa em um lev-cart.

— Afastem-se, com as mãos onde eu possa ver — disse Sloane.

Eles largaram o saco. Dezenas de milhares de objetos claros e mínimos deslizaram e quicaram pelo chão.

Sementes, percebeu Sloane.

Nenhum dos homens se rendeu. Enquanto seu saque era despejado no chão, ambos se viraram e correram para a porta oposta àquela pela qual Sloane entrou. Ela avançou e deu alguns tiros na direção deles, apontando para baixo, na esperança de atingir uma coxa ou joelho e dar um fim à fuga dos dois. Mas seu pé bateu no tapete de pequenas cascas duras e ela escorregou. Não muito, mas o suficiente.

Sua mira ficou alta e o primeiro tiro pegou as costas do mais próximo dos dois. O homem caiu, flácido antes de bater no chão. Seu companheiro virou no corredor seguinte e desapareceu na loja além dali.

Sloane ignorou as sementes derramadas, consciente do valor delas para a sobrevivência da Nexus, mas incapaz de fazer algo a respeito agora. Prestou atenção nelas o suficiente para não perder o equilíbrio novamente. Em segundos atravessou o espaço e passou por cima do cadáver.

Mais sangue derramado. Sloane temia que este fosse só o começo.

O corredor se bifurcava. Ela podia seguir em frente, ou pegar uma escada estreita, provavelmente para algum escritório. Sem ter mais a surpresa a seu favor, ela acendeu a lanterna tática e examinou o chão. Ali, nos degraus, estavam os restos de sementes esmagadas. Ela subiu, de dois em dois degraus, usando apenas a ponta dos pés para reduzir o barulho.

Quando estava a dois degraus do alto, o espaço diante dela explodiu em luz e num barulho ensurdecedor. Um disparo de efeito moral. Sloane cambaleou para trás, cega, surda. Quase caiu, de algum jeito conseguiu continuar de pé. Não conseguia enxergar nada, nem ouvir nada, apenas o espaço estreito tornava a direção óbvia.

Sloane disparou às cegas para o espaço no alto da escada, agora totalmente no automático, a arma ajustada para alternar entre penetração de armaduras e disparos incendiários. Seus ouvidos se contraíram sob o ataque contínuo de barulho, mas a visão retornou. Não muito, só o suficiente. Ela continuou subindo, disparando pelo caminho, sem dar espaço para o inimigo recuperar o equilíbrio e devolver o fogo.

No alto da escada, ela entrou na sala, ainda atirando. Mesas e cadeiras explodiram em pedaços de metal e lascas de madeira falsa. Uma janela na outra extremidade, dando para a alameda onde sua equipe foi alvejada primeiro, de repente estava crivada de uma linha de buracos de bala, alternadamente cercadas por queimaduras pretas.

A janela mais distante da direita dela, porém, estava aberta e Sloane teve um breve vislumbre da perna de sua presa que trepava para a sinalização e desaparecia atrás da parede.

Ela se inclinou em disparada, pronta para perseguir, mas um instinto lhe disse não, *perigo*. Ela parou. Tarde demais. Um golpe em suas canelas a fez girar. Sua arma escapou com estrondo e desapareceu debaixo de uma das mesas arruinadas. Ela girou, ignorando a dor lancinante pelas pernas enquanto se colocava de pé num salto.

Um punho. Sloane se abaixou, o golpe roçando o alto da cabeça. Ela própria desferiu um murro. Contato sólido com a barriga do homem. Ele grunhiu, recurvou-se a tempo de se familiarizar com o joelho dela em seu maxilar.

A visão de Sloane voltava a tempo de ela enxergar a fonte de sangue da boca do homem. Ele recuou. Sloane foi atrás dele, depois parou quando viu sua mão. Ele estivera tateando em busca de uma pistola e agora a possuía. Ela se virou e mergulhou para a mesa que havia reclamado sua própria arma. Rolando sobre ela, caiu com força de costas enquanto os tiros dele batiam na superfície de metal.

— Acabou para você — disse o homem, pouco inteligível com a boca cheia de sangue. — Calix tem um plano e ele está dez passos a sua frente. Desista agora e poderá viver...

Um grito terrível interrompeu as palavras dele.

Sloane o viu arriar no chão e, atrás dele, o crepitar baixo de poder biótico se dissipando. Ela olhou, hesitante, por cima da mesa. Talini estava ali, sua pele azul quase iridescente na luz fraca.

— Você está bem? — perguntou a asari.

— Tô, mas se você chegasse um segundo depois... o que você fez com ele?

— Roubo — respondeu ela.

— Não perdeu tempo — observou Sloane.

Talini ergueu ligeiramente o queixo.

— Acho que agora já passamos dessa fase, não concorda?

* * *

Dez minutos depois, Sloane Kelly chegou à sala da Operações. Estava lacrada, um bom sinal. A única barreira que nem mesmo Calix podia operar manualmente. Ela chamou por Tann e Addison em seu canal privativo e se anunciou. Alguns segundos depois, a porta se abriu.

Ela quase se chocou com Spender ao passar. Ele devia estar esperando junto da porta.

— E então? — perguntou ele num tom estranhamente baixo. — Você os pegou?

— Infelizmente não — respondeu Sloane. Doía admitir. Ela quase começou a contar sua história, mas Spender assentiu rapidamente e deu um passo de lado, deixando que ela passasse como se não se importasse mais.

— Ora, ora — disse Tann —, a chefe do serviço secreto voltou.

— Agora não, Tann.

— Você podia ter nos contado que esteve instalando câmeras *ocultas*. Devíamos ter discutido as implicações para a privacidade...

— Eu disse que ia aumentar a segurança — rebateu ela.

— Você não foi específica!

— *Olha aqui* — sibilou Sloane — isso precisa esperar. Temos de lidar com um motim, caso você não tenha percebido.

O olhar crítico não vacilou, mas ele deixou que ela entrasse mesmo assim. Por acordo tácito, o resto da equipe de Sloane ficou do lado de fora. Talini assentiu tensa para Sloane quando a porta foi lacrada. Uma mínima inclinação de sua cabeça de algum modo conseguiu dizer, *Não estamos aí dentro com você, mas estamos todos com você.*

Encorajada, ela se virou para Tann. O escorregadio Spender ficou ao fundo, como se agora estivesse desinteressado.

— Eles atacaram o arsenal — disse ela, ríspida, indo direto ao assunto. Parecia melhor. — A essa altura, eles podem estar mais bem armados do que nós.

— Como isso pode ter acontecido? — Tann exigiu saber. — A única sala nesta estação que deveria ser impenetrável, é a que Spender me diz que Calix e sua gangue de criminosos entraram com muita facilidade.

— Ele tinha os códigos manuais para as portas. Estavam nos dados roubados pela asari. Não sei por que não pensei...

— Julguei que a criminosa que você prendeu não tivesse passado essa informação adiante.

— Assim alegou Calix.

— E você deixou de alterar esses códigos? — perguntou Tann, já andando de um lado a outro. — Apesar das circunstâncias?

— Eu... — Ela se interrompeu, permitindo-se estabilizar a respiração. — Acho que esta será uma merda de reunião muito curta se você tentar colocar a culpa por tudo em mim.

CAPÍTULO 28

Tann andava de um lado a outro, seus passos tão furiosos que Sloane pensou que era uma questão de minutos até ele traçar um caminho visível no chão.

— Informes de saques estão chegando de toda parte — disse ele. — Brigas nas áreas comuns. A hidropônica está arruinada e talvez jamais se recupere. — Ela o deixou arengar, mal escutando, os olhos lançados para o teto.

— Precisamos conseguir fechar as portas — disse Spender. — Esta estação está escancarada, permitindo todo esse comportamento.

— Concordo — disse Tann. — Na verdade, não entendo por que isto ainda não foi feito. — Essa declaração teve como objetivo Sloane.

— Porque Calix cuidou para que não acontecesse, não é possível sem uma completa reconfiguração.

— Então faça uma reconfiguração completa — disse Tann. — O que você está esperando?

— Isso leva tempo e enquanto está em andamento, ficaria muito mais inseguro do que tendo apenas portas abertas.

— Então, feche-as manualmente.

— Uma equipe teria de ser enviada a cada porta, depois seria necessário protegê-la até que a reconfiguração fosse realizada.

Tann apenas resmungou, porque isso, pelo menos, ele entendia. Fechar manualmente todas as portas exigiria uma grande força de trabalho, o que significaria os krogan. Até agora, ninguém conseguiu localizá-los. Nem localizaram Kesh.

Aliás, nem Addison. Ela não era vista há horas. *Provavelmente encontrou um canto escuro para se esconder*, pensou Sloane, mas não falou.

— Spender — disse Tann.

— Senhor?

— Qual era a atribuição da força de trabalho krogan quando tudo isso começou? Onde eles estavam?

Spender nem precisou olhar.

— Substituindo conduítes elétricos rompidos entre os conveses nove e dez.

— E Kesh estava com eles?

— Quem sabe? Ela mete o focinho em tudo.

— Ora, ora — disse Tann, embora sem nenhuma intensidade. Spender não tolerava Kesh e o sentimento era mútuo, provavelmente um motivo para que o caminho dos dois raras vezes se cruzasse. Tem alguma história aí, mas Sloane ainda precisava perguntar sobre isso a um dos dois. — Responda à pergunta.

— Não sei se Kesh está com eles — disse Spender abruptamente.

Sloane viu aonde isso ia levar.

— Vou descer e encontrá-la.

— Mande uma equipe — disse Tann. — Uma equipe *pequena*. Acho que você deve continuar aqui. Você é a cara da segurança. Precisa ser vista... fazendo a segurança.

Sloane o olhou feio.

— Com todo respeito, eu tomarei as decisões sobre como fazer um melhor uso de mim e de meus oficiais.

Tann parou a meio passo e a encarou. Não disse nada.

Sloane continuou.

— Calix trabalhava para Kesh. Ainda não sabemos qual é a... atitude de Kesh... com relação a essa atividade.

— Está dizendo que ela está nisso? Que a krogan está participando?

— Não chegue a tanto — disse Sloane rapidamente. A última coisa de que precisava era que a desconfiança natural de Tann com relação aos krogan fosse um elemento importante. Um elemento maior do que já era, pelo menos. — Os krogan não foram nada além de leais desde o momento em que foram despertados.

— Da mesma forma que nossa equipe de suporte vital.

— Não tenho motivos para acreditar que eles tenham se voltado contra nós. O que eu *temo* é que Calix já tenha pensado nisso. Que ele tenha escolhido este momento, quando sabia que eles estariam longe, fora do alcance das comunicações.

Tann assentiu, pensativo.

— Talvez ele até tenha feito alguma sabotagem contra eles.

— Bom, eu não iria tão longe.

— Eu iria.

Sloane suspirou.

— Sabe de uma coisa, ninguém sugeriu a abordagem mais óbvia. Posso tentar conversar com Calix.

O salarian a olhou como se ela tivesse falado numa língua estranha.

— *Você?* — As sobrancelhas de Spender quase chegaram à linha do cabelo. — É uma péssima ideia.

— Tem outra coisa em mente?

Spender riu com presunção.

— Talvez alguém com um pouco mais de astúcia política. Para mim, seria um prazer lidar com Calix...

— Precisamos ouvir o discurso que você escreveu para Tann? Uma obra-prima de astúcia política.

— Essa conversa é irrelevante — vociferou Tann. — Não negociamos com terroristas.

Sloane se aproximou dele e o encarou.

— Parou de ouvir seus conselheiros, não foi? — Para mérito dele, Tann sustentou seu olhar. Ele não se afastou.

— Perdoe-me — disse ele com cautela. — Supus que você, justo você, concordaria com uma política dessas.

— Ah, eu concordo, concordo — respondeu ela. — Só ainda não estou convencida de que o termo terrorista possa ser aplicado aqui.

— Talvez você precise reexaminar sua definição da palavra, então — disse Tann, mostrando uma firmeza surpreendente. — Eles atacaram o arsenal. Mataram os guardas que você colocou lá! Incendiaram a hidropônica. Posso continuar, mas sinceramente isso não basta?

Sloane descobriu que não podia argumentar, entretanto também não queria admitir que ele tinha razão. Ela cerrou o maxilar.

Tann levantou as mãos.

— Veja bem — disse ele —, encontre Kesh. Talvez você consiga localizar Addison enquanto fizer isso, mas o grosso de sua equipe precisa continuar aqui, visível. Precisamos restaurar a ordem assim como precisamos deter Calix, e não importa o método que escolhermos para impedi-lo.

Sloane ouviu tudo isso, concordou até, mas transferiu seu olhar para Spender e fixou os olhos cheios de cólera por alguns segundos antes de falar.

— Quando isso acabar — disse ela, de olhos fixos no duas-caras —, vai haver mudança por aqui.

Ela então se virou e saiu. No corredor do lado de fora, sua equipe a esperava, distribuída como se aguardasse o exército invasor na Operações. Todos a olharam com expectativa. Sloane se preparou.

— Talinï — disse ela.

A asari empinou o queixo.

— Pegue três voluntários. Localizem Foster Addison e tragam-na aqui, na Operações. Experimentem os escritórios do AC ou o hangar.

— Entendido.

Sloane olhou para os outros.

— Vou precisar de três de vocês comigo. Kesh e a força de trabalho krogan estão fora do alcance das comunicações e precisamos deles para defender as portas. — Não faltaram mãos erguidas das quais escolher, e assim Sloane apontou três ao acaso.

— Dois ficam aqui, o resto deve se espalhar — disse ela. — Não podemos defender a Operações à custa do resto da estação. Comecem pelas áreas adjacentes daqui, tornem sua presença conhecida, restaurem a ordem. — Ela se interrompeu e acrescentou: — Procurem não atirar em ninguém, entenderam? Essas pessoas estão assustadas, estão tensas, e têm todo direito. Se agirmos do mesmo jeito, a coisa só ficará maior, entenderam? Precisamos ser a parte racional.

Cabeças assentiram à volta dela.

— Ótimo! — disse Sloane. — Vamos nessa.

Ela andou a passos firmes pela área comum na frente da Operações, estimulada pelo fluxo do grupo a sua volta. Eles se dispersaram para a esquerda e para a direita, a formação provocou um misto de emoções nos rostos da multidão que os seguira até ali. Alguns pareciam tranquilizados, outros davam a impressão de quem está prestes a ser espancado.

— Fiquem em seus aposentos — disse Sloane a eles. — Ou aqui, nas áreas comuns. Quem saquear ou causar perturbação será tratado de acordo com as leis da Nexus. — Ela disse isso bem alto, para suas próprias tropas ouvirem, mais do que outra coisa. Eles precisavam saber o que dizer. Aquelas exatas palavras seriam repetidas enquanto os oficiais se espalhassem de uma seção para outra.

A cada área em que ela entrava, mais alguns soldados se separavam para reprimir roubos em andamento ou altercações furiosas. Sloane tentou não se retrair quando um pedaço de carne podre bateu em seu pescoço, jogado por um dos insatisfeitos. Ela ignorou, resolvendo passar a mão quando eles saíssem da área.

Mas não antes.

Eles voltaram a passar pela fileira de lojas que liberaram antes dos extraviados de Calix. Sloane viu de novo sombras naquelas lojas, só que dessa vez sabia que eram cidadãos pegando o que pudessem encontrar. Ela gesticulou para seus últimos oficiais irem para lá.

— Cuidado — disse ela enquanto corriam. — Vocês estão em menor número. — Eles concordaram com a cabeça, o medo evidente nos olhos de alguns, embora não interrompessem o passo.

Havia gente se movendo nas sombras, correndo como ratos enquanto Sloane se aproximava, escondendo-se até ela passar. A suas costas, gritavam pela nova liderança, ou simplesmente o mantra que parecia ter pegado.

"Crio Não! Crio Não!"

— Mais rápido — disse Sloane. Agora eles eram apenas quatro e ainda havia sete níveis a percorrer antes de encontrarem Kesh. — Daqui em diante não vamos lutar, não nos deixaremos ser vistos mais do que já fizemos.

— Entendido — respondeu o trio em uníssono.

Sloane evitou o corredor seguinte. Silhuetas demais à espreita ali. Ela levou o grupo a atravessar a alameda na frente das lojas e a grade na beira. Havia um pequeno espaço na parte do teto que tinha desabado por ali. O espaço dava para um dos braços longos da Nexus e a parede que levava a ele estava inclinada. Sloane pulou a grade, escorando-se enquanto o resto do corpo pousava de encontro à parede íngreme. Ela começou a se deslocar por sua extensão, procurando o local, quando veio um grito dos cidadãos no corredor às escuras.

— Peguem esses caras antes que eles nos congelem!

Gritos de concordância e de estímulo.

As multidões, percebeu Sloane, já estavam estratificadas. Aqueles que ainda eram leais à missão e aqueles que foram alquebrados pelo medo e encorajados pelo sucesso de Calix. Eles saíram apressadamente. Ela os observou passar pela grade, pensou em jogar outro braço por cima e disparar alguns tiros para fazê-los parar.

Não, pensou. *Nada de conflito, isso só nos atrasará.* Sloane soltou a grade e começou a deslizar. Sua equipe a acompanhou. Eles deslizaram como grupo, corriam e às vezes caíam pelo declive até o nível seguinte, escorregando para uma sacada sem uso ainda coberta do resíduo dos sistemas de supressão do fogo. Ninguém estivera ali ainda.

Sloane grunhiu ao pousar, rolando com o impacto, praticamente em vão. Doeu tremendamente. O resto de seu grupo se saiu igualmente mal, mas em poucos segundos estavam de pé e, apesar da dor, prontos para seguir. O grupo irritado acima deles se contentou em comemorar o fato de ter afugentado alguns oficiais da segurança, e não os perseguiu.

Desfrutem de sua vitória, filhos da puta. Ela olhou sua equipe.

— Vamos continuar, mas não desse jeito. Não vou suportar outra queda dessas.

O alívio nos olhos deles combinava com o dela. Sloane os levou de uma sacada a outra, pulando as muretas entre elas, penetrando no principal raio conectado da Nexus. Nenhum dos elevadores fora liberado para uso, mas, graças a Calix, todas as portas estariam abertas e os poços tinham escadas embutidas nas paredes para manutenção e acesso de emergência.

No último apartamento da ala, Sloane passou furtivamente pela porta aberta da sacada. A escuridão esperava ali dentro, junto com o cheiro de poeira. Ela acendeu a lanterna da arma e passou pelos cômodos escuros numa corrida curta, jogando a arma de um lado a outro enquanto prosseguia, sem encontrar ninguém.

Saindo pela porta de entrada, ela pegou um canto, virou à esquerda, confiando que o oficial atrás dela entraria à direita. Assim fez o homem. Os outros dois saíram atrás dele, atravessando para o outro lado. Sloane gesticulou para que eles a seguissem. Em algum lugar por perto, uma gargalhada teve eco pelos corredores. Depois, mais distante, o barulho de alguém chorando de dor.

— Que pesadelo — sussurrou o oficial atrás dela.

— Silêncio — rebateu ela, por mais que concordasse com o sentimento.

Eles se desviaram da área comum seguinte. Sloane olhou rapidamente para lá. Foi por ali que Calix e seu grupo tinham fugido, por aquela porta reforçada. O espaço agora degenerava no escuro, as luzes apagadas ou talvez propositalmente destruídas. O facho da arma dançava por formas na escuridão. Corpos estendidos no chão. Suas entranhas se contorceram ao ver isso. Calix jamais desejaria tal coisa. Nem a defenderia. Nem ordenaria. De jeito nenhum. Esse não era o turian que ela havia interrogado depois da prisão de Irida, ou com quem trabalhou por todos esses meses.

Mas o interrogatório de Irida... Sloane pode não ter visto nada disso em Calix, mas viu em *Irida*. O que significava que Calix tinha, inteligentemente, escondido dela grande parte de sua personalidade, ou ele havia subestimado o poder que tinha sobre o pessoal. Ela se perguntou o que aconteceu naquele posto anterior, o que dera origem a uma lealdade tão grande de sua equipe.

Eles chegaram ao elevador sem nenhum incidente. Sloane hesitou. Olhou a área comum escura agora transformada em cemitério.

— Kesh e sua equipe estão seis níveis abaixo — sussurrou ela. — Vocês três, encontrem-se com ela e expliquem o que aconteceu.

— Você não vem? — perguntou um deles.

— Negativo — disse Sloane. — Há outra coisa de que preciso cuidar.

A hesitação irradiava deles.

— Prestem atenção — acrescentou ela. — Duvido que mais alguém desça lá. Kesh é uma pessoa lógica e está do nosso lado. — *Assim espero.* Isso ela não disse, e continuou. — Expliquem o que aconteceu e tragam-na para cá, ao alcance da omnitool. Vamos deixar que ela fale com Tann.

— Aonde você vai?

— Preciso encontrar alguém.

Eles se olharam, em dúvida.

— Sigilo, entenderam? — Ela tornou o tom mais incisivo. — Estou dando uma ordem a vocês três e espero que obedeçam.

— E se Kesh não estiver lógica? Ou se eles foram... não sei, sabotados pelos terroristas de algum jeito?

— Então não entrem em conflito, apenas voltem para cá e informem. Estarei ao alcance. — Na realidade ela não sabia se esta última parte era verdade, mas precisava ser dita. Não podia pedir a nenhum dos três que a acompanhasse. — Andando, oficiais.

Eles concordaram de má vontade, pegando a escada e descendo às profundezas da Nexus. Sloane esperou até que estivessem três níveis abaixo antes de ela própria pegar a escada. Ela deslizou rapidamente, passou por dez degraus e foi para o piso frio do andar abaixo. Ali ela se ajoelhou e acendeu a lanterna do fuzil. O facho encontrou apenas cantos vazios nas sombras que perseguia. Deserto, embora algumas pegadas marcassem as superfícies empoeiradas.

Ela avançou no escuro, de ouvidos atentos, cada sentido em alerta máximo. Sloane esteve ali alguns meses antes, explorando um possível jeito de contornar o túnel bloqueado que ela ajudou os trabalhadores Nakmor a desobstruir. Uma hora passada, sondando o labirinto destruído e aparentemente interminável, e justo quando ela havia encontrado um caminho promissor — embora muito estreito e quase inacessível —, Kesh a chamara de volta, dizendo que o caminho à frente havia sido descoberto.

O caminho inferior de Sloane era mais tortuoso e assim foi abandonado em favor do outro, mas ela se lembrava dele. Pelo menos assim pensava. Este laboratório parecia o certo, mas havia muitos. Ela se recordava de uma porta amassada. Sim, lá estava. E a pilha de mesas e balcões que tinham formado uma espécie de estranha pirâmide em um canto, com uma rachadura na parede no alto que levava aonde ela precisava ir.

Hmmm..., pensou ela, *não os vejo agora.*

— Mas onde vocês estão? — perguntou ela ao escuro.

Para sua surpresa, o escuro respondeu.

— Declare suas intenções aqui. — Uma voz brusca, com um forte sotaque. Sloane não a reconheceu. Não era de admirar, ela conhecia apenas uma fração do pessoal na Nexus.

— Eu perguntaria o mesmo a você.

— Somos nós que fazemos as perguntas. — Movimento, a sua esquerda e à direita. Sombras dentro de sombras. Sloane se obrigou a manter a calma. Estragaria sua causa entrar neste lugar usando o fuzil.

— Não vim para lutar — disse ela.

— E veio para quê? — perguntou a voz.

— Quero conversar com Calix Corvannis.

— Nunca ouvi falar dele.

Sloane balançou a cabeça.

— Então vocês três por acaso estão aqui embaixo, no escuro, protegendo um laboratório sem uso que precisa de reparos que só *por acaso* tem um buraco na parede lá atrás, levando à seção da Nexus onde Calix Corvannis montou o quartel-general de sua insurreição. É mera coincidência, é isso?

Muita conjectura, mas o silêncio dele a fez sorrir.

— Agora – continuou ela —, por que não cortamos o papo-furado de macho guardando a porta e acabamos logo com isso? Ou vocês informam Calix que a diretora de segurança Sloane Kelly está aqui, *sozinha*, para conversar com ele, ou vou repintar as paredes desta sala com suas tripas e encontrá-lo pessoalmente. O que vai ser?

A sombra na frente dela se materializou enquanto o homem entrava no facho de sua lanterna. Uma figura alta e volumosa que parecia ter passado cada hora de folga fazendo levantamento de krogan por esporte.

— Acho que ficaremos com a terceira opção — disse ele. — Aquela em que você baixa esse fuzil e nós a levamos algemada para ver Calix. Só para sentir o que Irida sentiu, *diretora*.

Hora de apostar, disse ela a si mesma. Ceder agora para chegar mais perto. Ela precisaria torcer para que esses brutamontes da linha de frente não agissem sem o consentimento de seu líder. E ela duvidava que Calix tenha dado alguma instrução específica relacionada com ela, diferentemente de qualquer pessoa que aparecesse, o que significava que eles teriam de perguntar antes de poder atacá-la — ou coisa pior.

Assim, ela baixou a arma no chão e colocou as mãos na base das costas, esperando.

Eles não foram gentis, mas, apesar da vingança que queriam injustamente pela amiga encarcerada, também não a machucaram. Sloane se viu sendo obrigada a andar, cutucada e empurrada pela passagem estreita e tortuosa que, depois de quase vinte minutos de caminhada, deu no corredor que ela e o clã Nakmor tinham limpado meses antes.

O corredor, uma das principais artérias da Nexus, estava limpo no sentido mais frouxo do termo. Escombros e equipamento desordenado ainda se espalhavam por sua extensão, mas tudo foi empilhado de um lado para permitir uma passagem razoavelmente tranquila. Agora Sloane se arrependia dessa decisão. Tinha sido o jeito mais fácil de abrir o corredor, mas agora todo aquele lixo empilhado servia de cobertura para o exército improvisado de Calix. Cada engradado descartado ou pedaço arrancado do processador de ar pelo qual ela passava tinha um ou dois rebeldes agachados atrás, todos bem armados, graças à pilhagem.

Qualquer arrependimento que ela sentisse por ter vindo sozinha, porém, desapareceu à vista deles. Se aparecesse ali pela força, com todo um esquadrão a suas costas, teria sido um banho de sangue, não importa que lado saísse vitorioso. Esses imbecis talvez não fossem treinados, mas havia um número surpreendente e eles tinham a vantagem de poder esperar e continuar atrás de uma proteção pelo tempo que fosse necessário.

— Parece que vocês se colocaram à vontade — disse Sloane ao brutamontes a sua frente.

— Nada de papo — ele grunhiu em resposta.

Que original. Sloane suspirou e continuou contando os inimigos, criando um pequeno banco de dados mental de suas posições, armas e qualquer outro detalhe que pudesse ser útil. Era sua esperança que jamais precisasse disso, mas era melhor do que tentar falar com a barricada ambulante.

Ele a levou a uma sala da fabricação onde máquinas imensas estavam embaixo de coberturas de proteção, dormentes e frias. Em volta delas, havia fileiras desorganizadas de estantes e espaços de trabalho, tortos e amontoados pelo Flagelo. Mais cobertura e muito espaço para a turba. Depois dali, se a memória de Sloane não lhe falhava, ficava um dos hangares vazios para as arcas.

Dali, Calix e seu pessoal teriam acesso a nove décimos do espaço da estação, para não falar de acesso e perícia necessários para despertar quem eles achassem necessário — gente que podia ouvir a história que eles quisessem. Sloane não podia mais negar que essa ação foi genial. Calix não era o supervisor amável. Longe disso.

— Diretora Kelly. — A voz dele se infiltrou da pequena sala vizinha, ao lado da fábrica. Sloane se virou e o viu sair, colocando-se em meio a um grupo essencial de técnicos de suporte vital. Seu círculo íntimo e confiável, sem dúvida. Essas coisas sempre assumiam as mesmas características.

Ela assentiu para ele.

— Calix — disse ela. — Não sei que título dar a você. Desculpe-me.

Ele apontou o brutamontes com o queixo, seus desejos implícitos no gesto. Alguns segundos depois, Sloane sentiu os pulsos serem libertados. De imediato ela flexionou as mãos entorpecidas e esfregou a dor dos pulsos.

— Não preciso de um título — disse ele. — Só preciso de uma melhor tomada de decisões.

— Tann está fazendo o melhor que pode. Todos nós estamos.

Ele riu com secura. Seus camaradas pegaram a reação e fizeram eco. *Meio forçado*, pensou Sloane. *Típico*.

— Podemos conversar? — ela lhe perguntou. — Em particular?

— Depende. Isto é só uma distração? Para me tirar da frente quando vier o ataque?

— Ninguém está vindo atacar, Calix. Precisamos que você... que todos vocês... voltem a suas estações.

— Vocês precisam de nós na estase — disse ele. — E, antes disso, precisam que coloquemos todos os outros de volta à estase. Mas isso não vai acontecer. — Ele disse isso para seus camaradas reunidos, e não para ela. Uma tática que Sloane conhecia bem.

— Ninguém virá atacar — repetiu Sloane. — Eu só vim conversar. Quero entender.

— Entender o quê?

— Tudo isso. — Ela correu a sala com o braço, indicando o bando de meliantes de olhos desvairados que este turian de algum jeito tinha arregimentado para sua causa, qualquer que fosse ela. — Por que vocês fizeram isso? Morreu gente, Calix. Muitos outros ficaram feridos. Os poucos suprimentos que nos restavam foram saqueados ou destruídos.

Por vários segundos, ele se limitou a encarar, como se ainda tentasse decidir se podia confiar nela. Se ele sentia algum remorso pela perda de vidas, conseguiu esconder em suas feições agudas.

— Pegue a omnitool dela, Reg — disse Calix ao brutamontes. Ele esperou em silêncio enquanto o dispositivo era removido, depois o pegou quando lhe foi estendido. Calix o desligou e jogou de lado. Lançou um olhar acusador para o brutamontes e Sloane entendeu que eles cometeram um erro porque não o haviam retirado dela antes. Ela arquivou a informação. Não teve tempo para colocá-lo em transmissão automática e dar sua localização a alguém, mas sempre podia *alegar* ter feito isso.

— Muito bem — disse Calix. — Vamos conversar. — Ele se virou e voltou para a sala.

O brutamontes, Reg, cutucou Sloane na direção da porta.

CAPÍTULO 29

As horas passavam sem nenhuma notícia de Addison, Kesh *ou* Sloane.

Tann esperava, observando os feeds enquanto os rebeldes atropelavam os corredores numa farra de saques que deixava um rastro de feridos. Quanto mais ele fazia isso, mais suspeitava de conduta ilegal de suas supostas parceiras no conselho. Quanto mais ele suspeitava, mais furioso ficava, com uma pessoa em seu foco.

Ele entendia a urgência de nadar contra a corrente — mesmo que essa corrente representasse os fundamentos da lei e da ordem. Cada ser, de que espécie fosse, um dia se extraviava. Era natural. Era até *biológico*. Um imperativo que aparecia em toda forma de vida senciente.

Tann não era insensível. Ele entendia. Com qualquer outra coisa — qualquer coisa de menor peso do que o futuro da missão da Nexus em risco — talvez ele acolhesse os esforços de Sloane com a rebelião. Afinal, era possível encontrar oportunidade em todas as coisas, até nisso.

Porém, nesse momento, enquanto a tripulação da Nexus se amotinava em volta deles, Tann não podia se arriscar. Havia muito em jogo. O relógio de sua omnitool avançava inexoravelmente *demais*. Ele começou a fazer planos.

Contingências, planos de apoio, à prova de erros.

Alguém precisava se encarregar dessa zona, como descreveria de forma tão pitoresca Sloane.

— Spender.

— Sim, senhor. — O humano se levantou de sua inclinação quase permanente sobre os feeds que monitorava, voltando toda a atenção a Tann. Homem inteligente. Era fácil se entender com ele, sentia Tann, em particular quando se tratava de realizar coisas — e, neste momento, Tann precisava que uma coisa fosse feita.

— Deixem-nos — disse ele por cima do ombro para as poucas pessoas que ocupavam a Operações. A dupla, designada para vigiar os sensores erráticos em busca de algum sinal das arcas desaparecidas, se entreolhou.

— Mas e se um sinal...

— Já apareceu algum sinal?

— Negativo.

— Então, vocês podem fazer um intervalo. Agora, vão.

— Hmmm... para onde, senhor?

Os olhos grandes de Tann se estreitaram para eles através da sala.

— Encontrem algum lugar — disse ele rigidamente. — Segundo consta, vocês são seres inteligentes.

Eles não questionaram mais, resmungando ao saírem. *Ótimo!* Pelo menos alguém além de Spender fazia o que ele pedia. Depois que eles estavam a uma distância suficiente para esperar alguma semelhança de privacidade, Tann virou-se para seu assistente e escorou as mãos compridas no painel. Para dar ênfase, não porque precisasse de apoio.

— Isto já está indo longe demais. Primeiro Addison e Kesh, agora Sloane, incomunicáveis. Estamos por conta própria. Precisamos agir antes que tudo esteja perdido.

— Agir como, exatamente? — perguntou Spender. Em seguida, ao entender, ele acrescentou com malícia: — Tropas.

Tann assentiu.

— No mínimo, os feeds nos mostraram que esses *rebeldes* só vão responder a uma coisa. Chegou a hora de cortar o mal pela raiz.

— Não sem nós.

A voz veio de trás. A testa de Spender se franziu, seu olhar disparando com tal velocidade por cima do ombro de Tann que o salarian não teve dificuldades para adivinhar o que ele via. Ele se virou e olhou Addison e Kesh, que entravam na Operações. Os rostos dos seguranças que as deixaram entrar projetavam um pedido de desculpas conflituado.

— Onde vocês estiveram? — perguntou Tann com rispidez. A melhor defesa, afinal.

Os olhos de Addison cintilaram perigosamente entre os cílios estreitos, mas foi a pronunciada coxeadura de Kesh que chamou a atenção dele.

— Pegamos um engarrafamento — disse simplesmente a krogan e deixou a questão por isso mesmo. Em vista do estado da estação, Tann não se deu ao trabalho de perguntar. Mais brigas. Mais derramamento de sangue.

Já era o bastante.

— Fico feliz por vocês estarem a salvo — disse ele. Kesh inclinou a cabeça, pelo visto contentando-se em aceitar o aparente sentimento dele. Ótimo!

Addison olhava Tann com frieza.

— Tomando decisões sozinho de novo?

— Eu pensei *que estava* sozinho — retorquiu ele com brandura. Uma pulsação batia na testa de Addison. Afinal, ela *havia* saído. — E por falar nisso, onde está Sloane? Ela saiu para encontrar você e Kesh.

— Não a vimos. Parte do pessoal dela nos encontrou, disse que Sloane os deixou para cuidar de outra coisa.

— Se vocês simplesmente continuassem na Operações, não teríamos esses problemas — interrompeu Tann, incisivamente demais para que fosse algo além de um corte. — Vamos analisar nossas falhas depois. Neste momento, é hora de agir. Em primeiro lugar, precisamos abater esta insurreição.

— Eles não são *cães*, Tann. — Addison plantou as mãos no console, olhando para Spender e Tann com a mesma cara fria. — São pessoas. O *nosso* pessoal, e eles estão com medo.

— Isso podia ter funcionado algumas semanas atrás — respondeu ele —, mas você ouviu Corvannis. Não estamos mais lidando com manifestantes assustados. Foi derramado sangue e nós ainda os subestimamos. Não podemos mais dar a essas pessoas o benefício da dúvida.

— Eu simplesmente quis dizer...

— Pelo que eu entendo — disse Tann, atropelando o protesto frustrado dela —, temos duas opções.

Kesh encostou-se no console ao lado de Addison, em seu apoio. As bordas escurecidas da batalha marcavam seu uniforme e curativos apressados apareciam por baixo do tecido rasgado. Tann se interrompeu, surpreso. Para fazer uma krogan sangrar, estava implícito algum peso sério.

Um motivo ainda maior para ele pressionar.

Ele olhou primeiro nos olhos de Addison.

— Ou mandamos toda a nossa força de segurança para a batalha a fim de esmagar até o último amotinado, em uma investida sangrenta que nos custará centenas de vidas...

— Inaceitável — disse Addison incisivamente, seus olhos ainda estreitos.

Exatamente. Ele deixou seu olhar cair em Kesh.

— ... ou despertamos Nakmor Morda.

Por um segundo muito longo, ninguém disse nada. Ele esperou.

— Morda — repetiu Kesh lentamente. Sua cara larga, sempre tão séria aos olhos dele, não se alterou muito. Ele não conseguia interpretá-la. Nunca era possível com os krogan. Malditos errantes de cabeça grande e pele dura.

Entretanto, seriam essas cabeças grandes e pele dura que acabariam com isto de uma vez por todas. Tann assentiu com toda a gravidade exigida pela situação.

— Enviamos Morda contra Calix Corvannis — reconheceu ele. — Acabamos com isso rápida e decisivamente. De forma esmagadora.

— E depois? — perguntou a krogan com astúcia. Mas ela não deu nenhuma alternativa — isso recaiu sobre Tann.

Ele sorriu.

— Depois fazemos uma reunião...

— Que ótimo! — resmungou Addison. — Isso estava funcionando muito bem.

— ... onde incluímos todos e ouvimos suas queixas — continuou Tann com firmeza, angariando um olhar sobressaltado da humana.

Spender assentiu com entusiasmo.

— E divulgamos a eles nosso plano para o futuro.

— Exatamente — disse Tann.

— Que plano? — perguntou Kesh.

— O plano — respondeu Tann — que vamos formular quando não estivermos mais derramando o sangue dos outros pelos corredores. — Ele ergueu as sobrancelhas para todos. — Acredito que exista muito espaço para manobra, não acham? — E então ele esperou.

Quando os três concordaram com a cabeça com graus variados de entusiasmo e crença, Tann entendeu que tinha tomado a decisão certa. A chave era o futuro. *Não haveria* futuro se eles não tratassem dessa questão. Tann virou-se para Spender.

— É por isso que eu gostaria que você despertasse Nakmor Morda e requisitasse a ajuda dela com Corvannis.

— Ele?! — Com um forte bufo, Kesh desmerecia essa decisão.

Spender pestanejou. Abriu a boca. Fechou. Olhou para Kesh.

— Não é que não esteja disposto a isso, mas por que eu?

Ande com cuidado, disse Tann a si mesmo. Isso deve ser feito corretamente, porque a melhor opção era Kesh, mas a última coisa que ele queria era dar a Morda a impressão de uma posição de poder krogan.

Ele gesticulou consigo mesmo, tristonho.

— Estou inclinado a acreditar que negociações diretas entre um salarian de minha posição e uma krogan de... com toda humildade... da posição *dela* não correriam bem. Sem querer ofender, Kesh.

— Não ofendeu — respondeu Kesh com seriedade. — Porém, faz muito mais sentido enviar a mim.

— Com todo respeito, Kesh, mas calculo que uma líder poderosa de clã como Nakmor Morda não reagirá bem ao fato de ter estado adormecida quando a força de trabalho foi revivificada.

A boca de Kesh se fechou em uma linha severa.

Peguei a krogan. Ele continuou.

— Enviando meu assistente...

— *Meu* assistente — disse Addison asperamente. Ela franziu a testa para Spender. — Embora ele pareça ter se esquecido disso.

— Só estive tentando ajudar — rebateu Spender, igualmente áspero. — Onde minha ajuda é necessária.

Tann inclinou a cabeça.

— O Sr. Spender tem sido incrivelmente útil e, mais importante, extremamente flexível com seu tempo. Por esse motivo, ele conquistou certa reputação para falar em meu nome.

O rosto de Addison se repuxou em algo que Tann não conseguiu distinguir muito bem, algo entre uma careta e uma retração. Talvez as duas coisas? Rostos humanos, tão maleáveis.

* * *

— Sloane concorda com este plano para Morda? — perguntou Addison.

— Se ela não tivesse desaparecido, eu a teria consultado.

Addison estreitou os olhos para ele.

— Talvez seja melhor esperarmos por ela. Aonde quer que tenha ido, deve ser importante.

Tann se perguntou o que poderia ser, mas concluiu que isso não importava.

— É nossa esperança que esteja a salvo — disse ele —, mas não há tempo para esperar. — No íntimo, ele não estava convencido de que Sloane aprovaria seu plano atual. Raras vezes ela aprovava algum.

Além do mais, isso de fato não podia esperar.

Tann deu um pigarro delicado.

— Como eu estava dizendo, enviando o Sr. Spender, estamos mostrando a Morda o respeito que lhe é devido.

— Mandando um fantoche? — perguntou Kesh asperamente. Em seguida, para Spender, sem nenhum sentimento: — Sem querer ofender.

— Não ofendeu — respondeu ele, fazendo eco às palavras de Kesh, porém Tann viu sua boca se torcer.

Kesh soltou um grunhido grave.

— Só eu posso iniciar manualmente o código da estase.

Tann se sentiu repentinamente à beira de um precipício. Tinha se esquecido desse pequeno detalhe e agora, pela primeira vez desde que ela entrou na sala, ele realmente *olhou* para Kesh.

— Você faria isso? — perguntou ele. — Para Spender? Percebo que há pouco afeto entre vocês dois, mas você deve entender que tenho razão, Kesh.

— Eu... concordo, relutante, que é um bom plano.

— E Morda? Ela dará ouvidos a Spender?

Spender abriu a boca para dizer alguma coisa, mas Tann gesticulou rapidamente para que ele ficasse em silêncio. *Deixe que isso seja ideia de Kesh*, ele tentou dizer com os olhos.

Kesh alterou o peso de um pé para outro, pensando. Ela falou.

— Mandando um representante que seja *muito* inferior a ela, porém superior *a mim* na hierarquia política, você mostrará a ela a importância da solicitação. — Ela achatou a mão nos rasgos escurecidos do tecido a seu lado, como se isso fosse doloroso. — Morda ficará satisfeita com isso e também gostará da oportunidade de intimidar um fantoche. — Seu sorriso mostrava presas demais e ela o apontou em cheio para Spender. — Trate-a como *a um krogan qualquer*, homenzinho, e ela vai arrancar seus ossos com os dentes.

Spender sorriu também. De um jeito tenso. Nenhum amor perdido entre esses dois.

— Ótimo! — disse Tann em voz alta, e bateu palmas. — Está decidido. Spender negociará com a líder Nakmor uma assistência krogan nesta questão desagradável. O líder do motim logo será cuidado e *nós* — ele enfatizou, gesticulando para Addison e Kesh — poderemos começar a pensar em meios de resolver as preocupações das pessoas.

Spender já estava assentindo.

— E Sloane? — Kesh examinou Tann daquele jeito lento que lhe era característico.

Facilmente decidido.

— Diremos aos krogan que procurem por ela — respondeu prontamente Tann. — E, se possível, que a acompanhem em segurança de volta à Operações para que possamos incluí-la nas discussões.

— Tudo bem. — A testa de Addison era um emaranhado vermelho de sobrancelhas e rugas, mas ela assentiu num ritmo lento e hesitante. — Prefiro que isto seja resolvido antes que mais alguém morra debaixo de nossos olhos. — Ela encostou a ponta dos dedos na beira do console, fixando o olhar duro em Spender. — Não irrite a krogan, Spender, Morda é... bom, você sabe.

— Pode acreditar — disse Spender enquanto ajeitava o paletó do uniforme. Com o maior ardor que Tann já vira no homem. — Irritar uma comandante de guerra krogan é a *última* coisa que quero fazer.

Tann lhe deu um tapinha nas costas e o guiou para a porta.

— Escute — disse ele em voz baixa. — Sei que estamos pedindo muito de você. Eu agradeço...

— Chefe de gabinete — disse Spender.

— O quê?

— Faça-me chefe de gabinete. Se Morda concordar, quero trabalhar diretamente para você, e não como um moleque de recados.

Tann o olhou em cheio nos olhos e viu uma avidez que não estava presente no olhar nem de Addison, nem de Sloane.

— Creio que isso possa ser arranjado — respondeu Tann. — *Se* Morda concordar...

CAPÍTULO 30

As mãos de Spender estavam molhadas de um suor nervoso quando ele recebeu a notícia de que Morda tinha sido descongelada. Kesh deu início ao processo dez minutos antes e saiu quando todos os sinais vitais piscavam na luz verde. Ela riu ao passar por ele, um som que ainda ecoava em seus ouvidos.

Os tanques de estase padrão não eram imensos, por necessidade. Grandes o suficiente para comportar confortavelmente as espécies, segundo seu projeto. A discrepância no projeto veio quando de repente tiveram de lidar com um complemento de krogan Nakmor. Esses tanques eram compreensivelmente maiores.

Muito maiores.

Embora Spender não tivesse ilusões a respeito do tamanho real dos guerreiros krogan, a reputação de Nakmor Morda lançava uma longa sombra. Enquanto esperava que os únicos técnicos disponíveis a fizessem passar pelos procedimentos médicos, ele descobriu sua perna quicando de um nervosismo incontrolável.

Nakmor Morda.

O perfil que ele havia devorado no caminho para a sala de comunicações protegida pintava um retrato melancólico. Uma líder do clã, o que dizia *muito* a respeito de suas capacidades. O líder Tuchanka Urdnot, Wrex, não era um krogan que sofresse tolices e Spender sabia, por associação diplomática, que quem conseguia impressionar a *ele* devia assustar todos os outros.

Segundo todos diziam, os Nakmor não eram um clã brando — eles eram brutais, impacientes e agressivos. Características que os krogan valorizavam, todos os motivos para William Spender querer acabar com isso o mais cedo possível.

Era certo que ela estaria furiosa. Provavelmente ela também fedia a...

Vozes abruptas se elevaram, em alerta. Tiveram eco pelo andar pesado e perigoso de um krogan em pé de guerra. Spender se preparou como pôde antes de a porta se escancarar. Ela rachou no painel de trás e explodiu em um *gong* metálico e dissonante. Justo o que a líder do clã Nakmor precisava para marcar sua entrada.

Como se Morda já não fosse bastante imponente.

Talvez mais do que sugeriam os boatos, e os boatos sugeriam muita coisa. Os olhos dela ardiam com uma fúria justificada enquanto seu olhar caía em Spender.

— Mas onde *diabos* está o meu clã? — trovejou ela numa voz retalhada por vidro e granito.

— Em segurança — disse Spender apressadamente, antes de se lembrar que *segurança* não fazia parte exatamente do vernáculo krogan. — Hmmm..., esperando por suas ordens!

Morda movia-se como um tanque. Força e músculos forjavam um trator que tirava tudo de seu caminho. A coluna de Spender ficou rígida enquanto ela se aproximava dele sem lentidão, por muito pouco não o triturava.

Ele não pôde evitar. Retraiu-se.

Meio segundo depois, ele ainda se via respirando e abriu um olho, encontrando a cara larga e achatada de krogan de Morda a milímetros da cara dele. Ela enchia sua visão.

Ela a dominava.

— Quem é você? — rosnou Morda. — Onde está Kesh? Ou Garson? Se eu não estiver falando com Kesh, a única outra pessoa que aceito é Jien Garson.

Toda a rigidez na coluna de Spender ameaçava murchar. Ele obrigou suas pernas a se endireitarem, obrigou-se a olhar nos olhos dela.

— Meu nome é William Spender, chefe de gabinete da liderança da Nexus. — Bom, ele seria, se ela concordasse. E se não concordasse, de todo modo não importaria. — Jien Garson morreu. Uma longa história — acrescentou ele quando as largas narinas de Morda inflaram.

Ela se aproximou ainda mais.

— Só existe uma humana neste universo que considero uma amiga, e esta é Jien Garson. Então fale. *Agora.*

Ele falou. Contou a versão mais curta e mais rápida. Ela simplesmente o encarava, sem piscar. Sem dizer nada. Quando ele terminou...

Ela ainda não dizia nada. O silêncio se estendeu, enchendo o espaço mínimo entre os dois até Spender ter certeza de tê-lo ouvido soar nos tímpanos.

— Kesh e o conselho decidiram despertar alguns indivíduos — disse ele, rompendo o silêncio — dando prioridade àqueles que podem reconstruir.

O olhar da krogan se estreitou perigosamente. Em seguida, puxando o ar, ela recuou para dar espaço a seu corpo para soltar uma gargalhada gutural e áspera. Bateu a mão nodosa no peito do uniforme.

— *Reconstruir* — ela bufou, o riso diminuindo. — Reconstruir! E agora, olhe para você. — Ela se virou um pouco, lançando a mão para as portas golpeadas e os sinais evidentes de batalha depois dela.

Spender entendeu esse argumento.

— Como está sua *reconstrução* agora, humano?

Retórica, supôs Spender. Ele suspirou.

— Sim, foram cometidos erros...

Outra gargalhada rouca o interrompeu e ele respirou fundo outra vez antes de fazer algo de que se arrependesse.

Por exemplo, se deixar matar.

Quando as gargalhadas explosivas diminuíram, ele tentou de novo.

— Líder do clã, estamos pedindo sua ajuda para reprimir o motim antes que fique ainda mais descontrolado.

Seu riso, qualquer vestígio de humor, subitamente desapareceu.

— Por que sua segurança não está cuidando disso? — perguntou ela asperamente.

Ele não queria lhe dizer que a força de Sloane era pequena demais. Que não existia alternativa. Mas não sabia de que outra maneira colocar a questão.

Ela leu a verdade na cara dele.

— E então — disse Morda lentamente — suas forças patéticas não conseguem lidar com isso. — Spender abriu a boca para protestar, mas ela o interrompeu com uma encarada sagaz e uma pergunta aguda. — Ou será que vocês não os enviaram contra seu próprio povo?

Uma pergunta válida e com um discernimento incrível.

Spender raciocinou rapidamente.

— Queremos acabar com isso com a maior rapidez possível. A realidade é que enviando forças krogan... a *sua* força krogan — corrigiu-se ele às pressas —, é mais provável evitarmos um conflito prolongado, para não falar da perda maciça de vidas.

— Assim, vocês querem jogar a carne dura krogan nesses rebeldes, submetendo-os pelo medo, sem uma briga? Vocês querem evitar o combate?

— Não — disse ele rapidamente. — De maneira nenhuma. O derramamento de sangue, naturalmente, deve ser evitado sempre que possível, mas, se a situação exigir, vocês teriam plena permissão para agir como julgarem mais adequado. O que for necessário para proteger a missão.

Morda cruzou os braços no peito largo, olhando Spender de cima e de uma distância que de súbito não parecia muito melhor do que a proximidade que ela teve antes.

Ela esmagaria a cabeça dele em um segundo.

Ou melhor, era o que ele *se dispunha* a pensar.

Estava funcionando.

Dando um pigarro, Spender se afastou com o pretexto de organizar os dados que havia coletado para sua missão diplomática. Colocar uma mesa de reuniões entre ele e Nakmor Morda talvez não ajudasse verdadeiramente, mas assim ele se sentia melhor.

— Em resumo — concluiu ele —, esta insurreição é uma grande ameaça ao bem-estar desta estação e da missão... *inclusive* — acrescentou quando ela não parecia nada impressionada — a prosperidade contínua do clã Nakmor. — Isto lhe angariou um rosnado de dentes trincados e toda a atenção dela.

— Vamos esclarecer — disse daquele jeito intimidador que ele achava que ela não sabia mudar —, vocês me mantiveram dormindo na ignorância para poder usar o *meu* povo como quisessem, e agora que o *seu* povo se comporta mal, vocês querem a minha ajuda? *O sangue do meu clã?*

Spender se sentiu empalidecer. Ela não havia se mexido, nem um passo, mas não era difícil traduzir a fúria iminente cinzelada em seu duro couro krogan.

— Mas... nós estamos, ah... — Ele enxugou as mãos suadas nas coxas, na esperança de que ninguém percebesse. — Estamos dispostos a compensar o clã Nakmor.

Ela se curvou para a frente.

— Como?!

Não era tanto uma pergunta, mas uma exigência.

— Eu... isto é, nós — corrigiu-se ele rapidamente — estamos dispostos a reconhecer formalmente os serviços do clã Nakmor em público e inclusive com o acréscimo de estatuária krogan...

— *Danem-se* as suas estátuas — rosnou Morda. Seu punho desceu na mesa, levando uma pilha arrumada dos dados de Spender a se abrir como um baralho. Por muito pouco ele não deu um salto, mas seu estômago não recebeu esse memorando. Agitou-se até a garganta. Depois baixou em um poço petrificado.

— Todo krogan conhece essa história — continuou ela, com raiva. — As suas espécies ditas civilizadas se metem numa enrascada e pedem nossa ajuda. Nós derramamos o nosso sangue, vocês nos agradecem com uma das mãos e nos castigam com a outra. Acha que nós *não aprendemos*?

A boca de Spender se abriu.

— Eu... b-bem, isso foi...

— Um monte de *merda*. — Morda curvou-se para tão perto que só no que ele pensou foi aquela boca larga — e dentes ainda maiores — agigantando-se a uma distância suficiente para arrancar sua cara, se a líder do clã krogan quisesse. E ela dava toda impressão de quem queria. — As Guerras Rachni nos ensinaram uma lição que jamais esqueceremos — rosnou ela, baixo e ameaçadora. — Vocês nos procuraram quando todos estavam morrendo e quando salvamos seu rabo coletivo, vocês responderam mutilando nosso povo. Assassinando nossos filhos! E nos dão o quê? *Uma merda de estátua.* — Ela escorou o bastante de seu peso na mesa para o móvel ranger. De um jeito alarmante. — Épocas diferentes, guerras diferentes. Mas nós *aprendemos*. — Seus dentes cintilaram enquanto ela dava ênfase às palavras. — Faça. *Melhor*.

Spender pulou os preâmbulos. Ele ia abusar da pouca autoridade que Tann lhe dera, mas o que importava era o resultado. Eram os resultados que levavam ao poder, ao reconhecimento. Ele rolou os dados um pouco com Calix, certamente podia dobrar a aposta agora.

— Estamos dispostos a oferecer ao clã Nakmor um assento no conselho. — As palavras saíram com uma facilidade surpreendente e com a confiança da lendária Jien Garson. Ele não podia ter dito isso melhor se tivesse treinado cem vezes.

— Os krogan têm visto um assento no conselho ser negado há gerações — disse ela lentamente. Com desconfiança. Ela o olhou de cima, de seus olhos em fendas perigosas. — Não mexa com os Nakmor, homenzinho. Nós vamos devorar você.

Foi tão perto do que Kesh havia dito que Spender quase riu. Quase. O humor na sala se alterou, então, de forma palpável. Ele soltou o ar deliberadamente.

— A oferta é legítima. — Ou, de todo modo, *seria* depois que ele falasse sobre isso com Tann.

Depois que os krogan pisoteassem esse maldito motim até virar pó, Spender tinha poucas dúvidas de sua capacidade de convencer o salarian a permitir isso.

Morda olhou furiosa para ele.

— O clã inteiro está desperto?

— Apenas os trabalhadores — disse Spender.

— Preciso de meus guerreiros a meu lado para isto, para dividir a glória. Desperte-os.

— Naturalmente. Cuidarei disso.

— Quanto a sua oferta — disse ela, o hálito vaporoso na cara dele —, deve haver testemunhas.

— É claro.

— Suas e minhas.

— Certamente — disse ele num tom cordial. Ele puxou suas comunicações na omnitool, conectando-se na frequência de curto alcance com sua assessoria mais próxima.

* * *

Um silêncio desconfortável caiu sobre a sala, o bater das botas mais uma vez precedendo a entrada de outros cinco corpos. Dois krogan, dois humanos retirados de onde foram encontrados e um terceiro krogan vindo atrás.

Spender não reconheceu nenhum deles. Nem de vista — pelo menos no caso dos humanos —, nem pela designação enquanto Morda recebia o primeiro krogan segurando-o pela frente de sua armadura.

— Wratch — grunhiu ela.

O que ele pode ter dito ficou perdido quando Morda puxou o krogan e lhe deu uma sólida cabeçada. O barulho de osso se chocando com osso ricocheteou pela sala, petrificando todos que não eram krogan.

Wratch soltou uns palavrões enquanto batia as mãos na cabeça.

— Eu sou sua líder do clã — Morda só faltou rugir.

Spender se encolheu por dentro, mas ficou imóvel.

O krogan não ia deixar que uma pequena vacilação o detivesse.

— Sim, líder do clã — gritou ele. Os outros fizeram o mesmo. Ela os contornou, de olhos arregalados e lábios torcidos em um rosnado selvagem.

— *Eu* lidero o clã em todas as batalhas.

— Sim, líder do clã!

— Lembrem-se disso — grunhiu ela. — Entramos em um campo de batalha, Nakmor. Vamos lembrar por que estamos aqui. — Ela formou um punho diante de seu rosto, apertou até que os estalos dos nós dos dedos pontilhassem o silêncio. — E o que viemos fazer.

Spender observava, ao mesmo tempo com repulsa e fascínio, enquanto Nakmor Morda submetia seus krogan a uma obediência infalível. Tudo isso sem *rebaixá-los* de alguma maneira. Todos eles batiam no peito numa espécie de saudação primitiva — Spender não tinha a menor ideia — antes de cair em silêncio atrás de Morda. Ela contornou as testemunhas humanas.

Ele teve consciência de um deles, um homem de aparência intelectual, recuando dois passos firmes.

— Lutaremos a sua batalha — declarou Morda. — Daremos um fim a este motim, arrancando sua cabeça. E quando formos vitoriosos — acrescentou ela, sua voz perigosamente equilibrada — *você* cumprirá sua promessa. — Ela o cutucou com um dedo grosso.

Spender assentiu.

— Então está combinado...

O punho de Morda socou a outra mão. Ela estalou como osso.

— *Diga*.

Spender tentou encontrar novamente aquela confiança garsoniana e só conseguiu parte dela.

— Se vocês derem um fim a este motim, garantimos a sua espécie um assento no conselho, Nakmor Morda.

Alguém da assessoria atrás dele ofegou.

Spender não se virou. Morda cravou seu olhar nele, sustentando-o até que a dor na coluna rígida de Spender tornou-se um aperto agudo e seus olhos lacrimejaram.

Atrás de sua líder, os krogan resmungaram o que devia passar por gritos de vitória e bateram os nós dos dedos. Até aquele que tentava olhar a marca que Morda fez em sua testa.

Enfim, *enfim*, Morda assentiu. Uma vez. Brevemente. Severa.

— Considere feito. — Ela se virou e os krogan se afastaram como água turbulenta para deixá-la sair primeiro. Como um só, eles partiram para se preparar para a batalha.

Enquanto a última bota krogan deixava a soleira, Spender virou-se para os dois trabalhadores que foram trazidos para agir como testemunhas.

— Voltem ao trabalho — vociferou ele.

Eles se olharam e rapidamente saíram da sala, inteligentemente usando a outra porta.

William Spender os viu sair, depois ficou em pé e sozinho por um tempo, controlando a respiração.

— Não resta nada a fazer — disse ele à câmara vazia —, senão ver para que lado o vento sopra.

CAPÍTULO 31

Sloane se jogou em uma cadeira na frente de uma mesa estreita, junto de onde Calix ficou de pé. Seus pulsos estavam amarrados às costas, a corda de náilon passada pelas ripas de metal da cadeira. O bruto puxou a corda com tanta força que ela sentia um filete quente de sangue escorrer pelos pulsos.

— Isto não é necessário — disse ela, com o cuidado de manter a dor longe da voz.

Reg se limitou a resmungar. Ele se colocou ao lado dela, como que para segurar sua cabeça e torcer ao menor sinal de problemas.

Calix sentou-se de frente para ela. Olhou seu agente e apontou a porta com o queixo. Reg saiu e Calix bateu algo em sua tela. Alguns segundos depois, Sloane ouviu a porta se fechar com um estalo.

— Desculpe-me por ele — disse o turian. — Infelizmente a classificação da liderança não é muito elevada no momento. — Com isso, ele se curvou para frente. — Você não devia ter vindo, Sloane. Isso não vai mudar nada.

— Seu pessoal é muito leal a você, não é?

— E só agora deduziu isso?

Sloane meneou a cabeça.

— Percebi por Irida. O que ela fez, foi tudo por você, não? Mas isso... — Ela teria gesticulado com o braço para indicar o pequeno exército do outro lado da porta, se não estivesse amarrada pelos pulsos. — Nunca pensei que chegariam a esse ponto. Nunca pensei isso de você também.

— Para ser sincero, nem eu. — Ele virou a cara, perdido no passado. — Começou na Via Láctea, na *Warsaw*. Eu nunca esperava me tornar líder deles, nem seu herói. Acho que talvez eu estivesse até tentando me livrar deles quando decidi ingressar na Iniciativa.

— E o que aconteceu?

— Eles insistiram e não consegui me obrigar a declinar.

As palavras se interromperam. Lá fora, Sloane ouviu o barulho de barricadas sendo erguidas e a tagarelice nervosa e ociosa de gente esperando pelo destino.

— Foi o mesmo com Irida — disse Calix, conversando. — Acredite se quiser, mas ela foi atrás daquele cache de dados inteiramente por conta própria, porque achou que podíamos precisar na tempestade iminente.

— Você mentiu para mim a respeito disso. — Sloane ergueu um pouco o queixo.

— Creio que sim — disse ele, sem se desculpar, entretanto claramente sem nenhum orgulho. — Mas então, você mentiu para mim também.

— Irida foi tratada...

— Estou falando das naves de exploração — disse Calix. Ele fixou um olhar decepcionado nela.

Com essa, Sloane ficou em silêncio.

— Eu perguntei diretamente a você, Sloane. Lembra a mensagem que enviei? Alguma notícia dos exploradores? E sua resposta? Você disse "nada". Essa foi a faísca, entendeu?

— Está colocando em mim a culpa por tudo isso?

— A faísca — repetiu Calix. — A culpa é impossível. Este é o ápice de uma centena de eventos e decisões... bons e ruins... que não podemos imputar a uma pessoa só. — Ele agora se curvava para mais perto ainda. — O que importa é o que fazemos agora, Sloane. Não o que fizemos no passado.

Toda a confusão passou num átimo pela cabeça dela. O Flagelo, Garson, o despertar de Tann. Tudo isso. Uma característica em comum em tudo de ruim se apresentou a ela, focalizada pelas palavras de Calix. O fulcro que fazia cada grande decisão pender a balança para a missão, em vez de a tripulação.

Agora ela enxergava. E Sloane, ao contrário de seus momentos de fraqueza exausta anteriores, dessa vez descobriu que não queria ignorar, nem fugir disso.

— Eu perdi a calma, admito — dizia Calix. — Voltei para minha equipe e contei a eles sobre as naves e as mentiras. Acho que eu devia saber que eles iam aumentar e afiar a coisa toda em um chamado para a ação. — Calix a examinou, batendo um dedo na mesa, vagarosamente. — Não posso deixar de me perguntar como as coisas teriam sido diferentes se fosse feito um anúncio no momento em que a notícia chegou. Foram as semanas, Sloane. As semanas escondendo a verdade que me pegaram. Isso fez com que nós todos percebêssemos que vocês... nossa liderança... estavam planejando algo que não era de nosso interesse.

— Tann e Addison, eles queriam esperar até que houvesse um novo plano — disse Sloane no automático. — Até que estivéssemos prontos para lidar com a reação da tripulação.

— Você colaborou — disse ele. Não era uma pergunta. — Pensei que você fosse melhor do que isso, Sloane. Pensei que você era uma daquelas pessoas que se colocaria contra esse tipo de coisa.

— Eu sou... — disse ela. — Fui. Merda, não sei o que eu estava pensando.

— Então, você concorda comigo.

Sloane olhou nos olhos dele.

— É. É, eu concordo, porra! — Em seguida: — Mas o que aconteceu desde então, Calix. Foi longe demais. Roubo de armas. A morte de gente minha.

— O derramamento de sangue não pôde ser evitado. Eu queria que fosse diferente, mas... bom, o que posso dizer? Seu pessoal é leal também. Eles lutaram bem.

Ela reprimiu uma fúria instintiva, nascida da perda e da culpa, bem como do desejo de defender seu pessoal. A fúria, porém, não daria um fim a isto. Nem consertaria a Nexus.

— Precisamos descobrir um jeito de sair dessa, Calix. Uma solução que não destrua a todos nós. Assim que eles concluírem que estou desaparecida, vão mandar toda a equipe de segurança para cá...

— Desde o assalto ao arsenal — respondeu ele. — Havia um só grupo armado na Nexus, agora são dois e estão pareados. Se a história nos ensinou alguma coisa, é que a verdadeira conversa só pode começar quando as chances se igualam.

— Então, vamos conversar. Pensaremos em algo e eu levarei a Tann.

Ele estava negando com a cabeça antes mesmo de ela falar o nome.

— O problema agora é esse.

— Tann vai me ouvir. Ele confia em mim. — *Talvez*.

Calix bateu um dedo na mesa, olhando para Sloane.

— Sabia que Tann me procurou querendo que eu entregasse os privilégios de controle manual do suporte vital a ele?

Ela pestanejou.

— *Como é?*

— É a verdade — disse ele. — Isso foi meses atrás. Bem antes da prisão de Irida. Não devido às recentes... preocupações. Ele simplesmente queria. Não deu motivo nenhum. Para o caso de precisar fazer o que Tann achava necessário fazer. Para "melhorar" as coisas, sem dúvida. — Esta palavra escorreu de sua boca como uma lesma venenosa.

Sloane se lembrou de Tann levantando essa ideia em uma de suas reuniões. Alegou preocupações com as informações, que podiam desaparecer se algo acontecesse com Calix ou Kesh.

— Por que ele não procurou Kesh?

— Ele procurou — respondeu Calix. — Kesh disse não.

E nem isso foi o bastante para impedi-lo. *Merda!* Por mais que tentasse, Sloane não conseguia atribuir isso às habituais tensões salarian-krogan. Era algo diferente. Era um artifício patente. Ela olhou para Calix.

— Eu também disse não. — Ela processou tudo isso, ou tentou. — Não sabia que ele iria diretamente a você.

— Faz com que eu me pergunte o que mais você não sabe.

Isso afetava os dois.

— Às vezes acho que eu devia ter me prendido a meu primeiro instinto — disse ela.

— O que quer dizer?

— Liderança — disse ela, e sentiu um peso deixar seus ombros com a confissão. — Quando soubemos que Tann era, o que, o oitavo na linha para tomar o lugar de Garson, sabe? Talvez eu devesse ter declarado estado de emergência naquele exato momento. Quase fiz isso.

Ele não disse nada. Só parecia triste; não era uma expressão que ela visse com frequência num rosto turian, percebeu Sloane.

— Eu devia ter me recusado a despertá-lo — continuou Sloane. — O protocolo que se danasse. Nunca imaginei ninguém além de Garson no comando. Jamais sonhei que isso poderia acontecer.

— E quem teria imaginado?

— Ora essa, devíamos ter entregado o cargo a Kesh. Ela teria sido perfeita. Pelo menos fazer dela conselheira. Kesh teria mantido Tann sob controle, isso é certo. Merda, eu devia ter colocado você no comando.

— Eu?

Ele parecia verdadeiramente surpreso com a sugestão. Sloane a fizera sem pensar bem nisso; porém, quanto mais a ideia pairava entre os dois, mais certa parecia.

— É — disse Sloane. — Por que não? Veja como seu pessoal se reúne em torno de você. Olha, ainda há tempo. Vou conversar com Addison e Kesh, se Tann não me der ouvidos. Talvez seja a saída para isso. Você passa a ser um conselheiro. Representa sua equipe.

— E Kesh? Ela merece isso mais do que eu.

— Tann jamais permitiria.

Calix meneou a cabeça, quase furioso.

— Você acha que ele consideraria a mim, um turian que cometeu traição e causou morte e destruição, mas não uma krogan leal e competente? É exatamente esse tipo de coisa que devíamos ter deixado para trás, Sloane, e você sabe. Aqui não há lugar para isso. Não tem sentido.

— Concordo com você. — A veemência nas palavras surpreendeu a ela tanto quanto a ele.

Ele ficou sentado ali por um bom tempo, pensando.

Uma batida na porta. Três batidas fortes. Calix a abriu com sua omnitool.

— Eles estão chegando — disse Reg.

Sloane se levantou, sem se importar com a cadeira, que veio com ela.

— Vou falar com eles. Eles são da segurança, vão me ouvir. Vou explicar...

— Não é a segurança. São muitos para isso.

— Então, quem? — perguntou Calix.

— Não sei, mas não estão aqui para conversar.

Num átimo, os pensamentos de Sloane Kelly foram da possibilidade da paz para um lugar muito escuro.

— Calix. Você disse que agora havia dois grupos armados na Nexus. Iguais. Mas isso não é verdade, é?

— Como assim?

— Existe um terceiro, Calix.

E ela viu a compreensão nos olhos dele, uma expressão rapidamente substituída por... não pelo medo, mas por uma resignação obstinada.

— Nakmor — disse ele, em um tom baixo e terrível.

Sloane, de costas para o gigante, esticou as mãos, a cadeira pendurada dolorosamente.

— Solte-me e me entregue minha omnitool. Kesh vai me ouvir.

— Kesh não está com eles — disse Reg.

Sloane se virou lentamente para ele.

— Quem, então?

— Não sei.

— Coloque todos nas barricadas — disse Calix, já avançando para a porta.

— Solte-me! — gritou Sloane às costas dele.

Com um pé para fora da porta, Calix parou. Retirou uma ferramenta do cinto e jogou na direção dela. Uma lâmina compacta dobrável. É claro que ela não conseguiria pegá-la, então deixou que batesse em sua cintura e caísse no chão.

— Espere — disse ela com urgência. — Espere! O que você vai fazer?

Calix olhou nos olhos dela.

— Vou defender minha equipe. Foi só o que fiz até agora. — Uma declaração dura, por toda a paixão em volta dela.

— Não. Não lute. No momento em que você lutar...

— Eles mandaram os *krogan*, Sloane. — Ele meneou a cabeça. — Não é possível ser muito mais direto do que isso. A hora de conversar acabou.

— Esse não é o jeito certo — argumentou ela. — Calix, se você se render agora...

O riso do turian foi amargo.

— E você acha que Tann vai aceitar nossos pedidos de desculpas... e também melhorar de comportamento? — Outra vez, ele balançou a cabeça, intensamente. — Nós tentamos, Sloane. Está na hora de fazer o que é certo. — Um dar de ombros, no máximo desanimado. — Custe o que custar.

Ela o encarou, aturdida.

Ele saiu sem dizer mais nada.

A porta continuou aberta depois da passagem dele.

Merda!

Sloane caiu de joelhos, rolou para colocar as mãos na ferramenta, depois rolou novamente de lado. Atrapalhou-se para segurar o cabo, trabalhou os dedos entorpecidos pelas laterais dele e puxou até que a lâmina curta e afiada estalou, abrindo-se.

Do lado de fora, uma explosão de tiros. Centenas de vozes gritando para procurar proteção, devolver o fogo, fugir. A própria definição de uma turba desorganizada.

A força biótica abalou as paredes.

— Não, não! — gritou Sloane. Ela chegou tão perto. Podiam ter encontrado uma solução. Ninguém mais precisava morrer.

Ela deslizou e cortou o próprio braço, ignorou a dor e continuou serrando aquela corda de náilon idiota. Ela serrou sem parar. A porcaria era *dura*. Sloane rugiu numa raiva frustrada e numa dor crescente enquanto passava a lâmina de um lado para o outro pela corda.

Um som mínimo, mal podia ser ouvido com todo o barulho que entrava pela porta, indicou o sucesso. A corda se soltou. Sloane se colocou de pé em disparada, avançou para a porta. O sangue do corte escorreu para a palma da mão. A cada passo, ela apertava os pulsos e os soltava. Doía tremendamente, mas a dor indicava que a sensibilidade voltava e ela a acolhia. Concentrava seus pensamentos.

No espaço do lado de fora, ela parou numa derrapada. Sloane viu muito combate em seus tempos. Ela deu fim a brigas, começou outras mais. Defendera uma estação de pesquisa até que não sobrou ninguém além dela mesma quando o resgate a retirou pelo telhado. Vira massacres e participara de alguns. Estas eram portas em sua mente que ela não abriria mais.

Mas nunca vira nada parecido com isso.

Os rebeldes de Calix estavam entrincheirados, bem armados e tinham o idealismo a seu lado. Tinham efetivo, munição, já haviam atravessado aquele Rubicão conhecido como violência.

Eles tinham um desejo poderoso de vencer.

Mas eles não eram krogan. Os krogan não tinham idealismo. Não precisavam dele.

Eles tinham *alegria*. A alegria do combate.

A área de fabricação explodira na refrega maior, mais feia e mais cruel que Sloane Kelly já viu na vida.

— Tann, seu merda, o que você desencadeou? — sussurrou ela. Na verdade não era uma pergunta, porque a resposta era dolorosamente óbvia.

Os krogan tinham investido como um aríete e eles não vieram para conversar. Alguns rebeldes de Calix jaziam esparramados em volta da barricada que erigiram, e nem todos estavam inteiros.

O cérebro de Sloane entrou rapidamente em modo tático. O quadro maior estava fora de controle, mas ali, na frente dela...

Um guerreiro krogan chutou um braço decepado no chão, depois correu para o cano trêmulo de um fuzil de assalto. Um punho carnudo jogou a arma de lado, enquanto o outro pegava a rebelde asari pelo queixo e a arremessava esparramada para bater em uma máquina desligada.

O krogan avançou novamente, pronto para esmagá-la sob seu enorme pé. Sloane correu com sua faca — a porcaria da faquinha — e a enterrou no olho do krogan antes mesmo de ter percebido o que fez.

Isso só o deixou furioso.

Ela sabia que não adiantava parar, pedir desculpas, implorar por calma. A situação estava muito além desse ponto. Não haveria como correr a eles e apelar à razão. Não, agora esta era uma batalha e os krogan sentiam o gosto do prazer. Logo chegariam ao estado de fúria sangrenta. Se acontecesse um massacre, seria impiedoso e cabal.

Ela olhou a si mesma, como que de longe, enquanto aquele fuzil arremessado por um soco encontrou o caminho para suas mãos e girou para soltar seu grito magnífico no krogan que ela havia ferido. O trabalhador imenso, louco de fúria, avançou mesmo enquanto as balas o dilaceravam.

Enfim ele caiu aos pés de Sloane e, atrás, ela viu as caras de mais uma dúzia deles. Um no meio a olhou nos olhos. A liderança.

Não era Kesh.

O momento de incredulidade baixou como o sangue que escorria para as frestas do chão.

— Morda — sussurrou Sloane.

Tann havia despertado Morda. Só pode ter sido ele. Kesh não teria feito isso, ela viria para cá e tentaria salvar a situação sozinha.

Morda.

Caralho! Isso não ia acabar bem e Sloane — sem pensar, agindo por puro instinto — colocara-se ao lado do inimigo.

Nakmor Morda se pôs no meio de sua linha nova de combatentes, aproximando-se da brecha que eles criaram na barricada. Se ela reconheceu Sloane Kelly, ou se ela se importou, não deu nenhum sinal.

E não era apenas Morda. Seus soldados de elite também foram despertados e agitavam-se ao lado dela. Morda lançou o braço para a batalha e sua guarda entrou na refrega sem pensar duas vezes. Não importava quem estivesse envolvido, nem por quê. O jogo estava em andamento.

— Nakmor Morda! — gritou Sloane com a batalha.

A líder do clã olhou na direção dela.

— Pare com isto agora! Não há motivos para...

Porém Morda apenas meneou a cabeça.

— Está do lado errado da barricada, Kelly!

— Não existe lado certo — grunhiu Sloane e não se mexeu.

Morda a olhou com fúria e houve aquele estranho silêncio que de vez em quando pode cair em um lugar lotado. Apesar de todo o combate, a matraca do tiroteio e o rugido da torrente krogan, o silêncio se estendeu, mesmo que por um segundo. E nada foi dito. Os olhos de Morda falavam; eles diziam, *Hora de escolher, Sloane. Com eles ou conosco.*

Sloane Kelly sentiu os olhos dos rebeldes nela. Alguns, pelo menos. E metade da força krogan também. À espera, ao menos por aquela fração de segundo, para saber de sua decisão.

Ela balançou a cabeça para Morda e ergueu sua arma.

A líder do clã Nakmor sorriu.

De repente a cacofonia de violência voltou e com ela o caos. Centenas de combatentes dos dois lados, todos matando ou morrendo.

— Recuar! — gritou alguém. Calix, talvez. O grito rapidamente foi assumido pelos outros rebeldes, porém, e Sloane jamais saberia quem deu a ordem original. Alguém que não conhecia os krogan, isto era certo.

Ela dançou para trás, atirando, jamais se virando para fugir. Isto só os incitaria ainda mais a uma sede de sangue verdadeiramente cataclísmica. Mas seus esforços não fizeram diferença. Os demais rebeldes tinham se separado e fugido. Se ela não fizesse o mesmo, ficaria ali completamente só, numa terra de ninguém, contra várias centenas deles. Eles a dilacerariam membro por membro e ela sabia disso.

Então Sloane correu, logo alcançando alguns da turba mais lenta de Calix. A onda de krogan chegou aos extraviados de trás. Ela ouviu os gritos, o esmagar de ossos e os uivos orgásmicos de prazer apenas metros atrás dela. Uma sinfonia de violência.

Saltando por uma estante comprida, ela rolou por cima dela uma fração de segundo antes de um krogan bater na coisa e fazê-la se chocar em suas costas. Ela rolou para sair de baixo da estante e o krogan assomou acima dela, de punhos erguidos.

Um disparo incendiário o pegou na cabeça. Sangue e fluidos se espalharam por seu rosto. Ela se virou de lado e tentou limpar os olhos, piscando, enquanto o corpo acima dela estremecia, contorcia-se e finalmente era dilacerado pela saraivada explosiva de disparos.

Do outro lado do vasto espaço, os rebeldes passaram a esse novo plano. Quaisquer preocupações que antes guardassem, não eram mais relevantes. Disparos explosivos banharam a linha de frente krogan. Todo o lado da sala tornou-se uma muralha longa, turbulenta e barulhenta de morte e destruição. Krogan e rebeldes eram consumidos em ondas de choque e cortados por borrifos de estilhaços.

A tática funcionou, pelo menos. Manteve o inimigo recuado.

Mantendo-se abaixada, Sloane cambaleou para a linha rebelde e subiu por um engradado manchado de sangue. Ninguém nem mesmo piscou para isso. Agora ela era um deles. Talvez eles não pudessem dizer como sabiam disso, nem quando aconteceu, mas eles sabiam. Morda exigira que ela escolhesse. O lado dos rebeldes combatendo pelo direito de serem iguais? Tomar suas próprias decisões?

Ou o lado das maquinações que desatou um clã krogan sobre seu próprio povo.

Ótimo! Ela escolheu bem pra caramba.

Na trégua temporária, Sloane procurou uma arma. A certa altura, perdera o fuzil e a faca. Ela pensou em todos aqueles mortos atrás dela e nas armas que tinham deixado cair. Os krogan não vieram armados — pelo menos, não todos. Talvez porque não tivessem suprimentos, nem tempo, ou talvez só porque quisessem um desafio. Ela se perguntou se Tann sabia o que tinha ordenado aqui e se Addison havia tomado parte disso. Kesh jamais teria concordado, mas seria típico de Tann passar por cima dela. E ir diretamente à líder do clã, despertá-la de seu sono e dizer a ela o bastante para conseguir o resultado desejado.

Salarian ou não, funcionou.

Alguém esbarrou nela. Calix. Seus olhos se encontraram.

— Por que você me deu a faca? — perguntou Sloane.

— Para ver o que você faria. — Ele forçou um sorriso na cara. — É esclarecedor como agimos quando não temos tempo para pensar, não é? Eu imaginei corretamente, Sloane. Achei que você podia...

Um tiro agudo estourou pelas barricadas. Os miolos de Calix deixaram seu corpo em uma erupção cinza para a esquerda. Seus olhos ficaram arregalados, de um jeito artificial. Ele caiu de joelhos e arriou no corpo dela.

Sloane se virou, abismada. Os krogan avançavam novamente. Uma onda deles, abatendo-se sobre a linha rebelde exaurida. Mas não portavam fuzis. Ela viu outros, então, na barricada rompida, onde tudo tinha começado. Recém-chegados com uniformes iguais ao dela. Um deles baixava do ombro um rifle com mira telescópica, tendo visto

Sloane na mira, o alvo em quem ela teria atirado depois de Calix. Uma de suas oficiais. Elas se olharam nos olhos por um instante, depois a mulher se foi, voltando às pressas para informar o que havia visto.

Sloane está com eles, diria ela. *Virou casaca. Ou talvez ela estivesse trabalhando contra nós o tempo todo.*

Enquanto a horda enfurecida de krogan caía sobre os rebeldes, Sloane afundou de joelhos. Virou Calix e olhou em seus olhos inteligentes pela última vez. Foi o máximo que ela conseguiu suportar. A gota d'água.

Não foi por isso que ela veio para cá.

Não era assim que devia ser.

— O que vamos fazer? — perguntou alguém.

Depois de um segundo, Sloane percebeu que a pergunta foi dirigida a ela. Levantou a cabeça e viu o brutamontes, Reg. Aquele que havia amarrado seus pulsos com selvageria, aquele cujo "índice de aprovação" dela raspava o fundo do poço, de acordo com Calix.

— O quê? — perguntou Sloane num torpor.

— O que vamos fazer? — Estava perguntando a ela. Simples assim. Com Calix morto, esta turba estava sem liderança e eles sabiam disso.

— Morremos — disse Sloane simplesmente. — Eles só vão parar quando estivermos todos mortos.

O brutamontes lhe estendeu a mão.

— Então, morremos lutando — disse ele.

Sloane aceitou a mão dele. Um fuzil foi jogado para ela. Ela olhou a arma como se fosse um objeto estranho, apesar de poder desmontá-la e remontar mesmo vendada. Ela a pegou.

— Em outra hora — disse Sloane. — Vamos morrer segundo nossos termos. Agora digo para batermos em retirada, entrar mais fundo na Nexus. Ir para o subterrâneo.

Ele bufou. Uma muralha em forma de gente.

— Estou disposto a morrer aqui.

— Está disposto a deixar que sua causa morra aqui também?

Isso o fez parar.

— E a família? — perguntou ela. — Os amigos? E a porra da questão de tomar decisões que *importam*?

Reg ergueu os olhos. Seus olhos se fecharam. Em seguida, com um grunhido, ele assentiu.

— Emory nunca vai me perdoar se eu perder a cabeça aqui.

A batalha se fechava em volta deles. Sloane deu um tapa no ombro dele.

— Ótimo! Então vamos fazer isto importar, está bem? Por Calix.

Um único gesto de cabeça de má vontade.

— Retirada! — gritou Sloane e partiu, afastando-se de Morda, metendo-se mais pelas máquinas ociosas da fabricação. Ela repetiu o chamado várias vezes e Reg fez o mesmo. Eles se reuniram com um grupo de rebeldes perto dos fundos, armados com fuzis de alcance maior, liderados por alguém de nome Nnebron. Ele apontou a arma para Sloane enquanto ela se aproximava correndo, mas Reg se meteu entre eles.

— Ela agora está conosco — disse Reg. Algo na voz dele convenceu os outros. Confiança. Nele, não nela.

Eles voltaram pela sala, um dando cobertura ao outro, disparando indiscriminadamente na horda que os seguia. Sloane tentou ignorar os gritos daqueles que não tinham conseguido recuar com rapidez suficiente e se viram dentro da tempestade da ira krogan.

Sloane deixou Reg tomar a dianteira. Ele parecia saber o caminho. Talvez tivesse explorado esse espaço para Calix, ajudado a mapear seus segredos e saídas. Ou talvez ele só estivesse tão às cegas quanto os outros.

Uma forte explosão veio de algum lugar do outro lado. Por um instante, a parede mais distante se iluminou com a silhueta da batalha.

Mais à frente, havia uma porta. Reg virou e se curvou para ela, e bateu em uma estante cheia de peças sobressalentes, tirando-a do caminho. Sloane contornou a confusão e ouviu alguém atrás dela escorregar e cair. Ou talvez o atirador de elite os tenha atingido. Era muito difícil saber agora.

Reg estava a cinco metros da porta quando ela explodiu para dentro. Estilhaços se espalharam por seu corpo. Ele caiu, um saco sem vida, e deslizou pelos últimos metros em uma nuvem de fumaça e escombros.

Sloane tentou parar, mas quem vinha atrás dela a pressionava. Eles preferiam enfrentar o desconhecido do que os krogan em suas costas. Ela agora via Nnebron a seu lado, outros atrás dele. Todos os olhos estavam na porta enquanto eles pressionavam para lá, os fuzis sendo apontados para frente.

— Chega! — gritou uma voz.

A única voz em toda a estação que podia fazer com que todos no ambiente parassem e prestassem atenção. Nakmor Kesh avançou através da fumaça. Atrás dela, Sloane Kelly viu rostos conhecidos. Sua equipe de segurança, ou, pelo menos, alguns deles. E ela viu a acusação em seus olhos, a incredulidade, o ódio crescente.

— *Chega!* — repetiu Kesh, desta vez especificamente para Sloane, toda bile e decepção. Em resposta, ela levantou as mãos, deixando o fuzil cair no chão. Aqueles em volta dela estavam menos dispostos a isso, mas de algum modo ela havia se tornado sua líder e, depois de alguns segundos tensos, eles fizeram o mesmo.

Nnebron foi o último e ele a encarava enquanto deixava a arma escorregar dos dedos. Seu olhar sustentava acusação e ressentimento em partes iguais, como quem diz, *Tudo isso é culpa sua.*

Sloane Kelly riu, então, porém ninguém mais pareceu entender a piada. De algum modo ela havia se tornado ao mesmo tempo o motivo para a rebelião deles e sua líder de fato. Uma líder decaída.

Isso era simplesmente perfeito.

CAPÍTULO 32

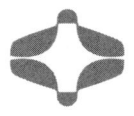

Todo o fogo se extinguiu dos rebeldes no momento em que seu líder caiu. Mesmo que eles não tivessem parado de combater, mesmo que pressionassem ainda mais, desesperados para o fim, não importaria. Calix era o coração deles. E o adversário, bom, poucos podiam ser mais apavorantes.

A esperança se transformou no medo e esse medo serviu de combustível para uma revolução que eles pensavam que podiam perder. Sloane reconhecia isso. Ela entendia. Sentiu o aperto no peito quando o cérebro e o sangue de Calix espirraram.

Isso não queria dizer que ela seria o saco de pancadas de alguém.

Lawrence Nnebron era um homem nervoso demais — musculoso, furioso e sem disposição para deixar alguma coisa de lado. No momento em que Sloane entrou na cela abarrotada, ele veio a ela como um homem sem mais nada a perder, seus lábios repuxados para trás em um rosnado distorcido e o homicídio nos olhos.

Ao se desviar do golpe dele, ela apanhou seu pulso e o rodou, fazendo dele alguém muito mais jovem. Muito menos seguro.

A perda profundamente sentida. De amigos. De identidade.

De seu lugar no universo.

Os painéis tiniram alto quando ela o bateu neles, prendendo sua cabeça na parede e metendo o pulso bem alto em suas costas, o bastante para que ele se arrependesse de se mexer. Ele gritou, ecoado pelos outros sete rebeldes na cela. Só uma cela de muitas e por todo o corredor Sloane ouvia as discussões, a culpa e a angústia da perda.

— Fique quieto — exigiu Sloane.

Talini observava da porta, com a mão adejando.

— Você vai ficar bem?

Desde que a sargento estivesse ali, os outros provavelmente não atacariam — mas eles não iam falar também. Não importava que Talini não estivesse ali para ajudar Sloane. Ela estava presente para trancafiar sua supervisora por motim.

Uma ironia danada, não é?

Ainda assim, o fato de que ela esperou bastante tempo para proteger Sloane significava alguma coisa. Sloane lhe abriu um sorriso duro, pretendendo agradecer e reconhecer sinceramente tudo que não podia dizer.

A asari não sorriu. Com a boca numa linha rígida, ela se virou, saiu e trancou a porta da cela.

Por um longo momento, os únicos ruídos na sala lotada eram da respiração laboriosa de Nnebron e do arrastar dos pés de quem não conseguia saber qual seria o próximo passo. Estavam cansados, machucados, sangrando onde os curativos apressados não seguravam. Como Sloane, eles estavam feridos.

Ao contrário dela, eles não tinham o simples orgulho que impedia que demonstrassem isso. Sloane soltou um suspiro curto.

— Vamos acabar logo com isso. Não estou aqui para lutar.

Nnebron se sacudiu, mas o braço se retesou e ele ficou petrificado novamente.

— Então, me solte — rosnou ele.

— Só depois de você se acalmar.

— Vai se foder! — disse ele entredentes. — Porca!

Estranho. Sloane manteve uma atenção cautelosa nas formas vagas em sua visão periférica, mas eles pareciam satisfeitos em pairar por ali. Sem um líder forte, eles perderam o rumo.

Sem Calix, eles perderam seu coração.

Ela teve o cuidado de não empurrar ainda mais o braço do engenheiro, sem querer quebrá-lo, mas também não o soltou.

— Não estou aqui como segurança — disse ela rigidamente. — Estou encrencada, como vocês. Como todos vocês — acrescentou ela, virando a cabeça para assentir aos outros. A lufada de suspeita e incredulidade chegou a ela, Sloane se virou para um lado, depois para o outro, de modo que eles pudessem vê-la bem. — Estou aqui pelos mesmos motivos de vocês. Calix acreditava em vocês. Vão deixar que isso seja um desperdício?

O suor porejava na testa de seu cativo. Os olhos dele se fecharam com força e ele puxou o braço, apenas para tremer num misto de dor e raiva quando ela não o soltou.

— Vamos lá, Nnebron. — Ela falava com todos eles. — Vocês pegaram em armas contra uma injustiça e seu lado perdeu. Não existe saída para isso, para nenhum de nós.

— Mas...

— Eu ajudei como pude para salvar a vida de vocês dos krogan — interrompeu Sloane em voz baixa. Periclitante. — Não pude salvar Calix e lamento por isso. Sinceramente lamento. Mas agora ele se foi e vocês estão vivos. Quero ter certeza de que fiquem assim, estão me entendendo?

— E o resto de nossa equipe? — Para um homem em desvantagem, Nnebron conseguia demonstrar força e determinação de um jeito formidável. Sloane pelo menos admirava isso. — E Reg? Ele morreu. Ulrich, *Calix*... — Ele ficou visivelmente agitado. — O marido de Reg ainda está aí fora, não podemos...

— *Essas foram as decisões que tomamos.* — A raiva elevou sua voz. Arrastou garras audíveis pelo grupo e um grunhido de surpresa de Nnebron. — Meta isso na sua cabeça! Não posso fazer muito por ninguém enquanto estiver trancada aqui, isso faz sentido para você? Agora *precisamos* seguir o sistema. *Qualquer* oportunidade de sair desta cela será uma oportunidade de tomar novas decisões.

Sloane não fez nada além de confiar no sistema desde o momento em que o Flagelo causou seu despertar repentino. Cumpriu seu dever, obedeceu aos protocolos da Iniciativa. Tentou agir corretamente por todos. E foi isso que ela conseguiu.

Trancafiada e sem opções. Até seus companheiros cativos a viam como a inimiga.

Não era mais assim.

— Os que estavam feridos demais para ser trancados aqui estão sob vigilância no laboratório médico. Onde eles *receberão* a assistência necessária — acrescentou ela firmemente. Talini lhe prometera isso. — Neste momento, só temos a nós mesmos. Você e eu, Nnebron. As pessoas nas celas. *Acabou*. Então, o que você vai fazer?

O pulso dele se flexionou na mão dela, como se ele pretendesse se soltar, mas quando ela se escorou, ele não se mexeu. Só fechou a cara.

Talvez ele tenha entendido. Hora de descobrir. Correndo o risco, ela soltou o aperto. Afastou o suficiente para que ele pudesse desgrudar da parede, mas continuou segurando seu pulso. Enfaticamente.

— Eu poderia meter o pé na tua bunda até você cair — disse ela categoricamente —, mas não quero isso. O argumento perderia.

O garoto desvencilhou o braço, mas apenas rolou o ombro luxado e olhou feio para os pés dela. Tímido, talvez. Ou constrangido.

Ou apenas... perdido.

Sloane recuou para lhe dar espaço, mas não havia muito na cela. Ela se conformou em ficar com as costas na porta, onde podia vigiar o garoto e os outros. Todos olhavam para todo canto, menos para ela. A maioria olhava o chão.

A tensão no ar não era rígida, mas era pesada — um desespero profundamente arraigado. Eles desistiram. Todos eles, até o briguento Nnebron, com sua última agitação por *alguma coisa* que parecesse a vitória.

Merda!

Sloane queria se virar e dar um soco na porta. Queria gritar com as pessoas que tomaram as decisões que os colocaram ali. Despertar Morda, essa foi a pior de todas. A opção nuclear quando o adversário tinha apenas bastões. Ela queria passar as mãos pelo pescoço fino e pequeno de Tann e apertar até que ele *sentisse* toda a dor que a krogan e seus guerreiros causaram a esta merda de sala.

Ela queria principalmente parar de reprisar a morte de Calix, como seus olhos se arregalaram, a vida subitamente apagada por trás deles.

Ela queria muita coisa. O que tinha eram os restos de uma equipe desordenada e a certeza, o conhecimento amargo, de que a liderança para qual ela trabalhou, a quem aconselhou, a havia traído. Traiu a todos eles. Ela precisava avançar para algum lugar. Calix acreditava neste grupo.

Agora Sloane precisava que eles acreditassem nela. Gostassem disso ou não.

Ela começou de uma base que entendia.

— A coisa funciona da seguinte maneira. Ao contrário dos boatos populares, *não existe* um jeito de alguém ficar bem nos jogando no espaço. — Ela lamentou a vez em que sugerira exatamente isso. Um momento de pura frustração e o desejo de realmente resolver um dos problemas da Nexus em vez de chutar para baixo do tapete. Agora o problema eram *eles*. — Na pior das hipóteses, eles vão querer nos fazer de exemplo numa espécie de circo público.

Uma mulher passou seus braços queimados pela própria cintura, abraçando-se com os ombros recurvados.

— Nós seremos executados?

— *Não*. — A mulher se retraiu. Sloane trincou os dentes. — Não — repetiu ela, firme, mas com uma intensidade menor. Ela se obrigou a lembrar quem eram essas pessoas. Técnicos, engenheiros, trabalhadores.

Trabalhavam muito e eram duros como pregos, mas não eram combatentes. Viram o combate, é verdade, do pior jeito possível. Mas não eram soldados treinados, não até onde ela sabia. Sloane se perguntou brevemente quantos eram do tipo que deixava seu passado variado para trás. Segredos que ficaram em seu planeta, apagados dos registros oficiais. E então havia os simpatizantes. Convertidos de última hora de quem ela não sabia quase nada. Ela deixou isso de lado para outra hora. — Esta missão é preciosa demais para perdermos mais vidas. Até eles sabem disso. Mas haverá consequências. A questão é, você estão dispostos a lidar com elas?

Pés se remexeram. Olhos se deslocaram.

Nnebron empinou o queixo.

— Você está? — perguntou ele com o desafio no olhar. A acusação piscava em algum lugar por trás. Exatamente como antes. *Você não é uma de nós.*

Talvez isso tenha sido verdade. Antigamente. Sloane entrelaçou as mãos às costas, olhou nos olhos dele com uma determinação inabalável.

— O que você quer ouvir, engenheiro? Que ninguém vai se importar que você e os seus tenham incitado um motim que matou dezenas de cidadãos e tripulantes da Nexus? — O garoto fez uma careta. — Que vocês vão sair dessa com um tapa no pulso e um balançar do dedo? E o marido de Reg?

Essa provocou uma retração total.

Ela se fez compreender melhor.

— Você quer supor que ele só lhe dará um tapinha nas costas e dirá que você fez o melhor que pôde?

Quando ele piscou rapidamente, Sloane tomou isso como uma vitória.

Ela meneou a cabeça uma vez.

— Não vai acontecer. *Haverá* consequências e se você quiser ter alguma vida nesta galáxia, terá de cerrar os dentes e *lidar com elas*. Começando agora.

— E os krogan? — perguntou alguém.

Os olhos de Nnebron cintilaram com uma fúria renovada.

— É, e eles? — Ele exigiu saber. — Eles nem pararam para negociar, já chegaram matando!

Sloane não tinha resposta. Era verdade — eles fizeram exatamente isso. Obedecendo a ordens ou não, este era um exemplo perfeito do quanto uma "força de trabalho" podia enfrentar um exército. Em particular uma força de trabalho krogan. Admitir que eles foram deliberadamente enviados parecia um jeito perfeito de colocar essas pessoas de volta ao trem do motim.

Ela sabia exatamente o que Tann pretendia realizar quando liberou Morda. O fato de que alguns ainda estivessem vivos era a merda de um milagre. Com ou sem rendição. Mas ele não conseguiu matar a todos. Agora precisava lidar com eles.

Outro gesto de cabeça dela fez com que as sobrancelhas bastas de Nnebron se unissem.

— Os krogan reprimiram uma insurgência — disse Sloane. Sem esfregar o sal na ferida. Só a franqueza. Era só o que Sloane tinha. — Eles não serão censurados. Serão elogiados. Gostem disso ou não — continuou ela enquanto o resto se remexia e resmungava, "O motim foi um fracasso".

Ele não respondeu de imediato. Outros lançaram ideias, sugestões, mas não importava. Sem Calix, eles não tinham um objetivo único. Um ponto final pelo qual lutar. Assaltaram a barricada e eles foram brutalizados por seus esforços.

Ela se colocava entre eles e o senso lógico distorcido de Tann.

A decisão foi tomada. Ela leu isso nos ombros recurvados de Nnebron. Em sua postura cabisbaixa.

— Tudo bem — disse ele em voz baixa.

Com estas palavras, os outros ficaram imóveis. Lenta e dolorosamente, Sloane os viu tentar compreender um universo que não esperavam. Aquele onde eles se perderam. Sem uma liderança que se importasse. Sem um tratamento justo. Só consequências e vergonha.

Sloane assentiu.

— Tudo bem — repetiu ela.

Era só o que todos eles tinham.

No fim, era só o que Sloane tinha também.

CAPÍTULO 33

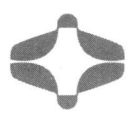

— Isto é um pesadelo — declarou Addison. Essa foi sua salva de abertura segundos depois de passar pela porta da sala. Apanhado no meio de uma frase com um pequeno grupo de assistentes, Tann levantou a cabeça de sua reunião informal e franziu o cenho.

— Acredito ter especificamente solicitado não ser perturb...

— Sei o que você solicitou. — Ela fuzilou os assistentes com os olhos e mostrou a porta com o polegar em uma exigência silenciosa. Eles nem mesmo olharam para Tann procurando confirmação — um descuido que ele teria de abordar o quanto antes. Eles saíram às pressas, evitando inteiramente os olhos dela.

Tann se recostou na cadeira — uma coisa recuperada de uma sala de reuniões, por enquanto — e examinou a diretora evidentemente contrariada.

— Qual parece ser o problema?

— Não me venha com esse papo-furado — respondeu ela categoricamente. Em vez de se sentar, ela segurou o encosto de uma cadeira e se apoiou ali. Era um movimento típico de Sloane, mas Foster Addison parecia ter se adaptado bem a ele. Tann podia valorizar uma fúria pura quando não estava desferindo murros nele ou em seus assistentes. — Temos feridos na assistência médica, mortos que precisam ser tratados, algumas centenas de insurgentes nas salas que não foram feitas para servir de celas de prisão — continuou ela, mais alto a cada palavra — e a porra de nossa diretora de segurança... uma de *nós*, Tann... está entre eles!

As pálpebras de Tann enrijeceram. Ele entrelaçou os dedos delicadamente, os cotovelos apoiados nos braços da cadeira.

— Não há motivo para tanta exaltação — disse ele com frieza. — Os mortos esperarão até podermos lidar adequadamente com eles e os médicos estão fazendo o que podem por aqueles que ainda estão vivos.

Ele seria capaz de jurar que uma das narinas infladas dela se contorceu. *Fascinante!*

— Essa é uma visão extremamente arrogante de nossos próprios mortos — disse ela, com um silvo em algum lugar por baixo da dureza de suas palavras.

Ele deu de ombros. Tinha razão e sabia disso.

— De tudo que precisamos abordar, os mortos podem esperar — observou ele. — Eles não vão bater na porta de ninguém, ao contrário dos homens e mulheres bem vivos de que devemos tratar imediatamente.

— O que vamos fazer com os insurgentes? — ela exigiu saber.

— Uma solução fácil.

— Mas que merda...

— Diretora, por favor. — Tann ergueu uma das mãos, o mais conciliador que pôde. — Pelo menos me escute. — Ele gesticulou para a cadeira em que ela se apoiava. — Sente-se.

Addison franziu o cenho.

— Estou bem — disse ela — e estou escutando.

Bom, isso era melhor do que Sloane na maior parte do tempo. O salarian permitiu à mulher sua pequena rebeldia, sem dizer mais nada a respeito disso.

— Vamos discutir a questão como criaturas racionais — disse ele em vez disso. — Qual é nossa principal consideração desde o despertar?

— A sobrevivência.

— É bem verdade. E o que mais?

Addison pensou.

— A missão.

— Exatamente. — Ele sorriu para ela, satisfeito que ela mantivesse o senso, apesar dos horrores das últimas horas. É claro que ele não esperava menos da diretora de Assuntos Coloniais. De um jeito estranho, era bom vê-la enfrentando a ele, finalmente. Mostrando alguma paixão e intensidade, uma característica que observara no arquivo dela, mas que ele temia ter sido extirpada de Addison pelo Flagelo.

— No momento em que aquelas pessoas se recusaram a voltar para a estase, nós começamos a perder terreno. Com bocas demais para alimentar, muito poucos recursos e o tempo e a energia para equilibrar tudo, eles nos custarão mais do que podemos pagar.

— *Aquelas pessoas* ainda fazem parte do ecossistema da Nexus.

— Exatamente — disse Tann. — Exatamente.

— E daí? — Addison cruzou os braços no encosto da cadeira, apoiando-se de um jeito que parecia menos ameaçador.

— Daí — repetiu ele, arrastando a palavra —, para lidar com os insurgentes, só precisamos lhes oferecer duas opções.

— Duas?

— Para simplificar.

— Ótimo! — Ela ergueu as sobrancelhas. — Por favor, não me diga que vai mandá-los para o espaço.

Tann riu. Não pôde evitar.

— Realmente mandá-los para o espaço, como havia sugerido nossa antiga diretora de segurança? Isso seria especialmente irônico, agora que ela é um deles, mas não, claro que não. Porém, pode valer a pena recorrer ao jeito peculiar de Sloane de lidar com os problemas.

— Dar a eles uma alternativa terrível e outra razoável?

— Exatamente — disse ele, assentindo com aprovação. — Primeira opção, oferecemos transportadores a eles...

— Não podemos...

— Diretora, por favor. Permita-me?

Addison suspirou.

— Tudo bem, pode falar.

— Oferecemos transportadores a eles — repetiu ele com firmeza — e suprimentos para durar um tempo razoável... mas não um razoável *irracional*. Desejamos a eles que em sua jornada encontrem um mundo mais de seu gosto.

— O exílio.

— Precisamente.

— Em um canto de Andrômeda infestado por uma nebulosa mortal do inferno, onde todas as nossas naves de exploração ou não encontraram nada de útil, ou desapareceram tentando? Que merda, Tann, jogue todo mundo no espaço, seria menos cruel.

— Sim. — O sorriso de Tann só fez aumentar. — E eles sabem disso. Pelo menos, Sloane sabe. E é esse o motivo para a segunda opção parecer muito mais atraente.

— E qual é?

— Crioestase. O que estávamos pedindo, antes de tudo. É claro que uma audiência de punição esperaria por eles do outro lado disso, mas pelo menos aconteceria em circunstâncias menos prementes. Cabeças mais frias, por assim dizer.

Ela entendeu de imediato.

— Podemos aquietar tudo, uma infraestrutura no lugar e recursos estabilizados. — Seu olhar se aguçou para ele. — Em resumo, engavetar toda essa bagunça agora e voltar a ela depois.

— Um jeito grosseiro de colocar a questão, porém bastante adequado — reconheceu ele. — Não temos nem o tempo, nem a capacidade para dedicar recursos a um bando de criminosos que deram provas de que não merecem confiança para manter a ordem. — Ele gesticulou de um jeito vago. — Ou eles partem, ou vão dormir. Ninguém em seu juízo perfeito partiria, não com o Flagelo lá fora. Não depois do que aconteceu com os outros.

— E depois do período de prisão, o que vai ser, eles serão reintegrados?

— Você se esqueceu da parte em que eles tentaram assumir o controle da Nexus? — perguntou Tann. Ele deu um tapinha na mesa. — Não, depois que eles sentiram o gosto do motim, não tem volta. Não — acrescentou ele — sem mais recursos do que temos atualmente.

Ela remoeu isso por um tempo. Ele via o raciocínio passando pelos olhos dela — provavelmente Addison pesava os prós e contras do plano dele. *Ótimo!* Tann sabia que ela chegaria à mesma conclusão, porque era a certa. Ele havia pensado nisso como a última contingência. Ninguém era tão suicida a ponto de se atirar no vazio do exílio assolado pelo Flagelo.

Conseguir que a população voltasse à estase era a melhor opção que a Nexus tinha a oferecer. Se eles tivessem dado ouvidos na primeira vez — não graças aos argumentos polarizadores de Sloane — nada disso teria acontecido.

Era uma ironia, é verdade, e deveria ter sido feita há muito tempo.

Por fim, Addison concordou.

— Muito bem, vou entrar em contato com Kesh e...

— Lamento, não. Não precisamos do envolvimento adicional de nenhum krogan — interrompeu Tann suavemente. — Eles fizeram seu trabalho. A hora agora é *nossa* — disse ele, enfatizando a palavra — de fazer o *nosso* trabalho, não concorda?

Dessa vez, ela não discutiu. Tann sabia que não havia nada a argumentar. Esse era um bom plano. Ele preferia pensar que até Sloane o apoiaria, mesmo que provavelmente ela o apimentasse isto com mais táticas assustadoras. Ameaçar jogá-los no Flagelo ou algo suficientemente brutal.

Tann saboreava o fato de que desta vez Sloane estava do lado oposto do processo de tomada de decisão — onde, ele sentia, era o lugar dela.

E *ele* não era um selvagem.

CAPÍTULO 34

— Um movimento em falso ou uma explosão de raiva — disse Sloane ao grupo enquanto os guardas se aproximavam da porta da cela — e vou fazer vocês engolirem os próprios dentes, falei claro? — Sua voz era bem baixa, mas não havia nenhum tom jocoso nela.

Todos assentiram de cara amarrada. Até Nnebron, cuja pele escura parecia amarelada pelas bordas. Nervosismo, deduziu ela. Todos o sentiam — aquela percepção esmagadora de que não havia nada entre eles e as punições que o conselho determinaria.

Nada a não ser ela, Sloane lembrou, e ela lutaria com tudo para manter essas pessoas vivas e prosperando para o futuro. Qualquer coisa menor do que isso seria pior do que abandoná-los. Alimentaria a crença do conselho de que essas pessoas não agem segundo uma causa, não têm motivos para lutar.

Sloane sabia que eles tinham.

No mínimo, Calix deixou que eles perdessem o controle. Para que tivessem calma nos próximos momentos, precisariam calar a boca e deixar que só ela falasse.

Todos já haviam discutido isso. Sloane falaria por eles, mas apenas se eles fizessem o que ela mandasse. Qualquer outra coisa era um desperdício e Sloane não tinha paciência para uma queda de braço com gente para fazer o que era melhor.

A porta se abriu. Talini entrou, flanqueada por dois oficiais de Sloane — seus *ex*-oficiais. Os prisioneiros se remexeram, pouco à vontade, sem disposição para olhar seus captores ou a própria Sloane.

— Saia um de cada vez — ordenou Talini. — Mãos na cabeça. Sem falar, nem um passo para fora da fila.

Sloane assentiu para a turma.

— Vão.

De expressão severa, os lábios apertados, cada um deles passou pela porta, com as mãos na cabeça. A equipe de segurança, com fuzis de assalto firmes nas mãos, formou uma fila deles, dois a dois. Quando só restava Sloane na sala, ela parou um pouco antes da porta. Talini a olhou em silêncio, um mundo de preocupação muda em suas feições.

— Muito ruim? — perguntou Sloane em voz baixa.

— Não sei — respondeu a asari, balançando a cabeça. — Eles têm andado muito calados.

— Provavelmente com medo de que você seja leal a mim — disse Sloane com um humor ácido. — Acho que isso eu entendo.

A boca de Talini se torceu.

— Eu sinto muito, Sloane.

— Tá. — Ela rolou os ombros, depois entrelaçou as mãos na nuca, olhando bem à frente. — Eu também.

Sloane saiu da cela. No corredor, os outros prisioneiros estavam parados em duas filas compridas e erráticas e quase ninguém falava. Bem mais de cem rebeldes, deduziu ela, a luta neles moderada pelo conhecimento de que em seguida viria seu castigo.

— Andem — disse Talini e assumiu a liderança.

Foi a última coisa que alguém disse durante a caminhada longa e tensa até a Operações. Pelo caminho, seu número foi engrossado por outros prisioneiros — aqueles cujos ferimentos não foram graves o bastante para mantê-los na assistência médica. Depois de chegarem, eles foram conduzidos pelas portas e Sloane não se surpreendeu nem um pouco ao encontrar a área cercada por suas próprias forças de segurança. No meio, estavam sentados Addison e Tann.

Kesh estava um pouco afastada, envolvida em uma conversa baixa e tensa com Morda, Wratch e outro krogan — mais claro do que os outros, cinza, enquanto os outros mostravam mais cor no couro krogan grosso. O dele era marcado, brutalizado por tramas e saliências, e ele claramente parecia mais velho do que os outros. Um ancião, dada a expectativa de vida dos krogan.

Morda mal dispensou um olhar a ela, exceto para reconhecer a presença de Sloane com um grunhido, levantando a cabeça larga.

Kesh se voltou, seu olhar era inteiramente sério. Morda bateu em seu ombro com um punho duro e disse algo num tom baixo e agitado. Sloane não sabia o que se passava entre elas, mas um suspiro de Kesh rolou pela Operações como o alerta de um trovão distante.

Tann lançou aos krogan um olhar cauteloso, enviesado e sobressaltado, o que deixou Addison falar primeiro.

— Obrigada, agora todos podem baixar as mãos.

A boca de Tann se abriu.

— Mas não...

— Podemos pelo menos demonstrar algum respeito a eles — disse Addison, um aparte que todos ouviram.

— Respeito? Essa gente...

— Chega de jogar conversa fora — interrompeu Sloane, baixando as mãos e abrindo caminho para a frente do grupo. — Todos nós sabemos o que viemos fazer aqui.

O olhar de Tann se estreitou para ela.

— Isso é bem justo.

— É, como vou me arriscar a levar um tiro só para torcer seu pescoço magrela — respondeu Sloane, mas não pressionou. Esses dois tinham soltado Morda e seus guerreiros krogan para cima de civis da Nexus e ordenaram a um atirador de elite que derrubasse Calix. Um dos próprios oficiais de Sloane apertou o gatilho. Isso a afetou, quase mais do que qualquer outra coisa.

— Qual é o seu plano espantosamente brilhante desta vez, Tann? — concluiu ela.

O olhar de Addison ficou mais afiado.

— Você pode calar a boca pelo menos uma vez e ouvir?

— Que tal você olhar os fatos aqui? — rebateu Sloane. Ela usou o polegar para apontar o grupo que tinha atrás de si. — Você acha que eles merecem tudo que *ele* pensa que deviam ter?

Vozes resmungaram atrás dela. Nnebron falou em voz baixa:

— É culpa dele que a gente esteja com fome. — Não foi baixo o suficiente para não ser ouvido. Nem alto o bastante para chegar à plataforma central. Mas ela viu as bordas enrijecerem nos olhos redondos e arregalados de Tann.

— Vocês todos estão aqui porque participaram de uma rebelião que colocou em risco o futuro da Nexus — disse ele com firmeza, dando um pigarro que declarava sua autoridade.

— Francamente — vociferou Nnebron. Sloane lhe lançou um olhar fulminante por cima do ombro, mas ele não olhava para ela. Seus olhos estavam fixos em Tann, o ódio fervendo por baixo de toda aquela fúria.

— *Vocês* tomaram a decisão de esconder a verdade de nós! Vocês iam deixar que nós *morrêssemos de fome* com sua indecisão.

Raiva e concordância reverberaram pela equipe de Calix. Sloane estendeu o braço, como se aquela única barreira os contivesse.

— Como pode ver, Tann — disse ela mais alto do que o barulho crescente —, você também não está exatamente isento de culpa. *Nenhum de nós* está — acrescentou ela concisamente, e se seu olhar se demorou demais em Morda, a líder do clã sabia por quê. O sorriso aberto da Nakmor não era exatamente amistoso, mas ao mesmo tempo Sloane não acreditava que a krogan guardasse ressentimentos. Afinal, eles venceram.

Graças à rendição de Sloane.

Tann se eriçou.

— Isso é completamente injusto.

— Ela tem razão — disse Kesh abruptamente. Ela cruzou os braços, franzindo o cenho para Tann e Addison, que estavam de pé no círculo central.

O salarian voltou-se contra Kesh.

— Já basta da participação de terceiros, por gentileza. Os krogan fizeram mais do que o suficiente e...

— Eles *mataram* Calix — gritou alguém no fundo. Irida. *Merda!* Sloane não havia levado em consideração o hábito da asari de meter o dedo em feridas infeccionadas metafóricas. Ela estendeu a mão para trás, segurou a pessoa mais próxima — uma turian com um olho roxo e inchado, fechado, e novas cicatrizes aparecendo pelo rosto — e puxou-a para mais perto.

— Faça com que ela cale a boca — murmurou ela.

A engenheira assentiu e abriu caminho para o fundo da sala através dos prisioneiros.

— Todos os lados nisto — continuou Kesh, sem se deixar abalar em nada pela pequena escaramuça — sentiram o gosto da morte. Cometeram erros. Se vamos julgá-los por seus erros... e devemos — acrescentou ela severamente —, ... então, devemos admitir os nossos.

Ao lado dela, Morda bufou. Quase parecia que tinha falado. Disse algo como "*mole*". Depois a krogan maior acrescentou, com clareza e azedume, "Você tem de responder por seus próprios equívocos, Kesh".

Sloane ergueu uma sobrancelha enquanto Kesh se virava para a líder do clã. A dupla começou a se enfrentar, mas o krogan mais velho, um ancião, meteu-se entre elas.

— Um alvo de cada vez — disse ele, cada palavra rolando de sua boca como cravos enferrujados de ferrovia. Um passo simples, um comentário despreocupado, e as duas krogan pararam.

De súbito Addison levantou a mão, de cenho franzido.

— Sloane Kelly, como diretora de segurança, o que tem a dizer em sua defesa? — Caiu um silêncio sobre os rebeldes. Até Irida parou de resmungar.

Ah, que merda! Sloane nem precisava pensar nisso. Ignorando a segurança — a segurança *dela* —, Sloane deu três passos para ficar exatamente entre o conselho da Operações e a equipe de Calix. Mas ela não era burra. Sabia tão bem quanto qualquer outro que vários integrantes de sua equipe tinham a mira apontada para ela quando ela se mexeu. Eles atirariam, se ela forçasse a situação?

Eles deviam saber muito bem. Ela não os treinou para hesitar.

— Eu tenho *muito* a dizer em minha defesa — respondeu Sloane. Ela cruzou as mãos às costas, ajeitou sua posição e olhou Tann bem nos olhos. — Ao contrário de algumas pessoas aqui, tenho muito a dizer em defesa dos outros também.

— Ora, você...

— Falo pelas pessoas atrás de mim — continuou ela, interrompendo-o. — Elas *já* estavam com fome e apavoradas, antes de saber que sua liderança havia mentido para elas. — Em voz alta. Decidida. — Eu falo por Calix Corvannis, que viu uma situação ruim piorar e fez o que pensou ser o melhor para trazer esperanças a esta estação decadente.

Os olhos de Tann se estreitaram a frestas cruéis.

— Falo por Jien Garson e pela *verdadeira* liderança que esta estação esperava.

Os lábios de Addison empalideceram.

O breve suspiro de Kesh espelhou a tensão que suas palavras provocaram pela Operações.

— Mas sobretudo... — Sloane bateu no próprio peito. — Falo pela porra do bom senso que diz que nós *não mentimos* para nosso pessoal, *não fazemos* o jogo impiedoso de "quem pode viver e quem pode morrer", só porque somos insignificantes demais para assumir os próprios erros quando os cometemos. — Ela lançou um olhar não a Morda, que havia conquistado sua parcela da fúria de Sloane, mas a Tann. — *Nós não mandamos* — disse ela, dando ênfase a cada palavra equilibrada — os nossos *contra* o nosso pessoal.

O salarian endireitou o corpo, a mão achatada no painel a seu lado.

— O que *você* teria feito? — vociferou ele. Sua voz tremia. — O que você, oh, grande diretora de segurança, teria feito de diferente, para restaurar a ordem?

Sloane balançou a cabeça.

— Eu já estava lá, Tann. Conversando sobre isso, tentando levar Calix a... sei lá o quê. Nunca vamos saber, vamos? — O dedo que ela apontou para Tann podia ser uma navalha, pelo modo como ele se retraiu. — *Alguém* atiçou o exército krogan para cima de nós antes que chegássemos a esse ponto.

Addison meneou a cabeça.

— Eles não deviam chegar atirando.

— Não é verdade — interrompeu Morda, uma onda repentina de perigo em sua interrupção rosnada. — Disseram que nós fizéssemos, e reproduzo as palavras do rato de areia magricela, "o que for necessário para defender a missão". Não se atreva a jogar a culpa por isso em nós.

Tann soltou um suspiro ruidoso.

— É claro que uma krogan suporia que isso significa "matar todo mundo".

Kesh jogou a mão com tal rapidez que ela se chocou no peito com armadura de Morda e provocou uma pancada com eco pelo resto da multidão. Sloane ficou tensa. Enquanto cada um da segurança pegava rapidamente sua arma, a líder do clã deixou que a mão de Kesh impedisse seu ímpeto automático para a frente.

— *Nós conversaremos* — prometeu ela. — Pode ficar tranquilo a respeito disso. — Mas Tann apenas balançou a cabeça de modo a sugerir que ele tinha coisas melhores em que pensar. *Filho da puta presunçoso.* Toda a força da atenção dele foi transferida novamente para Sloane.

— Apesar disso, você infringiu todos os regulamentos de seu departamento — disse ele. — Você *matou* membros do clã Nakmor...

— Eles vieram para cima de nós, atirando!

— Que você estivesse lá para testemunhar, diz muito a respeito de suas lealdades, não é verdade?

Sloane cerrou os punhos.

— Eu estava *tentando* negociar, sua isca de peixe inchada.

— Contrariando as ordens — lembrou Tann a ela, e Sloane não tinha como contra-atacar. Ela agiu contra o pedido dele para esperar. Mas, se tivesse esperado, será que os krogan teriam assassinado todos eles?

Seu lábio se torceu.

— Não me arrependo de nenhuma de minhas decisões.

— E você *será considerada* responsável por elas — garantiu-lhe ele.

— Consequências.

Sloane não esperava nada menos do que isso. A verdadeira pergunta era, o que eles planejavam?

— Primeiro, contudo — continuou ele, voltando sua atenção aos outros —, vamos lidar com os cúmplices de Calix Corvannis.

O queixo de Nnebron enrijeceu.

— Você pode...

— Cala a boca — vociferou Sloane.

Os punhos do homem se fecharam, mas ele empinou o queixo e corrigiu o que ia dizer.

— Nós lutamos. Perdemos. E agora?

Bom, ele não ganharia nenhum prêmio diplomático, mas Sloane apreciou a brevidade.

Tann e Addison se entreolharam.

Isso nunca era bom.

— Vocês têm duas opções — disse Addison.

Tann assentiu.

— A primeira opção concede a vocês parte de seu desejo inicial. O impulso de fazer as coisas de seu jeito — continuou ele. As sobrancelhas escuras de Nnebron se ergueram.

Uma sobrancelha de Sloane fez o mesmo.

— Estamos dispostos a oferecer a vocês uma frota de transportadores. — Addison cruzou os braços, examinando os tripulantes. — Com combustível e suprimentos. Vocês podem levar sua turma de insatisfeitos e começar por conta própria.

— Está falando sério? — perguntou Nnebron.

— Sim.

— Exílio? — disse Irida, forçando sua passagem para a frente. Sloane reprimiu um palavrão áspero enquanto mais armas eram preparadas, concentradas agora na asari.

— Fadeer, não tenha tanta pressa em ser morta. — Ela se virou para Tann, olhando-o com cautela. — Essa é uma oferta feita para ser rejeitada.

Irida escarneceu dela.

— Isso significa o quê?

Sloane viu no rosto de Tann. O jogo que ele fazia.

— Significa que ele sabe que não vamos concordar — disse ela, jamais tirando os olhos dele. — Faz com que ele pareça generoso e justo, enquanto sabe que não vamos concordar.

— E por que não? — perguntou Irida, ainda consumida demais pela raiva para enxergar a verdade.

— Porque não será pouca coisa — interferiu Kesh — ser exilado nos desertos do Flagelo. Você já ouviu isso. Os planetas mais próximos são inóspitos.

Isso aquietou as coisas.

— Existe uma segunda opção — acrescentou Tann.

— Diga logo. — Sloane perdia a paciência. E rápido. Tann, apesar de sua superioridade presunçosa, parecia saber que seu tempo era limitado. Entrelaçou as mãos compridas e nodosas e falou com certo floreio.

— Voltar à crioestase — disse ele — até que a Nexus esteja consertada e plenamente operacional.

— O quê?

— De jeito nenhum...

Alguns rebeldes se agitaram, obrigando as armas a serem erguidas com um objetivo renovado nas mãos da equipe de segurança. Sloane lançou um olhar duro a Talini. O gesto tranquilizador de cabeça da asari foi tão leve, que ela não sabia se tinha algum significado. Mas ninguém abriu fogo e isso já era alguma coisa.

— De jeito nenhum — disse Nnebron, sua voz se elevando uma oitava. Ele avançou um passo que o colocou dentro do alcance de Sloane. Ela se preparou, por precaução. — Vocês estiveram tentando nos colocar para dormir desde que decidiram que éramos problema demais!

— Como vamos saber que vocês um dia nos deixarão sair? — acrescentou Irida acaloradamente. — É mais fácil lidar conosco congelados, não é?

— Ele não vai — disse uma mulher. — Eles nunca nos deixarão sair.

— De jeito nenhum.

Sloane soltou um suspiro longo e lento. Não adiantou nada para atenuar o trovão de seu coração batendo no peito.

Tann examinou a todos eles.

— Então — disse ele lentamente, arrastando a palavra. — Vocês estão escolhendo o exílio?

— Ora essa, sim! — gritou Nnebron, com o punho no ar.

Sloane fechou os olhos.

— É melhor do que uma eternidade congelados, esquecidos nos registros da Nexus — acrescentou Irida.

— Podemos cuidar de nós mesmos!

— Pelo menos podemos confiar *uns nos outros*.

O olhar de Addison procurou Sloane. Ela não pôde evitar a encarada da outra mulher quando ela abriu os olhos e, naquele olhar fixo, ela encontrou um pedido de desculpas. Preocupação.

Raiva.

Ah, tá... Sloane só precisava lidar com um daqueles.

O salarian deu de ombros e voltou sua atenção a ela.

— Impressionante — disse ele, parecendo verdadeiramente perplexo. — Você vai perder tudo por um bando de exilados.

— Tann! — O grito chocado de alerta de Addison chegou um segundo atrasado.

O sorriso de Sloane era tão aberto quanto o de Morda. Ignorando sua equipe, ignorando o silvo repentino de Talini dizendo seu nome, Sloane estreitou a distância e desferiu um gancho de direita que ela esteve *morrendo de vontade* de dar havia semanas.

Os ossos salarian eram finos, porém duros. O impacto sacudiu seu braço até o ombro, mas só porque fez Tann rodar com o ímpeto. O salarian soltou um guincho num misto de dor e alarme e perdeu o fôlego quando suas costelas se chocaram com a beira do console.

A palma larga de Kesh bateu na própria face. Foi quase tão alto quanto os gritos e a zombaria dos rebeldes.

Por milagre, ninguém da segurança abriu fogo.

Addison praguejou fluentemente — um ato que conquistou algum respeito relutante de Sloane — e se curvou para impedir que Tann caísse completamente.

— Vai se foder — grunhiu Sloane entredentes. Ela agitou a mão. — E foda-se esta estação e *foda-se* seu papo-furado classista. *Você* que fique com o pequeno inferno melancólico que você mesmo criou. *Nós* escolhemos o exílio.

Houve um instante de silêncio. Uma respiração presa.

Os dedos de Tann aninhavam o maxilar, os olhos arregalados, furiosos e — sim, Sloane notou, meio temerosos. *Ótimo!* Mas foi Addison que encerrou a sessão.

— Ótimo! — Ela olhou feio para Sloane. — Vocês terão seus transportadores. Spender cuidará dos suprimentos. — Uma pausa muito curta. Um segundo. — Desejo o melhor para vocês. Sinceramente.

— Tá. Bom... — Sloane se virou, pegou o olhar de Talini e agradeceu com a cabeça. — Vamos encontrar um lugar para viver muito antes de vocês todos colocarem a cabeça para fora da cloaca de *alguém*.

Ninguém tinha nada a dizer enquanto ela partia intempestivamente para a porta, os rebeldes — não, os *exilados* — acompanhando-a sem hesitar. Já bastava. Ela aproveitaria sua chance com aqueles que acreditavam nesta nova galáxia. Acreditavam o suficiente para derramar sangue por isso.

Um dia, quando ela encontrasse Calix no inferno, certamente diria a ele que não abandonou todos.

Talini e sua segurança flanquearam o grupo na saída.

CAPÍTULO 35

As coisas mal tinham se acalmado quando os problemas procuraram por Tann na hidropônica. O salarian queria um lugar aquecido e isolado para se sentar e cuidar de seu orgulho ferido sem que *alguma coisa* exigisse sua atenção. Observar as sementes decididas, lutando para crescer, era um tanto tranquilizador.

Quatro krogan, tendo à testa a líder do clã, entraram ribombando na câmara. Tann se levantou, sem estar disposto a ser apanhado sentado por uma tropa de brutamontes muito maiores. O olhar fixo de Morda nele tinha tamanha intensidade que Tann sabia que havia algo fermentando. Não foi de ajuda nenhuma quando sua omnitool se acendeu, exibindo a imagem de Spender.

— Senhor, a líder Nakmor está a sua procura.

— Ela me encontrou — disse Tann, mantendo o olhar na tempestade que chegava. — Mande Kesh para a hidropônica. Faça isso rápido.

O comunicador se apagou. A cabeça de Tann virou de lado quando os brutamontes de couro áspero pararam numa formação em V diante dele. Ele decidiu que a diplomacia não faria mal.

Ou, pelo menos, faria um mal menor do que outro soco.

— Líder do clã. Se deseja discutir algo que peça uma reunião nossa...

Morda o fuzilou com os olhos.

— Agora que você julgou os exilados, as coisas prosseguem normalmente nesta estação? — Seus braços grossos e muito musculosos se cruzaram.

Piscando, ele conseguiu demonstrar surpresa.

— Ora essa, sim. Sim, elas estão. Os transportadores estão sendo preparados enquanto falamos aqui e os exilados e simpatizantes estão reunidos para a partida. Esperamos que eles partam em algumas horas.

— E Kesh?

Tann hesitou.

— O que tem Kesh?

— Ela está servindo a sua função como se espera por sua experiência?

Isso parecia estranhamente formal para uma krogan. Duplamente, partindo de Morda. Tann sentiu um estranho desequilíbrio. Tinha alguma coisa errada ali.

— Sim — respondeu ele com cautela. — Ela e sua equipe vêm servindo com habilidade, exceto pela recente traição por um membro de sua tripulação.

Os olhos de Morda se estreitaram.

— Isto é entre você e ela. Não tenho influência na disciplina de seus oficiais. Mas — acrescentou ela com azedume —, Kesh não devia ter sido tão confiante.

— Concordo — disse Tann, novamente surpreso. Aonde isso ia levar? — Porém, o que está feito, está feito, e... — Ele olhou para além da formação de krogan enquanto Kesh passava pelas mesmas portas. Um ancião krogan vinha atrás dela. Nakmor Drack, recordou-se Tann. O avô de Kesh, despertado com Morda. Aquele que demonstrou não ficar nada impressionado com o estado das coisas, mas por enquanto tinha falado pouco.

Aliviado por ter apoio, ele continuou, com mais confiança:

— ... Estamos ansiosos para deixar isso para trás. Forjar a Nexus como um símbolo brilhante da amizade e da cooperação interespécies.

— É bom saber — grunhiu Morda. — Kesh. — Uma saudação. — Dê testemunho como representante do clã Nakmor na Nexus.

Kesh lançou a Tann um olhar indagativo, mas assentiu uma vez.

— Como quiser.

Independentemente de aonde isso levasse, começava a agitar ácido no fundo da garganta de Tann. Antes que pudesse dizer mais alguma coisa, porém, Morda deu um passo à frente e se curvou.

Ela *se curvou*. Na altura da cintura.

Como uma mesura.

Os olhos de Tann se arregalaram tanto que as pálpebras secundárias se retesaram.

— Então o clã Nakmor agiu como foi acordado e agora aceita oficialmente a oferta de um assento no conselho de liderança da Nexus.

Por um longo tempo, nenhum som encheu a câmara de hidropônica. Morda, talvez desconfortável em posição tão pouco característica, olhou para cima.

— O que ela está fazendo? — perguntou Tann.

O vinco na testa de Kesh se aprofundou.

— Não sei. — Ela olhou para Morda. — O que *você está* fazendo?

A líder do clã grunhiu, rolando os ombros. A humildade não combinava com ela.

— Estou reivindicando o assento no conselho oferecido em troca de nossos serviços para reprimir a rebelião.

Os olhos de Kesh voltaram-se para Tann.

Ele piscou novamente.

— O... o quê?

A frustração de Morda aumentava, evidente em seu escárnio cheio de dentes.

— O assento no conselho! — repetiu ela em voz alta, como se ele fosse burro. — Seu embaixador rato de areia nos ofereceu... em seu nome... um lugar no conselho de liderança oficial da Nexus em troca de nossa lealdade e nossos serviços e para dar um fim à insurreição.

— Spender. — Foi a única palavra que Tann conseguiu compor em meio ao caos de seus pensamentos. William Spender tinha procurado a krogan e Tann supôs que os termos eram claros. Perplexo, ele meneou a cabeça e se aproximou um pouco, na esperança de que não fosse perto *demais*. — Isso é impossível — ele conseguiu dizer. — Eu não o autorizei a fazer tal oferta. Jamais. Nem mesmo foi mencionada.

Atrás dela, um dos brutamontes de cara carnuda bateu o punho na mão.

— Errado — rugiu ele.

Kesh ficou olhando entre os dois.

— Spender lhe disse que teria um lugar no conselho se você reprimisse a rebelião?

— Não foi o que eu falei agora mesmo? — rosnou Morda. — Havia testemunhas. — Ela fez um gesto rápido para o krogan atrás dela. — E alguns humanos também. Eu me certifiquei disso.

Tann ainda negava com a cabeça.

— Receio ter havido algum engano — disse ele com firmeza. — Nenhuma espécie deve ter um lugar no conselho garantido arbitrariamente, e muito menos por um indivíduo não autorizado. É ridículo e contraria tudo que a Iniciativa queria realizar.

Morda ficou imóvel como uma estátua, de cara amarrada para ele. Em completa intimidação. Mais um motivo para os krogan jamais ocuparem um lugar no conselho. Tendência demasiada ao conflito. Apesar do medo que sentia, Tann precisava romper o silêncio. Levantou um pouco as mãos, pedindo calma.

— Essa oferta nunca deveria ter sido feita — disse ele. — Lamento muito, Morda, mas não há nada que possamos fazer. Spender será repreendido por esse erro. — Erro é sua cabeça hidrodinâmica. — Agora, se me der licença, falarei com meus assistentes e verei se não podemos traçar planos para uma recompensa mais adequada por seus serviços.

Antes que a líder do clã pudesse responder, Kesh se meteu entre eles e Tann tratou de escapulir. Passando pela porta, ele ainda ouvia Morda gritando, seus seguidores fazendo eco a sua fúria e os esforços barulhentos de Kesh para que eles se acalmassem. O barulho o acompanhou até o elevador.

Uma fúria diferente de qualquer outra que Tann tenha abrigado rolava dentro dele, apontada para William Spender e ainda mais intensificada por seu medo de Nakmor Morda. A intensidade da emoção o deixou incapaz de pensar, suas racionalizações giravam.

Ele andou de um lado a outro do quadrado estreito enquanto o elevador descia. Spender... como lidar com Spender. O homem conseguia resultados, mas seus métodos eram inescrupulosos e, para falar com franqueza, bem insanos. Oferecer um assento no conselho a Nakmor Morda, no que ele estava pensando?

Tann supôs que parte da culpa por aquilo caiu sobre ele. Ele enviara o humano para cuidar dessa tarefa e o havia instruído a conquistar o apoio do clã a todo custo. Tann deveria ter escolhido suas palavras com mais cuidado, mas agora não havia nada a ser feito a respeito disso.

Ele não podia honrar a oferta de Spender. Isto, acima de tudo, estava claro. A questão era como evitar a ira de Morda com uma quebra traiçoeira de um acordo. A segurança certamente não estava à altura da tarefa se os krogan ficassem... pouco cooperativos.

— Hmmm... — murmurou Tann, ainda andando pelo quadrado apertado enquanto o elevador seguia, zumbindo.

Morda era *inteiramente* inepta para ter lugar no conselho de liderança da Nexus. Kesh, talvez, depois de um longo período de experiência e uma votação por maioria, mas Morda? Impossível. Ela não conseguia tratar dos problemas, das decisões difíceis, nem — sim, nem do tédio. Regras e mais regras, o labirinto perturbador de regulamentos.

Não, o conselho precisava de cabeças frias e calmas e conselheiros dispostos — até ansiosos — a lidar com as minúcias cotidianas do controle da estação. Não tinha nenhuma relação com preconceitos. Era apenas bom senso.

Quando ele chegou à Operações, quase já havia convencido a si mesmo.

* * *

Morda não se tornou líder do clã sendo *mole*. Ela empurrou Kesh com um rosnado, obrigando a krogan a cambalear alguns passos para trás.

— Você não pode atacar qualquer um — gritou Kesh, com o nariz no nariz de Morda.

O rosnado de Morda tragou o grito de Kesh.

— Exijo satisfações — grunhiu ela. — Exijo que eles nos tratem com o respeito que conquistamos aqui!

— Eu compreendo, líder do clã. — Kesh a olhava duramente, de braços abertos. Embora fosse engenheira, isso não a tornava menos krogan. Morda a respeitava o suficiente para saber que qualquer conflito terminaria em sangue e hematomas, e as duas perderiam dentes. E Kesh não ia recuar. Ela voltou seu olhar duro para todos eles.

— O assistente humano cometeu um erro — pressionou Kesh. — Ele é um idiota... ele passou dos limites!

— Um assistente — cuspiu Morda. — Ele se apresentou como... como foi mesmo, chefe de gabinete?

Atrás dela, Kaje bufou sua concordância.

— Ele jogou pesado — disse categoricamente Kesh —, mas isto não é motivo para dilacerar o salarian. Você entraria em guerra com toda a Nexus agora?

Morda se empertigou.

— Eu sou Nakmor Morda, líder dos krogan Nakmor, e eu *não* me curvo à ameaça de guerra.

— Não obstante, isso destruiria a todos nós — respondeu Kesh. Ela cerrou as mãos, estendendo-as. — Estamos em uma nova galáxia, cercados por um Flagelo que destrói nossas naves. Goste disso ou não, devemos trabalhar juntos. Vamos afogar este sonho... esta *obra-prima*... no sangue dos nossos?

— Eles merecem o sangue — gritou Wratch.

Kaje resfolegou.

— Depois de todo nosso trabalho.

— Devemos simplesmente arruinar a Nexus — acrescentou Wratch, assentindo com intensidade. — Afinal, fomos *nós* que a construímos. Reconstruímos também.

Drack estendeu um punho enorme e despreocupado e deu um soco no peito de Wratch.

— Modere a língua, nanico. — Com seu olhar duro e marcado, ele obrigou o outro a virar a cara. — Destruir esta estação é um desperdício.

— Melhor tomar posse dela — acrescentou Kaje — e reclamá-la para todos os krogan.

— Os *meus* krogan — corrigiu Morda, seu olhar fixo em Kesh. — Isso inclui você ou não, Kesh?

Kesh soltou um suspiro forte.

— Líder do clã, se tomarmos esta estação, desfrutaremos da vitória de uma única batalha, sim, mas também condenaremos nossa espécie aos mesmos ódios que deixamos em Tuchanka. Precisamos de aliados. Precisamos das outras espécies.

Morda a encarou. A engenheira tinha coragem. Sempre foi inteligente — inteligente *demais* — e não agradava a Morda sua lealdade dividida. Kesh pertencia aos Nakmor.

Mesmo assim... ela não estava errada.

Morda olhou o corredor escurecido que tinha engolido o salarian. Ele enviara algum rato inferior para falar por ele, prometer coisas — não, para mentir completamente — a fim de conquistar seu apoio. O clã foi usado como arma. Era assim que eles eram vistos e tratados. Eles derramaram sangue por uma farsa.

Porém, derramar mais...

A cabeça de Morda girava. Os krogan que a flanqueavam a olhavam nos olhos. Até Wratch, o pyjack parvo, tinha fechado o sorriso sedento de sangue.

Kesh uniu as mãos.

— Líder do clã — disse ela, a voz baixa. — Está disposta a deixar isso de lado?

Morda olhou com os dentes trincados.

— *Não* — disse ela. — Este é um exemplo entre muitos outros quando nos prometem uma *nova* vida.

Kesh assentiu solenemente.

— Então, tenho uma alternativa, se puder me ouvir.

Morda hesitou, mas depois o decaído Drack falou, todo o peso de seus alguns milhares de anos garantiram a ele ressonância na voz.

— Ouça Kesh, Morda. Ela está mais familiarizada com aqueles conselheiros duas-caras.

Uma observação justa. Ela assentiu uma vez.

— Os krogan não são novatos em ambientes difíceis — disse Kesh. Ela gesticulou para uma das grandes vigias e os filetes cáusticos e vaporosos da morte que se emaranhavam depois dela. — Nós domamos Tuchanka e domaremos Andrômeda, mas talvez...

— Ela deu de ombros expansivamente. — Talvez, líder do clã, os krogan devam encontrar seu próprio caminho, sem dever nada a ninguém. Talvez — disse ela, em conclusão —, os krogan mereçam encontrar o que seja mais adequado para *nós* neste suposto outro lado.

Inteligente, refletiu Morda. *Inteligente e ousada.* Talvez nem sempre ela tenha concordado com Kesh quando se tratava de questões relacionadas aos krogan e à Nexus juntos, mas separadamente...

Kaje ribombou com um ruído pensativo.

— Parece interessante.

O sorriso de Wratch tinha voltado.

— Parece divertido. — Uma pausa. — Menos turians. — Os dois bufaram.

Morda ignorou a todos.

— E você?

Kesh sustentou seu olhar.

— Eu ficarei.

Morda manteve o olhar fixo em Kesh.

— Por quê?

— Não apoio o que foi feito ao clã Nakmor — disse Kesh categoricamente —, mas eu pus o sangue dos dois corações nessa estação. *Alguém* do clã deve permanecer e garantir que os krogan não fiquem inteiramente sem aliados. Eu decido ser esse alguém.

Morda rolou o ombro, enquanto rolava seus pensamentos. Ela não ia mentir — a ideia de tomar esta galáxia mortal, que assustava tanto o salarian e seu conselho, agradava perversamente. E Kesh, apesar de sua recusa a assumir um lado, tinha certa razão.

Morda deu um passo à frente, segurando Kesh pela gola. Puxou a krogan para si, mas em vez da batida na testa que podia ter se seguido, Morda *parou* e a fitou, olhos nos olhos.

— Você não se esquecerá de suas alianças, Nakmor Kesh.

— Jamais — respondeu Kesh.

Morda sustentou aquele olhar por mais um momento. Em seguida, com um grunhido, empurrou a engenheira, dando-lhe as costas. Para Kesh. Para aquele salarian preconceituoso.

Para a Nexus.

— Faça os preparativos necessários — rugiu ela enquanto se afastava, os passos soando como uma fera de guerra batarian na caçada. — Partiremos junto com os exilados.

A suas costas, ela ouviu Kesh soltar um suspiro fundo e pomposo. Morda decidiu encerrar a conversa ali, deixar que Kesh se agastasse com a frieza que ela demonstrava. Kesh sabia o que sua sugestão custara aos krogan e o que custou a Morda aceitá-la.

O clã Nakmor seria vitorioso, com ou sem a Nexus.

Parecia que algumas coisas nesse suposto "outro lado", afinal, não seriam assim tão diferentes.

* * *

Gerações para produzir um sonho.

Horas para destruí-lo.

Tann se recostou na estrutura sólida de metal da vigia. O longo hangar se abria diante dele, fervilhando de atividade. Fileiras de krogan entrando na pequena armada de transportadores providenciados para eles, Nakmor Morda à testa do grupo, de braços cruzados em desafio e determinação, supervisionando o êxodo. De vez em quando, ela erguia os olhos a ele e seu olhar se cravava em Tann até ele virar a cara.

Os krogan eram igualados de longe pelos exilados. Sloane Kelly e seu bando de criminosos, e os simpatizantes que tinham escolhido uma morte lenta no espaço do Flagelo e não a vida na estação. Era difícil pensar neles dessa forma, mas Tann não conseguia fugir da verdade.

Eles eram menos organizados, mas igualmente destemidos. Cercados pela segurança, seus grupos se formaram e logo também começaram a partir para as naves designadas. Sacos pendurados nos ombros, empurrando lev-carts de suprimentos empacotados. Duas semanas de água e comida, dissera Spender.

Tann baixou a cabeça.

É fácil ver tudo isso como desajustados e insatisfeitos se despedindo, e já vão tarde. Mais difícil é admitir a verdade. As pessoas ali representavam um número considerável da população da Nexus. Sua turma de construção e a melhor parte da equipe de suporte vital, entre eles o chefe.

Tann pode ter vencido os amotinados, mas o custo era verdadeiramente terrível. Não havia como fugir disso.

Uma confusão, pensou ele, e meneou a cabeça enquanto Sloane embarcava em seu transportador sem mais do que um rápido olhar a ele.

Tantos deram seu conhecimento, seu tempo e seus corpos, e várias formas de esforço para fazer a Nexus acontecer. Tantos tinham depositado suas esperanças e sonhos nisto, sua incursão a Andrômeda.

Ele levantou a cabeça, para além das docas e dos eixos dobrados de setores esperando reparos, viu as cores sinistras do Flagelo, flutuando ali. Esperando. Vagando. Em algum lugar por ali, estavam à deriva planetas devastados.

Os ossos de civilizações mortas também, de acordo com algumas naves de exploração.

Ele cruzou os braços, tentando não notar que assim mais parecia que tentava proteger a dor que sentia no íntimo, e menos uma postura despreocupada. Uma batida suave atrás dele o alertou para outro convidado, mas era tarde demais para colocar a máscara habitual de calma lógica. Pelo menos era Addison. Algo no jeito de ela andar. A mulher tinha um passo distinto.

— Oi — disse ela.

Tann não olhou para trás. Nem precisava e ela não precisava disso da parte dele. Foster Addison era uma humana perceptiva. E agora ele não sabia esconder suas incertezas.

— Todo esse tempo — disse ele, não uma resposta nem uma saudação, mas era só o que ele tinha. — Todos aqueles planos, sonhos e esperanças. Uma obra-prima e seria de criação nossa. — Na visão periférica dele, Addison subiu a escada a uma grande janela e assumiu uma posição semelhante a uma curta distância.

— Jien Garson arrumou um jeito de fazer com que isto parecesse uma aventura.

— Uma aventura — repetiu Tann com amargura. — Uma nova galáxia grandiosa com inumeráveis paisagens férteis para nos proporcionar tudo de que precisássemos. — Ele fechou os olhos, deixou a cabeça tombar para a frente até a testa bater na placa sólida. Sua respiração se condensou ali num suspiro trêmulo. — Não sei, Foster. Não sei se tomei a decisão correta.

— Qual delas?

— Qualquer uma — admitiu ele, com a voz mínima. — Só o que eu queria era que a Nexus florescesse, que cumprisse seu papel desde o início. Juro a você, eu tomei cada decisão tendo isso em mente...

Addison, talvez na reação mais condenatória, não disse nada.

Tann riu e saiu fraco, até para ele.

— Sacrifício — disse ele, amargamente. — Jien Garson falou de sacrifício. Disse que ao empreendermos a jornada, faríamos o maior sacrifício que já fizemos na vida.

— Alguma coisa me diz — falou Addison em voz baixa — que foi, na melhor das hipóteses, otimista.

— Na pior, uma mentira. — Tann abriu os olhos, levantou a cabeça enquanto o tubo de descarga de uma nave chamejou nas docas, agitando pontos de cor. Ele colocou a ponta de seus dedos finos na vigia. — Ela sabia, você acha?

— Sabia do quê?

— Que o que ela disse provavelmente era uma mentira? Ou, no máximo, marketing?

O riso de Addison foi pouco mais do que um suspiro curto.

— Acho que Jien Garson sentia o que todos nós sentimos. — Ela endireitou o corpo, foi se colocar ao lado de Tann para observar os preparativos das naves. — A esperança é uma coisa poderosa, Tann. Para mulheres brilhantes e ambiciosas como Jien, para governos dispostos a financiá-las. Para as pessoas normais, do dia a dia. — Um leve vestígio de humor penetrou em sua voz. — Até para salarians lógicos.

— Talvez. — Tann não conseguiu se obrigar a sorrir, nem mesmo quando a mão de Addison se curvou em seu ombro. Por solidariedade ou apoio, ele não sabia. Ele aceitaria ambos, talvez só dessa vez. — Posso lhe perguntar uma coisa?

As linhas das feições de Addison eram muito claras na luz fria que entrava pela vigia. Ficava mais fácil ver suas sobrancelhas se erguerem e o queixo baixar em um gesto de concordância.

Tann não sabia por que parecia que seu coração tinha passado a morar na garganta. Ou por que ele se sentia tão vazio por dentro. Só o que podia dizer com certeza era que, pela primeira vez, a dúvida o consumia. Ele virou a cara, de volta às docas movimentadas.

— Acha que ela teria tomado as mesmas decisões? — perguntou ele. — Quero dizer, Jien?

Addison respirou fundo, lentamente.

— Não sei — disse ela, em uma expiração igualmente lenta. Tann assentiu, esperava por isso.

— Eu acho — continuou ela em voz baixa, olhando a estação fria e esburacada — que Jien Garson jamais teria permitido que nos metêssemos nesta situação. Deteste admitir, Tann, mas nós... todos nós... estávamos fora de nosso elemento desde o início. Irremediavelmente.

Tann não podia discordar.

— Fizemos o melhor possível — acrescentou ela. — Até Sloane. Acredito nisso.

— Talvez.

Mas eles jamais saberiam. A missão reclamara a fundadora deste sonho antes que ela pudesse deixar alguma marca na galáxia que deveria ser a obra-prima deles.

Sacrifício, dissera ela. Tann pensara estar preparado.

Talvez Jien Garson, afinal, estivesse errada.

— Eu acho — repetiu ele, muito mais baixo do que antes — que o maior sacrifício que jamais faremos não viria daqui.

— Não?

Ele meneou a cabeça, mas não conferiu outras palavras a seus pensamentos. Não podia. Admitir que ele devia estava errado era muito difícil.

Addison apertou seu ombro. Em silêncio, ela o deixou para as luzes faiscantes dos consoles da Operações, os preparativos movimentados nas docas e a ameaça pavorosa e suspensa do Flagelo além dali.

Saber, de algum modo simplesmente *saber* que nada disso teria acontecido com Garson no comando... feria. E provava a Tann o que ele vinha temendo subconscientemente desde o momento em que despertou para o fogo e o medo.

Vejo vocês do outro lado.

O maior sacrifício não foi a partida, pensou ele. Foi *ela*.

CAPÍTULO 36

No vácuo frio do espaço, naves vagavam pela teia do Flagelo, na direção de estrelas desconhecidas. No início elas viajaram juntas. Depois, como se as naves se despedissem numa harmonia silenciosa, dividiram-se em dois grupos.

Plumas brancas e azuis do motor brilharam enquanto os exilados e os krogan verdadeiramente partiam, agora fora do alcance de comunicadores e sensores. Oficialmente, tinham partido da Nexus, talvez para nunca mais voltar.

Kesh não havia percebido que tinha apertado a mão calejada na janela, apenas quando o punho bateu no painel liso. Com os nós dos dedos doendo, ela observou o tubo de descarga das naves de seu povo. Ela já sentia falta do barulho pesado e abrasivo de passos krogan nos corredores vazios. Sentia falta do riso alto, em geral selvagem.

As brigas, as zombarias.

A camaradagem.

Família. Acima de tudo, os clãs krogan significavam a *família* — talvez mais do que em qualquer outra espécie. Afinal, por tanto tempo, os krogan só tiveram um ao outro.

O outro lado, pensou Kesh com tristeza, parecia ser da solidão. De preconceitos só meio esquecidos e conflitos com terreno livre para correrem desenfreados.

Será que Garson esperava por isso?

Kesh não era idealista. Tinha trabalhado até a medula por esta estação, esta Iniciativa, e morreria por ela, se fosse necessário.

Ou, como aconteceu, deixasse seu clã pelo aprimoramento dela.

Com a resolução dos conflitos, esta missão prometia um novo começo, uma chance de paz... entretanto, o custo foi de sangue. Fogo. Perda. O terreno que todos eles conquistaram, os laços que se forjaram entre espécies díspares, como colonos de Andrômeda, começaram a se desgastar no momento em que Garson e seu conselho morreram.

Talvez os krogan encontrassem um novo caminho para este lado, talvez sobrevivessem — até *prosperassem*. Kesh acreditava na líder de seu clã. Ela acreditava nos esforços autênticos da liderança da Nexus para guiar e guiar bem. No espírito dessa esperança, ela ficou para trás enquanto as sementes da Iniciativa, irrigadas com sangue e endurecidas pelas chamas, espalhavam-se por Andrômeda.

O que eles se tornariam, o que decidiriam retirar disso, caberia a eles. Kesh continuaria ali, com a estação que ajudara a projetar, esperando pelo dia em que eles voltassem.

Mas, primeiro, havia muitas perdas a lamentar. Sobreviventes, enlutados e furiosos, a confortar. O trabalho de um toque mais suave do que o dela. O dela era para reconstruir.

Preparar a Nexus, pensou ela ao se afastar dos últimos vislumbres de seu próprio povo, *para a eventualidade da paz*.

* * *

Sloane olhava as linhas maculadas da estação marcada enquanto eles vagavam para longe. Quando — não, *se* — a Nexus finalmente estivesse íntegra, quando todos os danos fossem consertados e os elementos estivessem em seu lugar, seria um local extraordinário.

Um lugar que ela jamais viria a ver.

Esse era seu único pesar. Olhando o brilho sinistro dos filamentos distantes do Flagelo, Sloane examinou como as curvas da estação distorciam tudo a sua volta.

Nnebron, de costas para a janela, abraçava os joelhos, de cansaço. E medo, imaginou Sloane. Havia muito dele por ali. Todos eles sabiam o que havia lá fora — ou melhor, o que não havia. Nenhum planeta. Nenhuma comida.

Nenhuma esperança.

Bom, Garson que se danasse. Esse *era* outro lado e a obra-prima da mulher idealista acabou pintada com sangue. Com antigos ódios.

Com o orgulho estúpido de uns poucos.

Sloane tocou o painel de observação numa despedida silenciosa. Depois deu as costas para a Nexus de uma vez por todas.

— Muito bem — disse ela com ânimo, batendo palmas com força. Vários exilados se sobressaltaram. Nnebron resmungou algo que ela não se deu ao trabalho de pedir para repetir. Ignorando-o, ela se afastou dos últimos vestígios de esperança e girou sua bússola para onde deveria estar desde o início — a sobrevivência. A dela e a das pessoas que dependeram dela desde o momento em que despertaram.

Ela devia ter feito isso, apenas isso, desde o começo.

— Talvez não tenhamos uma estação — disse ela, num tom firme. Seu olhar era franco enquanto ela examinava sua nova tripulação. — Talvez não tenhamos uma missão, mas o que nós *temos* — continuou ela enquanto atravessava o espaço — é um ao outro. E a força e a determinação para sobreviver a isto.

Irida, recostada em um painel, deu de ombros com os braços cruzados.

— É uma armadilha mortal aí fora. O que você acha que podemos fazer?

— Morrer de fome — disse Nnebron melancolicamente.

— Sem essa...

Ele interrompeu a ruiva, desvencilhando-se de sua mão tranquilizadora.

— É verdade, Andria. Duas semanas de rações e temos de encontrar um lugar quando as naves de exploração experientes não encontraram? — Ele riu com amargura. — Podíamos muito bem nos matar a tiros agora.

O medo na nave aumentou um pouco.

Sloane olhou Irida. Depois, Nnebron. Até aquela chamada Andria se enroscou em si mesma. Ela só viu melancolia ali.

Então era assim que seria? Ela pesou suas opções. Uma boa diretora de segurança se agacharia. Ficaria sentada, olhando nos olhos de seus subordinados e os escutaria. Tranquilizaria a todos.

Faria o jogo.

Bom. Que se foda. O jogo colocou todos eles ali.

Sloane foi até Irida. A asari empinou o queixo, mas não esperava a mão que foi a seu pescoço. Sloane girou, com a gola de Irida em um punho, e bateu a asari com força suficiente na parede da nave para que os outros tripulantes naquele espaço gritassem quando ela vibrou.

— Quem você pensa que é...!

— Cale a boca — disse Sloane com severidade, colocando a cara perto o suficiente do rosto de Irida para que ela se visse nas íris da asari.

— Acha que porque todos se inscreveram para a Iniciativa com toda formalidade, você pode dizer o que quiser. *Fazer* o que quiser.

Irida segurou seu pulso e Sloane reagiu empurrando-o com mais força ainda na parede. Com o punho em seu pescoço.

Nnebron se colocou de pé num salto.

— Ei...!

— Fique quieto — vociferou Sloane, virando a cabeça para olhar feio para ele. Para todos eles. — Esta não é mais a Nexus e a sua incapacidade de controlar suas merdas é o motivo para cada um de vocês estar aqui fora.

O motivo para Calix ter morrido.

Irida conseguiu arreganhar os dentes e dizer, tensa:

— O que você vai fazer? Jogar-nos no espaço?

— Se for preciso.

Sua resposta tranquila de início fez Irida zombar. Depois, enquanto os dedos de Sloane apertavam, ela sufocava na própria percepção — Sloane Kelly falava sério em cada palavra que dizia.

— Só temos uma chance aqui — disse Sloane categoricamente. *Tranquilizar uma ova.* — Uma vida. Se estragarmos isso, vamos morrer. Agora, não sei quanto a vocês, mas eu *vou* sobreviver. Vou fazer isto dar certo. — Sloane afrouxou a mão. — Com — terminou ela no mesmo tom equilibrado — ou sem vocês.

Irida puxou o ar, sua pele roxa estava pálida pelas bordas. Ela esfregou a nuca, olhando cautelosamente Sloane.

— Meu Deus, tudo bem — disse ela, estridente.

Era a melhor concessão que ela conseguiria.

Nnebron recuou um passo quando Sloane voltou toda a força de sua impaciência para ele. Levantando as mãos, ele falou rapidamente.

— Relaxa. Estou com você.

— Eu também — disse Andria em voz baixa. Ela fechou os olhos, pendendo a cabeça. — Por Na'to e Reg. Por não sei o quê. Porque quero viver.

Era um motivo bom o bastante para Sloane. Enquanto ela se virava, examinando cada um de sua nova tripulação e recebendo gestos afirmativos de cabeça, dar de ombros ou até um sorriso e o polegar para cima ocasionais, ela assentiu.

— Ótimo! — Depois, mais alto: — *Ótimo!* Eles acham que vamos morrer aqui fora? Que pensem assim. — Ela deixou Irida ainda encostada na parede, consciente do olhar venenoso que a mulher cravava em sua nuca. Sloane o ignorou. Se Irida tomasse alguma atitude, passaria a ser um exemplo. — Esta é uma nova vida, agora. Novas regras. Não somos os aventureiros idealistas que eles disseram que éramos. — Não eram mais. Talvez, pensou ela enquanto ia para o cockpit, eles jamais tenham sido.

— Exilados, descansem um pouco.

— Qual é o plano, chefe?

Ela parou, apoiou a mão na parede e olhou por cima do ombro. Nnebron gesticulou para os outros — cansado, com medo. Alguns ainda feridos.

Todos eles famintos.

— Tratem os feridos — disse ela. — Cataloguem os suprimentos. Vou me reunir com vocês daqui a uma hora para discutirmos a logística.

— Sim, senhora.

Sloane teve vontade de rir. Em vez disso, ao se virar para o cockpit, falou despreocupadamente:

— Ah, e quem for apanhado roubando suprimentos desejará ter morrido na Nexus.

Em sua visão periférica, ela viu principalmente cabeças assentindo. Concordando.

Acabaram-se os idealistas. *Ótimo!*

Tomando o rumo do assento no cockpit, ela deslizou para o lado do único exilado com experiência como piloto. Na verdade, um salarian. Ele assentiu para ela e não disse nada.

Já era mil vezes melhor do que Tann.

— Muito bem — disse ela enquanto se recostava no banco. A vastidão aberta do espaço, as estrelas desconhecidas e os filetes bonitos e sinistros do Flagelo se estendiam diante da nave. Uma nova galáxia. Novas regras.

Uma nova vida. Uma vida deles.

Ela observou a cintilação vaporosa e sorriu, um sorriso largo e aberto.

— Vamos ver se domamos este outro lado.

JASON M. HOUGH
(pronuncia-se "Huff") é autor de *The Darwin Elevator*, best-seller do "The New York Times", e do thriller de espionagem quase futurista "Zero World". Numa vida anterior foi artista 3D, desenhista de animação e designer de games (Metal Fatigue, Aliens vs. Predator: Extinction e muitos outros). Trabalhou nos campos de computação em *cluster* de alto desempenho e aprendizagem automática, é inventor com patentes registradas. Pode ser encontrado on-line em jasonhough.com.

* * *

K. C. ALEXANDER
é a autora de *Necrotech*, um romance de ficção científica transumanista chamado — pelo best-seller Richard Kadrey, no "The New York Times" —, de "uma correria aberrante" e — pelo indicado a prêmios, Stephen Blackmoore — de "um passeio emocionante e violento".
Ela escreve todo gênero de ficção científica, fantasia épica e ficção especulativa, inclusive contos e ensaios pessoais sobre saúde mental e igualdade. Suas especialidades incluem narrativas em primeira pessoa e personagens imperfeitos. E também blasfêmias. Saiba mais em kcalexander.com.